2

ANNE MARSH

ENGEL DER DUNKELHEIT

UNSTERBLICHE SEHNSUCHT

Roma

Ins Deutsche übertragen
von Christian Bernhard

LYX
EGMONT

Die Originalausgabe erschien 2012
unter dem Titel *His Dark Bond*
bei Kensington Publishing Corp., New York, NY, USA.

Deutschsprachige Erstausgabe Dezember 2013 bei LYX
verlegt durch EGMONT Verlagsgesellschaften mbH,
Gertrudenstraße 30–36, 50667 Köln

Dieses Werk wurde vermittelt durch die literarische Agentur
Thomas Schlück GmbH, 30827 Garbsen.

1. Auflage
Redaktion: Die Medienakteure, Hamburg
Satz: Greiner & Reichel, Köln
Printed in Germany (670421)
ISBN 978-3-8025-8902-7

www.egmont-lyx.de

Die Gefallenen

Vor dreitausend Jahren entzweite eine Rebellion den Himmel. Eilig ergriff Michael Schritte gegen die aufständischen Herrschaften. Über Jahrtausende hatten diese Engel dem Himmel gedient. Die Herrschaften waren erschaffen worden, um loyale Krieger des Himmels zu sein, und hatten nie an ihrer Aufgabe gezweifelt. Sie kämpften. Sie verteidigten. Sie töteten auf Michaels Befehl hin. Im Kampf Gut gegen Böse waren sie diejenigen, welche die vorderste – die entscheidende – Verteidigungslinie bildeten. Doch blutrünstige Gräueltaten waren verübt worden, und die Herrschaften machten Michael dafür verantwortlich. Die Krieger des Himmels erhoben die Waffen gegen ihn – und verloren.

Als die Herrschaften fielen, verurteilte Michael sie zu einer schier immerwährenden Strafe. Auf seinen Befehl hin riss man den aufständischen Himmelswächtern die Flügel aus und verbannte sie aus dem Himmel. Diese gefallenen Engel wurden auf die Erde geschickt und dazu verdammt, als böse Geister, als Dämonen, zu leben; nach Licht und Tugendhaftigkeit dürstend, die nicht in ihren eigenen verdorbenen Seelen zu finden waren. Keiner der Gefallenen konnte seine einmal verlorenen Flügel wiedererlangen und in den Himmel zurückkehren – bis dieser Mann seine Seelenverwandte gefunden und sich in sie verliebt hatte; jene Frau, die seine dunkle Seele erlösen und ihm Liebe, Licht und Frieden geben konnte. Im Jahr 2090 wurde die erste Seelenverwandte gefunden.

1

Zer rannte zum G2. Und weil er ein wenig überschüssige Energie abbauen musste, näherte er sich dem Club vom Dach aus. Die körperliche Anstrengung, über Dächer zu laufen und die Lücken zwischen den Gebäuden zu überspringen, gab ihm einen Kick. Das Schöne daran war, dass man nie genau wusste, ob man mit dem Fuß abrutschen würde. Wenn es doch nur genauso leicht gewesen wäre, es endlich zu packen und diesem Jahrtausend der Leere ein Ende zu bereiten und damit endlich den Verdacht zu widerlegen, dass man vielleicht, nur vielleicht, aus dem Himmel verstoßen wurde, weil man nicht gut genug *war* – und nicht etwa wegen eines perfekt durchdachten Plans.

Die Sicherheitsleute empfingen ihn genau in dem Moment, als er einen Stiefel auf das Dach des Clubs setzte. Wie sollte es auch anders sein, schließlich war Brends, Zers Lieutenant, kein Idiot – wenn es darum ging, auf seinesgleichen aufzupassen, besaß der Mann die Hartnäckigkeit eines hungrigen Jagdhunds. Doch noch bevor Zer das Kennwort murmeln konnte, hatte die Patrouille ihn bereits erkannt. Jeder wusste, wer Zer war: der Herr. Derjenige, der die Gefallenen aus diesem verdammten Sturm heraus zurück zu Ruhm und Ehre führen sollte. Dass er damit schon mehr als tausend Jahre überfällig war, spielte da keine Rolle.

Zwei Männer, einer links und einer rechts, flankierten ihn. Falls sie ihn aus dem Verkehr ziehen wollten, hatten sie ihre Chance vertan. Er war angreifbar gewesen, als er mit dem Fuß auf der Dachkante aufgesetzt hatte, nun jedoch befand er sich auf festem Boden.

Sein lederner Staubmantel umwehte ihn, als er die Stufen in den Club hinunterstieg, wobei er seine Frustration und die überbordende Energie an der Treppe mit dem schlichten Linoleumbelag und dem steril wirkenden Geländer ausließ. Während er sich lautlos hinabbewegte und sein Schatten vor ihm über die Stufen glitt, dachte er darüber nach, was er in den letzten Wochen gelernt hatte.

Die nächtlichen Kämpfe gegen die Abtrünnigen, die Jagd auf die menschliche Bevölkerung von M City machten, stellten nur die Spitze des Eisbergs dar. Das Verlangen, menschliche Emotionen zu trinken, war schlimmer als jede Droge. Bei den Übeltätern handelte es sich um Gefallene, die diesem Verlangen entweder nicht mehr standhalten konnten oder es schlichtweg nicht länger wollten. Vollkommen von dieser dunklen Begierde beherrscht, wüteten sie, waren komplett außer Kontrolle. Geradezu wahnsinnig ergingen sie sich völlig in einer Gewaltorgie und tranken, bis ihre menschlichen Opfer starben.

Zu allem Übel scharte Cuthah, ein korruptes Mitglied der Herrschaften, der für die Verbannung der Gefallenen aus dem Himmel gesorgt hatte, ganz offensichtlich wie angedroht eine Armee um sich. Sicher, während der letzten Aussprache mit den Gefallenen war von dem Arschloch geradeheraus so etwas angekündigt worden, doch Zer hatte gehofft – und zwar länger, als er es hätte tun sollen –, Cuthah wolle sich nur aufspielen und ein wenig in Szene setzen. Schließlich war er in dem Kampf der Unterlegene gewesen, der nun das Gesicht wahren musste.

Schön wär's.

Vielleicht hätte Zer die Abtrünnigen einfach machen lassen sollen. Der Himmel mochte die Herrschaften zwar rausgekickt haben, es gab jedoch keinen Befehl, sie zu töten. Zumindest noch nicht. Einige der Gefallenen kämpften immer noch um ihre Erlösung. Der Rest gab dem Hunger nach Seele nach und wurde zu Abtrünnigen. Doch drauf geschissen, ob er nun wusste, warum er kämpfte oder nicht; ganz abgesehen davon, dass er auch dreitausend Jahre, nachdem sie auf so verheerende Weise in Ungnade gefallen waren, immer noch als Anführer der Gefallenen fungierte – ob einem das nun passte oder nicht. Und einem Kampf ging er niemals aus dem Weg.

Zer und seinesgleichen mochten zügellose Frauenhelden sein, die die Vergnügungen, welche die Welt bereithielt, mehr als genossen, aber sie töteten keine Unschuldigen. Sie verführten sie vielleicht, brachten sie aber nicht um.

Die eng tanzenden und sich lasziv zur Musik bewegenden Menschen auf der überfüllten Tanzfläche wichen ihm weit aus, als er durch den Club schritt.

Er pflanzte sich auf die gepolsterte Sitzbank im Privatbereich des Clubs und legte die Füße auf den Tisch. Sein Platz in *seiner* Welt. Hier war er der König, das wusste jeder – ob Mensch oder Gefallener.

Nun, da er sicher auf der Bank Platz genommen hatte, schloss sich der Durchgang zwischen der glotzenden Menge auf der Tanzfläche wieder und passend zu der durch Drogen herbeigeführten Euphorie der Masse wurde die Musik aufgedreht. Sünde und Sex. Der Gestank beider Laster haftete seinen Menschen an. Und abhängig wie er war, sog er sie mit allen Sinnen ein und trank diesen köstlichen Cocktail. Da sie selbst nichts fühlen konnten, waren die Gefallenen darauf angewiesen, Emotionen von den Menschen um sich herum zu erhalten. Es gab verschiedene Wege, diese Gefühle anzuzapfen, doch der beste davon war Sex. Und Zer gierte förmlich danach.

Er wollte mehr.

Immerzu mehr.

»Haben Sie die Frauen von der Liste ausfindig gemacht?« Nael, einer von Zers Lieutenants, verschwendete keine Zeit mit den üblichen Begrüßungsfloskeln. Der komplett in Leder gekleidete Gefallene ließ sich in den Sitz gegenüber von Zer plumpsen.

Eine Kellnerin stellte ein Tablett mit Flaschen und Gläsern auf den Tisch, wobei sie den Blick über die trainierten Muskeln an Zers Unterarmen schweifen ließ. Unvermittelt schien ihr Interesse an ihm einzusetzen – ebenso jedoch auch ihr Abscheu, als sie die schwarzen Male um seine Handgelenke registrierte und feststellte, was er war. Die Dame stand also nicht auf Dämonen. Bereit, den Gehaltsscheck einzustecken und im Club zu arbeiten, war sie aber anscheinend schon. Ihr Pech. Mit Zer hätte sie in einer Nacht mehr verdient als mit ihrem Job in einer ganzen Woche.

Während sie sich wieder entfernte, schenkte er ihrem Po einen kurzen Blick. Die Frau bewegte sich schnell, aber geschmeidig, und bei jedem Schritt spannten sich die Muskeln in ihren Oberschenkeln an. *Sie wäre eine heiße Nummer gewesen*, dachte er mit Bedauern, fähig, durchzuhalten und ihn die halbe Nacht lang zu reiten und noch so manch anderes zu tun.

Er hätte sie gern probiert.

Doch leider wäre eine Kostprobe nicht ausreichend gewesen, wenn sie ihn erst auf den Geschmack gebracht hätte. Er wäre dem Zwang unterlegen, noch eine zweite zu nehmen. Und noch eine. Bis er sie damit schließlich umgebracht hätte. Doch er würde nicht außer Kontrolle geraten. Nicht diese Nacht.

»Ich habe mich noch nicht umgesehen.« Er war zu sehr damit beschäftigt gewesen, Abtrünnige zu töten und sich an die Reste seines Verstands zu klammern. Ohne die Füße vom

Tisch zu nehmen, streckte er einen Arm aus und griff sich eine der Flaschen, machte den Verschluss auf und goss sich einen Schluck gut gekühlten Wodka ein.

»Aber bald«, meinte Nael. »Wir sollten sie als Erste finden, bevor es Cuthah gelingt. Wenn sie wirklich Seelenverwandte sind und nicht bloß Verbündete, dann haben wir ihm etwas voraus.«

Das G2 war voller potenzieller Verbündeter – Menschen, die mehr als bereit waren, den Gefallenen im Gegenzug für eine Gefälligkeit vorübergehend ihre Seele zu überlassen. Eine Seele für etwas Entgegenkommen. Der Haken daran war jedoch, dass die Verbindung umso länger hielt, je größer dieser Gefallen ausfiel. Doch damit hatte Zer kein Problem.

Nein, seines lag vielmehr darin, dass der Erzengel Michael, als er die Herrschaften verbannt, ihnen die Flügel und die Fähigkeit, etwas zu fühlen, genommen und sie damit zu einer der Ewigkeit gleichkommenden Existenz als böser Geist auf der Erde verdammt, ihnen ebenso ihre Erlösung in Aussicht gestellt hatte. *Vorausgesetzt,* ein Dämon fand seine Seelenverwandte. Es gebe eine für jeden gefallenen Engel, so ungefähr war es von Michael beschworen worden – eine Frau, die den ihr vorherbestimmten Mann erlösen und ihm seine Flügel wiedergeben könne. Es hatte ganze dreitausend Jahre gedauert, die erste Seelenverwandte zu finden, und die schlechten Aussichten, weitere dieser Frauen aufzuspüren, ließ Zers Stimmung nicht gerade steigen.

Michaels Gefolgsmann Cuthah hatte bereits jede potenzielle Seelenverwandte, derer er habhaft werden konnte, getötet, um zu verhindern, dass die Gefallenen wieder Zutritt zum Himmel erlangten. Diese vier Frauen mussten als Nächste auf seiner Liste stehen. »Wir haben ihre Namen, also dürfte es nicht allzu schwer sein, sie zu finden.« Das stimmte natürlich. Die Frage war nur, zu wem diese Frauen gehören würden. Zer hielt sein Glas umklammert, das sich in seiner Hand langsam erwärmte, lümmelte sich auf seinem Platz und ließ mit todbringendem Interesse den Blick über die tobende Menschenmenge unter ihnen schweifen.

Die meisten der Tanzenden waren Menschen. Diejenigen von ihnen, die dafür wöchentlich mit einem Scheck entlohnt wurden, glitten mit ihren schweißnassen, glatten Körpern an Polestangen aus Stahl und Glas hinab. Bei jeder ihrer Bewegungen blitzten heiße, knappe Ledertangas und diamantenbesetzte Armbänder und Fußkettchen auf, während der stampfende Beat wie ein Liebhaber in die tanzende Menge drang. Und egal, wohin Zer auch schaute, er sah in den Augen der Gäste, welche die scharfe Auswahl begutachteten, verräterisch dieses gierige Verlangen aufblitzen.

Es gab nur eine einzige Regel im G2: Vergnügen. Dafür war das Zahlungsmittel dieses ganz eigenen Reichs spiritueller Art. Wer die Gefälligkeit eines Gefallenen wollte, bezahlte dafür. Und zwar mit einem Teil seiner Seele. Im G2 war es also möglich, dass eine Nacht unvergesslichen Vergnügens gleichzeitig auch ein überaus gefährliches Geschäft wurde: Ein Dämon erfüllte einen Wunsch, der alles umfassen konnte, was sich ein Mensch vorzustellen vermochte, und erhielt im Tausch dafür ein Stück von dessen Seele.

Erstaunlicherweise zeigten sich nur allzu viele der Tänzer bereit, sich auf dieses Geschäft einzulassen – für die Gefallenen der beste Weg, ihre unvermeidliche Gier nach Seele zu stillen.

Zer faltete das Blatt Papier auseinander, doch er musste die Worte darauf nicht erst lesen, um zu wissen, was dort stand. Er kannte die Liste auswendig. Vier Namen. Von vier potenziellen Seelenverwandten. Es galt, die Frauen ausfindig zu machen, aufzusuchen und eine kleine gewaltsame Rettungsaktion durchzuführen. Sobald er die Frauen dann sicher im G2 hätte, würde er seinen Brüdern die Auswahl überlassen. Sie sollten sich mit der zu ihnen passenden Seelenverwandten zusammentun.

Natürlich wäre es leichter gewesen, wenn sie sich einfach ein paar Mädchen auf der Tanzfläche hätten herauspicken können. Diese Frauen wollten an diesem Ort sein und waren an dem interessiert, was die Gefallenen zu bieten hatten. Aber vielleicht würde das bei den vier Frauen auch der Fall sein. Wenn die Bezahlung stimmte, wären sie womöglich ebenso einfach zu verführen und hätten kein Problem damit, sich selbst, ihre Körper und ihre Seelen, für ein kleines persönliches Treffen mit den Gefallenen herzugeben. Doch das konnte er nur herausfinden, indem er sich an ihre Fersen heftete.

»Such eine Adresse für mich heraus.«

Mit einem knappen Nicken zog Nael einen Organizer aus der Tasche seines Staubmantels. Das Gehäuse entsprach militärischen Qualitätsstandards, sodass man versucht war, mit einem Armee-Geländefahrzeug darüberzurollen und die Widerstandfähigkeit der Hardware auszuloten. Wie seinen Bruder könnte wohl nur ein nuklearer Holocaust dieses Gehäuse zerstören. Es sah verdammt gut aus, war aber stark wie Teflon. Nael machte sich keine großen Gedanken darüber, wer oder was er nun darstellte, und genau deshalb hatte Zer ihn als rechte Hand gewählt.

Das Klirren von Eiswürfeln und das Klacken der Tasten waren zu hören, als Nael sich um die Angelegenheit kümmerte. Nach einigen langen Minuten blickte er endlich auf.

»Ich hab eine.«

»Nur eine?«

»Brauchst du etwa mehr als das, um loszulegen? Abgesehen davon, lebt sie hier in der Nähe. Offenbar ist sie nicht der Typ, der groß ausgeht, sonst hätten wir sie hier sicher schon einmal gesehen.«

Musste man seiner Seelenverwandten bloß in die Augen schauen und *wusste* es? Die Erfahrung sagte Zer, dass sich nichts jemals so einfach gestaltete. Die Ausnahmeregelung in Michaels Urteilsspruch war mit einer langen Liste von Vorbehalten und Einschränkungen verbunden gewesen. Nie im Leben hätte er es ihnen so leicht gemacht, dass sie nur zufällig auf dem Gehsteig eine Frau anzurempeln brauchten. Oder eben auf der Tanzfläche.

Das hatten sie erfahren müssen, als Brends der ersten von ihnen begegnet war. Um ehrlich zu sein, beneidete er seinen Bruder nicht gerade um seine Seelenverwandte. Sie war ziemlich emotional, ein richtiger Klotz am Bein, und Zer band sich nicht gern. Es sei denn – und bei dem Gedanken daran verzog er die Lippen zu einem kalten Lächeln – er behielt die Oberhand. Der Drang zu dominieren war tief in seinen Genen verankert, und ob Brends es nun zugab oder nicht, er hatte sein Herz und seine Seele in die Hände einer Frau gelegt.

Zer drehte das Glas in seiner Hand, welches das teuflische Leuchten in seinen Augen reflektierte. Verdammtes Biest.

Nael beäugte ihn. »Möchtest du, dass ich eine andere Frau für dich finde?«

Auch das würde ihm gelingen. Gott, der Bruder stand auf das Internet, Datenbanken und raffinierte Hackerattacken. In diesem Fall ging es darum, Codes zu knacken und gegen mindestens ein Dutzend Datenschutzgesetze zu verstoßen, um an die Informationen zu gelangen, die Zer brauchte.

»Nein.« Es spielte überhaupt keine Rolle, mit welcher er anfing. »Wen hast du denn?«

»Eine Dr. Nessa St. James. Sie ist Dozentin an der besten Universität von M City und soll dieses Jahr eine Professorenstelle bekommen – und jetzt zieh dir das rein – ihre Spezialgebiete sind Genetik und Bibelforschung. Sie ist diejenige, die den Gentest entwickelt hat, bei dem man auf ein Stäbchen pinkeln muss.« Nael zog bedeutungsvoll die Augenbrauen nach oben.

Nessa St. James' Leben würde in Kürze eine 180-Grad-Wendung nehmen. Zer hatte zwar nicht erwartet, dass die nächste Seelenverwandte eine von denen war, die auf der Tanzfläche seines Clubs herumwirbelten, aber eine Dozentin? Verdammt, so eine verspeisten seine Jungs noch vor dem Frühstück und spuckten sie wieder aus. Sie würde darauf bestehen, Händchen zu halten, und so etwas machte er *nicht*. Niemals.

»Sie gehört zu den besten Genforschern der Welt, Zer.« Nael drehte den Palm so, dass Zer auf das kleine Display schielen konnte.

Zer ignorierte dies jedoch und starrte Nael an, der dem Blick standhielt. Die gute Frau Doktor befand sich auf Cuthahs Liste, was bedeutete, dass sie eine potenzielle Seelenverwandte war, und sie besaß die Fertigkeiten, um Cuthahs kleines biologisches Geheimnis zu entschlüsseln. Der hatte nämlich behauptet, die Seelenverwandten trügen eine Art biologischen Strichcode – etwas in ihrer DNA, wodurch man auf sie aufmerksam wurde. Und obwohl Zer nicht sicher war, ob er Cuthahs Behauptung Glauben schenken sollte, musste er sie doch überprüfen. Wenn das mal kein Wink des Schicksals war.

»Wir sollten Sie uns schnappen«, schlug Nael vor, als ob es sprichwörtlich ein Spaziergang wäre, in eine Universität zu marschieren und jenen speziellen Menschen, den sie brauchten, herauszuschleifen.

»Auch sie wird sich kaufen lassen.« Zer beschloss, dass er nur herausfinden musste, was sie wollte. Was sie *begehrte*. Mit Geld ließ sich alles regeln. Er würde ihr Labor aufkaufen und ihr die

Fördergelder streichen. Und dann würde er ihren Bibliotheksausweis sperren lassen, denn ihm war gerade nach miesen Aktionen, da er sich selbst mies fühlte und einen höllischen Durst verspürte. Was auch immer sie in ihrem Leben erreichen wollte, sie würde es nicht schaffen, bis sie ihm gab, was *er* wollte.

Ihre Seele.

»Soll ich deine Reserven aufladen?« Nael sah aus, als wüsste er ganz genau, wie durstig Zer war. Und sein Bruder würde ihm so etwas nicht anbieten, wenn er es nicht auch so meinte. Auch das war ein Grund, warum Zer ihn so sehr schätzte. Nael unterstützte ihn. Was auch geschah. Und wenn Zer abtrünnig werden sollte und Hilfe brauchte, um es mit einer Klinge zu beenden, dann würde Nael handeln, ohne groß Fragen zu stellen.

Also würde Nael auch eine Frau verführen und Zer die Seele des Opfers aufsaugen lassen, um sicherzustellen, dass sein Herr das G2 im Vollbesitz seiner Kräfte verließ. Großer Gott, nicht, dass die Tänzer etwas dagegen gehabt hätten. Verdammt, aus genau diesem Grund waren sie schließlich *da* und verrenkten sich ausgerechnet auf dieser Tanzfläche. Sie wollten ausgewählt werden, denn es war wie ein Lotteriegewinn für sie. Zer ärgerte sich über das dringende Verlangen, das ihn erfasste, aber es ließ sich nicht vermeiden. Er musste trinken, bald schon sogar, traute sich jedoch nicht zu, den Teil mit dem Verführen selbst zu übernehmen.

Nicht mehr.

»Jepp.« Er nickte heftig mit dem Kopf und wollte noch etwas hinzufügen, um zu zeigen, dass er zu schätzen wusste, was der Bruder für ihn tat, doch ihm fiel nichts sein. Sie wussten beide, dass Zer sich gerade noch so auf den Beinen hielt und ein verdammtes Chaos über ihnen hereinbrechen würde, wenn er nichts dagegen tat.

»Lieferservice ist doch was Wunderbares.« Ein zögerliches,

warmes Lächeln umspielte Naels Mundwinkel, doch Zer entging nicht, dass seine Augen kalt blieben. Ihm war klar, dass er bloß den Zuhälter spielte, und auch wenn er es für seinen Herrn tat, musste es ihm einen Stich versetzen. Doch Zer würde einen Weg finden, sich bei seinem Bruder zu revanchieren.

Neben ihm scannte Nael indessen mit prüfendem Blick die tanzende Menge ab, wie eine Hausfrau das Angebot auf dem Markt. Zu alt, zu langweilig, einfach nicht die Richtige. Schließlich fasste er eine Blondine mit Katzenaugen ins Visier, die wirkte, als hätte sie seit der Grundschule nichts Unschuldiges mehr getan. Als Nael ihr sein für ihn typisches breites Lächeln schenkte, segelte sie förmlich quer über die Tanzfläche hinweg auf ihn zu, als würde sie beide ein unsichtbares Band miteinander verbinden. Sie wiegte sich sinnlich in den Hüften, immer im Einklang mit dem hämmernden Beat der Musik. Zer hätte seine unsterbliche Seele darauf verwettet, dass sie das Wummern bis tief in ihre Mitte spürte.

Sie würde genügen.

Nael hatte kein Problem damit, die Frau mit einem Spruch über das Wetter anzuquatschen. Er musterte sie nur kurz und legte ihr dann einen Arm um ihre von einer Korsage eingeschnürten Taille. Als der Bruder ihr schließlich einen langen, feuchten Zungenkuss gab, spürte selbst Zer die plötzliche Erregung bis in seine Zehenspitzen. So intensiv hatte sie es sich nicht vorgestellt.

Sie unterbrach den Kuss lange genug, um zu fragen: »Guckt er zu?«, und deutete dabei auf Zer, der sie seinerseits anstarrte.

»Ja.« Nael bedeckte ihre Lippen mit seinen und fuhr ihr mit den Fingern durchs Haar, um eine Stelle auf ihrer Kopfhaut zu finden, bei deren Berührung sie zu schnurren anfangen würde. »Aber das macht dir doch nichts aus. Komm einfach her und erzähl mir, was du willst.«

Als er sie auf seinen Schoß zog, schlang sie ihre blassen Beine um ihn, als wäre sie unfassbar scharf auf ihn.

»Küss mich«, gab sie zurück, ihre Wangen waren vor Erregung gerötet. Sie duftete nach einem teuren Parfum und noch exklusiveren Lotionen. Eine Konsumgeile also. An den Füßen, die sie hinter dem Rücken seines Bruders gekreuzt hatte, trug sie High Heels mit Zwölf-Zentimeter-Absätzen, mit denen ihr Gang auf einen vorsichtigen, erotischen Shimmy reduziert wurde. Die Riemchen verliefen über Kreuz um ihre Fesseln und schlängelten sich hinauf bis zu ihren Knien. Doch sie reichten definitiv nicht einmal in die Nähe des Saums ihres ultrakurzen Lederminis, der nur bis knapp über ihren Po ging. Nael schob den Rock beiseite. Mit heiserer Stimme flüsterte er eine Frage und bat damit um Erlaubnis, weitergehen zu dürfen.

Keinem der beiden Gefallenen bedeutete diese Frau irgendetwas, sie bot lediglich die Möglichkeit, den Hunger, der sie antrieb, für eine Weile zu mildern. Nael berührte sie, weil Zer es sich selbst nicht mehr zutraute. Er konnte ihr weder die Zuwendung geben noch das Vergnügen bereiten, das sie wollte – und welches ihr im Gegenzug dafür zustand, dass sie sich ihnen hingab, um ihre sexuelle Begierde zu befriedigen. Es dürstete ihn dermaßen nach ihrer Seele, dass er sie vollkommen ausgesaugt hätte.

Doch so eine Art von Killer war er nicht. Noch nicht zumindest.

War Michael bewusst gewesen, wozu er die Gefallenen verdammt hatte? Diese Frage quälte Zer, doch sie hielt ihn nicht davon ab, zu trinken, den Geschmack der Seele dieser Frau einzusaugen, als wäre sie Wasser und er ein Wüstenwanderer kurz vor dem Verdursten. Wasser mit einem schalen Beigeschmack, ja, aber immerhin Wasser. Er spürte, wie die Energie ihn durchströmte, der kranke Freudentaumel des Fühlens ihn erfasste, auch wenn es sich dabei quasi um Emotionen aus zweiter Hand handelte.

Die Frau, die in Naels Armen vor Lust zerging, glaubte, sie sei gestorben und befände sich im Himmel, doch sie hatte nicht die geringste Ahnung.

Zer war im Himmel gewesen. Er wusste, was ihr dort wirklich entging und dass jene Glückseligkeit, die Nael über sie brachte, nur ein blasser Abklatsch davon war. Es lohnte sich, für den Himmel zu kämpfen und ihn zu beschützen – auch wenn man dort nicht von seinesgleichen beschützt werden wollte. Was auch immer er dafür tun müsste, er würde Cuthah aufhalten. Einmal in seinem viel zu langen Leben würde er die richtige Entscheidung treffen. Und die entscheidende Schlacht gewinnen.

Bei diesem Rennen galt es, die nächste Seelenverwandte als Erstes ausfindig zu machen. Es ging um alles.

Und wenn Nessa St. James Glück hatte, würden die Gefallenen zuerst bei ihr auftauchen.

2

Über den Tisch aus Teakholz-Imitat hinweg starrte Nessa St. James den Scheißkerl an, der ihr gerade erklärt hatte, er werde ihr Labor schließen und sie damit quasi arbeitslos machen. In ihren Augenwinkeln brannten Tränen, aber, Herrgott, sie würde nicht weinen. Solange sie nicht blinzelte, würden die Tränen vielleicht bleiben, wo sie waren, und sie könnte das Ganze auch so durchstehen. Andererseits … Wenn sie dem Drang zu schluchzen nun nachgäbe, ließe es sich wahrscheinlich rechtfertigen, dem Kerl die Nase einzuschlagen. Denn wenn sie sich unprofessionell verhielt, dann so richtig. Sie würde etwas tun, das sie hinterher total bereute. Der Dekan lächelte sie an und rückte seine Krawatte zurecht, während sie sich auf ihre Atmung konzentrieren musste, da sich eine Panikattacke ankündigte. Die fröhlichen blauen und rosafarbenen Streifen des Binders verliefen haargenau parallel zu den Knöpfen seines weißen Oxford-Hemds, ohne einen auszulassen.

»Ich hab da gerade offenbar etwas nicht ganz verstanden«, sagte sie.

»Wir werden Ihr Labor schließen«, wiederholte der Dekan und ließ seinen Blick von ihrem Kinn weiter hinunter- und danach langsam wieder hinaufwandern. Sie war versucht, den Ausschnitt ihrer weißen Bluse zurechtzuzupfen.

»Weshalb?« *Bleib ruhig!* Sie hatte viel zu hart dafür geschuftet und stand zu kurz davor, endlich Antworten zu finden, als dass sie jetzt aufgeben wollte.

»Wie lange arbeiten Sie nun schon bei uns?«

»Seit drei Jahren.«

Im nächsten Jahr sollte sie eigentlich eine Professorenstelle bekommen. In ihrem Vorstellungsgespräch hatte er ihr in Aussicht gestellt, dass sie für eine frühzeitige Professur infrage komme und bis zu ihrer Prüfung nicht die vollen sechs Jahre zu warten brauche. Sein Versprechen war einer der Gründe gewesen, warum sie sich schließlich dazu entschlossen hatte, nach M City zu ziehen und diese Stelle anzunehmen, wo sie doch überall auf dieser verdammten Welt hätte arbeiten können. Das wussten sie beide. Warum also drohte er ihr nun?

»Ihre Forschungen sind beeindruckend.« Der Dekan lehnte sich in seinem Stuhl zurück und vergrößerte so den Abstand zwischen ihnen. Seine Frau hatte das Hemd entweder schon zu Beginn ihrer Ehe gekauft oder die Figur ihres Mannes nicht wirklich realistisch eingeschätzt. Die Baumwolle spannte sich über dem wohldefinierten Ansatz einer Plauze. Zu viel Fast Food und zu viel Stress, genetisch war der Mann nicht dafür gemacht, mit dieser Doppelbelastung fertigzuwerden. Die Antwort seines Körpers auf diese Beanspruchung: Er bildete einen Rettungsring.

»Vielen Dank«, antwortete sie zurückhaltend. Auch hier wussten sie beide, dass das stimmte.

»Aus diesem Grund würden wir Ihnen gern eine Stelle als Juniorprofessorin in Professor Markoffs Labor anbieten. Damit würden Sie doch einen großen Schritt machen«, fuhr er sanft fort, und dieses Mal ließ er den Blick definitiv von ihrem Gesicht hinunter zu dem schmalen V, das der Ausschnitt ihrer Bluse frei ließ, schweifen. »Vor allem in Anbetracht ihres misslichen Backgrounds.« Er lehnte sich nach vorn und faltete die Hände auf der Tischplatte, als er die Bombe endlich platzen ließ. Entweder kannte er ihre Vorgeschichte mit Markoff nicht oder sie war ihm schlichtweg egal.

»Wie gesagt, Ihre Verdienste in der Forschung sind natürlich beeindruckend, doch die meisten unserer Geschäftspartner arbeiten lieber mit Menschen zusammen.« Er leckte sich über die Lippen.

»Sie glauben also nicht, dass ich ein Mensch bin.« Ihr Labor, ihre Forschungen bedeuteten ihr so viel. Sie war jeden Tag zur Arbeit erschienen und es kamen tatsächlich Studenten in ihre Vorlesungen. Außerdem wusste sie ganz genau, wie viel Geld die Universität mit ihrem Patent für einen DNA-Test, den man in der Drogerie kaufen konnte, verdient hatte. Man musste lediglich auf ein Stäbchen pinkeln, um herauszufinden, was man war. Doch ganz offensichtlich zählte nun keine dieser Leistungen mehr, und das nur wegen eines zusätzlichen Chromosoms.

Eines Chromosoms, das sie eindeutig als paranormal auswies.

Das Problem war nur, dass sie sich ebenso eindeutig wie ein Mensch fühlte.

»In den Statuten der Universität gibt es keine Regelung, die es Paranormalen verbietet, einen Lehrauftrag anzunehmen.« Sie fühlte sich dazu genötigt, den Dekan an diese Tatsache zu erinnern. »Sie haben vor mir schon andere Paranormale an dieser Universität beschäftigt. Es gibt keine Mitarbeiterrichtlinie der Fakultät, die dagegenspräche.« Das hatte sie nach ihrer unerfreulichen Entdeckung doppelt und dreifach überprüft.

Er blickte selbstgefällig drein. »Sie haben uns diese Information vorenthalten, als wir Sie einstellten.«

»Damals wusste ich es ja auch noch nicht«, blaffte sie ihn an. »Sie können mir glauben, dass es für mich genauso ein Schock war wie für Sie. Bis zu dem DNA-Test habe ich nicht einmal geahnt, dass meine Herkunft irgendwie ungewöhnlich sein könnte. Aber nichts davon beeinflusst meine Arbeit oder hatte Auswirkungen auf das, was ich bereits geleistet habe.«

»Vielleicht könnten wir uns ja anders einigen«, bot er an, wobei ein Lächeln seine Lippen umspielte, das sie noch nie zuvor bei ihm gesehen hatte. »Wenn es Ihnen gelänge, noch mehr Fördergelder aufzutreiben. Und wenn Sie mehr Einsatz zeigten …«

Oh Mann, sie brauchte eine Dusche. Er schlug doch nicht ernsthaft das vor, was sie gerade vermutete. Sie war zwar kein Monster, aber ebenso auch keine Schönheit.

»Wie gesagt, Professor Markoff möchte unbedingt mit Ihnen zusammenarbeiten.«

Nur über ihre Leiche. Markoff musste man als Ausrutscher bezeichnen, aber damals hatte sie sich einsam gefühlt. Er war an ihr interessiert gewesen und sah nicht schlecht aus, also hatte sie seine Einladung, mit ihm essen zu gehen, angenommen. Leider war der Professor jedoch davon ausgegangen, sie wäre zu weitaus mehr als nur einem Dinner bereit, und schließlich außer sich vor Wut gewesen, als sie seinen Vorschlag, die Nacht mit ihm zu verbringen, abgelehnt hatte. Auf keinen Fall würde sie jetzt in sein Forschungsteam wechseln und zeit ihres Lebens eine Juniorprofessorin bleiben, während er all die Lorbeeren für ihre Forschung einheimste – wie auch immer die Ergebnisse aussehen mochten, die bei ihrem lustigen kleinen Zusammenschluss herauskämen.

»Ich bin nicht daran interessiert, mit Professor Markoff zusammenzuarbeiten.« Sie blinzelte langsam und vorsichtig, doch die Tränen blieben, wo sie waren.

»Wie schade.« Der Dekan zuckte mit den Schultern. »Am besten gehen Sie nach Hause und denken noch einmal darüber nach. Gehen Sie noch einmal all ihre Möglichkeiten durch.«

»Haben Sie meinen neuesten Artikel gelesen? Ich bin die führende Forscherin auf diesem Gebiet und er ist in einer wissenschaftlichen Fachzeitschrift erschienen, die vom gesamten

Fachbereich gelesen wird.« Die meisten Fakultätsmitglieder hätten für eine derartige Publicity ihre Seelen an die verdammten Gefallenen verkauft. Sie hatte sechs Monate lang unaufhörlich daran gearbeitet, diesen Artikel fertigzubekommen. Dass er schließlich rezensiert und veröffentlicht worden war, stellte einen Riesenerfolg dar. Sie hatte das Zeug dazu, es auf ihrem Fachgebiet zu etwas zu bringen.

»Die zwölf Stämme Israels.« Er nickte, doch sein Gesichtsausdruck blieb unverändert. Mit den Fingern strich er an der glatten Kante des Tischs entlang. Dann nahm er einen bereits akkurat übereinanderliegenden Stapel Papiere und ordnete ihn noch einmal. »Professor Markoff hat mich darüber ins Bild gesetzt.«

Markoff besaß überhaupt keinen Durchblick, es sei denn, er bekam die Möglichkeit, das wiederzukäuen, was jemand anderes bereits geschrieben hatte. Doch jetzt war nicht der richtige Zeitpunkt, so etwas zu erwähnen.

»Dreizehn«, korrigierte sie ihn und genoss, wie der Dekan vor Unbehagen blinzelte. »Es gibt dreizehn Stämme. Einer von ihnen findet in der Bibel keine Erwähnung, doch es ist mir gelungen, ihn nachzuweisen.«

»Zwölf.« Der Dekan hievte sich aus dem Stuhl hoch. »Jeder weiß, dass es zwölf gibt. Ihre Hypothese ist ein interessantes Hirngespinst, aber ich halte Ihre Forschungsmethoden für äußerst fraglich. Für solche Fantastereien wird niemand Gelder lockermachen.«

»Es ist keineswegs Fantasterei«, konterte sie. »Es ist mir gelungen, die Erbfolge dieser Population anhand der DNA nachzuweisen. Das Siedlungsgebiet passt. Es gibt eine genetische Gemeinsamkeit – und das paranormale Gen. Dieser Stamm besitzt es. Und das ist eine unbestreitbare Tatsache.«

Er blinzelte nachdrücklich. »Können Sie das beweisen? Und haben Sie genügend Fördergelder dazu?«

»Ja.« Und wie sie das beweisen konnte, verflucht noch einmal. Bei den Fördergeldern war sie sich allerdings nicht ganz so sicher. »Das kann ich. Und das werde ich auch.« Zumindest, wenn ihre Hypothese stimmte. Sie versuchte, den nagenden Zweifel zu unterdrücken, der unerwünschterweise in ihr aufstieg. Um ihr Experiment zu beenden, brauchte sie noch etwas Zeit. Doch dann würde sie die Beweise vorlegen können, die der Dekan haben wollte. Und sie wäre dazu in der Lage, sich selbst alle Fragen zu ihrer eigenen unerwarteten Abstammung zu beantworten.

Was sie als neugierige Wissenschaftlerin begonnen hatte, die spannende Herausforderung, eine Entdeckung zu machen und absolutes Neuland zu betreten, war zu einer ziemlich persönlich motivierten Suche geworden. Kein Forscher hatte sich jemals zuvor mit paranormaler DNA befasst. Das Erbgut war schließlich ein Merkmal des Menschen, eine Anleitung, wie dieser sich zusammensetzte. Und Paranormale hatten per Definition nicht menschlich zu sein. Mal abgesehen von Mischlingen wie ihr. Doch das war nicht ihr erster Anhaltspunkt gewesen.

Der Dekan seufzte. »Gehen Sie nach Hause, Nessa. Denken Sie über mein Angebot nach; und dann lassen Sie mich wissen, wofür Sie sich entschieden haben. Bitte geben Sie mir in spätestens drei Tagen Bescheid. Liefern Sie mir Fakten und Zusagen für Fördergelder und ich lasse mit mir reden. Ansonsten …« Er zuckte mit den Schultern.

Ansonsten soll man Reisende ja nicht aufhalten. Er hatte sie zwar nicht gefeuert, doch es war mehr als klar, dass sie entweder schnell Geld auftreiben oder eine Degradierung in Kauf nehmen musste. Andernfalls würde sie aus dem Fachbereich gedrängt werden. Sie hatte also exakt drei Tage Zeit, um ihre Karriere zu retten, oder sie würde miterleben, wie alles, wofür sie ihr Leben lang gearbeitet hatte, den Bach runterging. Sie war gezwungen, auf Plan B zurückzugreifen.

Sie verließ den Raum und schaffte es am Sekretariat des Fachbereichs vorbei, bevor sie die Tränen nicht mehr länger zurückhalten konnte. Sie hätte zwar schnurstracks zur Toilette gehen können, doch es widerstrebte ihr, sich heulend in einer der Kabinen einzuschließen, weil ihr Dekan falsch wie eine Schlange war und offensichtlich aus einer Laune heraus beschlossen hatte, ihre Karriere zu zerstören.

Abgesehen davon machte der Campus in der letzten Zeit überhaupt keinen einladenden Eindruck mehr auf sie. Vielleicht bekam sie jetzt schon Paranoia oder es lag daran, dass sie in der vergangenen Woche ungefähr ein halbes Dutzend Mal *irgendetwas* aus den Augenwinkeln heraus wahrgenommen hatte. Aber sie wurde das Gefühl nicht los, von jemandem verfolgt zu werden.

Obwohl mittlerweile eine ganze Flut an fröhlichen Studenten an ihr vorbeiströmte, hielt sie es immer noch für eine schlechte Idee, sich auf die Toilette zu verdrücken. Die meisten von ihnen waren Pärchen, die Arm in Arm gingen. Nessa konnte zwar nicht sagen, was sie sahen, wenn sie einander in die Augen schauten, jedoch die Lust spüren, wenn sie von ihr umgeben wurde. Im Frühjahr war es auf dem Campus immer besonders extrem, dann schienen ihre Studenten vollauf damit beschäftigt zu sein, ihren natürlichen Bedürfnissen nachzugehen. Möglicherweise stimmte etwas nicht mit ihr, aber mit diesem »Paarungsverhalten« hatte sie selbst nicht viel am Hut. Vielleicht sollte sie sich einen Ruck geben. Jeden Abend allein nach Hause zu gehen war schließlich nichts, worauf man besonders stolz sein konnte. Sie musste sich eine Katze zulegen. Oder vielleicht sogar besser zwei von den Tieren.

Was natürlich nur gehen würde, wenn sie weiterhin ein Gehalt bekäme, von dem sie das Futter bezahlen könnte.

Bei einer Frist von drei Tagen blieb ihr keine große Wahl.

Sie würde Plan B umsetzen müssen. Die Genecore Foundation hatte ihr eine eingefrorene DNA-Probe zugesandt und um eine Analyse gebeten. Dabei waren ihr Anomalien aufgefallen, die ihre Neugier geweckt hatten. Zudem war Genecore an einer Zusammenarbeit interessiert und hatte ihr eine Stelle angeboten – eine finanziell gut abgesicherte obendrein –, doch zunächst würde sie die Organisation noch richtig überprüfen müssen. Immerhin wollte sie nicht vom Regen in die Traufe kommen. Aber der Präsident der Foundation schenkte ihrer Arbeit große Beachtung. Also beschloss sie, ihn noch vor ihrer nächsten Vorlesung anzurufen. Sie würde ihm mitteilen, dass sie sehr daran interessiert war, die Stelle in seinem DNA-Projekt anzunehmen.

Mit dem Ellbogen stieß sie die Tür des Vorlesungsgebäudes auf und schlüpfte hinein. Bei jedem ihrer Schritte klackerten ihre Absätze auf dem schwarz-weißen Fußboden, der älter war als sie selbst. Es mochte eitel sein, solche High Heels zu tragen, aber verdammt noch einmal, sie war halt relativ klein. Und wenn sie auf diesem Wege ein paar Zentimeter hinzumogeln konnte, dann tat sie das auch. Außerdem lief sie auf diesen Schuhen anders, war sich ihres Hüftschwungs bewusst und spürte, wie der Stoff ihres Rocks über ihre Haut glitt. Damit fühlte sie sich anders. Selbstbewusster. Und enorm sexy.

Sie war zwar weder verheiratet oder verlobt noch hatte sie Dates, doch es ging auch nichts über die Aufregung, die sie verspürte, wenn sie den Campus betrat. In diesen Momenten wusste sie einfach, dass sie genau *hierher*gehörte. Sie würde nicht gehen, und schon gar nicht für Professor Markoff arbeiten. Es gab einen Weg, das Problem zu lösen – und genau den würde sie nun einschlagen.

Seufzend klappte sie ihr Handy auf und wählte.

Sie war verdammt gut in dem, was sie tat, und fühlte sich an diesem Ort mittlerweile zu Hause. Auch wenn sie eine gefragte Koryphäe in ihrem Fachbereich gewesen war, als die Universität ihr ein Angebot gemacht hatte, und der stalinistische Architekt, von dem der Campus entworfen worden war, eine Schwäche für den gotischen Stil besessen hatte.

An bedeckten Tagen wie diesem rechnete sie schon fast damit, dass die Wasserspeier zu ihr herunterklettern und ein Gespräch mit ihr anfangen würden, was nur zeigte, wie übermüdet sie eigentlich war. Und an diesem Tag schien es noch schlimmer zu sein als sonst.

Der Anruf wurde angenommen und eine sachliche Stimme teilte ihr mit, sie werde zu ihrem gewünschten Gesprächspartner bei Genecore durchgestellt.

Nun war es an der Zeit, ihren eigenen Arsch zu retten.

Zer fegte durch die Eingangstür des Gebäudes, denn er wusste, dass die Abtrünnigen, die ihm auf den Fersen waren, sich nicht erst die Mühe machen würden, anzuklopfen. Und ihm selbst stand nur ein Trupp von zwei Mann zur Verfügung. Rein. Die Frau schnappen. Wieder raus. Und wenn er schnell handelte, würden auch weniger Menschen dabei verletzt werden – was seine Chancen bei Nessa St. James bestimmt vergrößerte.

Sie war vermutlich genauso zartbesaitet wie die meisten von *ihnen*.

Er bedeutete Nael und Vkhin, in Position zu gehen. »Sichert den Eingangsbereich.« Nael wirkte, als lechzte er förmlich nach einem anständigen Kampf. Immerhin würde Vkhin ihm dabei Rückendeckung geben, was Zer den Freiraum verschaffte, die gute Professorin zu holen.

Mit seinem Stiefel trat er gegen die innere Tür und wartete dann kurz, denn er hatte die Hände nicht frei, da er in beiden Waffen hielt. Praktischerweise blieb einer der Abtrünnigen stehen und mähte den Wachmann des Campus nieder, bei dem es sich um einen untersetzten, etwas aus der Form geratenen Mann handelte, der in einer Zeitung vom Vortag gelesen hatte. Höchstwahrscheinlich kam er von einem privaten Sicherheitsdienst und war jämmerlich ausgestattet, denn er hatte nicht mal zu seiner Pistole gegriffen, sondern sich gleich geduckt und war wie ein braver Junge in Deckung gegangen, weshalb sich Zer auch nicht weiter um ihn geschert hatte. Doch offensichtlich ließ der Abtrünnige direkt hinter Zer nicht gern jemanden zurück, der Verstärkung rufen könnte, denn er war mit gezücktem Messer über den Schreibtisch des Wachmanns gesprungen. Als Nael und Vkhin schließlich angerannt kamen, schnitten Zers Klingen bereits tief ins Fleisch des mordlustigen Abtrünnigen. Dieser gab einen hohen Schrei von sich, ein wenig Blut spritzte, und schon wurde es auf dem Flur sehr viel ruhiger.

Scheiße! Er musste nun Gas geben.

Zer machte sich ein Bild von der Lage. In dem Raum vor ihnen war eine Stimme zu hören. Jemand sprach flüssig, ruhig und akzentuiert. *Bingo!*

Zer schlug die Tür ein und platzte in die Vorlesung, ohne auf die in Panik geratenden Studenten im Saal zu achten, die aufschrien und davonrannten. Doch niemand von ihnen war so dumm, in seine Richtung zu laufen. Mit einem schnellen Blick durch den Raum erfasste er, wo sich die anderen Ausgänge befanden. Es gab noch zwei weitere Türen. Gut, denn er würde alle Fluchtwege brauchen, die sich ihm boten.

Als er die Dozentin erblickte, hielt er inne.

Sie war …

Sie war auf zweierlei Art sexy, niemals im Leben konnte es sich bei ihre um eine Bibelexpertin und weltbekannte Genforscherin handeln. Obwohl ihre Kleidung schon passte: eine bis oben hin zugeknöpfte weiße Bluse ohne Verzierungen aus irgendeinem Synthetikmaterial, das wohl noch nicht einmal dann zerknittern würde, wenn er mit seinem Geländewagen darüberführe. Oh Gott, er war ein dreckiger Mistkerl, denn er konnte nicht aufhören, auf ihre Brüste zu starren. Als sie sich mit einer eleganten Bewegung von der Tafel wegdrehte, spannte sich der weiche Stoff über ihren Rundungen – je eine gute, üppige Handvoll, bei deren Anblick er die zuckersüßen Nippel in seinen Mund saugen und mit der Zunge umspielen wollte, bis sie die Selbstbeherrschung verlöre.

Zur Hölle, ja …

Als er schließlich in den Raum stürmte, hörte sie auf zu reden, umklammerte die Kanten des Lesepults und fasste darunter. Ein Panikknopf! Er hätte sein letztes Hemd darauf verwettet, dass unter dem Podium einer angebracht war. Gut. Ein starker Selbsterhaltungstrieb würde ihm den Job sicherlich erleichtern.

Sie starrte ihn an und er stierte zurück, wobei er sich fragte, ob sie auch nur ahnte, wie antörnend es wirkte, als sie sich nervös mit ihrer feuchten Zunge über die Unterlippe fuhr.

Verdammt, sie sah so sexy aus. Und er hätte schwören können, dass es ihr überhaupt nicht bewusst war.

Ihr schokobraunes Haar hatte sie zu einem adretten Knoten geschlungen und einen Bleistift perfekt platziert durch die dicken Strähnen geschoben. Zuckersüß … Ihre blasse Haut ließ erkennen, dass sie viel zu viel Zeit in geschlossenen Räumen verbrachte, zudem konnte er dunkle Augen ausmachen, während er sie von oben bis unten betrachtete. Zwei Arme, zwei Beine, zwei Brüste – sprich, die Standardausstattung für ihre Gattung. Sie war also nichts Besonderes, und er sollte eigentlich nicht dermaßen geil auf sie werden. Dann machte sie den Mund auf. Es hatte nicht den Anschein, als hätte sie die Stimme gehoben, doch er konnte sie klar und deutlich vom anderen Ende des Raums her hören.

»Der Sicherheitsdienst ist alarmiert. Ich rate Ihnen also, verdammt noch mal aus meinem Hörsaal zu verschwinden. Und zwar sofort!« Beim Klang ihrer angenehmen Stimme lief ihm ein Schauer den Rücken hinunter und er bekam dicke Eier. Sie hatte ja keine Ahnung, wen sie da anlockte, beziehungsweise was. Oder aber es war ihr scheißegal.

Ihr herrlich eisiger Blick sorgte dafür, dass er einen Ständer bekam. Er musste seinen Schwanz dringend wieder unter Kontrolle bringen. »Runter mit dir, Junge«, murmelte er vor sich hin, während er den Hauptgang entlangschritt. Die langsameren Studenten und jene Unglücklichen, die hinter ihren Kommilitonen im Raum feststeckten, versuchten ihm aus dem Weg zu gehen.

Er wusste, was sie in ihm sahen: einen erbarmungslosen, kaltblütigen Killer. Damit hatten sie freilich nicht ganz unrecht und dem Blick seiner Dozentin nach zu urteilen, schätzte sie ihn ebenso ein. Sie löste die Finger vom Pult, griff sich ihren Laptop und eilte geradewegs auf den nächsten Ausgang zu.

Wäre er jemand anderes gewesen, hätte sie es vielleicht geschafft.

Zer machte sich nicht die Mühe, etwas zu erklären, dafür war verdammt noch einmal keine Zeit. Er konnte hören, wie bereits ein weiterer Abtrünniger mit donnernden Schritten den Gang heruntergerannt kam und sich durch die Menge der panisch flüchtenden Studenten vorarbeitete. Dass Nael und Vkhin Gegenstände nach ihm warfen, würde ihn nicht weiter aufhalten. Mal ganz abgesehen davon, dass die Frau Zer sowieso nicht zugehört hätte. Also klemmte er sich sein Messer zwischen die Zähne und stützte sich mit einer Hand ab, um sich über die Sitzreihen zu schwingen, während er die andere Hand an seiner Waffe hatte. Drei Reihen. Zwei. Bingo.

Er schnitt ihr den Weg ab, schlang einen Arm um ihre Taille – oh ja, er war definitiv ein Mistkerl, denn er bemerkte ganz genau, wie ihre Brüste dabei gegen das Leder seines Mantels drückten – und riss sie von den Füßen, wobei er auch die Klinge zwischen seinen Zähnen fallen ließ. Als ihr der Laptop wegrutschte, stieß sie eine Salve von Flüchen in mehreren Sprachen aus, welche von den gesamten nutzlosen Vereinten Nationen nicht hätten übertroffen werden können.

»Verdammt. Noch. Mal. Schnauze. Halten.« Er hievte Nessa hoch und hielt sie fest an sich gepresst. Nur um zu demonstrieren, dass er dazu in der Lage war. »Ich bin auf deiner Seite.«

Sie unterbrach ihr Gefluche, um die Hände zu heben und nach Kräften zu versuchen, ihm die Augen auszukratzen, während sie mit ihren verdammt spitzen Absätzen gegen seine Schienbeine trat. Wieder hatte sie Pech, dass er kein Mensch war. Sie besaß nicht den Hauch einer Chance.

Weil es die einfachste Methode darstellte, ging er mit ihr zu Boden und legte sich mit seinem vollen Gewicht auf sie. Diesem zierlichen Persönchen würde es niemals gelingen, ihn wegzudrücken, selbst wenn Nessa ihr Bestes gab. Es dauerte drei für ihn äußerst angenehme Sekunden – während derer er das Gewicht verlagerte und ihre Beine so weit auseinanderdrückte, wie es ihr enger Bleistiftrock zuließ – bis sie aufgab. Nessa rang nach Luft, vermutete er zumindest, denn den meisten Menschen war es am wichtigsten, am Leben zu bleiben, und dazu musste man nun mal atmen.

Mit ihren braunen Augen starrte sie zu ihm herauf. »Wenn Sie der Gute sind«, fragte sie, »wer spielt hier dann den Bösen?«

Genetik war berechenbar. Der Kerl aber, der sie auf die nicht allzu sauberen Bodenfliesen ihres Hörsaals drückte, war absolut *un*berechenbar.

Die Wissenschaftlerin in ihr ordnete ihn ein, machte seine Abstammung aus und spekulierte über mögliche Ahnen. Seine Haut war zu dunkel für einen Südländer und seine Wangenknochen passten nicht zu einer Herkunft aus dem Nahen Osten. Er mochte Israeli sein; dem Waffenarsenal nach zu urteilen, das er bei sich trug, gehörte er dem Mossad an. Die Frau in ihr indes war sich seiner Gegenwart unerwarteterweise nur allzu bewusst. Er hatte etwas Dunkles an sich, seine harten Gesichtszüge bildeten das Gegenstück zu einem noch gestählteren Körper. Das Haar trug er allerdings zu kurz geschnitten, um wirklich abschätzen zu können, wie es natürlich fiel. Aber mit diesen Wangenknochen hätte ihn jede New Yorker Modelagentur garantiert sofort unter Vertrag genommen, zumindest solange der Booker ihm nicht richtig in die Augen sähe, die irgendwie unmenschlich wirkten. Sie schienen vor Intensität regelrecht zu leuchten, und die Iris schimmerte tiefschwarz, was von den kleinen Narben ablenkte, die an den Seiten seiner Wangen verliefen, als hätte das Leben ihm ein für alle Welt sichtbares Warnsignal ins Gesicht tätowiert. Dieser Mann besaß eine dunkle Aura, etwas Wildes. Und verdammt, da lag doch ein gieriges Funkeln in seinen Augen.

Er war mit Sicherheit kein Mensch und definitiv eine Nummer zu groß für sie, obwohl sie selbst ein zusätzliches Chromosom besaß.

Noch einmal betrachtete sie ihn. Ja, dieser Teint und diese markanten Züge verrieten ihr alles, was sie wissen musste. Sie konnte ihm seinen Gencode förmlich vom Gesicht ablesen.

»Dämon«, entschied sie. »Gefallener Engel.« Also war er garantiert nicht zur Universität gekommen, um sich ihre Einführung in die Genetik anzuhören oder mit ihr ihren neuesten Aufsatz über das vierte Buch Mose zu besprechen. Linien und Muster. Beziehungen. Alles stand sauber und ordentlich niedergeschrieben. Dabei war das Ganze im echten Leben wahrscheinlich ein höllisches Durcheinander und leicht inzestuös obendrein. Den meist abwesenden Gesichtsausdrücken ihrer Studenten nach zu urteilen, fanden nicht besonders viele Menschen diese Thematik spannend. So gar nicht, weshalb sie einmal mehr ein ziemlicher Freak zu sein schien. Aber das erklärte immer noch nicht, warum der Gefallene aufgetaucht war und sie so grob behandelte.

Sie schloss die Finger um seine Handgelenke und zog daran. Er ließ sie gewähren – vermutlich, weil es ihn amüsierte, diesen Scheißkerl. Ihr Versuch, sich freizukämpfen, endete damit, dass sie nicht mehr schaffte, als die Ärmel seines ledernen Staubmantels hochzuschieben, wodurch dunkle, tintenähnliche Male sichtbar wurden, die wie Bänder um seine breiten Handgelenke verliefen. Wenn sich ein Dämon und ein Mensch miteinander verbündeten, wurde ihnen diese Vereinigung in Form solcher Wirbel, schwarzer Stigmen, die sich bis über die Unterarme zogen, buchstäblich auf die Haut geschrieben. Es hieß, je größer der Wunsch, den man äußerte, desto dicker und dunkler seien die entsprechenden Zeichen. Nessa glaubte nicht daran, dass die Male des Gefallenen eine Laune der Natur waren, was hieß, dass er ein Bündnis geschlossen hatte. Es musste Gründe gegeben haben, sich diese Kunstwerke zuzuziehen.

Er bewegte sich auf ihr und Nessa sog begierig Luft ein, bevor sein Gewicht schließlich wieder vollends auf ihr ruhte. »Na, gefällt dir, was du siehst, Doc?«

Das tat es, doch sie war nicht dumm. Das Ganze entwickelte sich zu einem richtig schlechten Tag. Er hatte sämtliche Teilnehmer ihres Seminars traumatisiert, hielt sie am Boden fest und den Geräuschen nach zu urteilen, die von draußen in den Hörsaal drangen, war er nicht allein. In der Entfernung krachten allerdings Schüsse. Es bestand also Hoffnung, dass der Sicherheitsdienst auf dem Campus sie möglicherweise doch noch retten kommen würde.

Oh mein Gott … Vielleicht war sie an diesem Morgen ja gar nicht aufgewacht. Vielleicht gehörten sowohl die schreckliche Unterredung im Büro des Dekans als auch diese unvorstellbare Unterbrechung ihrer Vorlesung zum selben Albtraum. Vielleicht würde sie daraus hochschrecken, wenn sie sich nur fest genug konzentrierte. Doch zu ihrem Leidwesen konnte man sie zwar durchaus als verzweifelt bezeichnen, nicht aber als verrückt, und der mehr als hundert Kilo schwere Mann auf ihr erwies sich ganz und gar nicht als Traumgebilde.

»Gehen Sie runter von mir.« Sie glaubte nicht, dass er sich zurückziehen würde, was sie aber dennoch nicht davon abhielt, zu protestieren. Er hatte kein Recht, so etwas zu tun, einfach in den Hörsaal spaziert zu kommen und sie dermaßen grob anzupacken. Ihre Seele gehörte ihm schließlich nicht und würde es auch niemals.

Sie versuchte, die Schauder der Angst, die das Geschrei draußen auf dem Flur in ihr auslöste, zu verdrängen. Zunächst galt es, sich freizukämpfen. Dann konnte sie in Panik verfallen.

»Du bist doch der Doc, oder?« Er musterte ihr Gesicht, als erwartete er, der Einfachheit halber einen Namen und eine Nummer daraufgestempelt zu finden.

Sie überlegte kurz, ob sie sich weigern sollte, seine Frage zu beantworten. Wurden Soldaten nicht darauf trainiert, sich genauso zu verhalten und nicht mehr als ihren Dienstgrad und ihre Nummer zu verraten, wenn sie dem Feind in die Hände fielen? Plötzlich spürte sie, wie der Gefallene langsam mit einem seiner großen Daumen über ihr Schlüsselbein strich. Es war eine kleine, wie zufällig ausgeführte Geste, derer er sich selbst gar nicht gewahr zu sein schien. Nur dass Nessa ihm das nicht abnahm, vor allem, da er dabei die ganze Zeit über nicht den Blick von ihrem Gesicht abwandte.

Er wusste genau, was er da machte. Unwillig registrierte sie, dass sie ein warmes Prickeln im Unterleib verspürte, und verbuchte es als Warnung. Oh Mann, wie *bescheuert* musste man sein?! Er hatte sie gejagt und niedergerungen, und dennoch konnte sie sich nicht dagegen wehren, so zu reagieren, spürte die angenehme Wärme und die Schwere seines stattlichen Körpers.

»Nenn mir deinen Namen«, verlangte er, wobei er noch mehr Gewicht auf sie verlagerte. Abermals rang sie nach Atem, als die Luft aus ihren Lungen gepresst wurde. Er tat ihr nicht weh, noch nicht zumindest, doch die Botschaft war eindeutig. Ihr Angreifer machte hier die Ansagen und sie sollte nach seiner Pfeife tanzen.

Als er schließlich auch noch nach ihrem heruntergefallenen Laptop griff, musste sie gegen die in ihr aufsteigende Panik ankämpfen. Hatte sie an ein Back-up gedacht? Was, wenn die Software nicht wie vorgesehen alles automatisch gesichert hatte? Sie würde diesem miesen Schwein unter keinen Umständen ihre Daten überlassen.

»Nessa St. James«, antwortete sie schnell, und ihre Atmung normalisierte sich wieder, als sie sah, wie er seine große Hand von dem Titangehäuse ihres Laptops zurückzog. Die Back-up-Software lief zu neunundneunzig Prozent fehlerfrei, doch sie wollte es nicht auf das eine Prozent ankommen lassen. Diese Sonderfälle waren immer eine haarige Angelegenheit.

»Nessa St. James.«

»Hab ich doch gesagt«, blaffte sie ihn an, denn sie wollte sich ihre Furcht nicht anmerken lassen. Sie hatte genug davon, verängstigt zu sein. Genug davon, vor ihren Problemen davonzulaufen, auch wenn der momentane Fall mindestens doppelt so schwer war wie sie. So, wie es sich anfühlte, maß er über eins achtzig und brachte gut neunzig Kilo auf die Waage. »Wenn Sie mich aufstehen lassen, hole ich mein Portemonnaie und zeig Ihnen meinen Ausweis.«

Er verzog seinen sinnlichen Mund zu einem fiesen Grinsen. »Ich bin aber noch nicht bereit, dich aufstehen zu lassen, Baby«, gab er zurück, wobei jedes der harmlosen Worte wie das versauteste Versprechen überhaupt klang. Schändlicherweise spürte sie, wie sie unerwartet feucht wurde. Sie konnte sich doch unmöglich zu diesem Neandertaler hingezogen fühlen.

»Zur Hölle damit, was Sie nicht sind.« Sie konzentrierte sich auf den Lärm vor dem Hörsaal. Das Knallen war nun lauter geworden, doch sie vermochte nicht zu sagen, ob der Sicherheitsdienst die Angelegenheit im Griff hatte.

Schließlich rollte er sich doch auf die Seite und zog sie mit sich, sodass sein Körper ihr Deckung bot, während er mit einer geschmeidigen Bewegung auf die Füße kam, sich hinhockte und ihr eine seiner Pranken entgegenstreckte.

»Zer.« Offenbar hielt er dieses Grunzen für eine angemessene Art, sich vorzustellen. Doch niemand hatte jemals behauptet, die Gefallenen besäßen gute Manieren. Da sich Nessa unwohl dabei fühlte, flach auf dem Rücken zu liegen und zu ihm aufzuschauen, setzte sie sich hin, wobei er sie nicht aus den Augen ließ. Seinem Blick nach zu urteilen, betrachtete er sie als Beute.

»Also, Zer, warum sind Sie hier?« Mit einer Handbewegung deutete sie auf das Durcheinander im Hörsaal. »Wenn Sie an meinem Seminar teilnehmen wollten, wäre es auch möglich gewesen, in meine Sprechstunde zu kommen.« Dort hätte sie ihn dazu gebracht, höflich zu fragen. Nein … Löschen. Sie hätte ihn dazu gebracht, zu betteln. Vermutlich bot niemand diesem Zer die Stirn, doch sie würde es drauf ankommen lassen.

Mit prüfendem Blick taxierte er die eingetretene Tür. »Wir müssen hier raus.«

Zumindest darin waren sie sich einmal einig. Sie dachte an ihre verhunzte Vorlesung und beschloss, dass sie für diesen Nachmittag genug von seinem Alphamännchen-Scheiß hatte. Er sollte es hinter sich bringen und sie töten oder sie verdammt noch einmal endlich gehen lassen.

»Das sehe ich genauso«, entgegnete sie und stand auf, ohne seine Hand zu ergreifen. »Ich bin hier fertig. Und Sie sind es auch. Ich schlage also vor, dass Sie als Erster durch die Tür nach draußen gehen, die Sie demoliert haben, und dem Sicherheitsdienst erklären, welchen bestimmt sehr guten Grund Sie dafür hatten, sich wie ein Neandertaler aufzuführen. In der Zwischenzeit werde ich den anderen Ausgang nehmen und sehen, ob sich dieser Tag noch irgendwie retten lässt.«

»Nein«, antwortete er mit seiner tiefen, rauen Brummstimme. »Das kann ich nicht zulassen, Baby.«

Na schön, sie würde sich auf sein Spiel einlassen. »Warum nicht?«

Anscheinend machte es ihn fertig, Erklärungen liefern zu müssen. Offenbar war er kein Freund vieler Worte oder aber er hatte einfach keine Lust, welche für sie zu verschwenden.

»Komm mit mir mit«, befahl er.

Sie überlegte, aus welchem Grund sie mit ihm hinausgehen sollte, doch ihr fiel keiner ein. »Nein.«

Als er nach ihr packte, wich sie zurück.

»Hör mir zu«, begann er und sie gewann den Eindruck, dass er es nur ein Mal erklären würde, da er ihr nicht wie ein Typ vorkam, mit dem man verhandeln konnte. Nein, er würde sich *nehmen*, was er wollte, und wenn sie ihm nicht Einhalt gebot, würde er auch noch glauben, er sei im Recht. »Du musst mit mir kommen. Jetzt sofort.«

Verdammt, wo blieben bloß die Wachmänner? Sie waren doch da, um sie zu *beschützen*. Sobald das alles vorüber wäre, würde sie sich wegen dieser Sache an den Dekan wenden.

Sie zuckte zusammen. Der Gefallene zog seine Hand zurück und verschränkte die Arme vor der breiten Brust, wobei sich die weiche Baumwolle seines schwarzen T-Shirts über die unfassbar austrainierten Muskeln spannte. Ihr unerwünschter Begleiter war wirklich gut gebaut.

»Du weißt, was ich bin, nicht wahr?«, fragte der Kerl.

»Sie meinen, abgesehen von einem unliebsamen Eindringling, der meine Nachmittagsvorlesung unterbrochen hat?« Als er sie mit einem eisigen Blick bedachte, beschloss Nessa, dass es wohl besser war, nachzugeben. »Sie sind ein Dämon.« Sie zuckte mit den Schultern und schätzte die Entfernung zur Tür ab. Sie würde es nicht hinausschaffen, bevor er sie einholte. Leider … »Sie sind einer der Gefallenen.«

Er nickte, als wäre sie eine besonders begabte Studentin. Nessa konzentrierte sich auf ihre Wahrnehmung und lauschte angestrengt. Die Geräusche, welche die panisch flüchtenden Studenten gemacht hatten, waren verstummt, aber eigentlich hätte sie die dumpf klingenden Schritte der Wachmänner, die mit ihren Stiefeln durch die Eingangshalle kamen, hören müssen.

Stattdessen herrschte Totenstille, das konnte kein gutes Zeichen sein.

»Weißt du, was das Dämonenbündnis ist?« Er sah sie an wie ein Fremder, der einem Kind Süßigkeiten anbot. »Hast du von der Gefälligkeit gehört?«

Die von Dämonen erfüllten Wünsche waren legendär. Dabei konnte es sich um irgendeinen beliebigen handeln. Doch es gab einen Haken. Man musste bereit sein, dem Mistkerl, der einem den Gefallen tat, seine Seele zu leihen. Im Leben bekam man eben nichts umsonst. »Hast du je darüber nachgedacht?« Seine Stimme klang geheimnisvoll, angenehm rau, versprach handfesten Sex und Befriedigung. Schnell musste sie sich in Erinnerung rufen, dass es nicht in ihrem Interesse lag, ein Bündnis mit einem Dämonen einzugehen. Unter gar keinen Umständen. Immerhin hatte sie verdammt hart gearbeitet, um dahin zu kommen, wo sie nun war, und zwar ohne jemandem etwas schuldig zu sein. »Hast du dir schon einmal überlegt, worum du bitten würdest, wenn du die Chance dazu hättest?«

»Ich passe«, entgegnete sie, als er verstummte und ganz eindeutig auf eine Antwort von ihr wartete. »Mich interessiert nichts von dem, was Sie und Ihre Gang da verkaufen.«

»Du kommst jetzt mit mir mit«, presste er zwischen den Zähnen hervor, »und dir wird eine Gefälligkeit erwiesen. Egal, was du dir wünschst. Möchtest du das hier?« Er machte eine ausholende Geste mit der rechten Hand, die den gesamten Hörsaal beschrieb. »Es gehört alles dir, wenn du es willst. Festanstellung. Professur. Unbegrenzte Fördermittel.« Er sagte das, als würde ihm eine Kombination aus schwarzer American-Express-Kreditkarte und Zauberstab in einem zur Verfügung stehen. Vielleicht war dem auch so. Er hatte offensichtlich Nachforschungen angestellt und wusste möglicherweise sogar, was im Büro des Dekans passiert war. Na ja, sie hatte einen neuen Partner für ihre Forschungsarbeiten am Haken – das allgegenwärtige Genecore – also brauchte sie sein verdammtes Geld nicht. Und auch nichts anderes von dem, was er anzubieten hatte.

»Verpissen Sie sich endlich«, fauchte sie. Konnte dieser Tag noch schlimmer werden? »Meine Seele ist unverkäuflich.«

»Weißt du eigentlich, was dort draußen im Eingangsbereich los ist?«, presste er hervor, während Nessa verstohlen versuchte, immer weiter zurückzuweichen, sich wohl aber nicht ganz so unauffällig anstellte, wie sie gehofft hatte, da er augenscheinlich bemerkte, dass sie abhauen wollte. »Im Flur liegt mindestens ein Toter. Und jetzt denk noch einmal über mein Angebot nach.«

Okay, sie hatte sich geirrt. Dieser Tag konnte eindeutig noch schlimmer werden. »Haben Sie ihn umgebracht?«

Zer schüttelte den Kopf. »Den Wachmann? Nein. Das war ein Abtrünniger. Aber wenn meine Jungs und ich *den* nicht erledigt hätten, wäre der jetzt hier und würde nach dir suchen. Du weißt ja nicht, womit du es zu tun hast, liebe Nessa, und das wird dich noch umbringen.«

»Warum sollte irgendwer hinter mir her sein?« Er *war* es, sagte ihr ihre innere Stimme.

»Die Gefallenen möchten ein Bündnis mit dir eingehen«, beharrte er, ohne auf ihre Frage einzugehen, wobei er einen Schritt auf sie zuging.

»Sie alle?«

»Nein.« Er fuhr sich mit einer Hand durch sein raspelkurzes Haar. »Einer von uns.«

»Sie?«

»Zum Teufel, nein!« Er sah schockiert aus, was sie viel mehr verletzte, als es sein grober Umgang getan hatte. »Ich werde dich ins G2 bringen und dich meinen Brüdern vorstellen. Und dann wird sich einer von denen mit dir verbünden.«

Klar. Und anscheinend spielte ihr eigener freier Wille in der Weltansicht eines Neandertalers überhaupt keine Rolle. Sie hatte genug davon, bei diesem Spielchen mitzumachen, und würde bestimmt keinen Ausflug in einen der berüchtigtsten Clubs von M City unternehmen. Juniorprofessoren, die auf eine Festanstellung aus waren, trieben sich nicht an solchen Orten herum. »Da muss ich abermals passen. Ich kann in meinem Leben solche Schwierigkeiten nicht gebrauchen.« – Nicht *noch mehr* Probleme, flüsterte ihre innere Stimme. – »Und schon gar keine wie die, die ein Dämonenbündnis mit sich bringt. Suchen Sie sich jemand anderen«, schlug sie mit süßlichem Tonfall vor. »Versuchen Sie es am Donnerstagnachmittag in der Französischvorlesung. Vielleicht finden Sie da jemanden, der Interesse hat.«

Sie war schließlich kein Sofa oder ein gerahmtes Gemälde. Sicher, er sah verdammt sexy aus, doch offensichtlich schien sie für ihn nur ein Objekt zu sein, das er unter seinesgleichen weiterreichen konnte, das irgendwo an die Wand gehängt wurde, bis sich ein Platz fand, wo sie am besten hinpasste. Was sie wollte, spielte dabei keine Rolle. Da konnte er sich schön eine andere suchen, jemanden, der einen Gefallen von einem Dämon nötig hatte. Aber was sie anging, war sie nicht dafür zu haben.

»Das würde nichts nützen«, meinte der Gefallene und ließ die Bombe platzen. »Du musst es sein.«

Nessa wusste, dass sie nichts Besonderes war. »Suchen Sie sich jemand anderen«, blaffte sie ihn an. Auf seine blumigen Versprechungen würde sie nie im Leben hereinfallen. »Das, was Sie anzubieten haben, interessiert mich nicht. Ich mag mein Leben so, wie es ist. Und wenn etwas darin fehlt, kümmere ich mich selbst darum. Ich brauche also keine Almosen von Ihnen. Kurzum: Meine Seele steht nicht zum Verkauf.«

Er hob seine Hand, die, in der er schon die ganze Zeit über ein Messer hielt, und ihr Herz setzte einen Schlag lang aus. Sie wollte nicht sterben.

Die Klinge blitzte auf, doch die Schneide war nicht auf sie gerichtet. Nein, sie zeigte in Richtung des muskelbepackten Mannes, der sich gerade durch die eingetretene Tür arbeitete. Es war ein großer, schwerer, fieser Kämpfer, der die kalten Augen eines abgeklärten Killers besaß. Doch er wirkte nicht halb so beängstigend wie das, was er in ihr Auditorium jagte.

Der Lärm hätte ihr einen ersten Hinweis darauf geben müssen. Sie hörte das unmenschliche Knurren eines Raubtiers, das Beute gerochen hatte. Einen weiteren Wink bekam sie durch das dunkle, verzerrte Gesicht und den fies hervorstehenden Kiefer des Kerls. In Gedanken typisierte sie die Züge des Mannes und versuchte, seine Abstammung zu bestimmen. »Oh mein Gott«, brach es aus ihr heraus, »er ist einer von Ihnen.«

»Nicht mehr«, entgegnete ihr sonderbarer Beschützer. »Jetzt gehört er zu den Abtrünnigen.«

Wenn jemand hier in diesem Raum töten würde, dann wäre Zer es.

Primitive Instinkte, von denen er gar nicht gewusst hatte, dass er sie besaß, lösten ein Gefühl in ihm aus, sie beschützen zu wollen. Sie war hier nicht in Sicherheit, und das machte ihn unerwartet wütend. Er würde dafür sorgen, dass Nessa St. James sich sicher fühlen konnte. Und diesen Abtrünnigen zu erledigen stellte nur den ersten Schritt dar.

»Keine Sorge, Schätzchen.« Zer griff nach seinen Messern und warf sie. »Es ist an der Zeit, diese Party hier zu beenden.«

Noch ehe Zer den Mittelgang zwischen den Sitzen halb hinaufgerannt war, ging der Abtrünnige zum Gegenangriff über und zog knurrend eine Feuerklinge. Nur Herrschaften, die höchsten Engel der zweiten Triade, Verteidiger des Himmelsthrons, sollten diese Waffen tragen. Dies war jedoch die zweite Feuerklinge, die Zer in ebenso vielen Monaten zu sehen bekam. Jemand, den diese Botschaft offensichtlich nicht erreicht hatte, musste eine Ladung verbotener Waffen aufgetrieben und sie an die Niedrigsten der Niedrigen verteilt haben – an die Abtrünnigen.

Die Klinge traf Zer und schnitt in sein Fleisch; das Engelsfeuer sprang auf die Wunde über und fraß sich durch das dicke

Leder seines Staubmantels. Der Gefallene versuchte, sich gegen den Schmerz zu wappnen, indem er sich die eiserne Disziplin in Erinnerung rief, welche er in einem anderen Leben besessen hatte, als er in den Kampf für das Richtige und Gute gezogen war. Schmerz durfte da keine Rolle spielen. Es kam nur darauf an, den Gegner zu besiegen. Und dieser Hurensohn würde den Hörsaal auf gar keinen Fall lebend verlassen. Ein kurzer Blick nach oben verriet Zer, dass es in dieser Richtung keinen Fluchtweg gab, selbst wenn der Abtrünnige Flügel gehabt hätte. In der Decke befanden sich keine Fenster, sondern nur viel zu schmale Oberlichter.

Der Abtrünnige hieb mit seiner Klinge erneut nach unten, sodass Zer gezwungen war, zur Seite auszuweichen. »Meine Seele, Gefallener«, zischte sein Gegner. »Nessa St. James kommt mit mir.«

Nun ja, Zer war nicht an irgendwelchen Resten interessiert, die übrig blieben, und er würde diese Frau auch ganz sicher nicht mit jemandem teilen. Er hatte immer für sich selbst gejagt. *Früher einmal zumindest*, spottete eine leise Stimme in seinem Hinterkopf. Mit einer fließenden Bewegung ging er von einer Verteidigungsposition in die nächste über, wobei er sein eigenes Messer hob, um einen weiteren tödlichen Hieb abzuwehren. Die Schneide des Abtrünnigen traf ihn tief – verdammt, sollte der Angreifer einmal zu oft seinen Mantel erwischen, wäre Zer erledigt. Letzten Endes schnitten diese Klingen direkt in die Seele.

Der Gefallene blieb jedoch ruhig und konterte, indem er den Abtrünnigen mit brutaler Gewalt zurückstieß. Dieses Mal ging die Feuerklinge glatt durch den teuren Ledermantel. Und das bereits zum zweiten Mal. Scheiße!

Nun reichte es. Diesen Mantel hatte er gemocht.

Zer sprang über den Kopf des Abtrünnigen hinweg und

brachte sich damit zwischen diesen und die Dozentin, die klugerweise mit einem Fluch hinter das Pult zurückwich.

Dann hieb er nach links und rechts und ließ die Klingen in seinen Händen sprichwörtlich tanzen, wobei er seinen Gegner immerzu umkreiste, darauf wartend, dass dieser zum ersten Schlag ausholte.

In seinem Inneren, direkt unter der Oberfläche, lauerte auch in ihm ein Abtrünniger; Zer konnte regelrecht spüren, wie seine Miene sich verdunkelte und wilde Züge annahm. Michaels Fluch drohte die gefallenen Engel zu vernichten, sodass nur noch Abtrünnige zurückblieben. Von seiner menschlichen Begleiterin kam nun kein Mucks mehr. Stattdessen gaffte sie nur zu ihnen herüber. Doch sie schaute nicht etwa den Abtrünnigen an, der nun rückwärts den Gang zwischen den Sitzreihen hinaufeilte.

Nein, sie starrte Zer an.

Er konnte sich denken, was sie sah, und war selbst zu Tode erschrocken darüber.

»Geh zur Tür, Baby«, knurrte er, hob ihren Laptop auf und warf ihr das Gerät zu. Nessa fing es, als hätte er ihr eine Rettungsleine zugeworfen, und rannte dann schwankend auf ihren unpraktischen Pfennigabsätzen davon. Ja, sie war nun endlich startklar. Nael bewegte sich bereits locker auf sie zu, um sie falls nötig abzufangen.

Zer schnitt dem Abtrünnigen geschmeidig den Weg ab. Dieser schien jedoch weder zu begreifen, dass der Gefallene das gefährlichere Raubtier von ihnen war, noch dass Zers Stahlmesser aus nächster Nähe ebenso wirkungsvoll sein würde wie die Feuerklinge. Nein, vielmehr rannte er direkt auf Zer zu, wobei er seine Waffe wie einen verdammten Rammbock vor sich hielt.

Auch der Gefallene stürzte nun los und trat dem Abtrünnigen fest gegen die Brust, bevor er mit dem Bein kräftig nach unten stieß und den ungeschützten Waffenarm traf. Das Zerbersten von Knochen war zu hören, gefolgt von einem hohen Schmerzensschrei des Abtrünnigen. Aber Zer schnitt mit einem seiner Messer bereits durch Leder und Haut, an den Rippen entlang, bis er es ins Ziel gestoßen hatte.

Das brachte den anderen zum Schweigen, doch sein eigener innerer Dämon blieb.

»Da kommen noch mehr«, warnte Nael. »Ein Abtrünniger befindet sich in der Eingangshalle, ist aber zu nichts mehr zu gebrauchen. Allerdings bahnen sich noch weitere von ihnen einen Weg über den Campus. Je schneller wir hier raus sind, desto besser.«

»Welche Optionen haben wir?«

»Wir bringen sie zum Seiteneingang raus.« Nael zuckte mit den Schultern. »Oder wir versuchen es übers Dach. Sollten die Scheißkerle allerdings wieder Flügel besitzen, könnten wir der Dame genauso gut eine Zielscheibe auf den Rücken malen.«

Notgedrungen entschied sich Zer also für den Seiteneingang. »Steht ein Fahrzeug bereit?«

»Draußen.« Das kam von Vkhin. Er sprach mit einem harten, ausgeprägten Akzent und verkürzte das Wort dadurch auf ein absolutes Minimum. »Ist sie abfahrtbereit?«

Nessa war auf dem Weg zur Tür, doch ohne seine Erlaubnis würde sie nirgendwo hingehen. Natürlich glaubte sie selbst, sie besäße in dieser Angelegenheit ein Mitspracherecht. Aber sie würde sich mit einem seiner Brüder verbünden müssen, da sie die Seelenverwandte von diesem war. Dass er noch nicht wusste, um welchen Mann es sich dabei handelte, spielte keine Rolle. Sie gehörte zu einem von ihnen, die Details ließen sich später klären.

Zer vermutete, dass er sie überzeugen könnte.

Oder aber er kidnappte sie einfach.

Da Option zwei ihn schneller an sein Ziel bringen würde, entschied er sich schließlich dafür.

Mühelos schloss er zu ihr auf, warf sie sich über die Schulter und lief zur Tür.

3

Zer schmiss die schreiende und um sich tretende Dozentin in den bereitstehenden SUV, dessen getönte Scheiben und schwarze Lackierung das Auto wie das Klischee eines Gangsterwagens aussehen ließen. Das Fahrzeug hätte jedoch sogar einen direkten Angriff mit einem Granatwerfer überstanden. Ob es auch einer Feuerklinge gewachsen gewesen wäre, konnte Zer hingegen nicht sagen, hatte aber auch nicht vor, abzuwarten, um es herauszufinden. Alles, was er sich gerade wünschte, war eine störungsfreie Fahrt und einen klaren Schnaps. Zwar bestand immer noch die Gefahr, in einen Stau zu geraten, doch eigentlich ging es einfach nur geradeaus, und die schöne asphaltierte Strecke besaß keine Kurven und nur wenige Seitenstraßen. Knapp zehn Minuten später hätte er sie in Sicherheit gebracht.

Fluchend schmiss er die Frau auf den Rücksitz und beugte sich über sie, was sich als gute Entscheidung herausstellte, denn Nessa schoss sofort hoch und begann, sich wie eine Wildkatze zu wehren. Verflucht noch einmal, er wollte ihr nicht wehtun, doch sie machte es ihm ziemlich schwer.

Nael warf ihm einen ernsten Blick zu, bevor er selbst auf den Beifahrersitz glitt. Mit leiser, fester Stimme teilte er dem Fahrer etwas mit, woraufhin der SUV zügig vom Bordstein heruntergelenkt wurde. Vkhin indes hockte mit gezückten Waffen im hinteren Teil des Wagens.

»Das ist deine letzte Chance, dich zu benehmen, Baby«, brummte Zer. Er konnte ihre Seele fast schon schmecken, der

Hunger setzte ihm gnadenlos zu. Naels blonder Zeitvertreib im G2 war nicht viel mehr als ein Appetithäppchen gewesen. Eine kleine, nette Ablenkung.

»Vielleicht mag sie es ja auf die harte Tour«, warf Vkhin ein, der durch die getönte Heckscheibe des SUV methodisch die Straßen hinter dem Wagen absuchte.

Nessas Pupillen weiteten sich. Sie wirkte verunsichert und sog zischend die Luft ein, was er eigentlich nicht dermaßen heiß hätte finden dürfen. Beherrscht sah er an ihr hinab und ließ den Blick über den gespannten weißen Stoff ihrer Bluse gleiten. Ihre Nippel zeichneten sich als harte kleine Knospen ab, doch er vermochte nicht zu sagen, ob Nessa Angst hatte oder aber erregt war. Diese Ungewissheit störte ihn, sollte es aber eigentlich auch nicht, schließlich *musste* sie ihm zuhören und gehorchen.

Zum Glück für sie beide besaß er die Gabe, Menschen dazu zu bringen, das zu tun, was er von ihnen wollte.

Mit voller Absicht rückte er ihr weiter auf die Pelle, sodass sie zwischen seinem viel wuchtigeren Körper und den teuren Ledersitzen festsaß. Nessa versuchte sofort, von ihm wegzurutschen, was er jedoch nicht zuließ. Zer konnte es sich selbst nicht erklären, aber er wollte sie – brauchte sie förmlich –, und zwar so nah wie möglich. Aus dieser Distanz nahm er den köstlichen Duft und die Wärme ihrer Haut wahr. Es lag nicht in seiner Absicht, dass sie Angst vor ihm hatte. Nein, er hätte mit dem Daumen am liebsten über ihr mit Schweißperlen bedecktes Schlüsselbein gestrichen, die zarte Linie mit seiner Zunge nachgezeichnet und zärtlich an ihrer Haut geknabbert.

Oh Gott, was stimmte nur nicht mit ihm? Sie war bloß eine Waffe in seinem Kampf gegen Cuthah; wenn er das Ganze nun zu einer persönlichen Angelegenheit machte, würde das in einem Desaster enden.

»Das ist Kidnapping«, herrschte sie ihn an. »Kidnapping. Wissen Sie, welche Strafe darauf steht?«

»Zehn Jahre«, wandte sich Nael über den Sitz hinweg an die Dozentin. Was Humor anging, bewies sein Bruder einmal mehr äußerst schlechtes Timing. »Für Menschen zumindest. Aber ihr habt noch keine Gefängnisse gebaut, aus denen solche wie wir nicht entkommen könnten, Süße. Es bringt also nichts, sinnlose Drohungen auszustoßen.«

»Ist das wahr?« Sie schenkte Zer einen eindringlichen Blick, als wäre er moralisch dazu verpflichtet, ihr die Wahrheit zu sagen. Die Nachricht, dass die Gefallenen nicht länger Mitglieder der Engelchöre waren, hatte sie offensichtlich nicht mitbekommen. »Glauben Sie, dass Sie über dem Gesetz stehen? Dass Sie sich nicht an die Regeln halten müssen, die für den Rest von uns gelten?«

Er schaute sie nur an.

»Bitte, wenn Sie mich kidnappen wollen, dann versuchen Sie es ruhig.«

So, wie sie dort ausgestreckt auf dem Sitz lag, wirkte sie groteskerweise äußerst feminin auf ihn. Ihr sorgfältig gesteckter Haarknoten war verrutscht und fast aufgegangen. Er streckte die Hand aus, ignorierte, dass sie nach ihm schlug, und löste noch eine weitere Strähne daraus. Die dichte Haarpracht fiel ihr in zahlreichen Wellen und weichen Locken über die Schultern, sodass er am liebsten die Hände in ihren Haaren vergraben hätte und mit den Fingern hindurchgefahren wäre.

Aber nein. Er brauchte keine Geliebte – und schon gar nicht, wenn sie ein Mensch war, verletzbar und zerbrechlich. Da spielte es auch keine Rolle, dass sie das Schönste war, was er seit Monaten gesehen hatte, so verblüffend lebendig und außergewöhnlich verwundbar. Jemand musste sie verführen, sie überreden, sich dem Plan zu fügen. Er könnte derjenige sein …

Die heftige Reaktion seines Schwanzes verriet ihm, dass sein Körper damit absolut konform ginge. Schon beim ersten Anblick der Dozentin im Hörsaal hatte er einen Steifen bekommen.

Nichtsdestotrotz würde das nicht passieren. Hatte er nicht schon vor Jahrtausenden gelernt, dass Geliebte einen Mann verwundbar machten? Er wusste, was passieren könnte, sobald er sie in sein Bett ließe – sobald er sie als etwas anderes betrachtete als einen taktischen Vorteil, eine Schachfigur, die in dem Spiel, das er mit Cuthah und dem Erzengel Michael austrug, geopfert würde. Wenn er erst einmal tief in ihr versunken wäre, würde er womöglich vergessen, dass sie letzten Endes bloß eine Waffe war, ein Spielstein, der gesetzt werden sollte.

Er musste aufhören, sie als Frau zu sehen – als eine Person. Er hatte doch schon vor dreitausend Jahren begriffen, dass es nur in einer Katastrophe enden konnte, wenn man auf seine Gefühle hörte.

Sie gehörte nicht zu ihm. Das durfte er nicht vergessen.

Er würde sie in Cuthahs verdammtem Schachspiel einsetzen, mehr nicht.

Und dennoch, bei dem Blick, den er Nael zuwarf, hätte sein Bruder vor Schreck erstarren müssen. Doch der Gefallene verzog bloß gereizt die Lippen zu der Andeutung eines Lächelns. Wenn seine Nessa nicht vorsichtig wäre, würde der Bruder womöglich selbst Besitzansprüche auf sie erheben.

»Nein«, sagte die Dozentin. Jemand hätte sie warnen sollen, dass niemand den Gefallenen etwas verweigerte. »Halten Sie an«, verlangte Nessa weiter, »und lassen Sie mich sofort hier raus! Das ist lächerlich. Wir leben im einundzwanzigsten Jahrhundert und nicht im tiefsten Mittelalter. Ich weiß zwar nicht, wo Sie damit durchkommen wollen, mich dermaßen zu behandeln, aber Sie verstoßen gerade gegen ein halbes Dutzend Gesetze und ich werde Sie jetzt sofort anzeigen. Stopp!«

Sein Schwanz wurde erneut hart, versteifte sich vor Vergnügen über den Trotz dieses Weibsbilds. Jemand hätte sie davor warnen sollen, was passierte, wenn freche Frauen dominante Männer herausforderten.

»Nein« wiederholte er mit fester, tiefer Stimme. »Du wirst nicht Nein zu mir sagen, Baby.« Scheiß auf den ganzen Mist von wegen Finger weg. Es war an der Zeit, durchzugreifen.

»Zer«, warnte jemand von vorn. Es war Nael. »Lass, ich kümmere mich darum.« Leder knarzte, als sich sein Bruder umdrehte. Nessa neben ihm erstarrte.

»Nein«, wiederholte Zer noch einmal. »Frau Professor hier hat uns herausgefordert. Und ich nehme sie beim Wort.«

Nael stieß einen leisen, derben Fluch aus, woraufhin Nessa zwar zusammenzuckte, jedoch nach wie vor nicht einlenkte, sondern darüber hinaus noch die Hände hob und Zer von sich wegschubste.

»Das ist keine Provokation, Sie Idiot, sondern eine juristische Tatsache. Und jetzt halten Sie sofort diesen verdammten Wagen an!«

Er genoss die Wärme ihrer kleinen Hände. Wie ihm auffiel, trug sie keinen Ring. Gut. Ein Partner hätte nur ein weiteres Hindernis dargestellt, das es zu überwinden galt. Der Drang, sie zu besitzen, der bei diesem Gedanken in ihm aufkam, war ungewohnt, weshalb er die Unterhaltung schnell wieder auf ihm bekanntes Terrain zu lenken versuchte.

Also legte er ihr eine Hand auf den Oberschenkel. Der dünne, glatte Nylonstoff unter seiner Handfläche fühlte sich ziemlich erotisch an. Doch die Frau, die unter ihm eingeklemmt lag, hatte ihr Leben der genetischen Analyse gewidmet. Ihre Forschungsarbeit konnte man als brillant beschreiben. Paranormalität ließ sich so leicht bestimmen, als handele es sich um irgendeine x-beliebige Krankheit, sodass es für Zers Feinde ein Leichtes war, die Schwachstellen der Gefallenen aufzudecken. Das machte die Wissenschaftlerin unsympathisch. Zer gefiel nicht, was sie sich zu tun entschieden hatte. Und er würde ganz sicher nicht den Fehler machen, zu unterschätzen, was sich dieses clevere Köpfchen alles zu überlegen vermochte. Wie sie es wohl empfand, fragte er sich, dass sich das Blatt nun wendete. Oh, sie hatte sich natürlich nie öffentlich über die Paranormalen geäußert, sich nie in die Debatte darüber eingemischt, welche Rechte ihnen gewährt werden sollten – und welche nicht. Aber selbstverständlich hatte auch er nie darauf gewartet, dass jemand *ihm* irgendetwas gestattete, sondern sich genommen, was er brauchte, was er wollte, und diese Entscheidung auch nicht infrage gestellt.

»Fassen Sie mich nicht an«, befahl sie, doch ihm war aufgefallen, dass sie kurz gezögert hatte. Er roch, dass sie ihn warm und süß willkommen hieß. Seine Professorin schien neugierig zu sein.

»Nein«, wiederholte er mit weicher, rauer Stimme. »Ich glaube nicht, dass du dein Nein ernst meinst, Baby.«

»Oh doch.« Ihr erneutes Zögern entging ihm nicht, zudem hatte sich seine Frau nicht bewegt. Sie saß wie erstarrt auf dem Ledersitz. Er spürte ihre zitternden Hände an seiner Brust, genau über seinem Herzen. Ganz langsam, damit ihr Zeit blieb, zu protestieren, senkte Zer seinen Kopf, doch Nessa kaute nur weiter auf ihrer entzückenden Unterlippe herum. Also schloss er die Lücke zischen ihnen wieder, sodass sie genau zwischen seinem Körper und dem weichen Lederpolster eingeklemmt war und seine Wärme und seine Kraft fühlen konnte.

Wie sie wohl schmeckte? Würde sie ihn wegstoßen – oder näher zu sich heranziehen? Seine Lippen trafen auf ihre, und er war verloren.

Der Gefallene mit dem eisigen Blick drückte sie in den Sitz eines Autos, das mehr kostete, als sie in einem Jahr verdiente. Sie hätte lauthals aufbegehren sollen, um sich treten, ihn kratzen. Warum also krallte sie sich dann mit den Fingern in seinem butterweichen Ledermantel fest, strich über das Material, als wäre es nackte Haut und er ihr Lover?

Es musste das Stockholm-Syndrom sein, befand Nessa. Das war die einzig logische Erklärung.

Denn das Ganze hatte rein gar nichts mit Neugierde zu tun. Oder mit dem heißen, fast schon schmerzhaften Verlangen, das sie erfasste, bis sie vor *Lust* ganz feucht wurde.

Verlangen war bloß eine chemische Reaktion. Eigentlich wollte sie nicht wirklich, dass der Dämon langsam seine Arme um sie legte und sich mit dem Gewicht seines heißen Körpers auf sie legte. Und es war ganz bestimmt nicht in ihrem Sinne, dass sich seine Haut so angenehm gegen ihre schmiegte und er sie herrlich tief in den Sitz drückte.

Gott, sie wollte nichts von alldem.

Und dennoch passierte es und sie tat rein gar nichts dagegen.

Mit geschlossenen Augen sog sie seinen Duft tief ein. Lorbeer und Zedernholz, rauchige, holzige Noten, die so markant und rau waren wie der Mann selbst. Er zog sie näher an sich. Bei seinem männlichen, anerkennenden Knurren bekam sie eine Gänsehaut, die sich über die nackten Stellen ihrer Haut zog, während die schwere, angenehme Wärme seines großen Körpers sie umgab. Der Wagen schwankte leicht, als sie schneller, als es gut war, um eine Kurve bogen, und Nessa wurde gegen Zer gedrückt. Der Grund, warum sie mit so hoher Geschwindigkeit dahinbrausten, verlor an Bedeutung angesichts der plötzlichen, erotisch aufgeladenen Stille im Auto und der schwer atmenden Insassen.

»Lautet deine Antwort immer noch ›Nein‹?« Sein Mund befand sich ganz dicht an ihrem, als er die provokative Frage murmelte.

»Ja.« Sie flüsterte, denn sie wusste eigentlich nicht, was sie wollte, und Gott, sie war es auch leid, ständig über alles nachzudenken. Nach diesem höllischen Tag hatte sie sich etwas verdient, und er war viel süßer als der halbe Liter Eis, den sie sich zum Abendessen hatte genehmigen wollen.

»Dicht genug.«

Er presste seine Lippen auf ihre, und ja, er schmeckte so gut, wie er roch. Dieses Aroma von Gewürzen, von Lorbeer machte sie an. Es war eine raue, köstliche Note, die sie lustvoll ihre Finger in seine Haut krallen und vergessen ließ, warum sie sich eigentlich hätte wehren sollen, weshalb sie überhaupt je Nein zu ihm hatte sagen wollen.

Mit festen, angespannten Lippen zwang er sie, den Mund zu öffnen. Rücksichtslos. Fordernd. Für einen Moment geriet Nessa in Panik. Was, wenn sie sich dumm anstellte? Schließlich war es schon so lange her, dass sie einen Mann geküsst hatte. Und vielleicht wollte er jemanden mit mehr Erfahrung. Jemanden, der sich *besser* mit so was auskannte. Ruckartig zog sie ihren Kopf zurück, doch er hatte seine Hände in ihren Haaren vergraben und gab nicht nach. Und diese Zunge – Gott, diese schlimme Zunge, mit der er eine feuchte, heiße Spur an den Konturen ihrer Lippen entlangzog.

»Lass mich rein, Baby«, murmelte er, und, Gott steh ihr bei, das fiel nun auch schon nicht mehr ins Gewicht. Zudem wollte sie einfach wissen, wie er sich anfühlen und was er als Nächstes *tun* würde. Sie öffnete ihren Mund, und Zer nahm ihn in Besitz, indem er seine Zunge hineingleiten ließ und damit frech gegen ihre stieß. Er würde dafür sorgen, dass sie feucht wurde und nicht mehr verbergen könnte, was für Gefühle er bei ihr auslöste. Nessa seufzte wohlig vor Vergnügen und entspannte sich angesichts seiner Berührungen.

Als Zer tief brummte und liebeshungrig an ihrer Unterlippe knabberte, war es schließlich um sie geschehen. Zer neigte ihren Kopf nach hinten, um ihr einen weiteren besitzergreifenden Kuss zu geben. Während er ihre Kopfhaut massierte, schob er eines seiner Beine zwischen ihre Schenkel und drückte den Stoff ihres Bleistiftrocks herunter.

Ihr Stöhnen klang in der Stille, welche plötzlich im Wagen herrschte, erschreckend laut. Oh Gott, was machte sie denn da? Sie gab sonst nie solche Laute von sich, sondern behielt stets die Kontrolle darüber, was sie ihren Liebhabern zeigte – und was nicht. Und doch lag sie nun hier und verlor in seinen Armen jegliche Selbstbeherrschung, befand sich direkt unter ihm und wollte ihn dennoch nur noch näher an sich ziehen.

Aus süßem Verlangen heraus krallte sie sich an seinem Mantel fest, und, Gott stehe ihr bei, er würde ihr genau das geben, wonach sie verlangte.

Zer ging davon aus, dass seine Professorin endlich die Klappe halten würde, wenn er sie nur weiterküsste. Nessa St. James musste aufhören, gegen ihn anzukämpfen, sich dem Plan fügen und mit ihm ins Geschäft kommen. Als er ihren unglaublichen Geschmack wahrnahm, versteifte er sich allerdings und zog ihren warmen kleinen Körper noch näher an sich. Dieser Kuss und ihre zögerlichen Berührungen waren eine Offenbarung. Zwar machte er ihr durch sein Gebaren unmissverständlich klar, viel größer, böser und gefährlicher zu sein als sie, wünschte sich jedoch, es nicht getan zu haben. Als sie seinen Kuss erwiderte, ihre Zunge scheu gegen seine drückte, als hätte sie seit Jahren keinen Mann geküsst und wüsste nicht mehr genau, wie das ging, verlor er sich in ihr.

Er sog sie ein, ihr süßes, zartes und anregendes Aroma durchströmte ihn und füllte die leere Stelle in ihm aus, an der seine Seele gesessen hätte, wäre er nicht solch ein herzloser Bastard gewesen. Gott, sie schmeckte so gut. Er konnte gar nicht genug von ihr bekommen, und sie, also sie schmolz nur so unter ihm dahin, bog sich seinen Liebkosungen entgegen, als würde sie womöglich auch nicht genug von *ihm* bekommen. Er intensivierte seinen Kuss und drückte seinen Mund fest auf ihren, als er mehr von ihr trank.

Unvermittelt packte Nael ihn am Kragen – welch unliebsame Störung. Der Bruder blickte ihn kalt und entschlossen an. »Lass sie jetzt. Hör auf!« Nael drehte die Hand, mit der er das Leder gepackt hielt, so, dass er Zer im Griff hatte, und zerrte an seinem Mantel. »Jetzt hör endlich auf!«

Zer knurrte und wünschte sich sofort, er hätte es nicht getan.

Mit weit aufgerissenen Augen starrte Nessa zu ihm hoch, benommen und blass.

Zu blass. Nun, da er sich ganz von ihrem Mund gelöst hatte, erkannte Zer, wie weiß sie im Gesicht war. Er wollte etwas sagen, wusste jedoch nicht, was. Wie der übelste Abtrünnige, der sich dort draußen herumtrieb, hatte er von ihr getrunken. Doch statt sinnlose Entschuldigungen zu formulieren, wich er nur von ihr zurück, als wäre sie ansteckend.

Zer atmete scharf ein und bemerkte dabei die warme, zum Zerschneiden dicke, von Pheromonen geschwängerte Luft im Wagen. Und auch seine Brüder würden sie riechen können, verdammt.

Nessa St. James war für einen von *ihnen* bestimmt, nicht für ihn. Er selbst wollte keine Verbündete, da er nicht garantieren konnte, ob er sie nicht umbrächte, wenn er sie zu seiner Frau machte. Niemals im Leben hatte er eine Seelenverwandte verdient.

Mit einem letzten tiefen Atemzug setzte er sich ans andere Ende der Rückbank und starrte aus dem Fenster auf die vorbeiziehenden Straßenzüge. Nessa St. James wehzutun gehörte nicht zu seinem Plan.

Noch nicht zumindest.

4

Zer klopfte auf das in seinen Staubmantel eingewickelte Bündel über seiner Schulter. Es war keine besonders elegante Transportmethode, doch Nessa hatte sich geweigert, aus dem SUV auszusteigen, und ihm damit keine Wahl gelassen. Als sie einen dumpfen Schrei der Entrüstung von sich gab, tätschelte er ihren Po. Verdammt schade … Abermals fuhr er mit seiner Hand über die weichen Kurven. Ja, das war definitiv ein Arsch. Weich. Warm. Appetitlich. Schön weiblich. Der Bruder, der sie nehmen würde, wäre ein verdammt glücklicher Mann.

Der Türsteher des G2 ließ sie, ohne zu zögern, ein, aber das neugierige Funkeln in seinen Augen und sein wollüstiger Schlafzimmerblick, als er kapierte, was dort gerade vor sich ging, waren nicht zu übersehen. Er bedachte Zer mit einem kurzen Nicken und konzentrierte sich dann sofort wieder auf die Straße. Guter Kerl. Hier, im Herzen ihres Territoriums, hatten sie zwar eigentlich nichts zu befürchten, doch man überlebte nicht drei Jahrtausende lang, wenn man unvorsichtig handelte.

Zwei Stufen auf einmal nehmend, lief Zer die Treppe hinauf, wobei er den Arm fester um Nessa St. James legte, da diese sich nun wieder heftiger wehrte. Sie war nicht dumm. Sie wusste, dass sie in der Falle saß, weshalb ihn Nael und Vkhin sicherheitshalber begleiteten und ihn zu beiden Seiten flankierten. Selbst wenn Nessa sich aus Zers Griff befreien könnte, würde sie nicht weit kommen.

Als sie vor seinem Apartment angelangt waren, gab er den Zugangscode ein und stieß beim Aufleuchten des grünen

Lämpchens mit einem Fuß die Tür auf. Vor einem Jahrzehnt hatte er sich einige Zimmer über dem G2 eingerichtet, während die meisten seiner Brüder ihre eigenen Verstecke überall in M City verstreut besaßen. Doch die Wohnung hier war nur eine von vielen, die er unterhielt, und diente nicht als Zuhause, sondern lediglich als Rückzugsort, an dem er sich ausruhen konnte, wenn er von der Jagd kam. Niemals würde er sich gestatten zu vergessen, dass er sich nur vorübergehend an diesem Ort, in dieser Welt, aufhielt. Irgendwie würde er sie alle schon wieder nach Hause bringen.

Erneut tätschelte er das Lederbündel auf seiner Schulter. Nun besaß er das Mittel, um zu gewinnen.

Verdammt, er hatte schon ganz vergessen, wie es sich anfühlte, Erfolg zu haben. Nach und nach breitete sich ein wohliges Gefühl der Zufriedenheit in ihm aus. Es war eine Schande, dass Nessa St. James den Preis für diesen Erfolg bezahlen müsste, aber er würde es wiedergutmachen. Die Aussicht darauf, einen Wunsch erfüllt zu bekommen, dürfte doch wohl ein starker Anreiz sein.

Mit schnellen Schritten ging er durch die Wohnung, vorbei an der gemütlichen Sofagruppe, auf der nie jemand saß – keiner der Gefallenen neigte dazu, herumzusitzen und sich zu unterhalten –, und warf die Frau auf sein Bett. Dieses war nicht aus schwarzem Leder und Chrom gefertigt, wie Nael es bevorzugte – minimalistischer Scheiß, den sein Bruder in einer Zeitschrift gesehen hatte. Nein, Zers Wahl war auf antike russische Möbelstücke gefallen, so richtig alte, die eigentlich in ein Museum gehörten. Sie erinnerten ihn an die Landsitze und Jagdschlösser, die er vor vierhundert Jahren vorgezogen hatte. Natürlich handelte es sich bei diesen Möbeln um Stücke aus einer Haushaltsauflösung, die alt und nach Zitronenpolitur rochen. Sie wirkten geradezu feudal, wie einer seiner Brüder bemerkt hatte, doch Zer war nicht irgendein Innenausstatter, sondern der Anführer der Gefallenen und damit die Personifizierung des Begriffs feudal. Nessa wand sich empört in dem Mantel hin und her, und Zer streckte sich in einem großen Ledersessel neben dem Bett aus und beobachtete sie dabei. Jagdhunde hatten tiefe Furchen in das Leder gerissen.

»Raus«, sagte er gedämpft, woraufhin Nael und Vkhin seinem Befehl Folge leisteten und schnell verschwanden. Die Tür fiel leise hinter ihnen ins Schloss, als *sie* es endlich schaffte, sich aus dem Mantel zu pellen. Der Blick, den sie ihm von dem dicken Samtüberwurf aus zuwarf, durchbohrte ihn förmlich.

»Sie haben jemanden getötet. Sie haben diesen … diesen Mann im Hörsaal umgebracht.«

Er lachte. »Stimmt, Baby, aber er und seine Kumpanen mussten sterben. Immerhin hatten sie es auf dich abgesehen.« Er konnte es ihr vom Gesicht ablesen. Sie war nicht daran gewöhnt, ihr Leben als Schlachtfeld zu betrachten. Im Gegensatz zu ihm. Jede Entscheidung, die er traf, jeder Schritt, den er unternahm, stellte einen weiteren Zug in dem Schachspiel, das er mit dem Erzengel Michael spielte, dar. »Und das war kein Mann, sondern ein Abtrünniger.« Da sie die Stirn runzelte, fuhr er mit seiner Erklärung fort. »Ein Abtrünniger ist ein gefallener Engel, der die Grenzen überschritten und einige Seelen leer getrunken hat. Er ist süchtig nach dem Geschmack geworden. Also tötet er weiter, um diesen Durst zu stillen. Für diese Art von Erkrankung gibt es keine Entwöhnungskur.«

»Also haben Sie ihn einfach so getötet.« Sie sah nicht so aus, als fände sie seine Erklärung sonderlich überzeugend, aber das war ihr Problem, nicht seins.

»Es wird neue Abtrünnige geben. So ist es immer.« Er zuckte mit den Schultern. Er würde jeden einzelnen von ihnen töten. Darauf konnte sie Gift nehmen.

Doch Nessa wirkte nicht etwa dankbar, sondern nur noch entsetzter. Zer hätte mit dieser Reaktion rechnen müssen, schließlich war sie ein Mensch. Bis zu diesem Tag hatte sie einfach nur ihr Leben gelebt, ohne zu ahnen, was auf sie zukam.

Dabei hatte sie eine bedeutende Tatsache nicht gewusst: Sie war eine Schachfigur.

Und da er als Anführer der Gefallenen nicht zulassen konnte, dass Cuthah sie in die Hände bekam oder aber vernichtete, würde Zer es sein, der sie ins Spiel brachte. Er würde sie mit einem seiner Brüder zusammenbringen.

»Sie können nicht einfach so herumlaufen und Leute töten.«

Zer verschränkte die Arme vor der Brust, um sie zu provozieren. »Abtrünnige zählen nicht.«

Sie sah ihn mit starrer Miene an. Es war wirklich zu schade. Ihr Lächeln hätte den Raum erleuchtet, doch sie würde ihm keines schenken. Na schön ... Glücklicherweise machte das nichts. Er brauchte nur ihren Körper, ihre Seele und ein paar Worte.

Nessa fing sich jedoch schnell wieder und holte sprichwörtlich zum Gegenschlag aus. »Rufen Sie die MVD an«, befahl sie und setzte sich aufrecht hin. »Die werden sich schon darum kümmern.«

»Die können nichts tun.« Das war noch nicht einmal gelogen, sondern schlichtweg die Wahrheit. M Citys Polizeiabteilung für Paranormales, kurz MVD, konnte in dieser Sache nichts ausrichten, besaß weder genügend Personal noch eine ausreichende Anzahl an geeigneten Waffen. Die MVD mochte vielleicht dazu taugen, die Leichen einzusammeln, aber nicht dazu, Abtrünnige niederzustrecken. Die Mitglieder der Sondereinheit konnten deshalb von Glück sagen, dass er und die anderen Gefallenen auf sie aufpassten. »Du bleibst hier bei uns.«

»Sie Dreckskerl!« Nessa griff nach einem der Kissen, die auf dem Bett lagen. Er fragte sich, ob sie es nach ihm werfen würde, denn man konnte ihr regelrecht ansehen, wie sie darum rang, wieder Herr der Lage zu werden. Sie auf seinem Bett liegen zu haben gefiel ihm. »Bringen Sie mich wieder zurück. Sofort!«

Doch trotz allem blieb sie sitzen, wo sie war, was er mehr als aufschlussreich fand. Rein körperlich hatte sie sich also schon damit abgefunden, dass sie nicht an ihm vorbeikommen würde, lediglich ihr Verstand schien das noch nicht so recht verarbeitet zu haben.

Zer schüttelte den Kopf und verschränkte erneut die Arme vor der Brust, während er sie eingehend betrachtete. Obwohl sie total zerzaust und wütend war, sah sie bezaubernd aus. Ihr Haar hatte sich inzwischen völlig aus dem strengen Knoten gelöst, sodass die weichen Wellen ihr Gesicht umrahmten. Sie war schön, und ihm gefiel der rosige Schimmer, der auf ihre Wangen trat, wenn sie ihn ansah.

»Ich habe es dir doch gesagt.« Normalerweise wiederholte er sich nicht gern und brauchte es auch nicht, aber bei ihr machte es ihm komischerweise nichts aus, denn es stachelte sie an. Damit mochte er vielleicht ein Mistkerl sein, aber er fand es verdammt sexy, wie sie sich gegen ihn sträubte. Und da sie sich nicht mit ihm verbünden wollte, war er der Meinung, zumindest eine kleine Gegenleistung dafür verdient zu haben, dass er sie in den Club geschafft hatte. Also würde er ihre Entrüstung über ihn genießen und in sich aufsaugen, wenigstens ein bisschen. Dennoch fragte er sich, wie sie es wohl fände, wenn sie wüsste, dass er ihre Wut schmecken konnte, sie war einfach köstlich. »Du bleibst hier.«

Sie bedachte ihn mit einem lodernden Blick, und er trank noch mehr. Weibliche Empörung und ein Hauch von – nein, nicht von Angst, von Unbehagen. Während der Autofahrt hatte sich etwas zwischen ihnen verändert. Neugier … Erregung …

Er beugte sich vor. »Du wirst dich mit einem meiner Brüder verbünden. Du musst nur auswählen, mit wem.«

Zer sprach die kleine Notlüge aus, ohne zu blinzeln. Die Menschen wussten von den Verbündeten. Verflucht, sie standen sogar regelrecht Schlange, weil sie auch *dazugehören* wollten. Die Seelenverwandtschaft indes war ein sorgsam gehütetes Geheimnis. Kaum ein Mensch hatte eine Ahnung davon, denn die Gefallenen hielten sie unter Verschluss, da das Wissen darum eine schwere Bürde darstellte – und gleichzeitig das ultimative Druckmittel war.

Außerdem bestand solch eine Seelenverwandtschaft für die Ewigkeit. Nessa St. James zeigte sich schon jetzt unmutig – wie sehr würde es ihr also widerstreben, wenn sie erst erführe, dass sie ihr ganzes Leben eintauschte und nicht bloß ein paar Tage, Wochen oder Monate? Dazu käme es zwangsläufig, wenn es so weit war, ein Bündnis einzugehen, und dann könnte sich sein Bruder damit herumschlagen und nicht Zer.

»Ist Ihnen eigentlich klar«, wandte sie mit einem kühlen, beherrschten Tonfall ein, der so gar nicht zu ihrem derangierten Äußeren passte und bei dem er sich fragte, wie sie wohl klang, wenn sie einen Orgasmus hatte, »dass ich Forschung betreibe? Ich habe ein Labor zu leiten. Wenn Sie mich hier festhalten, machen Sie monatelange Arbeit zunichte.« Sie schnaufte und griff sich unwillkürlich ins Haar, um ihre völlig aufgelöste Frisur zu richten. »Ich würde wahrscheinlich eher nukleare Sprengköpfe ins Weiße Haus schmuggeln. Und das letzte Mal, als die russische Regierung das versucht hat, ist sie kläglich gescheitert.«

Ja, an das Blutbad konnte er sich noch gut erinnern. Es war ja schließlich nicht so, als hätten seinesgleichen nichts mit der Sache zu tun gehabt. Es war einer dieser verdammten Gefallen eines Dämons gewesen, aber es erwies sich nun mal als ziemlich nützlich, die Politiker in der Hand zu haben.

Mit verschränkten Armen starrte er sie an. »Ja, wie schon gesagt, das interessiert mich nicht. Wenn sich dein Bettgeflüster darum drehen soll, dann nur zu – leg los, sobald du einen meiner Brüder ausgewählt hast.«

Sie fauchte wie eine Katze, die Wasser abbekam. »Wissen Sie, ich kenne Typen wie Sie, mein Dekan ist schlichtweg ein Arschloch. Wissenschaftliche Fragestellungen interessieren ihn nicht die Bohne, er möchte nur wissen, wie er mit den Forschungsergebnissen möglichst viel Geld machen kann. Erst wenn ich ihm schwarz auf weiß zeige, welches wirtschaftliche Potenzial in meiner Forschung steckt, hab ich ihn. Umgekehrt heißt das: Geht er davon aus, damit keine müde Mark verdienen zu können, bin ich am Arsch und erhalte keine Unterstützung, kein Labor, kurzum, gar nichts. Wenn Sie mich also jetzt von meinem Labor fernhalten, hilft mir das nicht gerade weiter. Geldgeber aus der Wirtschaft dagegen würden dafür sorgen, dass ich unter den gleichen Bedingungen weiterarbeiten könnte.«

»Wenn du Geld brauchst … Wir sind dazu in der Lage, dir welches zu geben.« Alles und jeder hatte seinen Preis. Das wusste er nur allzu gut.

Doch sie ging über seine Worte hinweg, als hätte er ihr alten, stinkenden Fisch angeboten. »Wissen Sie, wie lange ich schon forsche? Ich habe zahlreiche Untersuchungen durchgeführt und verifiziert, bestehende Aufzeichnungen durchgearbeitet, an Expertenrunden teilgenommen. Ich bin da an etwas dran, das weiß ich.«

Okay. Er lehnte sich zurück, denn offenbar konnte es noch dauern, bis sie mit ihren Ausführungen fertig war. Sie kam gerade erst richtig in Fahrt, und es wäre eine Schande gewesen, ihren Wortschwall zu unterbrechen.

»Ich bin nicht irgendein Berater, den Sie sich ›ausleihen‹ können, Zer.« Als er seinen Namen aus ihrem Mund hörte, durchlief ihn ein leichter Schauer der Erregung, doch ihre nächsten Worte kamen einer unliebsamen Überraschung gleich. »Ich möchte Ihre Schecks nicht, genauso wenig wie ich wollte, dass Sie sich einmischen. Glauben Sie vielleicht, ich wüsste nicht genau, was dann passieren würde?« Sie kniff ihre umwerfend schönen Augen zusammen. »Sie übernähmen die Kontrolle, und ich hätte kein Mitspracherecht mehr. So verhält es sich immer, wenn Geld im Spiel ist.«

Verdammt richtig, er würde die Kontrolle übernehmen. Aber das hatte absolut nichts mit dem Geld zu tun.

»Und Fördergelder zu beziehen?«, fuhr sie in diesem tiefen, akzentuierten, *sexy* Tonfall fort, während sie mit den Händen flocht und zwirbelte, um ihre Frisur wieder in Ordnung zu bringen. »Das ist auch so eine Sache. Sie haben es versaut, indem Sie mich hierherschafften.« Ihr Haar saß nun wieder perfekt und sie ließ die Hände sinken, um die Arme vor der Brust zu verschränken. Oh ja, wenn Blicke töten könnten, wurde er gerade mit dem richtigen bedacht, denn sie sah ihn an, als nähme sie Maß für seinen Sarg.

»Bringen Sie das wieder in Ordnung«, verlangte sie.

»Das könnte ich, Baby …« Zer stand auf und streckte sich ausgiebig. »Ich möchte es aber nicht.« Er schenkte ihr ein bedächtiges, aber eiskaltes Lächeln. Es interessierte ihn nicht, ob er sie zu Tode erschreckte. »Zwing mich doch dazu.«

Ja, er hatte genug vom Verhandeln. Seine Dozentin musste endlich ein paar harte, brutale Fakten begreifen, egal, wie wenig ihr diese auch passen mochten. Er beugte sich auf dem Bett über sie, sodass sie ihm nicht ausweichen konnte. Natürlich wehrte sie sich, als wäre sie stark genug, um ihn wegzudrücken. Doch keine Chance. Er verschränkte die Finger mit ihren und zog ihre Hände langsam nach oben über ihren Kopf.

»Du hörst mir jetzt einmal zu.« Mit großer Genugtuung

nahm er wahr, dass sich der perfekt modellierte Haarknoten erneut löste. »Du hast hier nicht das Sagen, sondern ich. Und wie mir scheint, gefällt es dir ganz gut, gekidnappt worden zu sein. Spielst du gern verführerische kleine Spielchen mit deinen Liebhabern, Baby?«

»Nein.« Sie funkelte ihn an und schüttelte den Kopf, woraufhin er ihre beiden Handgelenke mit einer Hand festhielt und ihr mit der anderen ins Haar fasste. *Schachmatt*, dachte er zufrieden. Und nur um zu beweisen, dass er recht behielt, senkte er seine Lippen auf ihre und zwickte ihr in ihre sinnliche Unterlippe, um ihr gleich darauf einen heißen, intensiven Kuss zu geben. Als sie scharf die Luft einsog, wusste er nicht, ob er dazu in der Lage sein würde, jemals wieder aufzuhören.

Gott, sie schmeckte so *gut*. Die Frauen, die Nael aussuchte, waren stets älter oder zumindest erfahrener und hatten schon alles gesehen und vieles ausprobiert – was ihr Preis war, machten sie nur allzu schnell deutlich. Nessa St. James hingegen wirkte total verängstigt und gab sich empört. Er schmeckte süßen, weiblichen Zorn, gepaart mit einer verführerischen, unterdrückten Erregung. Sie versuchte, sich nicht zu ihm hingezogen zu fühlen, aber das tat sie, er konnte es so klar in ihrer Seele erkennen, wie er die wohlige Wärme ihres Körpers an seinem spürte.

Dennoch war er hin- und hergerissen, welches Gefühl ein süßeres Aroma besaß – die Angst oder das Verlangen.

Er schlang einen seiner kräftigen Arme um ihre Taille und zog sie näher an sich. Sie war zu wichtig, um eine Gefahr einzugehen. Der wilde, animalische Teil von ihm würde nicht zulassen, dass er sie verlöre. Er hatte die Aufgabe, sie sicher zu verwahren.

Für jemand anderen.

Als sie sich fordernd gegen ihn drängte, musste er ein Stöhnen unterdrücken. »Bei Ihnen werde ich nicht in Sicherheit sein«, warf sie ihm vor.

»Nein.« Er schüttelte langsam den Kopf. So ehrlich würde er zu ihr sein. »Aber wir sind nicht das Problem. Du bist es.«

Abermals blickte sie ihn wütend an. »Mich will niemand umbringen. Aber auf Sie hat es ganz eindeutig jemand abgesehen. Ich möchte, dass Sie mich da raushalten.«

»Glaubst du wirklich, dieser Abtrünnige ist zufällig in deinem Hörsaal gelandet?«

»Ja. Ja, genau das glaube ich.« Doch natürlich war ihr der Zusammenhang längst klar geworden, ob sie es wollte oder nicht.

Der Abtrünnige in ihrem Hörsaal hatte schon seit langer Zeit nicht mehr gekämpft gehabt.

»Er ist *deinetwegen* dort gewesen, Baby. Ein Mörder, der geschickt wurde, um dich zu töten.«

»Beweisen Sie das.« Da kam wieder die Professorin zum Vorschein.

Nessa musste von den Morden gehört haben, die in den vergangenen Monaten in M City verübt worden waren. Niemand lebte so abgeschottet, dass er nichts davon mitbekam. »Vor drei Monaten«, begann er, »gab es eine Mordserie. Ein vor Kurzem eingewanderter Immigrant. Die Frau eines Börsenmaklers.«

»Sie haben sie in einem Negligé gefunden.« Nessa nickte.

Ja, sie hatte von der Geschichte gehört. Gut. Das machte seinen Job einfacher.

»Tot auf dem Arbat, blutüberströmt«, fuhr sie düster fort.

»Der Körper war aufgerissen«, stellte er richtig, »vom Becken bis zum Brustbein.« Wenn das Negligé nicht schon rot gewesen wäre, hätte das Blut es purpurn gefärbt. Zur falschen Zeit am falschen Ort – diese Schlussfolgerung hatte zumindest die MDV gezogen. Zer und seine Brüder wussten es jedoch besser als die Polizeieinheit der Menschen. »Die MDV hat danach noch zwei weitere Frauen gefunden.«

»Es gab noch andere?« Nessa blickte ihn an und zog offensichtlich ihre eigenen Schlüsse. »*Sie* sind gefährlich. *Sie* sind ein Mörder.«

Er stritt es nicht ab, aber er wollte die Erlösung, die sie mit sich brachte, ja auch nicht für sich selbst; das war ein Luxus, den er sich nicht leisten konnte und den er darüber hinaus gar nicht verdiente. Abgesehen davon hatte er sowieso längst mit diesem ganzen gefühlsduseligen Komm-ins-Licht-mein-Sohn-Quatsch abgeschlossen. Als er von Michael einen Arschtritt verpasst bekommen hatte und aus dem Himmel gekickt worden war, hatte er diese Tür endgültig hinter sich zugemacht, und mittlerweile war es Zer auch tatsächlich relativ scheißegal. Er kam schon so lange allein klar, dass er sich inzwischen daran gewöhnt hatte. Aber seine Brüder verdienten jede Chance, die er ihnen geben konnte.

»Sie erzählen mir das aus einem bestimmten Grund, nicht wahr?«, hakte sie nach.

»Die Frauen haben alle auf einer Liste gestanden«, entgegnete er, wobei er darauf achtete, nicht zu viel preiszugeben. »Und auf der steht auch dein Name.« Mein Gott, das klang wenig überzeugend. Im Telefonbuch standen ebenfalls jede Menge Namen, und deren Trägerinnen jagte er schließlich auch nicht.

Offensichtlich sah Nessa das genauso. »Sie haben mich also gekidnappt, weil mein Name auf irgendeiner Todesliste steht? Dann wäre das ja ein Fall für die MDV«, spottete sie. »Das Ganze hat überhaupt nichts mit mir zu tun und Sie können mir auch nichts geben, das ich wollen würde.«

Was den ersten Punkt betraf, lag sie falsch. Es hatte nur mit ihr zu tun, doch das durfte er ihr nicht verraten, schließlich sollte sie ihr Einverständnis geben – und zwar so schnell wie möglich. Und wenn sie wüsste, wozu, würde sie bestimmt die Sonne, den Mond und die Sterne auf einmal von ihm verlangen. Und er müsste sein Möglichstes tun, um ihr alles zu beschaffen. Nur über seine Leiche!

»Die Frauen, die ermordet wurden, waren Verbündete«, mutmaßte sie.

»Ja.« Und wenn die Gefallenen sie zuerst ausfindig gemacht hätten, wären sie Seelenverwandte geworden. Hätten die Gefallenen es doch bloß gewusst. Die Frauen waren potenzielle *Seelenverwandte* gewesen.

»Dämonen-Junkies?« Sie zog die Schultern hoch, als ekelte sie schon der bloße Gedanke daran, dass es Frauen gab, die sich einfach so von einem der Gefallenen abschleppen ließen. Zer hatte nicht den Eindruck, dass sie jemand war, der andere wegen ihres Sexuallebens verurteilte, warum also bereitete ihr die Vorstellung an ein kurzes, aufregendes Stelldichein im Austausch gegen einen Gefallen dann solches Unbehagen?

»Nein, Verbündete. Sie waren etwas Besonderes.« Frauen standen auf Romantik. Er musste behutsam vorgehen. Alle Geheimnisse zu verraten und ihr von den Seelenverwandten zu erzählen kam nicht infrage. Noch nicht zumindest. »Sie hätten alles haben können, was sie sich wünschten, und nur danach zu fragen brauchen.«

»Es gibt Wichtigeres im Leben als kleine Gefälligkeiten und Sex, Zer.«

Verdammt, er bekam schon einen Ständer, wenn sie bloß seinen Namen aussprach.

»Mag sein.« Wenn man dermaßen lange lebte, wie die Gefallenen es taten, verzichtete man nicht so einfach auf sinnliche Freuden. Man nahm, was man kriegen konnte, egal woher, Hauptsache man fühlte sich ein bisschen lebendiger und nicht mehr so tot. »Stell dir einen Liebhaber vor, der schon weiß, was du willst, bevor es dir selbst überhaupt bewusst wird. Der nur existiert, um dir Lust zu bereiten.«

»Das ist kein Geschenk.«

Doch schon, und irgendwie aber auch wieder nicht. Zer war noch nicht so abgestumpft, dass er nicht erkannt hätte, wie recht sie mit ihrer Aussage hatte, auch wenn er es unbedingt abstreiten wollte. »In jeder Beziehung geht es ums Geben und Nehmen«, antwortete er deshalb. »Unsere Frauen geben uns das, was wir brauchen – und wir ihnen jederzeit alles, was sie dafür haben möchten.« Seine Brüder waren die perfekten Verführer. Nessa hatte keine Chance. Sie saß bei ihm fest, bei *ihnen.* Je eher sie ihre Rolle akzeptierte und aufhörte, dagegen anzukämpfen, desto schneller könnte er mit den wichtigen Angelegenheiten weitermachen.

»Weißt du, was die Verbündeten sind?«

»Frauen«, antwortete sie. »Frauen, die ihre Seelen für einen Gefallen verkaufen.«

So, wie sie es sagte, klang das schäbig. Leidenschaftslos und abgeklärt. Dabei war es alles andere als das. Nein, es ging um brennende und heftige Begierde, den satten Duft des Körpers einer erregten Frau. Was daran sollte leidenschaftslos sein? Aber das würde sie schon noch früh genug begreifen. »Wir suchen uns nicht irgendjemanden aus«, tadelte er sie.

»Ja, genau. Sie wählen. Die Frau tut also gar nichts?«

Oh doch. Nessa St. James würde etwas tun. »Sie wählt ebenso«, flüsterte er geheimnisvoll. »Sie sucht sich aus, was sie möchte. Sie wählt ihr Vergnügen.«

»Warum?« Ihre Frage überraschte ihn. Wenn sie an den Gefallen dachten und daran, welche Möglichkeiten sich ihnen dadurch eröffneten, bekamen die meisten Frauen einen ganz verträumten Blick. »Alles« war ein mächtiges Versprechen. Er glaubte nicht eine Sekunde daran, dass Nessa St. James einfach nur die Vorstellungskraft fehlte. Sie mochte ihre Fantasien unterdrücken, sie sorgsam im Zaum halten, doch sie hatte mit Sicherheit schon über das Bündnis nachgedacht, und natürlich ebenso über die Gefälligkeit.

Auch wenn sie das ihm gegenüber nie zugeben würde.

»Das sind unsere Bewährungsauflagen«, sagte er leichthin. »Als wir einen Tritt in den Hintern bekamen und aus dem Himmel flogen, wurden wir dazu verurteilt, hier unten in eurer Welt die Verführer zu geben. Wir führen euch in Versuchung und euch gefällt das, Baby.«

»Also wurden Sie dazu verdammt, für alle Ewigkeit den Menschen vor Augen zu halten, welche Schwierigkeiten es mit sich bringt, wenn man der Versuchung nachgibt – und jetzt meinen Sie, dass ich Ihnen einfach so in den Niedergang folge?«

Sie begriff gefährlich schnell. »Vergnügen hat immer seinen Preis, Baby. Aber wir sehen zu, dass es sich wirklich lohnt. Du wirst jede einzelne Sekunde genießen.« In seiner wohlklingenden Stimme schwang ein unmoralisches Versprechen mit. »So, wie du es schon jetzt auskostest.«

»Das tue ich nicht.«

»Oh doch.« Er setzte ein breites, markantes Lächeln auf, von dem er wusste, dass es sie tierisch verunsichern – und nebenbei das Feuer schüren – würde. »Ich kann deine Erregung riechen, Baby. Warm und süß heißt du mich willkommen. Wenn ich dich jetzt anfassen würde, kämst du sofort hier auf meinem Bett. Nur für mich.«

Sie schüttelte den Kopf. Ihm gefiel ihr benommener Blick. Er war nur für ihn bestimmt.

»Wenn es das ist, was du möchtest.« Sie brauchte ihm nur zu sagen, was sie wollte, und er würde einen Bruder finden, der es ihr gab.

»Ich habe keinen Sinn für Romantik.« Dieses Mal machte sie sich gar nicht erst die Mühe, laut zu werden, sondern sprach ruhig und langsam. »Ich werde keine Verbündete. Und Sie können mich nicht dazu nötigen, Zer, das wissen wir beide.«

»Du musst aber«, gab er zurück.

»Dann bringen Sie mich doch dazu«, hauchte sie und er war überzeugt davon, dass sie gerade daran dachte, wie er sie im Wagen geküsst hatte. Verdammt, als ob er das vergessen könnte. Er war kurz davor gewesen, ihren verführerischen kleinen Rock hochzuschieben und in sie einzudringen.

»Du kommst hier nicht weg«, sagte er entschieden. »Nicht, ehe du nicht deine Wahl getroffen hast.«

»Sie können mich nicht dazu zwingen, einen von Ihnen auszusuchen.« Als sie den Kopf schüttelte, fiel ihr dichtes Haar über ihre Schultern. Am liebsten hätte er die Hände darin vergraben und sie an sich gezogen. Nessa hatte ja keine Ahnung, was für eine Kreatur sie gerade reizte. Er war ein Monster und hatte nichts in ihrer Nähe zu suchen.

»Das wirst du aber tun«, drohte er ihr und ging zur Tür. »Wenn du zurück ins Leben möchtest, gibst du mir besser, was ich will. So schlimm wird es gar nicht sein, Baby.« Immerhin hatte sie im Auto doch viel Spaß mit ihm gehabt, dann würde sie bei einem seiner Brüder bestimmt richtig auf ihre Kosten kommen. »Denk darüber nach. Alle deine Fantasien würden Wirklichkeit werden.«

»Ich brauche aber keinen Mann.«

»Nein.« An der Tür hielt er noch einmal inne, um ihr sein fiesestes, unnachgiebigstes Lächeln zu schenken. Er kannte die Wahrheit. »Aber du brauchst Geld, ein Labor, eine Universität, die dich unterstützt, und eine Veröffentlichung in einer wissenschaftlichen Fachzeitschrift.«

»Sie«, entgegnete sie kalt, »sind mir nicht ebenbürtig.«

»Nein, Süße, das stimmt.« Er verschränkte die Arme vor der Brust, sodass der Ledermantel um die Schultern herum spannte. »Ich stehe über dir. Ich bin dein neuer Boss. Mir gehört dein Labor, deine ganze Uni.« Abermals lächelte er. »Dein Leben, wie du es genannt hast. Wenn du mir gibst, was ich verlange, kannst du das alles wiederhaben – und noch viel mehr hinzugewinnen. Willst du eine Stiftungsprofessur? Unbegrenzte Fördermittel? Das kannst du alles bekommen.«

Sie schüttelte den Kopf. »Das wäre nicht dasselbe.«

»Wie bitte?« Geld war Geld, sein Wert veränderte sich nicht, egal, woher es kam. »Es ist sehr wohl dasselbe.«

»Nein«, blaffte sie ihn an. »Das ist es nicht. Ich habe mir mein derzeitiges Leben verdammt hart erarbeitet.«

Oh ja. Und es schien großartig zu sein. Er hatte den schäbigen Hörsaal, den Stapel eingestaubter Bücher und die noch staubigeren Oberflächen gesehen. Das war genau der Ort, an dem er den Rest seines Lebens verbringen wollen würde. Schon als er nur dort gestanden hatte, war er ganz kribbelig geworden.

»Ich nehme keine Almosen an, Zer.«

»Einen Gehaltsscheck aber schon?« Er streckte die Hand aus und fuhr sanft mit einem Finger über ihren Hals und ihr Schlüsselbein, beschrieb ein neckisches Muster. »Sag mir, was du willst, Baby.«

Wenn er es zuließe, würde sie weglaufen, also machte er ihr unmissverständlich klar, dass sie nirgendwohin flüchten konnte. Das war zwar nicht die feine Art, aber sie hatte es ja auch nicht mit einem feinen Kerl zu tun. Das war beiden bewusst, spätestens nachdem er sie im SUV derartig bedrängt hatte.

Keine Ahnung, warum ihn das nun so störte. Vielleicht, weil sie mehr verdiente, etwas Besseres. Und sollte ihr der Bruder, den sie wählte, wehtun, würde er den Bastard eigenhändig umbringen.

Kraftvoll zog er am Türknauf und ignorierte, dass sie zusammenzuckte, als die Tür mit einem lauten Knall gegen die Wand schlug.

»Komm her«, befahl er, denn er würde es nur ein einziges Mal sagen. Er verschränkte die Finger mit ihren viel kleineren und zog sie hinter sich her. Sie folgte ihm – allerdings hatte er ihr auch keine Wahl gelassen, oder? Vermutlich nahm sie an, wenn sie ihm noch eine weitere pampige Antwort gäbe, würde er genauso ruppig mit ihr verfahren wie mit der Tür.

Der Gedanke beschämte ihn, weshalb er sich schnell daranmachte, zu tun, was er noch erledigen musste, bevor er gehen konnte.

»Nael und Vkhin.« Er deutete jeweils mit einem kurzen Nicken auf die beiden Brüder vor der Tür. »Die zwei halten hier vor meinem Apartment Wache. Solltest du in diesem Club irgendwo hingehen müssen, werden sie dir wie ein Schatten folgen.«

»Wenn sie mich davon abhalten, hier hinauszuspazieren, sind sie wohl eher meine Gefängniswärter«, stieß sie hervor. »Sagen wir doch, wie es ist: Sie sind nicht für mich da, sondern für Sie.«

Nessa begriff anscheinend noch immer nicht, dass ihr Leben in Gefahr war, und zwar seit Cuthah ihren Namen auf seine Liste gesetzt hatte. Selbst hier im vergleichsweise sicheren G2 sollte sie sich deshalb nirgendwo allein aufhalten. Sie war viel zu wichtig für Zer, um dieses Risiko einzugehen.

Nael trat ins Licht und musterte sie mit dem für ihn typischen wollüstigen und abcheckenden Ausdruck in den Augen. »Vielleicht findest du ja Gefallen an uns, Baby.« Sein dunkler Schlafzimmerblick ruhte auf ihr, das Gesicht eingerahmt von seinen hüftlangen Haaren. Solange er nicht kämpfen musste, trug der Bruder sie offen. Die weichen, seidigen Strähnen fielen glatt über seinen Rücken und bewegten sich, sobald er seine kräftigen Muskeln anspannte. Obwohl Nael die gleichen harten Gesichtszüge besaß wie alle Gefallenen, bekam er die Frauen mit seinen Haaren rum. Es schien bei den Damen den Wunsch auszulösen, den Bruder zu streicheln, als wäre er eine Wildkatze, die sie zähmen könnten. Die Mähne und der Kerl im Ganzen waren einfach zu verführerisch. Viel zu spät bemerkten die Frauen am Funkeln in seinen Augen, welche Gefahr auf sie lauerte. Nael mochte scharf wie ein Degen sein, war aber ebenso todbringend. »Wir sind gar nicht mal so übel.«

»Träumen Sie weiter«, entgegnete Nessa und sperrte den Gefallenen aus, indem sie ihm die Tür vor der Nase zuschlug. Zer hatte ihr schon so viel genommen und würde noch mehr verlangen, weshalb er ihr diesen kleinen, typisch weiblichen Wutanfall durchgehen ließ.

»Weiß sie es?« Vkhin lehnte sich lautlos gegen die Wand. Er war ein guter Mann und ein leidenschaftlicher Beschützer. Doch er hatte nichts Nachgiebiges an sich. Wenn sie wegliefe, würde der Gefallene sich auf sie stürzen. Sie wäre nirgendwo vor ihm sicher. Genau deshalb hatte Zer ihn ausgesucht. Rein äußerlich bestach Vkhin durch sein kurz geschorenes Haar und die eiskalten Augen. Als Killer durch und durch besaß er zudem die massige Statur eines fiesen Straßenkämpfers. Kaltblütig und unerbittlich wie er war, zeigte der Bruder nicht den Hauch einer Emotion, denn er hatte keine Gefühle mehr. An einem guten Tag blieb er im Schatten und beobachtete alles mit diesen Augen, die sich nicht zu bewegen schienen und doch alles registrierten. Dieser erfahrene Blick, mit dem er all die netten Täuschungsversuche durchschaute und gnadenlos die Wahrheit dahinter erkannte. Der Bruder log nicht und er hielt auch nie mit seiner Meinung hinter dem Berg.

»Nicht alles.« Zer dachte über Vkhins Frage nach und schüttelte dann den Kopf. »Aber sie weiß genug und wird tun, was wir von ihr verlangen.«

»Sich mit uns verbünden.« Nael setzte ein bedächtiges, wollüstiges Lächeln auf.

»Ja.« Unerwarteterweise verspürte Zer einen Stich im Herzen. Doch warum nur, zur Hölle? Immerhin war sie bloß ein Vorteil, den er zu seinen Gunsten nutzen wollte. Er hatte einen korrupten Erzengel zu töten, konnte dies jedoch leider nicht tun, da er mit seinem Arsch auf diesen scheußlichen Planeten verbannt worden war. Ohne Flügel würde er die Rückreise in den Himmel nicht antreten und Erzengel Michael stürzen können, der ihn und seinesgleichen so verleumdet hatte. Er war abserviert worden. Und zu allem Überfluss hatte er dem Erzengel auch noch den Anlass dazu geliefert. Diesen Fehler würde er nicht noch einmal machen. Bis Cuthah, der Handlanger des Erzengels, auftauchte, um Nessa St. James zu holen, würde Zer bereit sein und förmlich an der Frau kleben. Und wenn dieser Mistkerl dann endlich zum Schlag ausholte, wäre Zer im Vorteil. Er brauchte nur zu warten, und sein Feind würde direkt zu ihm kommen. Nessa fungierte als Köder in seiner Falle – nicht mehr und nicht weniger.

»Was, wenn sie nicht besonders scharf darauf ist, sich mit einem von uns zu verbünden?«, gab Nael zu bedenken.

Ob ihr die Optionen, die sie hatte, in den Kram passten oder nicht, tat nichts zur Sache. Zu schade und sehr traurig.

»Wir brauchen sie aber.« So einfach war das.

»Ja.« Nael lümmelte sich lässig gegen die Wand. »Aber was ist, wenn sie uns nicht braucht?«

Nessa stellte den taktischen Vorteil dar, den die Gefallenen benötigten, ihre eigenen Wünsche interessierten also einen Dreck. Außerdem hatte er noch keinen Menschen getroffen, der sich nicht kaufen ließ. »Sie wird bereit sein, sich zu verbünden.«

»Mit einem von uns«, fügte Vkhin gedehnt mit seiner tiefen, rauchigen Stimme hinzu, wobei er sich noch weiter in den Schatten drückte.

»Mit einem von euch«, bestätigte Zer. Vielleicht würde sie sich ja mit Nael oder Vkhin zusammentun. Beide waren ihrer mehr als würdig. Sie hatten jahrtausendelang Seite an Seite mit ihm gekämpft, und Zer konnte sich niemanden sonst vorstellen, der es mehr verdiente.

Da sie folglich in guten Händen war, wandte er sich zum Gehen. Er sollte sowieso nicht allzu viel über sie nachdenken.

Sie war nicht für ihn bestimmt.

5

Mit zusammengebissenen Zähnen fuhr Cuthah mit dem Daumen über die Schneide seiner Klinge.

»Ihr habt sie verloren«, herrschte er die Männer an. »Ich habe euch ihren Namen genannt, ihre Adresse, euch gesagt, wo sie arbeitet. Und doch war keiner von euch dazu in der Lage, sie aufzuspüren, bevor es die Gefallenen getan haben?«

Er wollte diese Frauen, *brauchte* sie. Wenn er sie tötete, machte er die letzte Hoffnung der Gefallenen zunichte. Er hatte nie vergessen, dass die Gefallenen tief in ihrem Inneren immer noch die himmlischen Herrschaften waren, ausgebildet, um zu verteidigen und zu töten, um zu tun, was immer auch nötig wäre. Wenn diese gefallenen Engel erst einmal von der Existenz der jeweiligen Frauen erfahren hatten, konnte sie nichts davon abhalten, sie zu finden.

Ihm war bewusst, dass er mit den Zähnen knirschte, aber vielleicht würden die blöden Wichser, die gerade vor ihm standen, es so endlich kapieren. Er wollte diese Frauen. Und ihr verdammter Job bestand darin, sie ihm zu liefern.

Als die himmlischen Herrschaften von ihm aus dem Himmel vertrieben worden waren, hatte Michael dafür gesorgt, dass seine Gefallenen genau das zur Verfügung gestellt bekamen, was sie brauchten, um sich ihre Erlösung zu verdienen, und den dreizehnten Stamm von Israel mit diesen Frauen versehen. Seither hatte jede Tochter das Erbe ihrer Mutter weitergetragen und war eine potenzielle Seelenverwandte für die Gefallenen gewesen.

Mit Betonung auf *war gewesen*.

Michael hatte die Mitglieder des Stamms nämlich überall auf der Erde verstreut, ein kleiner Kniff, damit es für die einstigen Herrschaften nicht *zu* leicht war, ihre Seelenverwandten zu finden. Cuthah hatte sich davon überzeugt, die Informationen, die er brauchte, gestohlen und dann nach Michaels Rückzug so viele der Frauen umgebracht, wie er nur konnte.

Aber Michaels kleine Diaspora funktionierte fast schon zu gut. Cuthah hatte eine Handvoll von diesen Menschen aus den Augen verloren, während er selbst noch zu sehr damit beschäftigt gewesen war, seine eigene Stellung im Himmel zu festigen. Er hatte danach Jahrtausende damit zugebracht, diesen Verbliebenen nachzujagen. Bis er schließlich endlich auf Nessa St. James gestoßen war.

Als kurz zuvor sein Handy geklingelt hatte und Nessa St. James am Apparat gewesen war, hatte er gewusst, dass es sich dabei um ein Zeichen handelte. Sie hatte seinen Köder geschluckt und ihm mitgeteilt, sie wolle an dem Forschungsprojekt arbeiten, das ihr von ihm angeboten worden war. Wenn er nun so darüber nachdachte, kam ihm ihre Entführung also ganz gelegen. Sie besaß jetzt einen wunden Punkt und hatte Zugang zu exakt den Proben, die sie benötigte. Wenn sie sein kleines Forschungsprojekt erst einmal abgeschlossen hätte, würde sie ihn anrufen und um eine Verlängerung bitten – und ihm damit direkt in die Arme laufen. Welch wunderbare Ironie.

Perfekt.

Die vier Abtrünnigen vor ihm versteiften sich unmerklich, als er sie mit einem kalten Blick bedachte, rührten sich jedoch nicht. Gut. Er würde den Ersten, der zuckte, töten – und dann alle anderen, weil sie ihre Pflichten ihm gegenüber nicht erfüllt hatten. Normalerweise hätte er sich selbst um die Angelegenheit gekümmert, wenn er nicht der Meinung gewesen wäre, dass eine längere Abwesenheit im Himmel momentan zu viel unerwünschte Aufmerksamkeit erregt hätte. Er bewegte sich auf einem schmalen Grat; ein falscher Schritt und alles wäre vorbei. Selbst wenn die Tatsache, dass es von den Abtrünnigen vermasselt worden war, ihm einen Vorteil verschafft hatte, musste er seinen Standpunkt klarmachen.

Er ging zu dem großen Spiegelglasfenster hinüber und starrte hinunter auf den kahlen Berghang. »Ich habe euch diese Frau auf dem Silbertablett serviert«, bellte er, »aber ihr habt sie trotzdem nicht erwischt. Verratet mir doch, warum ich euch jetzt nicht eure Flügel von den Rücken schneiden sollte.«

»Shallum ist tot«, teilte der abtrünnige Dämon, der am dichtesten neben der Tür stand, ausdruckslos und ohne mit der Wimper zu zucken mit. »Hasrah auch.« Eins zu null für die Gefallenen. Wenn seine Boten nicht schon tot gewesen wären, hätte er sie auf der Stelle wegen ihres Versagens getötet.

»Ausreden«, knurrte er. Shallum und Hasrah waren bloß Schachfiguren, nur Opfer in dem größeren Spiel. Glücklicherweise bescherte der unstillbare Durst der Herrschaften Cuthah einen unerschöpflichen Vorrat an weiteren Abtrünnigen. »Ihr wart vorgewarnt, besitzt Flügel und Feuerklingen. Doch ihr habt euren Vorteil einfach verspielt und zugelassen, dass die Gefallenen Nessa St. James mitnehmen.«

»Wir holen sie uns zurück.« Abermals hatte der erste Abtrünnige gesprochen.

»Verdammt richtig.« Wenn er so weit war. Cuthah legte eine Hand an die Fensterscheibe.

Das Glas fühlte sich kalt an, denn draußen herrschten eisige Temperaturen. Die Nacht brach schnell über sie herein, sodass sich dunkle Schatten über das Gelände zogen, während die schwache Sonne hinter den Gipfeln verschwand. Cuthah mochte diese Festung in den Bergen, tief im Gebiet der Abtrünnigen. Hier hatte selbst die Landschaft jede Hoffnung aufgegeben. Die kargen Felsvorsprünge hielten einem vor Augen, wie trostlos das Leben werden konnte, wenn keine Hoffnung auf Erlösung bestand. Noch vor einem Jahrhundert war dies die Spielwiese maßloser russischer Adliger gewesen, die mehr Interesse daran gezeigt hatten, ihre Leibeigenen zu vögeln und auf die Jagd zu gehen, als sich um politische Belange zu kümmern. Diesen Fehler hatte Cuthah nie gemacht. Er gönnte sich schon seinen Spaß, ja. Aus den Augenwinkeln heraus schaute er hinüber zu seinem Himmelbett, auf dem seine festgebundene Beute lag. Das zarte Ding hatte schon überraschend lange durchgehalten. Vielleicht würde sie sogar die Nacht überstehen – doch er vermischte niemals Arbeit und Vergnügen.

Die Lage im Himmel spitzte sich zu.

Er hatte den Stein ins Rollen gebracht und dann abgewartet; nun stand der Moment des Triumphs kurz bevor.

Selbst wenn die Gefallenen zurückschlagen und dies zu einer persönlichen Angelegenheit machen wollten, wäre Cuthah bereit dafür. Seit dreitausend Jahren hatte er gezielt jede potenzielle Seelenverwandte ausfindig gemacht und ausgelöscht. Bis ihm eine durchs Netz gegangen und dem ihr vorbestimmten Geliebten in die Arme gefallen war. Mischka Baran ergänzte Brends Duranovs Seele, schön und gut. Vom Schicksal zugeführt, hatte der Mistkerl sie natürlich nicht mehr losgelassen, und schon war der Schaden geschehen.

Nun wussten die Gefallenen Bescheid und suchten nach weiteren Frauen. Es war ein Wettlauf, die noch auf der Welt verbliebenen Seelenverwandten auszumachen und vor den anderen zu schnappen. Mit der letzten Seelenverwandten würde für die Gefallenen auch die letzte Hoffnung auf Erlösung sterben. Cuthah freute sich schon darauf, ihnen die Tür zum Himmel direkt vor ihren arroganten Nasen zuzuschlagen.

Mit Nessa St. James bekam das Spiel allerdings eine ganz neue Dimension.

Sie verfügte möglicherweise über das Wissen, ihren genetischen Code zu entschlüsseln, was sie einerseits zur letzten Hoffnung für die Gefallenen, andererseits jedoch auch zu ihrem wunden Punkt machte – selbst wenn die Dämonen das noch nicht begriffen hatten. Er indes beobachtete Nessa St. James bereits seit einem Jahr, wusste, wie sie reagierte und dass sie ihre Neugier nicht zügeln konnte. Nein, die Wissenschaftlerin dürfte bald Fragen stellen – und Antworten finden. Und sobald sie diese hätte, würde er sich die Frau zurückholen – und dann einen Plan haben, wie sich die restlichen Seelenverwandten aufspüren ließen.

Wissenschaft war doch wirklich etwas Wunderbares.

Der Mann in der Mitte trat einen Schritt vor. »Mich trifft keine Schuld«, behauptete er. »Geben Sie mir den Namen einer anderen von diesen Schlampen und ich werde sie Ihnen bringen.«

Der Abtrünnige war bereits so gut wie tot, da Cuthah keinerlei Ausreden duldete, doch dieses Arschloch stand ganz selbstsicher da und ahnte nicht einmal, dass er mit seinen Worten sein Todesurteil besiegelt hatte. Cuthah entschied sich dafür, das Ganze sofort zu klären. Mit einer Drehung wandte er sich vom Fenster ab und stieß dem Kerl seine Klinge tief in den Bauch. Der Aufschrei des Abtrünnigen war eine Genugtuung.

Er versetzte dem Mann, der sich auf dem Boden zusammenkrümmte, einen Tritt. »Keine Ausreden.« Dann sah er den verbleibenden zwei Abtrünnigen in die Augen. Die Verletzung am Bauch mochte zwar nicht tödlich sein, doch todsicher verdammt schmerzhaft.

Sachte strich er mit einem Finger von der linken Schläfe des Mannes hinunter zu dessen Kinn und begutachtete dann das

Blut an seiner Kuppe. Wenn er den Kerl nun umbrachte, um ein Exempel zu statuieren, würde er einen Ersatzmann für seine Zwecke rekrutieren müssen. Aber die Vorteile überwogen dennoch, immerhin hatte der hier versagt und schien folglich wertlos zu sein.

Für minderwertige Existenzen war im Himmel kein Platz.

Die Feuerklinge in Cuthahs rechter Hand erwachte summend zu todbringendem Leben, und die geschmeidig gebogene Schneide sauste durch die erwartungsvolle Stille. Kurz darauf flog der Kopf vom Körper des Abtrünnigen. Ja, *das* war eine tödliche Verletzung.

Hinter ihm sog die Frau auf seinem Bett scharf die Luft ein. Wie herrlich, dass sie letztlich doch noch gelernt hatte, nicht zu schreien.

Es brachte ihr auch rein gar nichts, das wussten sie beide.

Die anderen beiden Abtrünnigen zuckten nicht einmal mit der Wimper. Die Bastarde waren so kaltblütig und tückisch wie alle Raubtiere. Keiner von ihnen zeigte angesichts der Gewalttat eine Regung, doch Cuthah ging davon aus, seinen Standpunkt klargemacht zu haben. »Enttäuscht mich noch einmal«, sagte er, »und ihr werdet Eilors Schicksal teilen. Ich möchte die anderen drei Frauen von der Liste.« Fürs Erste würde er Nessa St. James dort lassen, wo sie war, sie im Auge behalten und darauf warten, dass sie ihm gab, was er benötigte.

Cuthah wandte sich von der Leiche ab. Er brauchte diese Frauen, und zwar so schnell wie möglich. Der Zeitpunkt war perfekt, um den nächsten Schritt seines Plans umzusetzen, doch dazu benötigte er erst die potenziellen Seelenverwandten. »Geht«, befahl er. »Zwei Wochen … Findet sie innerhalb der nächsten zwei Wochen.«

Einen Fuß auf der Türschwelle, hielt der erste Abtrünnige inne.

»Tot oder lebendig?«

Tot wäre sicherer, doch es könnte sich als nützlich erweisen, sie lebend in die Finger zu bekommen. Cuthah kniff die Augen zusammen. Es gab da verschiedene Möglichkeiten. »Bevorzugt lebendig.« Er zuckte mit den Schultern. »Wenn das geht. Wenn nicht, dann tot.«

»Also, Schätzchen«, säuselte er, während er zurück zu seinem Bett und der panischen Frau darin schlenderte. Sie drückte sich in die Laken, als ob der Stoff ihr ein Versteck böte. »Zeig mir doch mal, wie sehr du mich vermisst hast.«

Ihr erschütterter Aufschrei war Musik in seinen Ohren.

6

Zer sehnte sich nach einem Kampf. Nein, vielmehr nach mehreren. Er wollte sich bewegen, jemandem die Fäuste in den Körper rammen, bis sie bluteten – und die Abtrünnigen würden einen verdammt guten Boxsack abgeben. Der wummernde Rhythmus der Housemusic fuhr ihm in die Knochen, erschöpfte ihn, sodass er schließlich das brennende Verlangen verspürte, abzuhauen. Im Club drängten sich für seinen Geschmack verdammt noch einmal zu viele Menschen. Das Geschäft lief gut, die Tanzfläche war voll. Brüder streiften durch die Menge und trafen ihre Wahl, nahmen sich, was sie brauchten.

Bis sie ihn die verdammten Stufen herunterkommen sahen. Sofort eilten sie auf ihn zu, als wäre er dort, um die Wiederkunft Christi zu verkünden. So viel zu seinem Vorhaben, sich rauszuhalten und seine Aggressionen draußen vor der Tür abzubauen.

»Stimmt es wirklich?« Der Bruder, der ihm am nächsten stand, flüsterte die Worte, als könnte er es gar nicht glauben. »Hast du noch eine Seelenverwandte gefunden?« Auf diese Frage wollten sie alle eine Antwort. Jede Frau konnte zu einer Verbündeten werden. Aber das Finden einer Seelenverwandten? Das glich sprichwörtlich der berühmten Nadel im Heuhaufen.

Er legte einen Schritt zu und steuerte direkt auf den Ausgang des Clubs zu. Er hatte die nächste Frau in ihre Obhut gebracht und seine Brüder wollten nun die Details hören. »Ja«, sagte er gedehnt. »Sie ist oben.« In Sicherheit.

»Ist sie für dich bestimmt?« Der Mann sah ihn mit einem

Ausdruck an, den Zer nicht so recht zu deuten vermochte: Angst … Hoffnung … Und, ja, große Verzweiflung. Zu verzichten war nur unwesentlich leichter gewesen, als sie alle noch gedacht hatten, es gäbe keine Seelenverwandten.

»Sie wird ihre Wahl treffen.«

»Einfach so?«

»Jepp.« Er würde sie nicht für sich beanspruchen, auch wenn er wusste, dass die meisten Brüder, die den kleinen Schlagabtausch mitbekamen, es für sein gutes Recht hielten, schließlich war er ihr Oberhaupt, ihr Anführer. Er besaß das mal mehr, mal weniger angenehme Privileg, der Erste zu sein, ob es wie vor Jahrtausenden um den Rauswurf aus dem Himmel ging oder um die süße, heiße Aussicht auf Erlösung, die er sinnbildlich gerade eben wie ein wilder Höhlenmensch in den Club geschleppt hatte. Er würde sich nicht herausreden, dieses primitive Verhalten nicht auch genossen zu haben. So war er nun einmal.

»Also, wie sieht der Plan aus? Was wirst du mit ihr anstellen? Legst du die Hand dafür ins Feuer, dass sie einen von uns auswählen wird?«

»Ja«, antwortete Zer knapp und sah dabei nacheinander jedem der Männer in dem dichten Gedränge in die Augen. »Ja, das tue ich.« Alle Blicke waren auf ihn gerichtet. Hinter der Gruppe von bewaffneten Männern näherte sich Brends. Er hatte es ja geahnt … Nur ein einziges Mal wollte Zer zuerst handeln und dann die nächsten Schritte durchdenken. Er hatte die Frau geholt und sie im Club versteckt. Das war der schwierige Part gewesen. Und nun beabsichtigte er, erst einmal abzuwarten. Vielleicht würde Nessas bloße Anwesenheit im G2 bereits ausreichen, um Cuthah aus der Reserve zu locken. Und falls nicht, lag er immer noch mit einer Seelenverwandten in Führung und diesen Vorteil wollte er irgendwie für die Gefallenen ausnutzen.

»Wir werden sie ihre Wahl treffen lassen«, wiederholte er, wobei er eine Hand auf seine Klinge legte – nur für den Fall, dass jemand der Anwesenden angesichts der Frau, die oben im Apartment wartete, auf dumme Gedanken kam. »Übermorgen, wenn der Rave stattfindet, bringen wir sie runter. Jeder, der es versuchen möchte, darf ihr dann sein Aufgebot machen. Sie wird zuhören und sich schließlich für einen von uns entscheiden.«

Wie zu erwarten, teilte sich die Menge, um Brends durchzulassen. Überraschend war hingegen, dass dessen Seelenverwandte nicht an seinem Arm hing. Zer nahm jedoch an, dass diese gleich folgen würde. Sie mochte den Club und das, wonach sie hier jagten, nicht. Also würde sie in der Nähe bleiben, bereit, Brends zu erlösen. Gnade ihnen Gott, wenn Mischka von der Frau im Obergeschoss erführe. »Behalte das für dich«, warnte er Brends, dessen Augen aufleuchteten. Oh ja, der Gefallene wusste nur allzu gut, dass seine Partnerin sich nicht um dieses Geheimnis scheren würde, und zwar so gar nicht.

»Du hast eine der vier gefunden.« Brends bemühte sich gar nicht erst, gute Miene zum bösen Spiel zu machen.

»Ihr Name stand auf der Liste. Ihr Aussehen stimmt mit der Beschreibung überein und ihren Ausweis hab ich auch gesehen.« Zer sagte es leichthin, doch beiden war klar, welches Gewicht seine Worte hatten. Brends besaß bereits seine Seelenverwandte, doch die anderen nicht. Sie waren immer noch verloren. »Sie ist ein Treffer.«

»Glaubst du, es spielt eine Rolle, welchen Bruder sie wählt?« Brends kniff die Augen zusammen, als bereitete ihm der Gedanke Unbehagen, dass ihn seine geliebte Partnerin womöglich nicht erwählt hatte, weil er der Beste, sondern nur der Erstbeste gewesen war. Oh ja, jede Wette sogar, dass ihn dieser Gedanke quälte. Doch Zer konnte diese Theorie widerlegen, nicht wahr? Immerhin hatte sich Nessa St. James nicht für seine erbärmliche Wenigkeit entschieden. Zum Teufel noch eins, wäre sie dazu in der Lage gewesen, hätte sie ihn mit einem Tritt in die Gosse befördert.

»Wer zuerst kommt, mahlt zuerst, ist hier nicht die Devise.«

Brends sah so aus, als wollte er ihm widersprechen. »Sie ist keine Waffe«, gab er zu bedenken.

In diesem Punkt hatte sein Bruder allerdings unrecht. Genau das war Nessa St. James.

»Wir können diesen Krieg nicht ewig so weiterführen«, erklang plötzlich Vkhins Stimme aus dem Dunkel hinter Zer. Der Mann machte es sich langsam zur Gewohnheit, die Anweisungen seines Anführers zu missachten – schließlich sollte er Nessa zusammen mit Nael bewachen. Vkhin war damals der andere Kandidat für den Posten des Oberhaupts gewesen. Aber vielleicht hatten die dort oben sich gegen ihn entschieden, weil er *zu* viel Stärke besaß. Eines stand fest: Er war deutlich älter als Zer, sehr viel sogar, ein tief in sich ruhender Mann und verkörperte quasi die pure, leidenschaftslose Kontrolle.

Unglücklicherweise hatte Vkhin damit die Wahrheit ausgesprochen. Die Gefallenen konnten diesen Krieg nicht fortsetzen, ihn nicht gewinnen. Und dennoch hörte Zer das nicht gern. Er stieß sich von der Wand ab, gegen die er sich gelehnt hatte, und schritt auf die Tür zu, wobei er im Geist seinen Vorrat an Waffen durchging. Zumindest von denen verstand er etwas. Ziehen. Zustoßen. Töten. Über ein Jahrtausend lang hatte er diese Fähigkeit perfektionieren können. Meistens musste er sich dabei nicht einmal konzentrieren, das Kämpfen war ihm ebenso sehr in Fleisch und Blut übergegangen wie das Atmen. Anders als beim letzten Mal im Himmel, als Michael ihn aus seinen dunklen, kalten Augen spöttisch angesehen hatte. Zer verdrängte die Erinnerung an diese Situation schnell wieder. Es war sinnlos, das alles erneut durchzugehen. Sosehr er sich auch wünschte, es noch einmal von vorn versuchen zu dürfen, blieb ihm doch nur die Gegenwart. Die Vergangenheit ließ sich nicht mehr ändern.

Großer Gott, er sehnte sich nach einem Kampf. Der Abtrünnige in ihm machte ihm schwer zu schaffen, die Kreatur rang darum, die Oberhand zu gewinnen. Den Bastard mit den kalten Augen, den er sah, als er in einem der Spiegel, die irgendein kranker Idiot überall an den Wänden des G2 angebracht hatte, einen Blick auf sich selbst erhaschte, kannte er nur allzu gut. Er wirkte wie der wandelnde Tod. Die leibhaftig gewordene Sünde, ja, das war er. »Ich bin weg«, knurrte er.

Seine Brüder ließen ihn zwar den Weg zur Tür einschlagen, folgten ihm aber auf dem Fuß.

»Seid ihr dabei?«, brummte Zer. Wenn er schon einen Trupp mitnehmen musste, dann konnten die Männer auch für ihn kämpfen.

»Ich werde mitkommen«, sagte einer der Gefallenen fröhlich. Der Kerl klang, als hätte Zer ihm Blumen geschenkt. Der verdammte Hitzkopf würde schon lange, bevor der Hunger nach Seelen ihn innerlich auffraß, sterben. Aber genau das machte auch Keros' Charme aus. Er überlegte nicht. Er *handelte* einfach. Zer bezweifelte nicht, dass sich Keros, wie Brends immer behauptete, durchs Strafgesetzbuch arbeitete und ein Verbrechen nach dem anderen beging. Zuletzt war ihm zu Ohren gekommen, der Bruder habe für einen der hitzigen Menschenstämme an der Südgrenze Russlands zu den Waffen gegriffen. Der Mann hatte wahrscheinlich seine Gründe dafür – die Zer im Übrigen nicht interessierten –, aber bei dem Kerl klang es, selbst wenn er Maschinenpistolen bestellte, so, als riefe er beim Pizzaservice an. Irgendwann würde Zer eingreifen müssen, bevor Keros noch dermaßen viel Chaos anrichtete, dass es sich nicht mehr beseitigen ließ.

Allerdings nicht heute. An diesem Abend wünschte sich Zer selbst nichts mehr als einen Kampf.

Er stieß die Außentür auf und sog die eisige Nachtluft ein. Die Kälte weckte alle seine Sinne. Als er aufblickte, sah er den Mond schwach silbern am Himmel leuchten und den nachlassenden Schein des magischen Lichts. Der Tag brach schon fast an, aber es blieb noch genug Zeit, um ein bisschen zu jagen. Er würde seinen Frust an den Abtrünnigen von M City auslassen. Links oder rechts – vollkommen egal, welche Richtung er dabei einschlug.

»Tut mir einen Gefallen und lasst uns sofort loslegen«, sagte er zu den beiden Männern neben ihm. Es handelte sich um Keros und einen weiteren toughen Kerl namens Tarq. Sie würden voll mitziehen. »Ich bin heute so unruhig.«

Langsam breitete sich auf Tarqs Gesicht ein einschüchterndes Lächeln aus. Nur die Aussicht auf Blut ließ den Bruder so richtig munter werden. »Kämpfen oder vögeln?«

»Kämpfen.«

Davon verstand er etwas.

Das Wetter war noch immer absolut winterlich, kalt und trüb. Ein fast schon arktischer Wind blies Zer entgegen, als er die dunkle Straße entlangging. Ihm fiel auf, dass die Menschen ihm weit auswichen. Sie schienen schlauer zu sein, als sie aussahen. Entweder das, oder aber es lag an seinem ledernen Staubmantel, der sich um ihn bauschte, und den flachen schweren Stiefeln mit den Stahlkappen, die schon für sich abschreckend genug waren. Er zog sich an wie ein knallharter Typ, sodass seine Kleidung wie ein Warnsignal wirkte.

»Bist du dir sicher?« Vkhin musterte ihn mit ausdrucksloser Miene.

»Ja.« Absolut! Dabei ging es ihm nicht wirklich darum, die Menschen von M City vor den Abtrünnigen zu beschützen, vielmehr war das Kämpfen für ihn zu einer Angewohnheit geworden, die er nicht ablegen konnte. Er hatte im Auftrag des Himmels gefochten und vor ihrem Sturz jahrhundertelang als Mitglied der Herrschaften gedient. Zu töten war zu einem Teil von ihm geworden.

»Verrätst du mir, wohin du willst?«

Es spielte keine Rolle. »Nach links«, antwortete Zer knapp. Vkhins Gesichtsausdruck wurde noch leerer, wenn das überhaupt ging. Es war ja nicht so, als hätte Zer seinen Bruder noch nie zuvor enttäuscht. Was immer Vkhin also über die Entscheidung seines Anführers denken mochte, es war nichts *Neues*, rief sich Zer wütend in Erinnerung. »Erwartest du etwa, dass ich direkt in den Himmel marschiere? Mit einer Truppe von drei Mann im Gefolge? Zum Teufel, Vkhin, ich bin nicht mal in der Lage, selbst dorthin zurückkehren.«

Vkhin schob die Hände in die Hosentaschen. »Vielleicht könntest du es aber. Diese Frau da oben ist möglicherweise deine Seelenverwandte.«

Zer schüttelte den Kopf. Nach links, es war entschieden. Er hatte die Nase voll von dem ganzen Scheiß. »Um eine Seelenverwandte zu finden, muss man etwas fühlen, Vkhin. Mir ist nichts mehr geblieben.« Alles, was noch existierte, war der Abtrünnige in ihm und der unstillbare Drang zu töten, um endlich, endlich so viel zu trinken, wie er wollte. Eine huschende Bewegung links von ihm versetzte ihn in höchste Alarmbereitschaft, die Bestie befand sich in Habachtstellung.

Vkhin sah ihn einfach nur an. »Du musst es überhaupt erst mal versuchen.«

»Ich habe die ersten beiden Jahrtausende damit verbracht, es zu versuchen. Jetzt werde ich mich damit begnügen, ein paar Arschtritte auszuteilen. Und wenn du nicht mitspielen möchtest, dann verpiss dich bitte.«

7

Dem Scheißkerl von Taschendieb in der Gasse musste das Handwerk gelegt werden.

Das gute Stück, um das es ging, wirkte unglaublich mädchenhaft – kreischend rosafarbenes Vinyl mit einer lustigen kleinen Paillettenblume am Reißverschluss. Solche Gewächse kamen in der Natur nicht vor, und ebenso wenig tat es das Ungeheuer, das der Besitzerin der Handtasche seine Lippen auf den Mund drückte.

Zer griff an seine Klingen und versuchte, die Lage einzuschätzen. Vkhin war wieder mit der Dunkelheit verschmolzen, womit er klarstellte, dass er niemanden in dieser Gasse töten würde. Zer müsste sich also allein um die Sache kümmern.

Es war mitten in der Nacht, doch in M City blieb es momentan fast durchgängig dunkel. Die Tage schienen kürzer zu sein als sonst und es gab viel weniger Licht. Einige Bewohner der Stadt – die noch übrigen Menschen – machten die Gefallenen für die Dunkelheit verantwortlich, und vielleicht hatten sie sogar recht damit. Die einstigen Engel waren aus dem Himmel geworfen worden, weil sie einen üblen Aufruhr angezettelt hatten, und mit ihnen waren viele Laster auf die Erde gekommen. Aber auch wenn Zer und seinesgleichen zwar Sünder sein mochten und daraus keinen Hehl machten, so handelte es sich bei der hünenhaften Gestalt am anderen Ende der Gasse keinesfalls um einen von ihnen.

Nicht mehr zumindest.

Ein Geräusch gab den ersten Hinweis darauf. Es war das tierische Knurren eines Abtrünnigen, der Beute witterte. Die Straße lag in tiefe mitternächtliche Dunkelheit gehüllt da. Der graue Gehweg führte zu einem höhlenartigen Eingang der Metro. Vor den Zeitungskiosken hatte man über Nacht die Metallgitter heruntergelassen, obwohl die Händler selbst tagsüber nur wenige Blätter verkauften. Presseerzeugnisse waren weitestgehend durch Kondome und Spirituosen ersetzt worden, dabei gab es Portionsgröße: Alkohol, abgefüllt in Flaschen mit nicht wiederverwendbaren Verschlüssen. Man konnte sie austrinken oder den Rest wegschütten, aber keinen Vorrat behalten. Zu dieser späten Stunde war sonst niemand zu sehen. Die Menschen der Stadt hatten diesen Ort der Nacht überlassen.

Und dennoch war der Abtrünnige irgendwo auf ein Mädchen gestoßen, eine kleine Hure, die einen viel zu kurzen Latexrock und Stiefel mit falschem Fellbesatz trug. Offenbar hatte er das, wofür er sie bezahlte, schon mit ihr gemacht, denn in der viel zu frischen Nachtluft hing der starke, intensive Geruch von Sex und Sperma. Nun hielt er die Frau ganz am Ende der Gasse gegen die Wand gedrückt und vertraute wohl darauf, dass seine Machenschaften durch die Dunkelheit sowie den widerlichen Gestank von einige Tage vor sich hin gammelndem Müll im Verborgenen bleiben würden. Die verzerrte, düstere Miene des Kerls und sein fies hervorstehender Kiefer enttarnten ihn jedoch als Abtrünnigen.

In M City jagte keiner dieser Kerle ungestraft nach Seelen. Diese Stadt gehörte Zer.

Da dieser keine Anstalten machte, sonderlich raffiniert vorzugehen, hatte der verlorene Bruder ihn wahrscheinlich bereits gerochen. Auch der Anführer der Gefallenen war mit Sicherheit kein Ritter in strahlender Rüstung, verdammt, aber er sorgte dafür, dass die Gesetze von seinesgleichen eingehalten wurden. Und was der Abtrünnige dort mit seiner menschlichen Begleiterin trieb, kam psychischem Vampirismus gleich und würde für niemanden von ihnen gut enden. Zudem vertrat Zer eine klare Meinung: Wenn er selbst es bisher geschafft hatte, dem Drang zu widerstehen, eine menschliche Seele auszutrinken, dann konnte der Scheißkerl das auch. Weshalb er es als eine persönliche Beleidigung empfand, dass der Abtrünnige das Mädchen nun leer trank. Mit jedem tiefen Schluck wurde der Gestank ihrer Seele schlimmer, und es lösten sich dunkle Wolken von Aura von dem Mädchen.

»Hallo Süße.« Zer zog seine ersten beiden Messer und warf sie. »Es ist an der Zeit, eure kleine Party hier zu sprengen.«

Einen Moment lang fiel von hinten Licht auf Zer, wodurch sich sein Körper nur als Silhouette am Eingang der Gasse abzeichnete. Eine der heransausenden Klingen schlitzte den Arm des Abtrünnigen auf, sodass er von dem Mädchen abließ. Es war schon halb tot und bewegte sich nicht einmal mehr von dem fiesen Rüpel weg. *Verdammt!* Also musste Zer sie erst wegbringen, bevor er loslegen konnte.

Tarq und Keros gaben ihm Deckung und bildeten mit ihm zum Kampf die übliche Trias. Vkhin war verschwunden, wahrscheinlich um selbst ein bisschen die Lage auszukundschaften. Mit einer knappen Geste bedeutete Zer seinen beiden Brüdern auszuschwärmen, und nahm zufrieden das leise Zischen wahr, als sie ihre Klingen zogen. Tarq nahm sich die im Schatten liegenden Bereiche vor, Keros bewegte sich bereits auf das Mädchen zu, zögerte dann jedoch.

»Überlass es mir«, sagte er zu Zer.

Keros befürchtete wohl, sein Anführer würde womöglich nur das Gleiche tun wie der Abtrünnige, womit er gar nicht einmal so falschlag.

Zer nickte einmal kurz und überließ Keros das Mädchen, nicht aber den Abtrünnigen.

Er wollte es, brauchte das Töten. »Der hier gehört mir, Ker.«

Die Feuerklinge des Abtrünnigen blitzte auf, er griff an.

Zer wich behände aus, indem er sich unter dem Hieb wegduckte, zog selbst seine Messer und stieß sie dem Bastard direkt in den Bauch, während er sich wieder aufrichtete. Für einen Abtrünnigen keine tödliche Wunde, aber genug, um ihn langsamer zu machen. Und tatsächlich bewegte sich der Mann nur noch schwerfällig. So schnell würde er sich nicht erholen. Wie auf ein Stichwort begann die Feuerklinge zu vibrieren.

Der Abtrünnige fluchte, es war ein barscher, unmenschlicher Schwall von Silben. Dann drehte er sich um und stürzte sich erneut auf Zer. Dermaßen hartnäckig zeigten sich nur die frisch Verdammten, denn – verdammte Scheiße – nun gab es kein Zurück mehr. Nicht, dass Zer je erlebt hätte, wie einer von diesen hirnlosen Bestien einem Kampf aus dem Weg gegangen wäre. Dieses Exemplar hier konnte es sich sogar nicht verkneifen, noch einmal zu der Frau herüberzuschauen. Obwohl er gerade Gefahr lief, seine unsterbliche Seele zu verlieren, dachte der Kerl immer noch nur an sein Abendessen.

Doch was Zer richtig ankotzte: Dieser Kampf würde nicht lange genug dauern, um die Aggressionen abzubauen, die sich in ihm angestaut hatten. Und schon beim nächsten Angriff des Abtrünnigen riss Zer die Klinge nach oben und schlitzte mit einem tödlichen Streich den Hals seines Gegners auf. Blut spritzte. Wie der überraschte Gesichtsausdruck des Abtrünnigen verriet, hatte der Mistkerl nicht damit gerechnet, den Kürzeren zu ziehen.

»Na, jetzt hast du es kapiert.«

Die Feuerklinge fiel klirrend zu Boden. Keros kam herübergeeilt und hob sie auf. »Könnte uns noch einmal nützlich sein«, sagte er mit ungerührtem Tonfall, als hätte Zer gerade eben nur kurz den Müll rausgebracht.

Ja, die Klinge wäre hilfreich gewesen, doch das Feuer begann bereits zu flackern und wurde kleiner. Es erstarb, als Zer schließlich auf das zusammengekrümmte Häuflein von Abtrünnigem zutrat und das beendete, was er begonnen hatte, indem er den Kopf des einstigen Bruders vom Hals abtrennte. Er war zu jung, seine Wandlung noch nicht lange genug her, als dass der Kerl gewusst hätte, wie er seine neu gewonnene Kraft einsetzen, geschweige denn mit der Feuerklinge umgehen musste. Nun konnte man seine Überreste tatsächlich nur noch als Müll bezeichnen.

Zer drehte die Leiche auf den Bauch und fixierte sie mit einem Fuß. Seinen Instinkten folgend und bevor sich sein Gewissen meldete, fuhr er mit der Schneide seines Messers am Rücken des toten Manns entlang, sodass der Stoff seiner Kleidung zu beiden Seiten auseinanderglitt. Dunkle Haut und einige wenige Narben, die sich der Abtrünnige beim Kämpfen zugezogen hatte, wurden sichtbar, eingerahmt von dem zerschnittenen Stoff. Mit anderen Worten: Zer bot sich kein überraschender Anblick. Nachdem die himmlischen Herrschaften ihre Flügel und ihren Platz im Himmel eingebüßt hatten, verheilten auch ihre Wunden nicht mehr so einfach. Und dennoch, irgendetwas stimmte hier nicht.

»Licht!«, blaffte Zer, während er weiter auf den glatten dunklen Rücken hinabstarrte. Aber er konnte sie *nirgends* entdecken, die Krater aus Narbengewebe, Michaels kleines Abschiedsgeschenk und somit ganz besonderes Andenken. Wo der Beweis für ein früheres Paar Flügel sichtbar sein *sollte*, prangte nur ein tattooähnliches Mal. Zer konnte regelrecht dabei zusehen, wie die roten Kanten langsam verblassten. Der Gestank von Magie erfüllte die Luft.

»Mit wem bist du einen Deal eingegangen?« Er murmelte einen Fluch, als er sah, dass die Frau hinter dem Abtrünnigen auf dem Boden lag, achtlos weggeworfen wie Müll.

Unwillkürlich musste er an seine letzte Nacht im Himmel denken. Damals hatte er en détail erfahren, zu was Erzengel fähig waren, was sie bisweilen mit dem Körper einer Frau anstellten. Als Esrene ihren Angreifer – einen, der über fünfzig Kilo mehr wog als sie – abgewehrt hatte, waren ihr von diesem die Beine gebrochen worden, damit sie nicht weglaufen konnte. Danach hatte er mit ihr gespielt. Zer versuchte, die Erinnerung an diese Geschehnisse zu verdrängen. Er wollte nicht daran zurückdenken. Nicht schon wieder.

Der Mistkerl hatte das weibliche Mitglied der Herrschaften ausgenommen wie Wild, seine Klinge in ihren weichen, zarten Bauch gestoßen und skrupellos nach oben gezogen, sodass Esrenes Brust aufgeklafft war – ähnlich wie er sie zuvor weiter unten mit seinem körpereigenen Dolch aufgerissen hatte. Zer musste sich eingestehen, dass seine Schwester letztlich nur ein Katalysator gewesen war. Michael hatte sie, ohne zu zögern, geopfert, weil ihm klar gewesen war, dass ihr Tod die Herrschaften in Aufruhr versetzen würde, und Zer hatte den Köder geschluckt und einen Aufstand angezettelt.

Einen, aus dem er als Verlierer hervorgegangen war.

Hinter ihm tauchte Vkhin wieder auf und telefonierte, um einen Reinigungstrupp zu bestellen. Zwar hätten sie die Leiche auch einfach dort liegen lassen können, doch Zer besaß ein Gespür dafür, wann die Menschen, die in seinem Zuständigkeitsbereich lebten, an ihre Grenzen stießen. In diesem Fall würde totale Panik ausbrechen, und das konnte nicht gut sein.

Keiner seiner Leute war gestorben oder verletzt worden – so gesehen eine gute Nacht.

Doch die Leiche, die zu ihren Füßen lag, konfrontierte sie

mit einer bitteren Wahrheit. Dieser Abtrünnige hätte ebenso einer von ihnen sein können. Und wenn sie nicht bald ihre Seelenverwandten fanden, würde sie irgendwann dasselbe Schicksal ereilen. Der Typ vor ihnen hatte einfach nur schneller aufgegeben und war dadurch auch schneller abgerutscht.

Auch Zer stand kurz vorm Abgrund, das wussten sie alle. Er sah Vkhin an. »Zögere nicht«, ermahnte er ihn und brauchte nichts weiter zu erklären, schließlich kämpfte sein Bruder genauso wie Zer gegen den Abtrünnigen in sich selbst an – einer der Gründe, warum er Vkhin blind vertraute. »In dem Moment, da ich aus der Reihe tanze, zieh deine Klinge und handele sofort.«

»Ich verspreche es dir.«

Eigentlich hatte Zer keinen schnellen Tod verdient, doch er war schlicht und einfach zu gefährlich, um anders vorzugehen. Wie dem auch sei, nun brauchte er Nahrung. Und zwar fix.

Zum zweiten Mal an diesem Tag stürmte Zer ins G2 und lief zur Treppe. Das, was er wollte – diejenige, die er wollte –, war ganz nah. Als ihm die Wachen auf ein stummes Signal hin den Weg versperrten, begann er zu knurren.

Noch während er gegen den Drang ankämpfte, seine Messer zu ziehen und sich einen gottverdammten Weg zum Fahrstuhl freizukämpfen, begriff er, dass ihm seine Verwandlung am Gesicht abzulesen sein musste. Und auch er spürte in seinem Inneren, wie die dunkle Kraft in ihm rumorte und sich Bahn zu brechen drohte.

Oh Gott, er steckte in Schwierigkeiten.

Am liebsten wäre er die Treppe hochgerannt und hätte sie sich genommen, von ihr getrunken. Sie wartete auf ihn, quasi wie ein verpacktes Geschenk – und er würde sich um seinen verdammten Durst kümmern, der ihm so zusetzte.

Unerfreulicherweise fasste ihn Nael plötzlich bei den Unterarmen. Sein Griff war locker, doch der Bruder konnte auch richtig zupacken – und würde es tun. »Du willst das nicht machen.«

Oh doch. »Du wirst mich nicht aufhalten, Nael. Fang jetzt keinen Kampf an, den du eh verlieren wirst.«

Immerhin handelte es ich bei ihm um den verdammten Anführer und der strotzte nur so vor Kampfeslust. Der Durst nach einer Seele äußerte sich als schmerzhaftes Hungergefühl, das er am ganzen Leib spürte, und das G2 war wie ein gut gefülltes Büfett. Die verführerischen, köstlichen Seelenstränge riefen förmlich nach ihm, reizten ihn mit falschen Verheißungen. Und das, obwohl Zers Nerven ohnehin schon blank lagen. Erlösung … Bedauerlicherweise wollte er nichts von dem, was unten im Club zum Verkauf stand. Nein, er wollte *sie*.

Nael nickte zwar, doch der Bastard bewegte sich nicht vom Fleck und ließ seine Hände, wo sie waren.

»Wenn es unbedingt sein muss, werde ich dich zu ihr bringen.« Nael betrachtete ihn, ohne zu blinzeln, mit seinen dunklen Augen. »Aber das, was du brauchst, findest du hier unten, Herr.«

»Nein, tue ich nicht.« Das, was er brauchte, war dort oben und wartete in seinem Apartment auf ihn. Etwas in ihm versuchte, ihm ins Gedächtnis zu rufen, dass es womöglich einen Grund gab, warum er nicht nach oben gehen sollte.

Ohne hinzusehen, winkte Nael jemanden heran. Eine Frau kam von der Tanzfläche herübergeschlendert, eine weitere zufällig herausgegriffene Fremde. Kurz flackerte etwas in Naels Augen auf. »Lass mich das für dich tun und geh dann zu ihr. Leg erst einmal eine Verschnaufpause ein.«

Die Luft war von dem berauschenden Duft der fremden Frau erfüllt, die nun auf ihn wie ein einziges üppiges Versprechen wirkte, absolut bereit, und zwischen Nael und Zer hin und her schaute.

»Hiernach wirst du dich besser fühlen«, murmelte der Bruder. »Vertrau mir.«

Es handelte sich nicht um die richtige Frau, doch der Durst war mittlerweile übermächtig und Zer gerade noch Manns genug, um zerknirscht festzustellen, dass sein Gehirn aussetzte. Ja, er verhielt sich wie von Sinnen. Und das war ihm von den Männern, die sich wie eine Mauer zwischen ihn und den Aufzug gestellt hatten, auch deutlich gemacht worden. Ein Teil von ihm schien zumindest so weit bei Verstand zu sein, dass er dies dankbar zur Kenntnis nahm. Seine Brüder passten auf ihn auf und würden nicht zulassen, dass er zu weit ging.

Jemand mit kräftigen Händen drückte ihn auf einen Stuhl.

»Vertrau mir«, wiederholte Nael, doch dieses Mal wusste Zer nicht, mit wem er gerade sprach. Die fremde Frau nickte jedenfalls und Zer bemerkte ihren begehrlichen Blick. Sie wollte, was auch immer sie kriegen konnte – und dafür war sie genau am richtigen Ort.

»Zeit, sich fallen zu lassen, Schätzchen«, flüsterte Nael und hob sie auf Zers Schoß. Sie setzte sich, als gehörte sie nirgendwo sonst hin und krallte sich mit den Fingern an seinem Ledermantel fest.

Eine warme, süße Frau auf seinem Schoß. Es handelte sich zwar um die falsche, aber das war egal. Die, die Zer wollte, konnte er nicht haben. Dazu war es mit ihm bereits zu weit gekommen, und Nessa verdiente etwas Besseres als eine Bestie.

8

Wo, zum Teufel, war sie da nur hineingeraten?

Während Nessa ihren Laptop hochfuhr, hielt sie einige Sekunden lang die Luft an. Ohne Internetzugang wäre sie erledigt. Und sollten die Gefallenen die WLAN-Karte in ihrem Notebook bloß übersehen haben, dann würde ihnen diese Nachlässigkeit wohl sicher bald auffallen.

Obwohl sie diesen ganzen Entführungsversuch eh nicht sonderlich ernst anzugehen schienen.

Dennoch musste sie dringend dort raus. Wie sie auf den Anführer der Gefallenen reagierte, war peinlich. Welche Frau begehrte denn schon ihren Kidnapper?

Mit zitternden Fingern startete sie ein Telefonprogramm und tippte ihr Passwort ein. In dem Bewusstsein, dass es wahrscheinlich nur wenige Sekunden dauern würde, bis die Gefallenen die Verbindung bemerkten, rief sie bei Genecore an. Der Präsident der Stiftung nahm sofort ab.

Als hätte er auf ihren Anruf gewartet.

»Sie sind drin«, begrüßte er sie, noch ehe sie etwas erklären konnte. »Sehr gut.«

»Wie bitte?«

»Die Gefallenen haben Sie aufgegriffen. Und nun sollten Sie Zugriff auf deren DNA besitzen. Also auf alles, was Sie, wie Sie erzählten, brauchen.«

Dieses Gespräch verlief irgendwie anders als geplant. »Aber Sie sagten doch, *Sie* hätten die DNA-Proben, die ich dann wiederum benutzen wollte. Ich habe mich nie dazu bereiterklärt, mich verdeckt irgendwo einzuschleichen und bei den Dämonen zu leben.« Bei labilen, psychotischen … aber auch irgendwie aufregenden Dämonen.

»Das ist bloß Haarspalterei.« Rücksichtslos ging er mit kaltem Tonfall über ihre Einwände hinweg. »Frische Proben sind besser. Sie haben eingewilligt, für mich zu arbeiten. Ich habe nur dafür gesorgt, dass Sie auch Zugriff bekommen.«

»Sie haben dafür gesorgt, dass ich entführt werde?« Diese Tatsache sollte sie einfach außen vor lassen und ihre Arbeit machen? Er redete über ihre Entführung, als wäre sie ein genialer Aufstieg auf der Karriereleiter. Ein Scheißdreck war das Ganze. Man hielt sie gefangen.

»Dazu habe ich nie mein Einverständnis gegeben. Ich hätte dabei umkommen können«, fuhr sie ihn an.

»Nein«, gab er kühl zurück. »Meine Leute hatten ihre Anweisungen.«

Vielleicht wollte er ja wirklich nur, dass sie ihre Forschungen abschloss. Vielleicht war die Entführung nur eine verrückte Art, ihr die notwendigen Mittel dafür bereitzustellen. Doch das konnte sie sich nicht vorstellen. Er hatte irgendetwas anderes mit ihr vor.

»Ich habe mich nicht vertraglich verpflichtet, das hier zu tun. Diese ganze Such- und Rettungsaktion wurde von keinem Geringeren als dem verdammten Anführer der Truppe geleitet. Er wird nicht tatenlos dabei zusehen, wie seine Pläne den Bach runtergehen.« Und das war noch milde ausgedrückt. »Sie haben mich hier in eine üble Lage gebracht – um nicht zu sagen: eine katastrophale Lage.«

Der Mann am anderen Ende der Leitung zögerte keine Sekunde. »Ihnen bietet sich nun eine günstige Gelegenheit. Nutzen Sie sie. Ich rate Ihnen allerdings dringend davon ab, sich mit einem von den Kerlen zu verbünden.«

»Kein Problem. Ich steh nicht auf sexuelle Abhängigkeiten. Genauso wenig, wie ich mich gewaltsam gefangen nehmen lasse.«

Mit kalter Stimme unterbrach er sie. »Falls Sie sich mit einem von ihnen verbünden, dann wird derjenige uneingeschränkten Zugriff auf Ihre Gedanken haben. Sollte er sich die Zeit nehmen, sie zu lesen, wird er sofort wissen, dass Sie ein Spitzel sind. Und sobald er das herausfände, würde es ziemlich ungemütlich für Sie werden.«

Zum Teufel! Die Sache wurde immer besser, was? »Ich gehe. Betrachten Sie unsere Zusammenarbeit als beendet.« Geschäftspartner enthielten einander nicht entscheidende Informationen vor – und sie inszenierten ganz bestimmt auch keine Entführungen. Nichts, noch nicht einmal ihre eigene Karriere, geschweige denn ihre Forschungsarbeit, rechtfertigte ein solches Vorgehen. Sie wollte sich nicht in moralischen Grauzonen bewegen.

Einen Moment lang herrschte Schweigen, und Nessa überlegte, einfach aufzulegen, entschied sich dann jedoch dagegen. Es wäre unprofessionell gewesen, auch wenn die Versuchung groß war. Sie hatte der Versuchung an diesem Tag allerdings schon einmal nachgegeben.

»Viel Glück«, wünschte er ihr schließlich. »Ich schlage vor, dass Sie sich darauf konzentrieren, Ihre Forschungen abzuschließen. Wenn es so weit ist und Sie die Ergebnisse abgeliefert haben, werde ich Sie dann da rausholen.« Das hieß also, dass er sie eigentlich auch sofort befreien könnte, verdammt. Es musste doch einen Weg geben, mit ihm zu verhandeln und aus diesem Albtraum zu entkommen. »Ich schätze, es wird sich für Sie ziemlich schwierig gestalten, einfach so zur Tür hinauszuspazieren. Die Gefallenen meinen das Ganze mit ihren Partnern ziemlich ernst. Sie werden feststellen, dass sie nirgendwo hingehen können, bevor Sie die Kerle nicht zufriedengestellt haben – beziehungsweise mich.«

Sie ließ sich nicht gern die Pistole auf die Brust setzen. Solche Befehle, wie Genecore ihr gerade einen erteilt hatte, bewirkten nur, dass sie das Gegenteil tun wollte. Aber ob sie nun Folge leistete oder nicht, in jedem Fall wäre es klug, mehr über ihre Kidnapper herauszufinden. Und die logische Konsequenz war, unauffällig ein paar Nachforschungen anzustellen. Warum also behielt sie nicht die Bildschirme im Auge und verfolgte, wer in den Club kam und wer ihn wieder verließ? Eine Wand von Zers prunkvollem Apartment war mit Überwachungsmonitoren zugepflastert, die verschiedene Winkel des Clubs zeigten.

Müde beobachtete sie das Kommen und Gehen, merkte sich die Personen und Uhrzeiten, ordnete die Gesichter ein. In diesem Augenblick überlegte sie sich, welcher Herkunft die Tanzenden wohl waren. Doch jemandes Abstammung nur anhand des Aussehens zu bestimmen, gestaltete sich schwierig. Zum Teufel, sie selbst stellte den lebenden Beweis dafür dar. Immerhin hielt sie das träge Mutmaßen davon ab, einen Schreikrampf zu bekommen.

Es juckte ihr in den Fingern, ihre Beobachtungen aufzuschreiben. Hier musste es doch irgendwo Papier geben. Man konnte diesen Laden gewissermaßen mit einem verdammten Hotel vergleichen, da sollte es doch auch irgendein Fach geben, in dem billiges Briefpapier und ein Kugelschreiber lagen. Und tatsächlich, als sie die Nachttischschublade durchwühlte – wobei sie einen Anflug von Schuldgefühl unterdrücken musste, weil sie *seine* Sachen begrabbelte –, wurde sie fündig. Es ging doch nichts über das sinnliche Gleiten schwarzer Tinte auf Papier – das Herumtippen auf einer Tastatur bestimmt nicht. Später, wenn sie alles ausformulierte und ihren neuen Erkenntnissen eine druckreife Form verlieh, sodass sie in einem wissenschaftlichen Magazin veröffentlicht werden könnten, würde sie natürlich den Laptop benutzen, ja. Aber auch erst dann.

Altmodisches Beobachten und Notizen machen – genau ihr Ding.

Im Club war selbst für einen Freitagabend viel los, die exzessiv tanzenden, trinkenden, vergnügungssüchtigen Gäste drängten sich dicht an dicht. Die Kameras boten einen einmaligen Anblick. Nessa schätzte, dass sich allein in der verspiegelten Lobby über fünfzig Leute befanden, die Richtung Tanzfläche schoben.

Bei allen handelte es sich um Menschen.

Die Gefallenen im Inneren des Clubs indes warteten bereits auf ihre Beute. Oh ja, die Menschen, die sich im Eingangsbereich gegenseitig herumschubsten, waren auf dem Holzweg, wenn sie tatsächlich glaubten, sie besäßen die Oberhand.

Zwei von Zers Männern standen an der ersten Bar und bedachten ihre weiblichen Begleiterinnen mit tiefen Blicken in deren Augen. Es waren keine Anzeichen für ein Bündnis zu sehen, also lief hier offensichtlich gerade eine Anmache, während der Mensch hinter der Bar dafür sorgte, dass es immer einen Nachschub an Getränken gab und fortwährend schlanke Sektkelche sowie viereckige Whiskygläser über den Tresen schob. Einer der Gefallenen streckte nun seine Hand aus, streichelte einer Frau über den Oberschenkel und wanderte dann weiter an ihrem Bein hinauf. Ein Drink wurde auf dem Tresen verschüttet, ohne dass es jemand bemerkte.

Ja, weiter.

Sie wusste, dass es nicht gut sein konnte, sich das alles anzusehen, doch der Club bot eine sinnliche Szenerie, die fesselnder war als jedes Zugunglück. Auf jedem neuen Monitor entdeckte sie weitere Gefallene und Frauen, die sie unbedingt verführen wollten. Die Zahlen logen nicht. Auf Statistiken konnte man sich immer verlassen, doch sie hätte nie angenommen, dass der Schaden dermaßen groß war. Sagte denn keine von denen auch mal Nein? Stand fest, dass nicht eine von ihnen widerstehen konnte? Es musste doch einige Menschen geben, die dazu in der Lage waren, abzulehnen.

Aber wen wollte sie denn groß täuschen? Auch sie suchte nach etwas – jemand – Bestimmtem. Sie entdeckte ihn zwei Monitore weiter auf dem Bildschirm.

Zer …

Verwirrt bemerkte sie, wie sie vor Erregung schauderte. Das kam unerwartet. Und es gab keine logische Erklärung dafür, warum sie so heftig auf *ihn* reagierte, nicht aber auf seine ebenso eindrucksvollen Brüder. Und dennoch beugte sie sich in ihrem Stuhl nach vorn, damit sie sein Gesicht auf dem Monitor genauer erkennen konnte. Als ihr der Stift aus den Händen glitt und leise wegrollte, gestand sie sich die Wahrheit ein.

Sie war verloren.

Eine große, blasse und wunderschöne Frau saß auf Zers Schoß. Offensichtlich hatte Nael sie zu ihm gebracht, denn er stand immer noch neben den beiden. Wie schon sein lüsternes Lächeln verriet, stand der Gefallene ganz offensichtlich auf Edles, denn wenn Nessa sich nicht irrte, trug die Frau ein Cocktailkleid von Versace – kein Vergleich zu ihrer eigenen Bürokleidung.

Was zur Hölle …? Das nagende Gefühl, das beim Anblick der Frau auf Zers Schoß einsetzte, gefiel ihr ganz und gar nicht. Mit seinen kräftigen Händen machte Nael seiner Begleiterin klar, dass sie ohne seine Erlaubnis nirgendwohin gehen würde, doch ihrem Gesichtsausdruck nach zu urteilen, wollte sie auch nicht weg. Ja, das musste man sich einmal vorstellen.

Die Frau sah aus, als befände sie sich im Himmel und nur ein atomares Inferno könnte sie von ihrem Platz vertreiben.

Das ganze Szenario hätte Nessa nicht sonderlich kratzen sollen, doch sie schluckte schwer, als Zer sein Gesicht im Haar der unbekannten Schönen vergrub und sich mit seinem muskulösen, sexy Körper an sie schmiegte.

Demselben heißen Körper, mit dem er auch sie gehalten hatte, erst im Auto und dann in seinem Apartment. *Komm über ihn hinweg*, befahl sie sich selbst. Aber was, wenn sie ihn tatsächlich wollte? Er schien eine gehörige Nummer zu groß für sie zu sein und hatte zudem einen Preis, den sie nicht zu zahlen bereit war. Und trotzdem spielten ihre Hormone verrückt, während sie ihn dort auf dem Bildschirm beobachtete. Nur die Hormone, eine chemische Reaktion. Mehr war es nicht. Aber, meine Güte, dafür eine heftige. Er sah so extrem gut aus.

Nael fuhr der Blondine durchs Haar und verschränkte seine Finger mit Zers. Oh Gott, der erotische Anblick brannte sich Nessa förmlich ein. Teilen … Die beiden hatten sich schon zuvor Frauen geteilt, sie vertrauten dabei auf ihr Feingefühl, ihre Fähigkeit, diese in ihren Armen in Ekstase zu versetzen.

Der Gefallene strich nun mit den Händen am Körper der Frau hinab und packte sie aus wie ein Weihnachtsgeschenk. Er zog am Reißverschluss ihres Kleids, streichelte über die nackte Haut, die er enthüllt hatte, und setzte geschickt seine Zunge ein. Unvermittelt stellte Nessa sich vor, wie er auch ihren Körper mit dieser erforschte und einen heißen Pfad über ihre Brüste beschrieb. Nein, nicht Nael… Zer… Unruhig rutschte sie auf ihrem Stuhl hin und her. Sie sollte sich das nicht ansehen, sollte sich nicht wünschen, das sanfte Streicheln auf ihrer Haut zu spüren.

Gott, sie sahen so verführerisch aus. *Er* war verführerisch.

Nessa konnte nicht bestreiten, dass sie ein voyeuristisches Vergnügen dabei empfand, Nael mit seiner Partnerin zu beobachten. Aber das wollte sie auch gar nicht, denn es fühlte sich verdammt gut an und tat schließlich niemandem weh. Schon bald betrachtete sie allerdings Zers Gesicht, seinen Schwanz, der gegen seine Lederhose drückte, bemerkte den konzentrierten Ausdruck und das starke Verlangen, das sich in seiner Miene widerspiegelte.

Ach zum Teufel … Sie öffnete einen Knopf ihrer Bluse und strich mit den Fingern über die weiche Rundung ihrer Brüste. Ihr wurde ganz heiß, Lust erfasste sie, und plötzlich fühlte sie ganz intensiv, wie der seidige Stoff ihres BHs ihren Busen umschloss und wie sich ihre Bluse an die Haut schmiegte.

Der Monitor zeigte Nael, der am Körper der Frau hinabglitt und sie durch den Stoff eines heißen, winzig kleinen Tangas leckte. Es gab bei dem Überwachungssystem keinen Ton, doch die Frau lehnte den Kopf gegen Zers Schulter, öffnete den Mund und stöhnte stumm.

Vor Lust. Purer Lust.

Zer beugte sich vor, sodass sich seine Rückenmuskeln unter seinem dünnen Seidenshirt abzeichneten. Die Frau hockte auf dem Schoß des Gefallenen, als gehörte sie genau dorthin, und fuhr mit den Fingern durch sein kurz geschnittenes Haar. Einerseits hätte Nessa am liebsten mit ihr getauscht, andererseits verspürte sie den Drang, so schnell und so weit sie nur konnte wegzulaufen. Wie es sich wohl anfühlen mochte, wenn *ihr* diese leidenschaftliche, maskuline Sinnlichkeit zuteilwürde?

Ihr stockte der Atem und, verdammt, sie war feucht. *Seinetwegen.*

Das butterweiche Leder des Stuhls, auf dem sie saß, fühlte sich auf ihrer nackten Haut wie ein sanftes Streicheln an, ein Ersatz für den Kuss eines Liebhabers, den sie sich nicht leisten durfte. Sie sollte das nicht tun. Sie sollte fliehen, doch stattdessen beobachtete sie die intensivste erotische Begegnung, die sie je miterlebt hatte. Sie konnte einfach nicht aufhören, zuzuschauen.

Auf dem Bildschirm rutschte Nael abermals sacht an seiner Gespielin herab und spreizte mit den Fingern ihre Pobacken. Auf dem Gesicht der Frau spiegelte sich tiefe Begierde wider, woraufhin sich Nessa vorstellte, wie Zer dasselbe mit ihr tat.

Plötzlich schaute dieser auf und richtete seinen ungestümen, geheimnisvollen Blick auf die Überwachungskamera.

Großer Gott …

Er wusste, dass sie zusah.

Dieses Mal machten seine Jungs keinen Aufstand. Die Wachen ließen Zer ohne jede Widerrede in den Aufzug steigen und den Knopf drücken, der für seine Privatetage stand. Noch immer verspürte er großes Verlangen, sein Schwanz fühlte sich hart an und pulsierte, doch der Hunger war nun nicht mehr so groß. Die Bestie in ihm hatte genug von Naels neuester Eroberung getrunken, dass es nun nicht mehr an die Oberfläche trat. Er konnte nun das Apartment betreten, ohne Nessa anzurühren. Für diese Nacht befand sie sich in Sicherheit.

Er überlegte kurz, anzuklopfen, entschied sich dann jedoch dagegen, schließlich war es seine Wohnung, das musste er ihr klarmachen. Nessa hatte nur ein Recht auf Privatsphäre, weil er es ihr gewährte. Das mochte ihn zu einem arroganten Mistkerl machen, doch er war *der* arrogante Mistkerl, der sie am Leben halten würde. Also öffnete er die Tür und ging hinein.

Nessa schreckte von der Videowand zurück, als hätte sie sich daran verbrannt. Ihre geröteten Wangen weckten seine Neugier und das Pulsieren in seinem Schwanz wurde heftiger. Großer Gott, er konnte ihre Erregung schon vom anderen Ende des Raums aus riechen. Auf dem Bildschirm war Nael zu sehen, der gerade sein Ding durchzog. Und Nessa St. James hatte dabei zugesehen. Wie herrlich war das denn bitte?

»Du bist eine Spannerin.«

»Nein.« Doch ihr Leugnen wirkte etwas zu unsicher. Wahrscheinlich hatte sie nicht einmal geahnt, dass sie eine voyeuristische Ader besaß, aber jetzt wusste sie es. Zuzugucken machte sie an.

»Doch.« Er kam zu ihr herüber und betrachtete ihr Gesicht. »Du siehst gern zu. Ich auch.«

Er hatte noch nie einen Hehl um seine sexuellen Bedürfnisse gemacht, und er würde nicht zulassen, dass sie verleugnete, was sie in dieser Nacht fühlte. Sie wollte ihn. Darin irrte er sich nie. Nur ein einziges Mal, vor dreitausend Jahren, hatte ihn sein Gespür so richtig verlassen, höhnte eine innere Stimme. Ja, dieser Irrtum war schlimmer als alle anderen Fehleinschätzungen gewesen, übertraf sie. Aber er hatte daraus gelernt.

Also schlich er sich an sie heran und drängte sie gegen die Videowand. »Ein Geschenk.« Keine Bedingungen, das meinte er ernst.

Er streckte eine seiner großen Hände aus und, oh Gott, sie war versucht, sie zu ergreifen. Sie sollte es nicht tun. Oh, das sollte sie auf gar keinen Fall. Aber sie hatte so lange nichts mehr einfach nur für sich getan. Nessa meinte zu wissen, dass es nichts bedeutete, gar nichts bedeuten konnte, also würde sie auch nicht verletzt werden. Immerhin war sie nicht auf ewiges Glück aus, und selbst wenn, hätte er ihr das ohnehin nicht bieten können.

»Keine Bedingungen«, forderte sie noch einmal, bevor sie ihre Hand in seine legte und er die Finger um ihre schloss. Wie kräftig und warm sie waren. Nessa vermochte nicht, den Blick von dem Bild zu lösen; ihrer beider Hände passten einfach so gut ineinander. Aber seine Haut auf ihrer zu spüren verhinderte, dass sie vergaß, wie grob er war, wie männlich und rücksichtslos.

Nicht wirklich menschlich.

Zer murmelte einen Befehl und das Licht wurde gedimmt, sodass sie Dunkelheit umgab. Nur sie zwei allein … Vielleicht war das Ganze doch keine so gute Idee.

»Komm mit.« Seine Stimme klang nach einem dunklen Versprechen. »Weise mich jetzt nicht zurück. Ich werde dafür sorgen, dass es dir gut geht, Baby.«

»Das hier hat rein gar nichts zu bedeuten«, erinnerte sie ihn noch einmal. Dabei erkannte sie ihre Stimme selbst fast nicht wieder. Sie war so rau und heiser, ein ungewohntes Verlangen lag darin.

»Verstanden. Nur ein bisschen Vergnügen«, redete er ihr gut zu.

Dann schob er sie wieder vor die Monitore, setzte sich in einen großen Ledersessel und zog sie auf seinen Schoß.

»Sieh es dir an!« Sie spürte seinen Atem auf ihrer Haut, während er mit einer Hand zielsicher die Steuerelemente bediente, um Befehle einzugeben. Die Kamera zoomte heran, sodass Nael, der immer noch die Blondine umschlungen hielt, den ganzen Bildschirm ausfüllte.

Zuerst versteifte sich Nessa in Zers Armen. »Entspann dich, Baby«, flüsterte er ihr ins Ohr. »Wir werden nur herausfinden, was dir gefällt.«

Ihre Notizen lagen auf der filigran gefertigten kleinen Anrichte ausgebreitet, dicke Wirbel in Tintenschwarz auf langweiligem weißen Papier, das es im Club gab. Beobachtungen … Zahlen … Dass seine kleine Wissenschaftlerin ein Auge für Details hatte, überraschte ihn nicht. Die Frage war nur, ob ihr das, was sie auf den Bildschirmen sah, auch gefiel.

Zer beschloss, dass sie einfach jede Spielart ausprobierten. Er würde ihr schon zeigen, was genau sie mochte.

»Vergnügen«, versprach er. »Es geht nur ums Vergnügen.«

Als er eines ihrer Beine über seinen Oberschenkel zog, bemerkte er, dass sie keine Strumpfhose mehr trug. Im Geist machte er sich eine Notiz, jemanden zu beauftragen, ihr etwas Neues zum Anziehen zu besorgen. Solange sie unter seiner Aufsicht stand, würde sie auf nichts verzichten müssen.

»Zer«, sagte sie. Oh, wie er es genoss, ihr warmes, weiches Gewicht auf sich zu spüren. Einfach verführerisch … Doch sie wirkte angespannt. Gott, sie war kurz davor, wegzulaufen – als ob er sie jetzt, da er sie in den Händen hielt, zur Tür hinauslassen würde.

Als wäre er überhaupt dazu in der Lage …

Er schmiegte sein Gesicht an ihren Hals und atmete tief ein. Ihr Duft war unbeschreiblich, der quälende, zuckersüße Geruch einer Frau. Ihre weichen Haarsträhnen hafteten an seinem Kinn, an ihm. Es gab so viel zu entdecken, herauszufinden.

Er würde mit ihrer Haut beginnen, beschloss er. Ergründen, wie sie schmeckte. Als er sie leicht mit dem Mund berührte, konnte Zer spüren, wie sehr ihr Puls raste. Sie sog die Luft ein, öffnete ihren Mund.

»Schau auf den Bildschirm, Baby.«

Dort war zu sehen, wie Nael gerade das extrem kurze Cocktailkleid seiner Begleiterin noch weiter nach oben schob. Der Stoff knüllte sich zusammen, rutschte hoch und darunter kam ein extrem heißer Strumpfgürtel aus schwarzer Spitze zum Vorschein.

»Möchtest du, dass ich das bei dir mache?«, murmelte er an ihrem Hals, während er mit den Fingern sanft über einen ihrer Oberschenkel strich. »Würdest du mich das machen lassen?«

»Ja«, antwortete sie, erst etwas unsicher, dann bestimmter. »Ja.« Als wüsste sie nicht wirklich, worauf sie stand. Es war ein Experiment.

Zer beschloss, ihr einen Strumpfgürtel zu kaufen, und löste seine Lippen von ihrem Hals. »Wenn du so einen für mich trägst, wird das sicher geil«, versprach er. »So einen kleinen Fetzen schwarzer Spitze, der deine Muschi einrahmt. Ich werde dich überall dort lecken, wo kein Stoff ist. Würde dir das gefallen?«

»Vielleicht.« Nessa blickte weiter stoisch auf den Bildschirm. Nael streichelte seine Gespielin in diesem Moment zielsicher zwischen den Schenkeln und ließ seine Finger über deren Schamlippen gleiten.

Zer hielt es nicht länger aus, er spürte, dass die Bestie in ihm herauswollte. »Ich bin dran.« Bedächtig berührte er Nessa an ihrer empfindlichsten Stelle. Sie zuckte zusammen. »Hier, Baby, wo du ganz feucht und heiß bist.«

Gott, er war wirklich verloren. Unter seinen Fingerspitzen konnte er ihre enge, feuchte Spalte spüren und hätte Nessa am liebsten gleich das Höschen heruntergerissen, um sie dort zu lecken. Als er schließlich zart über ihren Kitzler strich, verspannte sie sich zunächst, drückte dann jedoch ihren Schoß gegen seine Hand. Gott, ja …

Er hielt kurz inne, ließ seine Hand jedoch, wo sie war, und sog sie ein. Wobei er nicht von ihrer Seele trank, noch nicht, sondern köstliche Ströme ihrer Aura: Lust, Hitze, Neugier. Gott, ihre Neugier würde ihn noch umbringen.

»Beweg die Hand«, forderte sie ihn auf. »Ich möchte wissen, wie sich das anfühlt.«

Ihr Wunsch war ihm Befehl. Langsam streichelte er sanft über ihre heiße Mitte. Nessas Neugier faszinierte ihn. Bei ihr spürte er mehr als nur Lust.

Sie senkte allmählich ihre Lider mit den dunklen Wimpern, bis sie die Augen schließlich ganz schloss, machte aber recht fahrige Bewegungen, als wäre sie nicht sicher, wohin sie mit ihren Händen sollte, und legte sie letztlich auf seine Unterarme.

Bei ihrer zarten Berührung musste er die Zähne zusammenbeißen, so elektrisierend war das Gefühl.

Mit zwei Fingern fuhr Zer langsam über ihren feuchten Schritt, sodass der Stoff ihres Höschens über ihren Kitzler rieb, sie reizte, und wurde mit einem Stöhnen belohnt. Ihr erregtes Wimmern schien erschreckend laut durch die Stille im Raum zu hallen.

»Ich will es«, flüsterte er. »Ich will dich, Nessa. Ich werd dich dazu bringen, mich alles, was du dir je gewünscht hast, mit dir machen zu lassen. Du wirst mich darum anbetteln.«

»Ich bettele nie«, entgegnete sie, klang allerdings, als wäre sie sich da nicht mehr ganz so sicher.

Sein Schwanz war schon mehr als hart, als sie begann, sich unter seiner Hand zu bewegen.

»Halt still«, brummte er und streichelte sie weiter. »Tu mir den Gefallen und beweg dich nicht, Baby, und ich werde es dir besorgen.« Zer erlag der Versuchung und ließ seine Finger tiefer in sie gleiten, fasste ihr dabei jedoch nicht unters Höschen. Fürs Erste wollte er sie nur reizen, ihr einen kleinen Vorgeschmack darauf geben, welche Lust er ihr bereiten konnte.

Ob er selbst das Ganze überleben würde, wusste er allerdings nicht.

Sie legte den Kopf in den Nacken, sodass ihr weicher Hals freilag. »Zer«, sagte sie, wobei er nicht recht zu deuten vermochte, ob es eine Bitte oder eine Ermahnung war. Dann richtete sie ihre unglaublich schönen Augen auf sein Gesicht.

»Schau weiter auf den Monitor, Baby.« Er hielt inne und löste seine Finger aus ihrem Schoß. »Sonst höre ich auf.«

Sie protestierte zwar, gehorchte jedoch. Meine Güte, das war so heiß. Er griff in ihr Haar und hielt so ihren Kopf fest, während er mit den Fingern seiner anderen Hand wieder dorthin wanderte, wo er sie haben wollte.

Auf dem Bildschirm spreizte Nael seiner Partnerin gerade die Beine und vergrub sein Gesicht in ihrem Schoß. Zer würde das auch tun. Er würde sich alles von ihr nehmen, auch wenn er es eigentlich nicht sollte. »Nächstes Mal«, versprach er. »Stell dir vor, wie wir das beim nächsten Mal machen. Ich werde jeden Zentimeter deines Körpers probieren, Nessa. Ich werde es genießen, dich zu schmecken.«

Er beglückte sie mit herrlich tiefen Stößen, nach denen sie sich schon die ganze Zeit über gesehnt hatte, und ließ seine Finger schneller und schneller in sie hineingleiten, während Nessa vor Lust ihre Schenkel um sein Handgelenk schloss.

Schließlich kam sie ganz leise und zuckte herrlich unter seinen Berührungen, während ihr seidenes Höschen ganz nass wurde. Still gab sie sich ihrem Höhepunkt hin.

Nachdem der Orgasmus verebbt war, nahm er sie in die Arme und streichelte sie zärtlich, umfing sie mit seinem Körper. Er war solch ein gottverdammter, selbstsüchtiger Scheißkerl und noch lange nicht fertig. In dieser Nacht würde er neben ihr schlafen. Er handelte egoistisch, nahm es sich heraus. Genauso wie die Aktion, weshalb er nun ihren süßen, vollmundigen Duft an seinen Fingern kleben hatte.

»Verbünde dich mit uns«, flüsterte er, als sie in seinem Bett lagen, und hauchte seine Worte dabei zart über ihre Haut. Seinen rauen Atem, seine unglaubliche Wärme und seine starken Arme um sich herum zu spüren gab ihr das ungewohnte Gefühl, als gehörte sie an diesen Ort.

Eigentlich sollte sein Angebot sie nicht neugierig machen. Sie hatte es schon einmal abgelehnt und wollte es auch jetzt wieder tun. Sie würde sich nicht mit einem von ihnen verbünden. Auf keinen Fall! Und doch zog es sie zu ihm hin, denn etwas an diesem Gefallenen weckte ihre Neugier. Zer war wie ein Puzzle, ein Rätsel – und einem schwierigen Denkspiel hatte sie noch nie widerstehen können. Wahrscheinlich lag es nur daran. Vielleicht war sie dazu in der Lage, ihr altes Leben weiterzuführen, sobald sie herausgefunden hatte, was ihn antrieb.

»Verbünde dich mit uns, Baby«, wiederholte er noch einmal mit rauem Tonfall.

Seine Worte holten sie in die Wirklichkeit zurück. Es ging hier nicht um sie, sondern darum, was *er* brauchte – sprich ihre Seele. Dabei besaß er noch nicht einmal den Anstand, so zu tun, als würde er diese für sich selbst haben wollen. »Träum weiter, Zer.«

Sie hatte keinen blassen Schimmer, wovon er träumte. Oder welche Albträume ihn verfolgten.

Er musste sie überreden, es zu tun. Die Tatsache, dass er sie zu nichts zwingen konnte, machte ihn fertig. Diese ganze Sache mit den Beziehungen wäre so viel unkomplizierter gewesen, wenn er ihr einfach etwas befehlen hätte können. Er kniff die Augen zusammen.

»Warum möchtest du denn nicht?« Zer merkte, dass er wirklich neugierig auf ihre Antwort war. Keine der Frauen unten im Club hätten es auch nur in Betracht gezogen, abzulehnen. Vielmehr wäre er von ihnen angefleht worden, ihnen die Chance zu geben. Warum also war Nessa so anders? Immerhin *hatte* er sie doch schon zum Betteln gebracht, oder?

… sie verführt, es ihr mit der Hand besorgt … und trotzdem wies sie ihn *immer noch* zurück.

»Ich nehme nie den leichten Weg«, entgegnete sie, als ob ihre Worte einen Sinn ergäben.

Sie betrachtete ihn als leichten Weg? »Erklär mir das«, schnauzte er, rollte sich auf die Seite und starrte sie an. Sie auf seinem Bett liegen zu sehen gefiel ihm.

»Ich arbeite für meine Ziele, Zer«, sagte sie mit süßlichem Tonfall. »Das solltest du vielleicht auch einmal versuchen.«

Glaubte sie denn, es wäre so einfach? Er freute sich schon darauf, sie endlich aufzuklären. »Ich arbeite verdammt hart, Baby. Das hier ist kein Spiel. Ich brauche dein Versprechen.« Er legte eine Hand auf ihr Herz und strich mit den Fingerspitzen über ihr Schlüsselbein.

Wie erwartet schüttelte sie den Kopf. »Das bekommst du nicht. Ich möchte kein Bündnis mit einem Dämon eingehen. Du kannst mir nichts geben, was ich benötigen würde. Such dir eine andere.«

Fährtenleser jagten in seinem Auftrag nach den drei weiteren Frauen, deren Namen auf der Liste standen, aber er konnte es sich schlichtweg nicht leisten, sich diese Gelegenheit entgehen zu lassen. Sie stellte quasi ein Viertel eines ohnehin schon zu kümmerlichen Arsenals dar, sodass er in diesem Krieg keinen Vorteil verspielen durfte. »Wir brauchen dich.«

»Du willst mich, ja«, konterte sie. »Aber sexuelle Anziehung beruht nur auf der Evolution und auf Biologie.« Sie öffnete die Lippen und schnaubte empört, was die Logik ihrer Aussage untergrub. »Zwischen uns besteht keine emotionale Verbindung, Zer. Das sind nur die Pheromone.«

Richtig. »Nenn es, wie du möchtest, Baby, aber du wolltest mich.«

Sie zuckte mit den Schultern. »Mag sein, aber deshalb muss ich dich noch lange nicht *nehmen*.«

Auf das Kribbeln im Bauch, das einsetzte, als er sich vorstellte, wie sie ihn nahm, war er nicht vorbereitet.

»Lass mich gehen, Zer.«

»Versuchst du etwa gerade, an das Gute in mir zu appellieren? Dann solltest du wissen, dass ich keine gute Seite habe.« Alle Güte und Hoffnung, die er jemals besessen hatte, war bereits vor Jahrtausenden verloren gegangen. Abgesehen davon hatten die himmlischen Herrschaften ohnehin nie als besonders warmherzig gegolten. Nein, sie waren zum Töten geboren, zum Beschützen. Und sie hatten ihren Job verdammt gut gemacht.

Zer strich ihr einfach so über die Arme, wobei er mit den Daumen ihre angespannte Unterarmmuskulatur massierte. Als er unvermittelt ihre Hände über ihren Kopf zog, konnte man sehen, wie hin- und hergerissen sie war – einerseits wollte sie sich seinen Berührungen hingeben, schien aber andererseits nicht vergessen zu können, wer vor ihr stand und wo sie sich befand. Sie dachte definitiv zu viel nach.

»Ewiges Glück.« Er setzte ein unnachgiebiges, bissiges Lächeln auf. »Romantik … wahre Liebe … Ihr Frauen steht doch auf diesen Scheiß. Ihr würdet doch ganze Wagenladungen davon kaufen. Also, was ist verkehrt an der Sache?«

Sie starrte ihn an, als hätte er keine Ahnung. »Pheromone.«

»Verbünde dich mit uns«, wiederholte er erneut. »Du hast uns doch auf dem Monitor beobachtet.«

Sie wurde rot vor Verlegenheit – und Erregung. Fasziniert strich er mit der Fingerspitze über ihre geröteten Wangen. Ob Gefallener oder Mensch, noch nie war ihm jemand begegnet, der sich so sehr dagegen sperrte, zu genießen. Was wohl passieren würde, wenn sie sich hingäbe? »Wir lassen Fantasien wahr werden – deine geheimsten Wünsche. Denk darüber nach, Baby. Stell es dir vor. Denn ich werde dich nicht gehen lassen.«

Er stand geschmeidig vom Bett auf, um auf Abstand zu ihr zu gehen, bevor sie ihn erneut auf die Probe stellen konnte. An seinem Ledermantel klebte Blut, Blut und der Duft der fremden Frau. Bevor er mit ihr einschliefe – und genau das würde er tun – musste er duschen gehen, denn er wollte nicht neben ihr liegen und nach dem Parfum einer anderen stinken.

»Lass mich gehen!«, rief sie ihm nach.

»Keine Chance. Du bleibst hier, wo ich dich im Auge behalten kann.«

»Vertraust du deinen Gefängniswärtern etwa nicht?« Ihre höhnische Bemerkung kam der Wahrheit näher, als ihm lieb war.

So, wie die Dinge lagen, hätte er seinen Brüdern sein Leben anvertraut, doch er würde nicht den Fehler machen, sie zu unterschätzen. Und er ahnte, dass sie ihn um den kleinen Finger wickeln könnte, wenn sie es darauf anlegte. Dazu brauchte sie ihm nur jene Leidenschaft zu schenken, die sie tief in sich trug. Wenn sie erst für ihn brannte, wäre er verloren.

»Bleib da«, brummte er, nur um zu sehen, wie sie verärgert die Augen aufriss.

»Ich bin doch kein Hund«, setzte sie an, doch er zog bereits seine Lederklamotten aus und ließ die schwere Kluft zu Boden fallen.

»Ich gehe jetzt duschen«, sagte er ruhig, »und dann werd ich mich schlafen legen. Neben dir.«

Er ließ die Badezimmertür offen stehen, damit er das Apartment sowie seine momentane Bewohnerin im Auge behalten konnte, und drehte die Dusche auf. Der heiße Wasserstrahl verbrannte ihm fast die Haut und holte ihn wieder auf den Boden der Tatsachen zurück. Er sah zu ihr hinüber, während er nach der Seife griff. Er war nicht dumm. Ihm war klar, dass sie loslaufen würde, sobald er ihr den Rücken zudrehte, also durfte er ihr keine Chance dazu geben.

Da Zer die Tür offen stehen ließ, schloss Nessa, dass ihm seine Privatsphäre wohl nicht sonderlich wichtig war. Selbst als der heiße Dampf den Raum erfüllte, konnte sie noch seinen Körper betrachten. Vollkommen unbekümmert hatte er sich direkt vor ihr ausgezogen und die schweren Ledersachen auf den Boden geworfen. Ihr entging nicht, dass er seine Klingen in Reichweite behielt. Als er sie auf den Tresen gelegt hatte, waren ihr die dunklen, tintenschwarzen Wirbel aufgefallen, die um seine Handgelenke verliefen.

Das Bad sah aus wie ein Vorzeigeobjekt für luxuriöse Wohnausstattung, doch die großen Stumpenkerzen und die terrakottafarbenen Fliesen wirkten neben dem Mann geradezu mickrig.

Zer besaß unglaublich breite Schultern, kräftige Beine. Muskeln traten hervor, als er sein Gesicht unter den heißen Duschstrahl hielt und seine nassen Haare zurückstrich. Wassertropfen liefen an seiner goldenen Haut hinunter und sein markantes Gesicht kam noch mehr zur Geltung. In dem Dampf waren Zers Konturen immer undeutlicher zu erkennen, doch der Gefallene verlor dadurch nichts von seiner Gefährlichkeit. Stattdessen verstärkte der Nebel diesen Eindruck bloß.

Er war ein tödliches Raubtier, das nur zum Teil hinter der Dampfwolke verschwand.

»Warum tust du das?«, rief sie ihm zu.

Zer murmelte etwas vor sich hin und wiederholte seine Antwort dann noch einmal mit lauter Stimme.

»Weil es sonst respektlos wäre«, sagte er. »Ich werde heute Nacht neben dir liegen, Baby, aber nicht so dreckig.«

Sie hatte eigentlich die Entführung gemeint, doch seine Worte brachten sie sofort zum Schweigen.

Er seifte sich mit schnellen, gezielten Bewegungen ein. Nessa gewann nicht den Eindruck, dass er sie damit anmachen wollte, war jedoch trotzdem nicht dazu in der Lage, den Blick von ihm zu lösen. Als er schließlich das Wasser abstellte und sich umdrehte, runzelte sie die Stirn. Weiße Furchen zogen sich über seinen sonst so glatten Rücken – es handelte sich um dickes, knotiges Narbengewebe.

Welche Schmerzen mussten mit diesen Wunden einhergegangen sein? Er besaß auch Narben im Gesicht und auf den Unterarmen, doch diese waren kein Vergleich zu den gewundenen weißen Linien, die aussahen, als hätte ihm dort jemand die Haut vom Rücken geschält – oder zumindest ein großes Stück davon abgezogen.

Zer bemerkte, dass sie ihn wie ein erschrockenes Reh anstarrte und fluchte.

»Was ist mit deinem Rücken passiert?«

»Nichts.« Offenbar nichts, worüber er reden wollte, und sie verstand das auf gewisse Weise sogar. Bei welchem schrecklichen Erlebnis er auch immer solche Schmerzen erlitten hatte, es war wohl am besten, die Erinnerung daran zu verdrängen. Und dennoch konnte sie nicht anders und musste ihre Frage einfach wiederholen.

»Was hat dir das angetan?« Es erschien ihr unvorstellbar, dass jemand ihn überwältigt hatte.

»Es ist vor langer Zeit passiert«, brummte er. Fluchend schlang er sich ein dickes Baumwollhandtuch um die Hüften und kam zurück ins Zimmer. »Vor Jahrtausenden.«

Damit ließ sie ihn nicht davonkommen. »Erzähl's mir.«

Er blickte sie ernst an. »Möchtest du das wirklich wissen, Baby? Versprichst du mir dann, dass du nachher das Aua wegpustest?«

Sie stand auf, ging auf ihn zu und streckte eine Hand nach ihm aus. Er stellte sie auf die Probe und bewegte sich nicht. Schön, sie würde keinen Rückzieher machen, davon konnte er ausgehen.

»Frag dich, ob du wirklich weißt, was du da gerade tust.«

»Erzähl's mir«, forderte sie ihn erneut auf. »Ich möchte es wissen.« Zu ihrer eigenen Verblüffung stimmte das wirklich. Als er sie ansah, zuckte sie nur mit den Schultern. »Wirklich, und ich bin hartnäckig. Da kannst du meine Kollegen fragen.«

»Stur«, gab er zurück und lockerte ein wenig die Schultern. »Es ist während des Engelssturzes passiert.«

»Und warum ist es geschehen?« Er hatte ihr einen Anhaltspunkt gegeben, nun würde sie ihn ganz bestimmt nicht mehr vom Haken lassen.

»Ist die Schulbildung wirklich so schlecht geworden?« Zer ging hinüber zu einem Schrank, zog ruckartig die Schubladen auf und wühlte darin nach sauberen Klamotten. »Das musst du doch wissen.«

»Ich kenne die offizielle Geschichte. Das, was davon überliefert ist zumindest. Die himmlischen Herrschaften, die Engelskrieger an vorderster Front, erhoben sich gegen den Himmel. Es gab einen Umsturzversuch, bei dem die Herrschaften – ihr also – verloren habt. Zur Strafe befahl der Erzengel Michael, euch die Flügel auszureißen, und schickte euch auf die Erde, wo ihr nun unter uns Menschen leben müsst. Ich weiß aber nicht so recht, ob mir die Vorstellung gefällt, dass meine Welt im Himmel als das Äquivalent einer Strafkolonie betrachtet wird«, setzte sie nachdenklich hinzu. »Ich lebe eigentlich gern hier.«

Er zog schließlich eine Jogginghose aus der Schublade, ließ das Handtuch fallen und gewährte ihr einen Blick auf seinen knackigen Hintern. Als er sich nach vorn beugte, um in die Hose zu schlüpfen, stockte ihr der Atem. Er war prachtvoll und so … männlich.

»Ja, das ist die offizielle Version.« Zer stieß die Schublade zu und kam dann zu ihr geschlendert. Mit einem unnachgiebigen Lächeln auf den Lippen ragte er über ihr auf. Doch sie wich nicht zurück. »Aber wir wissen doch beide, dass die Sieger die Geschichte schreiben.«

»Und«, sie musterte ihn, »entspricht die offizielle Geschichte auch der Wahrheit?«

Es war nicht einfach, zu erklären, was sich vor dreitausend Jahren abgespielt hatte. Noch ehe er etwas erwidern konnte, wurde er von Erinnerungen überflutet.

Die Frau vor ihm beugte sich vor und wiegte sich hin und her, die blassgoldene Haut ihrer nackten Beine blitzte auf, als ihre Röcke im Takt der Musik schwangen. Sie betrachtete ihn aus dunklen Augen, in denen ein sinnliches Versprechen lag. Davon träumte jeder Mann, doch Zer sah nur Leichen.

Wie beschissen war das denn?

Er hätte eine ganze Woche Fronturlaub benötigt, immer wieder gingen ihm diese Bilder durch den Kopf.

Drei weibliche Mitglieder der Herrschaften in drei Wochen … Es hatte schon immer mehr Männer unter ihnen gegeben, deshalb wurden die Frauen streng bewacht, förmlich angebetet. Es war wichtig, ihre Sicherheit zu wahren, koste es, was es wolle. Doch nun befand sich das gesamte Lager der Herrschaften in Aufruhr. Die aufgebrachten Engel schienen kurz davor zu sein, jemanden zu lynchen. Denn die jüngsten Taten waren grausam. Der mordende Hurensohn hatte seine Opfer aufgeschlitzt, sie verbluten lassen und sich dabei brutal sexuell an ihnen vergangen.

Es sah nach dem Werk eines Dämons aus. Zer krallte sich in den mit Quasten besetzten Kissen fest und zwang sich, nicht wegzusehen, als die Tänzerin sich tiefer vorbeugte und mit den Hüften wackelte, bevor sie schließlich in die Knie ging, sich nach hinten bog und den ersten Schleier fallen ließ.

Er war ein hartgesottener Krieger und verteidigte bereits seit zweihundert Jahren den Himmelsthron gegen die dunklen Dämonen, welche aus anderen Reichen hervorgekrochen kamen. Er hatte den Tod gesehen, war Zeuge von Brutalität geworden. Doch das alles schien im Vergleich zu diesen Todesfällen nichts zu sein.

Sein Instinkt sagte ihm, dass sie nicht auf das Konto eines Dämons gingen, egal, wie grausam die Morde auch sein mochten. Er hatte Jahrzehnte damit verbracht, Fährten lesen zu lernen. Die Spuren der Klingen passten nicht. Es waren zwar zuvor welche gestohlen worden, doch auch das Muster der Einstiche und Schnitte kam ihm irgendwie bekannt vor. Es handelte sich um eines, das allen Jünglingen unter den Herrschaften zur Übung beigebracht wurde. Außerdem gab es keine Spuren auf dem Boden, es schien, als wäre der Angreifer von oben auf die Opfer herabgefallen, sodass diese durch sein Gewicht einige Zentimeter tief in den weichen Untergrund gedrückt worden waren.

Vielleicht irrte er sich aber auch. Er verspürte den Drang, aufzustehen, zu seinen Waffen zu greifen und den Himmel auseinanderzunehmen, bis er Antworten gefunden hätte. Doch stattdessen musste er nun in einem nabatäischen Vergnügungscamp hocken, bis er endlich den Auftrag bekäme, auszufliegen. Die Tänzerin wiegte sich weiter hin und her. Zer bezweifelte, dass ihr schier unerträgliches Interesse eher nachlassen würde als die schwüle Hitze der Wüste.

Es war so unglaublich drückend, zudem hätte er bloß seine Handgelenke drehen müssen, um seine Waffen zu ergreifen. Aber ein guter Soldat befolgte Befehle, und Zers Erzengel hatte ihn auf die Erde beordert. Also würde er an Ort und Stelle bleiben, richtig? Er rührte sich nicht vom Fleck und hielt die Flügel still.

»Herr …« Die Tänzerin strich mit ihren Fingern über ihren Bauch, hinauf bis zu ihren Brüsten und hielt einen herrlichen Herzschlag lang inne. Nah wie sie war, gab es kein Entkommen vor dem süßen, heißen Duft ihrer Haut oder vor ihrem Verlangen, das wie ein verruchtes Versprechen zwischen ihnen in der Luft zu hängen schien, während sie tanzte.

Trotz seiner guten Vorsätze bekam Zer einen Ständer.

Plötzlich wurde es draußen laut. Ein Tumult vor dem Vergnügungszelt ruinierte die Stimmung. Dann schlug jemand die lederne Zeltklappe zur Seite, und Vkhin trat ein. Zer hatte den Bruder zwar bereits vor einer Ewigkeit kennengelernt, doch niemand konnte behaupten, wirklich viel über das Mitglied der Herrschaften, das nun die dicken Teppiche überquerte, zu wissen. Die Flügel fest zusammengeklappt, wirkte Vkhin so kontrolliert, kühl und diszipliniert wie immer. Er hätte einst zum Anführer der Herrschaften gewählt werden sollen, und nicht Zer.

Noch so ein verdammtes Rätsel, das es zu einem späteren Zeitpunkt zu lösen galt.

»Michael hat uns verraten«, verkündete Vkhin.

Zer griff seine Waffen und stand auf. »Details.«

»Brends ist wieder im Himmel.« Der Bruder spuckte die Erklärung förmlich aus und machte sogleich auf dem Absatz kehrt, um wieder aus dem Zelt zu laufen.

Mit schnellen Schritten folgte Zer ihm zum Eingang. Das sitzen gelassene Mädchen sah ihnen nach. Die Enttäuschung stand ihr sprichwörtlich ins Gesicht geschrieben, ihre Miene spiegelte jedoch auch etwas Animalisches wider.

Das Lager zu verlassen verstieß gegen die Befehle des Erzengels, doch ganz eindeutig hatte Vkhin genau das vor. Er hielt nicht an, sondern trampelte sich einen Weg zur Grenze des Lagers. »Warum –«, begann Zer, doch sein Bruder unterbrach ihn.

»Esrene hat ihn zu sich gerufen.« Vkhin ging unbeirrt auf das einzige Tor des Lagers zu und hatte offensichtlich vor, sich ebenso ehrlos zu verhalten wie ihr Bruder, der abgehauen war.

»Warum?« Zer legte Vkhin eine Hand auf den Arm, um ihn zurückzuhalten, doch der andere schüttelte ihn ab. Brends war kein Krieger, der sich Befehlen widersetzte. Niemals!

»Esrene hat den Zwillingsbund genutzt, um ihn zu rufen«, erklärte Vkhin. »Dann wurde sie unterbrochen. Sie ist angegriffen worden, Zer.«

Mit dem Sonnenuntergang legte sich Schläfrigkeit über das Lager. Ein unterdrücktes lustvolles Stöhnen drang aus einem Zelt in der Nähe zu ihnen herüber, gefolgt von dem zufriedenen Lachen eines Mannes und einem leisen Klirren, als Waffen abgelegt wurden. Das Lager schien eine verdammte Traumwelt zu sein.

»Wenn sie ihn gerufen hat, war sie nicht tot.« Noch nicht zumindest. Im Kopf ging er die bisherigen Tatorte durch und führte sich noch einmal die Beweise vor Augen. Es musste da ein Muster geben.

»Brends glaubt, dass sie sich in den Händen des Mörders befindet.« Vkhin schlug mit einer Hand gegen die Mauersteine des Torbogens und knurrte einen Fluch, als er das Siegel malte, das den Durchgang aktivieren und sie von einer Ebene auf die andere bringen würde. »Sobald wir durch dieses Tor schreiten, sind wir Geächtete. Der Erzengel, Michael, wird uns jagen.«

Zer war stehen geblieben, doch sein Hirn arbeitete auch weiterhin auf Hochtouren. Das erste Siegel glühte auf. »Stimmt.« Michael wünschte man sich nicht zum Feind. »Warum willst du es dann tun? Warum bist du dir so sicher, dass Michael all das verraten hat, wofür wir stehen?«

Vkhin sah ihn aus seinen dunklen Augen an, während das zweite Siegel aufleuchtete. »Er ist von Esrene belastet worden. Als sie Brends rief, hat sie ihm Michaels Namen genannt.«

»Aber es könnte doch sein, dass sie sich geirrt hat. Vielleicht war es ein Hilferuf an ihn.« Ein Name stellte keinen ausreichenden Beweis dar. Zer konnte – würde – seinen Befehlshaber nicht wegen eines einzigen Worts verurteilen.

Das letzte Siegel wurde aktiviert. »Und genau deshalb, Herr, kehre ich in den Himmel zurück, um es selbst herauszufinden.«

Herr ... Anführer ... Das war sein Titel, richtig? Er sollte die Herrschaften in den Kampf führen, der Erste sein, der sich in die Schlacht stürzte.

Und hier ging es um eine Schlacht.

»Sie zögern«, sagte Vkhin. Sein Tonfall war so kalt und ruhig wie immer. »Das ist verständlich, Herr. Sie sollten hierbleiben. Wenn ich mit meiner Deutung falschliege, können Sie die Sache wieder bereinigen.«

Dann wäre es an Zer, Vkhin zu jagen und zu töten. Er fluchte. Er hatte niemals darum gebeten, das Kommando zu erhalten, war jedoch auch nicht dazu in der Lage gewesen, es abzulehnen. Ein weiteres Rätsel ... Warum nur hatte man ihn ausgewählt? Mit gerade einmal zweihundert Jahren war er noch jung und unerfahren. Trotzdem, unter keinen Umständen würde er seinen Stellvertreter, Vkhin, das erledigen lassen, was eigentlich seine Aufgabe darstellte.

»Ich gehe«, blaffte er zurück, als der Durchgang aktiviert war und Magie hindurchströmte.

»Wir gehen gemeinsam«, entgegnete Vkhin.

Für Diskussionen war keine Zeit. Zer trat in das Portal und wurde durch den magischen Durchgang gesaugt, der dieses rückständige irdische Reich mit ihrem Himmel verband. Auf der anderen Seite schlug er hart auf dem Boden auf, rollte sich ab und stand mit den Klingen in den Händen auf.

Er war jünger und damit auch schneller. Ohne auf Vkhin zu warten, klappte er seine Flügel aus und zerrte sich die Muskeln, als er sich einen Weg durch die Luft bahnte. Mit seinen Raubtieraugen las er im schwindenden Licht die Spuren. Auf dem Boden unter ihm war eine leichtere Person als er sehr schnell gelaufen. Die Fußspuren sahen sehr tief aus und ließen auf Ver-

zweiflung schließen, denn jemand hatte sich mit aller Kraft und Entschlossenheit abgestoßen und dabei die nackten Zehen in die weiche Erde gedrückt. Die Fährte des Verfolgers, einer größeren Person, war dahinter zu erkennen. Der Anblick schnürte Zer die Kehle zu. Es gab klare Anzeichen für eine Verfolgungsjagd. An den Büschen, an denen er vorüberkam, klebte Blut.

Der Mistkerl trieb sein Spielchen mit ihr.

Zer verlor die Kontrolle über sich und verspürte nur noch tiefe Verzweiflung. Niemand hatte seinen Einwand, dass es sich bei dem Mörder um keinen Dämonen handelte, für bare Münze genommen. Und auch er selbst konnte, wollte es nicht glauben, aber die Spuren sagten etwas anderes. Unmöglich … Die Abdrücke hatten die falsche Form und Größe, um von einem Dämonen zu stammen. Nun würden sie alle für ihre Ungläubigkeit bezahlen.

Die Fährte endete unvermittelt auf einem kleinen Flecken freier Fläche am Fuß eines Hügels.

Zer war schneller vor Ort als Vkhin oder Brends und kam dennoch zu spät.

Viel zu spät.

Aus den Augenwinkeln heraus bemerkte er einen Flügelschlag.

Zer sammelte sich, zog sich zurück und riss seinen Blick von dem zusammengekrümmten Körper los, der mitten auf der kleinen Lichtung lag. Gefühle konnte er sich in dieser Situation nicht erlauben. Er durfte nicht dem Drang nachgeben, sich neben ihren sterbenden Körper zu kauern und dem, was von ihr übrig war, gut zuzureden. Wenn er jetzt auf sie zustürzte, würde er es nie mit Sicherheit wissen – und er musste es mit eigenen Augen sehen.

Michael, *flüsterte eine innere Stimme, als der Erzengel über die Lichtung geschritten kam, vor der blassen, stummen Ge-*

stalt stehen blieb und auf sie hinunterblickte. An seinen Händen klebte Blut, und der Mistkerl blinzelte noch nicht einmal. Zer schloss geschockt die Finger um seine Waffe. Die scharfen Kanten der Klinge schnitten ihm in die Handfläche, was ihn immerhin davon abhielt, auf die Lichtung zu stürzen.

Esrenes Brust hob und senkte sich nun nicht mehr.

Hinter ihm murmelte Vkhin einen bösen Fluch. »Jetzt, Herr!« Zum Teufel, diese zwei Worte klangen halb wie eine Anklage, halb wie ein Befehl.

Plötzlich erschien Brends am Tatort. Zers Bruder war ein knallharter, erbarmungsloser Krieger, der nicht lang fackelte und keine Zeit damit verschwendete, die Lage abzuschätzen. Nein, Brends hatte seine Klinge gezückt und trat zwischen Esrene und den Erzengel. Zer starrte auf die Hände des Bruders. In dem Moment, in dem Brends die Klinge auf den Erzengel richten würde, unterschriebe er sein Todesurteil. Es war den Herrschaften verboten, die Waffen gegen einen Erzengel zu erheben.

»Sie haben ihr das angetan«, sagte Brends heiser, doch seine Klinge zitterte nicht.

Neben Zer verlagerte Vkhin sein Gewicht. Er machte sich auf einen Kampf gefasst, den sie alle kommen sahen. Für einen verdammt langen Moment schien die Welt stillzustehen, und dann bestätigte Michael die Vermutung. »Ja.«

Kein Bedauern, kein Schmerz lag in seiner Stimme. Es war der kalte, gelassene Tonfall eines Mörders; der Erzengel sprach, als würde er die Herrschaften anweisen, den Müll hinauszubringen.

Vkhin bewegte sich, doch Zer rammte ihm einen Arm in den Bauch. »Warte«, befahl er. Er selbst hielt noch immer seine Klinge in der Hand, denn auch er verspürte den Drang, einzugreifen und sich schützend zwischen die beiden Männer zu stellen. Empörung. Trauer. Brennende Wut. »Michael gehört mir«, knurrte er.

Vkhin sah aus, als wollte er widersprechen, doch Brends' Martyrium auf der Lichtung war noch nicht zu Ende. Der Bruder ging auf den Erzengel zu und fragte ihn, warum er das alles getan habe.

Für einen kurzen Augenblick spiegelte sich eine starke Gefühlsregung auf Michaels Gesicht wider, doch er fasste sich schnell. Statt zu antworten, betrachtete der Erzengel bloß seine Hände. Ein leuchtend roter Fleck prangte auf seiner goldenen Haut, bei dessen Anblick Brends schwor, den Mann zu töten.

Vkhin richtete seinen eiskalten Blick auf Zer. Er beobachtete, wie der gewählte Anführer der Herrschaften zögerte. »Entscheiden Sie sich«, forderte er Zer unerbittlich auf. »Es ist an der Zeit, sich auf eine Seite zu stellen.«

Großer Gott! Er wünschte sich ein anderes Ende, wollte, dass Esrenes Brust sich wieder hob und senkte. Doch das würde nicht geschehen. Stattdessen hatte er zwei Optionen. Entweder er überließ Brends das Feld und ließ zu, dass dieser es mit Michael aufnahm, oder aber er stellte sich mit den Herrschaften geschlossen hinter seinen Bruder. Dann wurde jedoch mehr als eine persönliche Angelegenheit aus der Sache.

Sobald er auf die Lichtung träte und sich nicht zwischen Brends' Klinge und Michael stellte, machte er die Fronten klar und die anderen Krieger würden ihm folgen, da sie es ihm geschworen hatten. Zudem wollten nicht wenige von ihnen den Mörder jagen, von dem ihre Frauen reihenweise niedergemetzelt worden waren.

Letztendlich blieb Zer keine Wahl.

Er hatte Esrene geliebt wie eine Schwester, auf eine besondere Art und Weise, die er nicht beschreiben konnte. Schon allein aus diesem Grund war ihm sein Eid gegenüber Michael nun egal. Er würde den Mann vom Sockel stoßen, den zu beschützen und dem zu dienen er geschworen hatte. Denn das Leben war nicht länger perfekt und er hatte ohnehin schon viel zu lange gezögert.

Esrene würde nicht zurückkommen und Michaels Spiel musste augenblicklich ein Ende bereitet werden.

Zer trat auf die Lichtung und stellte sich neben Brends …

Noch nie hatte ihn ein Mensch nach diesem Tag gefragt.

»Ja«, sagte er langsam. »Sie entspricht der Wahrheit.« Die Geschichte stimmte wirklich – und genau das war so schwer zu akzeptieren. Er hatte seinen Schwur gebrochen und einen Aufstand gegen jene Person angezettelt, die er unter Einsatz seines Lebens hätte beschützen sollen. Und nun zahlte er den Preis dafür. Das war die Wahrheit.

Doch noch ehe er zu Ende gesprochen hatte, schüttelte sie bereits den Kopf. »Da steckt doch mehr dahinter, Zer, also speis mich nicht mit der halben Wahrheit ab. Du warst ein Mitglied der Herrschaften. Es gab eine Rebellion. Ich möchte wissen, warum.«

Seine Reaktion auf ihre Frage verwunderte ihn. Ein ungewohntes Gefühl von Wärme breitete sich in seiner Brust aus. Aber es gefiel ihm ganz und gar nicht, so aufgewühlt zu sein.

»Ich möchte die Wahrheit wissen, Zer. Warum ist es dir so wichtig? Warum sollte ein Haufen aus dem Himmel verdammter Mörder unbedingt nach einem Weg suchen, wieder zurück dorthin zu gelangen? Ich wette, dass du gute Gründe dafür hast.«

Er schluckte schwer. Normalerweise glaubte Nessa Dinge nicht so einfach. Das wusste er. Für gewöhnlich befasste sie sich sonst nur mit logischen Zusammenhängen und Fakten, doch in diesem Moment machte sie einen Schritt auf ihn zu. Sie vertraute ihm.

Nur war er ein verdammter Bastard – im wahrsten Sinne des Wortes.

Sie strich ihm sanft über die Schultern. »Erzähl mir, was hier wirklich vor sich geht, Zer.«

Mit der Wahrheit, die sie ja unbedingt hören wollte, würde er sie bestimmt herumkriegen. Doch dieser Sieg hätte einen bittersüßen Beigeschmack. Sie würde ihm zwar glauben, aber aus den falschen Gründen.

»Ich bin ein Mörder.« Er trat näher an sie heran, woraufhin sie ein kleines Stück zurückwich. Noch ein Schritt und sie stünde eingezwängt zwischen ihm und der Wand. Wenn er einatmete, konnte er sie riechen – und ihr Duft war genauso faszinierend wie alles andere an ihr.

Sie musterte ihn wie eine Lehrerin und ging im Kopf offensichtlich alle Fakten durch, analysierte. »Warum hast du rebelliert?« Die Frage war nicht an ihn gerichtet. »Du kannst meine Hypothese gern bestätigen oder widerlegen, aber ich nehme an, dass es irgendeine Art von Verrat gab. Du hattest einen triftigen Grund für dein Handeln.«

Bingo! Mittlerweile stand sie mit dem Rücken an der Wand. Zer stützte sich mit seinen starken Armen zu beiden Seiten ihres Kopfes ab. »Du bist gut, Frau Professorin.«

Nessa strahlte ihn an, als hätte er ihr ein Kompliment über ihre Augen oder ihre Haare gemacht. »Du scheinst mir nicht der Typ zu sein, der Machtkämpfe austrägt.«

»Warum denn nicht?« Er beugte sich ein Stück vor, quälte sich selbst, indem er sich der herrlichen Wärme ihres Körpers aussetzte. Er hätte die ganze Nacht so stehen bleiben können. »Du kennst mich nicht. Vielleicht bin ich ja ein kaltherziger Dreckskerl, der bloß gewollt hat, dass alles nach seiner Nase läuft.«

»Du willst, dass alles nach deiner Nase läuft, richtig«, stimmte sie ihm zu.

»Möchtest du eine Gutenachtgeschichte hören?« Er gab ihr

ein Kissen und sie schlang die Arme darum. »Ich garantiere dir, dass du meine Storys nicht mögen wirst.«

»Probier's doch aus.«

Aber wie sollte er ihr die Todesfälle begreiflich machen, für die sonst niemand eine Erklärung gefunden hatte? »Wir haben eines Nachts eine Zwillingsfrau gefunden«, begann er schließlich. »Tot. Ihr Körper war der Länge nach aufgeschlitzt.« Er ließ weg, was man dem Opfer sexuell angetan hatte. Nessa sollte schließlich keine Albträume bekommen.

»Warte. Zurück. Was ist eine Zwillingsfrau?«

Er winkte ab. »Stell es dir wie bei einem Geschwisterpaar vor.«

»Verwandte.« Sie nickte.

Quasi. Die Herrschaften wurden zwar nicht geboren, sondern hervorgebracht, aber es gab trotzdem eine Verbindung. »So ähnlich. Deshalb war ihr Zwilling so aufgebracht, als er sie fand.« Mit *aufgebracht* ließ sich Brends' Zorn nicht einmal ansatzweise beschreiben. Der Mann war bereit gewesen zu morden.

»War sie die Erste?«

Oh Mann, vielleicht begriff sie ja, worauf er hinauswollte. »Nein. Im Himmel stimmte schon seit Monaten etwas nicht. Es gab Tote, Leute verschwanden …«

»Und das hat niemanden gekümmert? Hat denn keiner etwas bemerkt?« Sie klang genauso ungläubig, wie er es gewesen war.

Er hätte sie eigentlich nicht mit dieser Angelegenheit belasten sollen. Das wusste er. Immerhin war es seine Aufgabe, diese Schlacht zu schlagen, und nicht ihre – auch wenn er sie dabei als Waffe benutzen würde. »Du musst die Zusammenhänge verstehen, Baby. Die Frau hätte geschützt und behütet werden sollen. Wir haben sie jedoch im Stich gelassen«, fügte er grimmig hinzu, »weshalb sie gestorben ist. Uns trifft also eine genauso große Schuld wie den Mörder.«

»Du hast aber jemandem davon berichtet«, entgegnete sie. »Dem Nächsthöheren in der Rangordnung.«

»Nein.«

»Warum denn nicht?«

Weil er Michael selbst als Täter im Verdacht gehabt hatte. »Sinnlos«, antwortete er knapp. »Es war besser, das selbst zu erledigen.«

»Ihr habt den Mörder verfolgt.«

»Richtig.«

»Du wusstest, wer es war?«

»Ich habe meinen Freund Michael am Tatort gesehen.« Er lächelte kalt. »Mein Instinkt sagte mir, dass er es getan hatte, doch es gab keine Beweise. Und da wir nicht zulassen wollten, dass irgendeiner anderen Frau, die unter unserem Schutz stand, das Gleiche passierte, haben wir Vorsorgemaßnahmen ergriffen.«

»Ihr habt rebelliert.«

»Oh ja.« So konnte man es auch nennen. Er trug die Verantwortung für einen Arschtritt kosmischen Ausmaßes. »Ungehorsam … Der Erzengel hat uns zusammengeschissen und uns aus dem Himmel geworfen.«

»Aber ihr wart im Recht«, insistierte sie.

»Mensch«, stieß er zwischen zusammengepressten Zähnen hervor, »verstehst du denn nicht, dass so etwas keine Rolle spielt? Wir haben gegen eine grundlegende Regel verstoßen: Du sollst nicht rebellieren! Esrenes Tod war bloß eine Ausrede für unser Handeln. Wir brauchten einen Grund, um einen Streit mit dem Erzengel vom Zaun zu brechen, der uns an der kurzen Leine hielt, und wir fanden einen. Wir haben jede verdammte Regel gebrochen, die es gab. Aber das Ganze war eine

Falle. Cuthah, Michaels Leutnant und Stellvertreter, wollte uns aus dem Himmel vertreiben und ich habe seinen Köder auch noch geschluckt. Er hat mir Michael auf dem Silbertablett serviert, und ich bin darauf hereingefallen.«

»Du bist von Cuthah ausgetrickst worden«, unterbrach sie ihn. »Das ist es, was dich an der ganzen Sache stört.«

Zur Hölle, ja, das tat es. »Cuthah hat ein falsches Spiel mit uns getrieben und den Herrschaften eine Falle gestellt, um uns aus dem Himmel zu bekommen.« Und trotzdem, Michaels Stellvertreter mochte zwar der Verräter gewesen sein, nicht jedoch der einzig Schuldige. Zers Verfehlung hieß Ungehorsam. Er hatte sich nicht an die Regeln im Himmel gehalten. Und wenn man gegen diese verstieß, musste man eben mit den Konsequenzen leben.

»Das alles ist vor so langer Zeit passiert«, schloss er schließlich, und dennoch fühlte es sich an, als wäre es erst gestern geschehen.

»Möchtest du, dass ich es damit auf sich beruhen lasse?«

»Ja«, antwortete er entschlossen, hob sie hoch und schob sie unter die Bettdecke. »Wir gehen jetzt einfach schlafen«, versprach er. »Keinen Sex.«

Er spürte Unruhe in ihr aufsteigen und diese verdammte Neugier. Nachdem er ihr Verlangen nach Sex und Informationen angefacht hatte, gäbe sie wohl keine Ruhe mehr.

Dabei würde Nessa niemals sein werden, sondern zu einem seiner Brüder gehören, mit Leib und Seele, und er wollte einem anderen Mann keinesfalls ins Gehege kommen. Dennoch störte ihn ihre Aufregung darüber, dass sie nebeneinander schliefen, natürlich nicht im Geringsten. Er drehte sich vom Bett weg und schaltete das Licht aus.

Zu spät dachte er an die Narben auf seinem Rücken.

Nessa war sich sicher, dass Zer seine Narben sonst nicht zeigte. Niemandem, und schon gar keinem Menschen. Sie konnte nicht sagen, ob sie diese vertraute Situation angenehm oder ärgerlich finden sollte. Er war also kein Mensch, gut; und sie kein Engel. Aber diese beiden Fakten mussten ihm doch wohl schon vor ihrer Entführung klar gewesen sein; und wenn er seinen »Kauf« jetzt bereute, dann konnte er sie auch gleich gehen lassen.

Die Narben sahen trügerisch schlicht aus. Es waren dicke, helle, gewundene Gewebestreifen, die sich über seinen Verletzungen gebildet hatten, und sie schienen weitaus tiefer als nur durch die Haut an seinem Rücken zu gehen. *Oh mein Gott!* Sie ahnte, dass sie bis in seine Seele reichten. Er hatte verloren, was ihm am Wichtigsten gewesen war, diese Narben stellten bloß den sichtbaren Beweis dafür dar. Nun wusste sie, welche Verletzungen ein Dämon erleiden musste, dass solche Wundmale zurückblieben. Diese gewundenen Furchen weißer Haut befanden sich dort, wo seine Flügel gesessen hatten.

Unwillkürlich stellte sie ihn sich mit Schwingen vor. Ihr war zwar noch nie ein Mitglied der Herrschaften unter die Augen gekommen, doch sie konnte sich problemlos vorstellen, wie Zer ausgesehen haben musste – prachtvoll! Da war sie sich ganz sicher. Mit Flügeln so dunkel und kraftvoll wie er selbst, die ihn zu einem Furcht einflößenden Jäger machten – der es auf sie abgesehen hatte.

Aber warum waren die Wundmale geblieben? »Ich dachte, du wärst unsterblich, sodass alle deine Verletzungen abheilen.«

»Nein.« Der leere Ausdruck in seinen Augen diente als Warnung. Er glaubte nicht, dass sie dazu bereit war, den Rest der Geschichte zu hören. »Nahezu unsterblich, Baby. Köpf uns, und du hast gewonnen. Wenn du stark genug wärst, könntest du mir den Kopf absägen und hättest endlich Ruhe vor mir.«

Die Matratze senkte und neigte sich aufgrund seines Gewichts, als er zu ihr ins Bett stieg und sich neben sie legte. Genauer gesagt, zwischen sie und die Tür. Gott, wie lange mochte es her sein, dass sie neben jemandem eingeschlafen und nachts nicht allein gewesen war?

»Schlaf einfach, Baby.« In seinen Augen lag ein geheimnisvolles Versprechen, doch im Moment brauchte sie genau das: Trost.

Es kam ihr so vor, als ginge es ihm ebenso, während ihr die Lider vor Müdigkeit bereits ganz schwer wurden. Mit einer Hand zog er die Samtdecke über sie beide, die sich schwer auf ihre Körper senkte. Um sie herum gingen flackernd die Kerzen aus. Dieser Anführer der Gefallenen, der Herr, fühlte sich ebenso einsam wie sie selbst. Doch sie würde nicht den Fehler begehen und annehmen, dass ihn das schwächte oder dass er gar nicht so ein Mistkerl wäre. Er würde seine Forderungen aufrechterhalten, aber vielleicht konnte sie zumindest das zulassen, was er ihr gegenwärtig anbot. Und vielleicht, aber nur vielleicht, würde sie zu verhindern wissen, dass sie später den Preis dafür zahlte.

9

Gott, wie er es genoss, die Gefallenen zu rekrutieren und die damit einst so unbestechlichen Herrschaften zu korrumpieren. Er liebte diesen fast schon sinnlichen Rausch, den er erlebte, wenn er sie verführte – einen nach dem anderen. Er manipulierte sie zu seinen Zwecken, indem er ihnen geheimnisvolle Versprechungen machte, ihnen Macht und Vergnügen in Aussicht stellte. Er hatte den Männern zugesagt, ihnen ihre Flügel zurückzugeben, damit die ganze Welt endlich erführe, dass diese Mitglieder der Herrschaften sich wieder auf dem Pfad der Tugend befanden.

Einige von ihnen hatten ihm geglaubt.

Diese Narren …

Ein kaltes Lächeln erschien auf Cuthahs Gesicht, das schon viele als attraktiv bezeichnet hatten. Doch gutes Aussehen hin oder her, es stellte bloß eine weitere Waffe dar. Nun sog er die bitterkalte Luft ein, die durch seine mächtigen Schwingen strömte, und jeden kräftigen Flügelschlag begleitete ein betörendes Rauschen. *Dort!* Er gab seinen Soldaten ein Zeichen und fuhr hinunter zum Boden, der förmlich auf ihn zuzustürzen schien. Offen gestanden wusste er nicht, wie die Gefallenen so lange ohne ihre Flügel überlebt hatten. Trotzdem war er dankbar dafür, denn so gestaltete es sich lächerlich einfach, sie zu verführen.

Denn bei Gott, die Abtrünnigen taten alles, um ihre Flügel wiederzubekommen, verkauften ihm sogar die kümmerlichen Überreste ihrer Seelen. Gewissenhaft suchte er die postapokalyptische Landschaft ab, die sich unter ihm erstreckte. Die Mauern des Schutzgebiets ragten unheilvoll leuchtend auf, ihre magischen Bereiche glitten unter ihm dahin.

Er selbst brauchte nicht durch sie hindurchzugehen, sondern konnte einfach darüberschweben.

»Landet hier«, befahl Cuthah, und die Männer, die mit ihm flogen, gingen sofort tiefer, hüteten sich davor, zu zögern, auch wenn der Boden unter ihnen felsig und karg war und sie durch die Last, die sie mit sich trugen, behindert wurden. Bei den hier eingekerkerten Abtrünnigen handelte es sich um billige Huren, die sich an jeden verkauften, der es sich leisten konnte. Er mochte sie nicht und setzte sie nur äußerst ungern ein, doch er musste eine Armee zusammenstellen, und dann würde er die Hoffnung der Gefallenen auf Erlösung endgültig zunichtemachen.

Als er seine Füße auf den Boden setzte, klappte er seine Flügel zusammen. Er hätte sich zwar auch in eine menschliche Gestalt wandeln können, doch er wollte die in den Schatten lauernden Abtrünnigen daran erinnern, was sie verloren hatten. Im Gehen zog er seine Feuerklingen aus den Scheiden auf seinem Rücken, während hinter ihm seine Offiziere landeten.

»Alles ist vorbereitet.« Hesath sah ihn nicht an, sondern eilte nur voraus.

Das wollte er ihnen auch geraten haben. Cuthah verschränkte die Arme vor der Brust, blieb stehen und wartete. Die Feuerklingen wirkten wie ein intensives Leuchtfeuer in der Dunkelheit – die Abtrünnigen konnten nicht anders, als sich zu nähern. Darauf setzte er. Das Schutzgebiet war eine magische Einöde, ein Gefängnis, das man einzig und allein als Verwahrungsort für jene abtrünnigen Gefallenen geschaffen hatte, die nur nach *einem* lechzten …

… Seelen.

Sie würden buchstäblich wie die Motten zum Licht strömen.

Er verzog die Lippen zu einem verächtlichen Lächeln. Trotz allem hatte er kein Verlangen danach, länger an diesem Ort zu bleiben als unbedingt nötig. Er schaute über seine Schulter zu seinem Stellvertreter. »Hast du es verkündet?«

»Genauso, wie Sie es befohlen haben, Herr.« Mit den Augen suchte der Offizier beständig die tiefen Schatten um sie herum ab, wobei er den Griff seines Messers dermaßen fest umfasst hielt, dass die vernarbten Fingerknöchel seiner rechten Hand weiß hervortraten. Er war bereit, den ersten Mistkerl, der sich auf sie stürzte, auszuweiden.

In den Schatten begann sich nun Leben der einen oder anderen Art zu regen. Seelenlose Bastarde kamen auf sie zu; es lief wie geplant. Drei Jahrtausende lang hatten diese Kreaturen nicht einmal einen Knochen zugeworfen bekommen, nun hungerten die Gefallenen nach Seelen. Das, was sie nicht haben konnten, was ihnen verwehrt worden war, erschien ihnen nun unwiderstehlich. Der Erzengel Michael hatte sich mit der Verbannung der Herrschaften in diese kalte, magielose Welt eindeutig ins eigene Fleisch geschnitten. Vom Glück verlassene Suchtkranke, die sie waren, sehnten sich die Gefallenen nach dem Geschmack einer Seele, und Cuthah hatte ihnen genau diese Droge anzubieten.

Zehn angespannte Minuten später löste sich der erste Abtrünnige aus dem äußersten Winkel der Schatten. Durch die Feuerklingen fiel Licht auf ihn. Und er blieb nicht der Einzige.

Hesath ließ den Blick über ihre neuen Begleiter schweifen und zählte. »Es kommen noch mehr Gefallene.«

»Gut.« Genau das, was er brauchte. Die abtrünnigen Gefallenen würden gutes Kanonenfutter für seine Armee abgeben.

»Sie sind wahnsinnig.« Cuthahs Stellvertreter behielt den Mann im Auge, der als Erster ins Licht trat. Seine Beobachtung war weder als Provokation noch fragend gemeint, sondern nur eine besorgte Feststellung. »Ich kann nicht absehen, wie sie sich verhalten werden.«

Das stimmte. Die Gefallenen waren dem Durst nach Seelen verfallen, und mit der Zeit hatte sich eine unumkehrbare Veränderung ihrer Körper vollzogen. Der erste Mann in Cuthahs Kreis musste einst groß und breitschultrig gewesen sein. Nun jedoch wirkte sein Gesicht wutverzerrt, sein Rücken und die Schultern waren gebeugt, sodass er nur noch eine grausame Karikatur des einstmals starken Kriegers abgab. Als er aus den Schatten zu ihnen geschlichen kam, schien er mehr Bestie als Mann zu sein und schaute mit düsterem, unstetem Blick zu der Lichtquelle hinüber.

»Sie sind genau das, was ich brauche.«

»Es obliegt mir nicht, Fragen zu stellen, Herr, aber welchen Nutzen sollten diese Männer schon haben?«

Langsam wurde seine Neugierde lästig. Früher wäre der Kerl sofort von Cuthah getötet worden, weil er es wagte, Fragen zu stellen. Doch inzwischen blieb der Leutnant geduldiger. Immerhin hatte er Eilor gerade erst durch diesen Mann ersetzt. Ihn nun niederzustrecken würde ihm nur neuen Ärger einbringen, und das war es nicht wert.

»Ein Mal«, sagte er kalt. »Ein einziges Mal darfst du fragen. Sie sind formbar, verletzlich. Und sie wollen etwas, das wir ihnen bieten können.«

Sein Stellvertreter dachte über das Gesagte nach und nickte dann verständig. »Sie sind bestechlich.«

»Ja, auch wenn es ihnen selbst noch nicht klar ist.« Glücklicherweise konnte man sich ihre Loyalität ganz einfach erkaufen – genau das war noch so eine Schwachstelle in Michaels ursprünglichem Plan. Man konnte einem Mann über einen so langen Zeitraum nicht etwas vorenthalten und erwarten, dass er seine Bestrafung widerstandslos akzeptierte.

»Die zwei Frauen, die wir hergebracht haben …« Hesath ließ den Satz offen.

Sein neuer Stellvertreter schien gar nicht so dumm zu sein wie zunächst befürchtet. »Ja, die Frauen.«

»Lockmittel.«

»Ganz genau. Die Gefallenen hier wünschen sich nichts mehr, als so viele Menschenseelen leer zu trinken, wie sie bekommen können. Ich gebe ihnen also, was sie möchten – was sie brauchen, und dann habe ich sie in der Hand.«

Das Rekrutieren gestaltete sich so viel einfacher, wenn die Gefallenen selbst einer Sache verfallen wollten. Er besaß die Lockmittel, doch er musste die Kandidaten mit Bedacht auswählen. Nur ein Idiot würde einfach ins G2 marschieren und einem von den Kerlen dort sein Angebot unterbreiten. Diese Gefallenen gehörten zum harten Kern und zeigten sich loyal. Der engste Kreis um Zer war noch nicht bereit für das, was Cuthah ihnen anzubieten hatte.

»Ich habe dir ein Geschenk mitgebracht.« Er richtete sich an den Abtrünnigen, der im Licht stand, wusste aber, dass in den Schatten noch weitere Männer lauerten und zuhörten.

Im Schutz der Dunkelheit erhob einer von ihnen das Wort. »Was willst du?« Seine Stimme klang rau, weil er sie lange nicht mehr gebraucht hatte, und ließ etwas von der Verwahrlosung und dem Wahnsinn erahnen, der alle Abtrünnigen erfasste. Verloren, verrückt und vom Bösen durchdrungen, aber trotzdem immer noch gefährlich, urteilte Cuthah.

»Eure Dienste. Zum Tausch dafür habe ich euch Seelen mitgebracht.« Er wartete ab.

»Nein.« Der Durst hatte dem Mann ein wildes Aussehen verliehen und alle Schönheit, die er einst besessen haben musste, vernichtet. Eine schon vor langer Zeit entstandene Narbe verlief über seine Wange, und der metallische Geruch von Blut, der auf versteckte frische Verletzungen schließen ließ, haftete an ihm. Cuthah nahm an, dass der Mann hungerte, doch dessen Blick war verschlossen und verriet nichts. Ganz anders als der Körper. Dieser sah angespannt und dünn aus, zu dünn. Wenn der Seelendurst den Gefallenen nicht vernichten würde, dann täte es der physische Hunger. »Ich will keine Seelen. Keiner von uns hier will die.«

»Du sprichst nur für dich selbst«, gab Cuthah zurück. Im Schutzgebiet gab es keinen Anführer, sondern nur die brutale natürliche Selektion. Würde er mehr Zeit haben, hätte Cuthah den Abtrünnigen wahrscheinlich umgebracht oder versucht herauszufinden, wer er einmal gewesen war. Aber mal ehrlich, warum sollte er sich mit so etwas befassen? Der Mann würde an diesem Ort nicht lange überleben. Das tat keiner von ihnen.

»Zum Trinken?« Eine andere kehlige, kratzige Stimme erklang, diesmal kam sie von links und übertönte den erbärmlichen Fluch des ersten Abtrünnigen. Dieses Exemplar scherte sich anscheinend weniger um ethische Fragen. Gut. Wie alle von ihnen war auch dieser neue Rekrut verloren. Ohne jeden Zweifel musste er ein gut aussehender Kerl gewesen sein, ehe er sich in der Schlacht im Himmel für die Seite der Verlierer entschieden hatte. Nun lag Gier in seinen Augen und er wirkte irgendwie getrieben.

Er war einfach perfekt für Cuthahs Zwecke.

Zum Glück konnte Zer nicht alle von seinen Männern kontrollieren. Und noch viel besser, dieser hier schien sich immer noch an den alten Verhaltenskodex zu halten. Was hieß: Solange er nicht dazu gezwungen war, tötete er nicht. Und genau diese Schwäche würde Cuthah so was von ausnutzen.

»Natürlich. Ich habe zwei Stück mitgebracht. Aber wenn du deine Flügel wiederbekämest, könntest du dich nur noch von Seelen ernähren. Du hättest Zutritt zu M City und würdest an all die köstlichen Menschen herankommen, die noch immer dort leben.«

In der Dunkelheit ertönte Geknurre, und Cuthah bemerkte, dass die dunklen Schatten um ihn herum näher kamen. Der Mann, von dem sein erstes Angebot abgelehnt worden war, schlich sich zwar davon, doch der Rest der Meute hatte ganz offensichtlich angebissen.

»Wo ist der Haken an der Sache?«

Die meisten von ihnen waren kaum mehr als Männer zu erkennen, die abtrünnige Seite in ihnen überwog, sodass sie kaum mehr tun konnten, als zu knurren. Das Schutzgebiet existierte bereits seit Hunderten von Jahren. Nach so langer Zeit blieb nicht viel von einem Mann übrig. Nichtsdestotrotz reichten sie noch für seine Zwecke.

»Es gibt keinen«, versicherte Cuthah seinen verborgenen Zuhörern. »Ich mache euch ein einfaches Angebot. Ihr habt euch dem Schicksal von Zer und den anderen Gefallenen angeschlossen – und seid tief gefallen. Ihr habt viel verloren – eure Flügel, eure Rechte und eure Kraft. Das alles kann ich euch zurückgeben. Zum Tausch dafür schwört ihr mir Treue. Ihr kämpft für mich, wann ich es sage, wie ich es sage.«

»Wir werden Ihre Leibeigenen sein.«

»Eine ziemlich mittelalterliche Sicht der Dinge, aber ja. Mein, mit Leib und Seele.«

»Und Sie können uns wirklich unsere Flügel wiedergeben?«

Es langweilte ihn, zu verhandeln, deshalb entschied sich Cuthah für eine Demonstration seines Könnens. »Du«, schnauzte er und deutete auf den ersten Freiwilligen, der noch immer im Licht stand.

Während er Magie durch seinen Körper fließen ließ, konzentrierte Cuthah sich auf den Gefallenen vor sich. Er hätte auch geschickter vorgehen können, sah aber keinen Sinn darin. Diese Kerle wollten eine dramatische Vorführung, also ließ er Magie durch die Luft schießen und als gleißend hellen Strom aus Licht und Klängen über den Boden rinnen. Schließlich traf die Energie den Gefallenen, der einen tiefen, nahezu animalischen Schmerzensschrei ausstieß. Cuthah erhöhte das Magielevel, und der Mann krümmte sich, während sein Körper in die Luft gehoben wurde. Das primitive Geknurre der Schattengestalten um ihn herum schwoll an. *Jetzt!* Cuthah setzte die Energie frei und die Magie floss von der Lichtung ab wie Wasser durch einen Ausguss.

Der Mann brach fluchend auf dem Boden zusammen und stütze sich wie ein Hund auf alle viere. An seinem Rücken begann sich etwas unter der Haut zu bewegen, blutrote Zeichen und Siegel zogen sich über eine sich hebende und senkende Fläche. Cuthah sprach die abschließende Formel, woraufhin die rote Farbe aufleuchtete und eine erkennbare Form annahm. Federn an den Rändern … Es waren Flügel.

»Erheb dich«, befahl der Leutnant ungerührt.

Der Mann kam taumelnd auf die Füße und starrte blind in die Finsternis. Die roten Zeichen drehten und wanden sich, als wären sie von eigenem Leben erfüllt, bis dunkle Flügel aus der Haut des Mannes hervorbrachen und sich in der Dunkelheit ausbreiteten. Mit einem leisen Geräusch öffneten sich die Federn und wurden von Luft durchströmt.

»Gehörst du mir? Gehst du ein Bündnis mit mir ein?«

Cuthah hob eine Hand, um erneut die Magie heraufzubeschwören. Durch einen plötzlich über die Lichtung wehenden Windhauch gereizt, erstarrten die hervorbrechenden Flügel halb ausgeklappt.

Der Mann stierte vor sich hin ins Leere und stieß ein Stöhnen aus, antwortete dann jedoch, ohne zu zögern. »Ja.« Das mit kehliger Stimme gemachte Versprechen klang trotzdem, als wäre es ihm abgerungen worden. »Ich gehöre Ihnen, Herr, nur lassen Sie mich *diese hier* behalten.« Mit zitternden Händen fasste er nach hinten, um über die seidigen Federn zu streichen.

Überall um sie herum traten Männer aus den Schatten und versprachen Cuthah die Treue. Doch dieser wäre schon lange nicht mehr am Leben, wenn er sich auf einen Schwur verlassen hätte. Letztlich blieben Worte einfach nur Worte. Was er brauchte – und *wollte* – war eine richtige Bindung. Also sog er Magic an und brannte den Männern sein eigenes rotes Mal ein. Es handelte sich um eine Modifikation und damit quasi eine Perversion des Bündniszeichens, das sie von Michael erhalten hatten, doch das kümmerte keinen der Männer.

Sie fraßen ihm regelrecht aus der Hand, buckelten vor ihm, um das zu bekommen, was er ihnen bieten konnte.

Gestöhne und Gekeuche hallten durch die abgestandene Luft auf der Lichtung, als sich Flügel von der Haut lösten und ausklappten.

Mit scharfem Tonfall befahl Cuthah nun seinen Offizieren, die zwei Frauen zu ihm zu bringen, die er in M City beschafft hatte. Das Aphrodisiakum, das den beiden verabreicht worden war, vernebelte ihnen die Sinne. Sie schwankten zwischen Erregung und Furcht, waren aber so gut – und zwar im Voraus – bezahlt worden, dass sie bereitwillig die Bondage-SM-Outfits trugen, die Cuthah ihnen gegeben hatte. Moschusähnliche Gefühlsströme lösten sich nun von den Seelen der Frauen, die unsicher waren, ob sie das seltsame Spektakel und die noch seltsamere Gesellschaft genießen oder auf ihren gesunden Menschenverstand vertrauen und schreien sollten.

Zu spät, ihr zwei Schätzchen …

Er hatte viel Zeit darauf verwendet, sich zu überlegen, wie er diese Abtrünnigen am besten einsetzen könnte.

»Ein Preis.« Cuthah hob einen seiner Zeigefinger und die

Gefallenen hielten inne. Ihr köstlicher übersinnlicher Duft hing in der Luft, dazu Lust, Angst und Gier, gepaart mit süßem, süßem brennenden Schmerz. Der Leutnant leckte sich einen Tropfen Blut von der Hand. Er hatte nie behauptet, dass es *schmerzlos* sein würde, seine Flügel zurückzubekommen. Die Gefallenen hätten sich um die zwei Frauen drängen und seine Offiziere überwältigen können, doch sie bewegten sich nicht, während die beiden Schlampen wegliefen.

Gleich würden sie auf sein Kommando hin losjagen. Der Tag brach an, das tiefe Schwarz der Nacht wurde am Horizont heller, dort, wo es auf die Mauern des Schutzgebiets zu treffen schien. Die Männer brannten darauf, zu fliegen. Aber natürlich musste er ihnen zuerst ein Ziel geben.

»Jagt für mich!«

Der Gefallene, der am dichtesten bei Cuthah stand, drehte langsam den Kopf zu ihm. Verlangen funkelte in seinen Augen und der Mistkerl bekam einen harten Schwanz. Der Abtrünnige mochte in seinem früheren Leben ein Alpha-Typ gewesen sein und todsicher hätte er seinem Erschaffer am liebsten »Fick dich!« zugerufen, doch er war nicht dumm. Langsam hatte er sich durch die Männer nach vorn gearbeitet, hielt nun jedoch inne und leckte sich über die Lippen.

»Sagen Sie mir, was Sie wollen.« Oh ja, der Typ war ganz und gar nicht dumm. Er wusste genau, wem die Flügel, die auf seinem Rücken wuchsen, wirklich gehörten, und zwar mit Sicherheit nicht Erzengel Michael.

»Im Moment –« Cuthah kostete jedes einzelne Worte aus, denn augenblicklich besaß er die volle Macht über diese Abtrünnigen. Sie gehörten jetzt mit Leib und Seele *ihm*, und er würde nicht zulassen, dass sie das jemals vergaßen. Er konnte ihnen geben, was sie wollten, also würden sie auch nach seiner Pfeife tanzen. »Im Moment möchte ich Nessa St. James.«

Der Alpha-Typ starrte ihn nur an, gehörte also definitiv nicht mehr zum eingeweihten Kreis, der im G2 ein und aus ging. Gut. Je weniger Männer wussten, was sich dort gerade abspielte, desto leichter würde es sein, die Situation unter Kontrolle zu behalten.

»Sagen Sie mir, wo ich sie finden kann«, knurrte der Abtrünnige.

In dieser Nacht hatte sie sich im G2 aufgehalten, aber Zer würde sie sicher woandershin bringen. Und wenn Cuthah nur den Hauch einer Ahnung gehabt hätte, wohin, wäre er nie auf die Idee gekommen, diesen Abschaum, der nun vor ihm stand, wieder ins Leben zurückzuholen. Diese Abtrünnigen mochten einst zu den himmlischen Herrschaften gehört haben, doch das gehörte sprichwörtlich der Geschichte an – es war einmal vor langer, langer Zeit … Nun konnte man sie nur noch als Bestien, gefangen in ihrer Dämonengestalt oder noch Schlimmerem, bezeichnen. Sie liefen auf allen vieren, gebückt und machten einen verdorbenen Eindruck.

Erzähl du mir noch einmal etwas von wegen abgefuckt sein. Cuthah fragte sich, ob Michael gewusst hatte, was nach mehr als dreitausend Jahren unter solch harten Lebensbedingungen passieren würde, oder ob die Wandlung der Gefallenen nur eine unerwartete Begleiterscheinung darstellte.

Zum Glück konnte man Bestien abrichten. Er zog den Pulli aus dem Büro der unentschuldigt fehlenden Professorin hervor. Zum Teufel, er hatte das verdammte Teil noch nicht einmal stehlen müssen – was er mitnahm, war dem Dekan egal gewesen, als er die ganzen Nullen auf Cuthahs neuestem Spendenscheck gesehen hatte. Geld regierte eben die Welt.

»Das herauszufinden ist eure Aufgabe.« Und er würde es nicht zweimal sagen. Er warf dem Mann den Pulli zu und fuhr fort. »Findet sie. Bringt sie mir. Lebend.«

Der Alpha-Typ hielt sich den Baumwollstoff unter die Nase. Er war genau die Art von Bestie, für die Cuthah ihn auch gehalten hatte. Nach einem tiefen Atemzug spiegelte sich Genugtuung in seinen Augen wider.

»Sie ist in M City.« Es galt keine Zeit zu verschwenden. Je schneller seine neuen Rekruten die Professorin ausfindig machten, desto schneller konnte Cuthah sich um seine kleine Abmachung mit ihr kümmern. »Letzter Aufenthaltsort: das G2.«

»Das G2.« Der Name des Clubs kam dem Alpha-Typen in Form eines tiefen, heiseren Knurrens über die Lippen. Ja, er erinnerte sich nur allzu gut an seine einstigen Brüder. »Brauchen Sie sie im Stück, Herr?«

Eigentlich nicht. Genau genommen würde ein kleiner Kollateralschaden der Professorin vielleicht sogar klarmachen, wie ernst er es meinte. »Seid vorsichtig«, befand er schließlich. »Hinterlasst keine bleibenden Schäden.«

Der Alpha-Typ nickte, wobei er den Baumwollstoff mit seinen Fängen in ein Dutzend kleiner Fetzen zerschlitzte. Futter für seine Jungs, dachte Cuthah. »Sollen wir sie hierherbringen?«

Cuthah schüttelte den Kopf. Er zog es vor, seine Angelegenheiten außerhalb von M City zu regeln. Inmitten der radioaktiven Strahlung und der aufblühenden paranormalen Bevölkerungsschicht wären seine Spuren weniger deutlich.

»Bringt sie an diesen Ort«, sagte er und ratterte dann eine Reihe von Koordinaten herunter. Der Alpha-Typ nickte nur, als hätte er ein eingebautes Navigationssystem. »Eine Woche«, warnte Cuthah. »Danach suche ich mir neue Rekruten. Und falls ihr auf die Idee kommen solltet, mich reinzulegen, dann denkt daran, dass eure Flügel quasi wiederaufgeladen werden müssen.«

»Alles klar.« Der Alpha-Typ machte die notwendige Auf-

und-ab-Bewegung mit dem Kopf, um zu signalisieren, es unmissverständlich verstanden zu haben. Sie besaßen die Flügel nur für eine begrenzte Zeit – und um sie zu behalten, müssten er und seine Brüder ihrem Herrn bis ans Ende der Welt und wieder zurück folgen. Cuthah würde ihnen diesen kleinen Vorgeschmack geben, damit sie daran erinnert wurden, was sie einst verloren hatten.

»Als Zeichen meines guten Willens.« Auf seine Geste hin traten seine beiden Offiziere nach vorn und zerrten die Frauen hinter sich her. Noch ein kräftiger Schubs und schon standen die beiden Schätzchen allein in dem Kreis aus schwindendem Licht. Komischerweise hatten die Frauen offenbar nicht darüber nachgedacht, was ihnen zustoßen könnte, wenn sie allein einer Gruppe Abtrünniger gegenüberstanden. Doch das war nicht Cuthahs Problem, sondern ihres.

Als er und seine Offiziere die Szenerie verließen und sich auf den Weg zurück nach M City machten, um dort wieder ihren eigenen Angelegenheiten nachzugehen, konnte ihnen gar nicht entgehen, wie eine ganze Flut von Abtrünnigen das Paar bedrängte. Die Schreie der Frauen waren Musik in Cuthahs Ohren.

Hinter ihm hob der erste der neu Gewandelten ab, seine dunklen Flügel bewegten sich langsam durch die Luft, als er den geschützten Bereich des Schutzgebiets verließ. Seine Jäger würden sicherstellen, dass Nessa St. James genau das tat, was er ihr aufgetragen hatte.

Als Nessa aufwachte, befand sie sich allein im Zimmer. Sie hätte sich eigentlich darüber freuen sollen, dass die Gefallenen so viel Verstand besaßen, Zers Arsch aus dem Apartment zu befördern, bevor sie aufwachte. Doch sie war schon ein wenig enttäuscht, zumal sie nicht damit gerechnet hatte.

Wie es aussah, war Zer irgendwann in der Nacht verschwunden und hatte sie in dem großen Bett zurückgelassen. Das zweite Kissen lag glatt und nahezu unberührt da, die einzigen Abdrücke darauf stammten von ihr selbst. Normalerweise hätten zerwühlte Laken auf Sex und Kuscheln am Morgen danach hindeuten sollen. Stattdessen musste sie sich mit dem sanften Gefühl des Satins an ihren nackten Oberschenkeln begnügen, dort, wo das T-Shirt hochgerutscht war, das Zer ihr gegeben hatte.

Ja … Sie zuckte zusammen. Das war nicht das, was sie sich erhofft hatte. Sie wusste zwar, dass Zer eher der Typ für einen One-Night-Stand war, weshalb das harte Erwachen an diesem Morgen eigentlich nicht so schockierend für sie hätte sein sollen. Doch aus irgendeinem Grund war es das trotzdem. Bei dem Gedanken an diese Tatsache wurde ihr ganz anders.

Plötzlich klopfte es an der Tür. Eine viel zu höfliche Geste, als dass es einer ihrer Gefängniswärter sein konnte.

Sie setzte sich auf, zog die Decke höher und bat die Person herein. Als die Tür aufging, kam ein makelloses Gesicht dahinter zum Vorschein, ein perfektes Oval mit Porzellanteint, das von langen dunklen Haaren eingerahmt wurde. Jemand mit einer so coolen, gelassenen Ausstrahlung gehörte in ein Modemagazin. Die Besucherin lächelte schelmisch, als sie das zerwühlte Bett sowie das Männer-T-Shirt an Nessa bemerkte.

»Ich störe doch nicht, oder? Zer würde mich umbringen«, begrüßte sie die Dozentin fröhlich. »Ich bin Mischka Baran.« Sie machte eine Pause, als erwartete sie, dass Nessa den Namen kannte.

Da er ihr jedoch nichts sagte, nickte sie nur. »Nessa St. James.«

»Ich weiß.« Mischka umfasste den Türrahmen, hinter ihr war ein tiefes Knurren zu hören. »Ich schätze, man könnte sagen, ich bin mit Brends Duranov zusammen.«

»Dem Besitzer des Clubs.«

»Ja.« Sie zögerte, als wollte sie noch etwas hinzufügen, ehe sie einen weiteren Schritt ins Zimmer machte. »Kann ich reinkommen? Haben Sie Lust auf Frühstück?«

Mischkas Tonfall klang fröhlich, doch in ihren Augen spiegelte sich Unsicherheit wider, als sie den Kopf zur Tür hereinsteckte. Was auch immer diese Frau vermutete, das in diesem Zimmer passiert sein sollte, sie hatte nicht damit gerechnet. Diese Situation schien ungewöhnlich zu sein. Hinter Mischka Baran, auf der anderen Seite der Tür, konnte Nessa die breiten Schultern von Vkhin und Nael sehen. Oh ja, sie wurde immer noch als Gefangene behandelt – bloß dass die Gefallenen sich anscheinend dazu entschlossen hatten, sich gut um sie zu kümmern.

»Sicher.« Es war sinnlos, zu hungern, nur um seinen Standpunkt klarzumachen. Und etwas gutes Benehmen an den Tag zu legen konnte schließlich auch nicht schaden. »Danke.«

Mit einem Nicken trat Mischka ein, gefolgt von einem weiteren hünenhaften Mann, der ein Tablett trug. *Brends*, formte Mischka mit den Lippen. Nessa kam sich dumm vor und nickte deshalb noch einmal. Der Gefallene stellte das mit einer Cloche abgedeckte Tablett auf den Tisch in der kleinen Sitzecke. Dann drehte er sich zu seiner Partnerin um und senkte den Kopf, wobei sein seidiges Haar nach vorn fiel, sodass beider Gesichter vor Nessa verborgen waren. Es geschah nichts Ungewöhnliches, aber sie bemerkte, wie er ihr leise etwas Vertrauliches zuraunte, während er mit seinen großen Händen kurz die Schultern der Frau umfasste – eine überaus vertraute Geste.

Bei dieser kleinen Liebkosung schlug selbst Nessas Herz ein wenig schneller und das machte sie unglaublich fuchsig. Was auch immer diese beiden miteinander verband, es war ihr fremd.

»Ich werde hierbleiben und mit Nessa eine Tasse Kaffee trinken«, verkündete Mischka und schob ihren zögernden Partner aus dem Zimmer. Als sie entschlossen die Tür hinter ihm zugemacht hatte, blickte sie Nessa argwöhnisch mit zusammengekniffenen Augen an. »Sie trinken doch Kaffee, oder?«

»Versuchen Sie mal, mich davon abzuhalten.« Auf dem Tablett stand alles, was man sich von einem Zimmerservice nur wünschen konnte: schwarzer, aromatischer Kaffee aus Jamaika mit cremiger Sahne, frischer Orangensaft, gesalzene Butter und Gebäck. Das Frühstück war sicher als nette Geste gemeint, dennoch wurde Nessa misstrauisch. Warum wollten die Gefallenen sie unbedingt dazu überreden, sich mit einem Bündnis einverstanden zu erklären? Das musste bedeuten, dass sie sich – irgendwie – weigern konnte. Stellten diese Frau und ihr Tablett voller Leckerbissen nur einen weiteren wohlbedachten Schritt in Zers Verführungsplan dar?

Auf einmal hatte sie diverse Bilder vor Augen, wie Zer eine andere Frau verführte – und, um Gottes willen, allein die Vorstellung daran machte sie ganz nervös. Sie wollte diesen Mann nicht. Und es kümmerte sie auch nicht im Geringsten, ob er aus dem großen Angebot im G2 ein Dutzend anderer Frauen mit zu sich nahm. Oder etwa doch?

»Letzte Nacht ist nichts passiert«, platzte Nessa heraus, und hätte sich gleich darauf am liebsten selbst in den Hintern gebissen. *Gut gemacht, jetzt ist sie erst recht misstrauisch.* Zugegeben, es ließ sich nun mal auch nicht verleugnen, dass sie sich in Zers Schlafzimmer befand und nichts außer einem T-Shirt trug. Irgendwann in der Nacht mussten sich ihre Sachen irgendwie verselbstständigt haben, sogar ihr Höschen.

»So etwas würde er auch nicht tun.« Mischka zuckte wie beiläufig mit den Schultern.

Aber was machte diese Frau so sicher, dass Zer sich ihr nicht nähern würde?

Mischka beobachtete sie, als sie nach ihrer Kaffeetasse griff. Erneut entstand eine bedeutungsschwere Redepause, aber Nessa beschloss, sich später darüber Gedanken zu machen. Auf diese Andeutung würde sie jetzt nicht eingehen.

»Es kann sehr praktisch sein, das Bündnis zu schließen«, gab Mischka zu bedenken, woraufhin Nessa ihre Tasse wieder zurück auf das Tablett stellte. Urplötzlich verlieh dieses Frühstück dem Ausdruck *Wer mit dem Teufel speisen will, braucht einen langen Löffel* eine ganz neue Bedeutung.

»Ich lasse mich nicht kaufen.«

Zu Nessas Überraschung sah Mischka so aus, als würde sie sie verstehen. Die Frau mochte vielleicht nicht auf ihrer Seite sein, aber ebenso stand fest, dass sie sich nicht von den Gefallenen hatte kaufen lassen.

Jedenfalls nicht im Großen und Ganzen.

Nessa stand auf und warf sich das Umhängetuch aus Kaschmirwolle über, das Mischka ihr zuschmiss. Es hing noch das Preisetikett daran; die Stola war neu. Als sie eine Augenbraue hochzog, lächelte Mischka sie nur unbeholfen an. »Zer hat mich gebeten, Ihnen etwas zum Anziehen zu besorgen.«

»Ich habe genug Kleidung«, stellte Nessa klar. »In meiner eigenen Wohnung.«

Die Bemerkung entpuppte sich als Stimmungskiller. Mischka murmelte etwas von wegen einem Kerl seinen Willen lassen. »Es sind Männer.« Sie setzte sich auf die Bettkante. »Sie versorgen einen eben.«

»Nervtötend«, antwortete Nessa, woraufhin Mischka ein schiefes Grinsen aufsetzte.

»Das sind sie, stimmt schon.« Sie trank genüsslich einen kleinen Schluck von ihrem Kaffee, wobei ihr Ärmel über das Handgelenk rutschte und die Male ihres Bündnisses entblößte. Die dicken schwarzen Wirbel waren unübersehbar.

Die Gelegenheit für Nessa, den Stier bei den Hörnern zu packen. »Sie sind eine Verbündete.«

»Ja, ich habe mich gebunden.« Mischka hielt sich ihre Tasse unter die Nase und atmete tief den Duft des Kaffees ein. Ihre zufriedene Ausstrahlung fiel ebenso ins Auge wie ihre Male es taten. *Glück* ... Sie gehörte zu dem Mann, der sie ins Zimmer begleitet hatte. Gehörte *zu* ihm, nicht ihm. Wenn man Mischka so sah, hätte man fast begonnen, an die große Liebe zu glauben, aber eben nur fast.

Sahne und Zucker, befand Nessa und griff danach. Es war kein Tag, an dem man Kalorien zählte. »Wie lange sind Sie schon eine Verbündete?«

»Ich bin keine –«, begann die andere Frau, verstummte dann jedoch. Auch über dieses merkwürdige Stocken würde Nessa später in Ruhe nachdenken. »Seit ungefähr zwei Monaten.«

»Wie lange hält das Ganze an?«

Mischka, die gerade ihren Kaffee umrührte, schaute hoch. »Das Bündnis? Das ist unterschiedlich. Sie müssen Ihren Gefallen sehr, sehr vorsichtig formulieren, Nessa. Haben Sie das verstanden? Denken Sie erst darüber nach.«

»Und wie ist es so?« Die Frage platzte aus ihr heraus, noch ehe sie sich bremsen konnte, dabei hatte sie doch gar nicht die Absicht, sich mit irgendjemandem zu verbünden. Zum Teufel noch eins, für ihr Taktgefühl würde sie an diesem Morgen bestimmt nicht mit Preisen überhäuft werden.

Auf Mischkas schöne Wangen trat eine leichte Röte. »Intensiv.«

»Die Frage war zu persönlich«, entschuldigte sich Nessa. Was auch immer Mischka dazu gebracht hatte, sich mit einem Gefallenen zu verbünden, sie bereute es offensichtlich nicht. Wobei Junkies natürlich die gleiche Zuneigung für ihren Dealer empfanden. Und dennoch, Mischka Baran wirkte so, als würde sie Zer jedes Wort über die große, unendliche Liebe abkaufen.

»Also«, nachdenklich nahm Mischka noch einen großen Schluck Kaffee und zerbröselte mit einer Hand einen Scone, den sie samt Teller auf dem Bett abgestellt hatte. »Ich würde ja fragen, warum Sie hier sind, aber das weiß ich ziemlich genau.« Wut blitzte in Mischkas Augen auf. Gut, vielleicht war hier doch jemand auf Nessas Seite. »Brends hatte mir im Vorfeld nichts von Zers Plan erzählt.« Sie zuckte mit den Schultern.

»Hätte er das denn tun sollen?« So langsam bekam Nessa den Eindruck, dass das Wort herrschaftlich die Welt, in die sie hier hineingeraten war, nicht einmal annähernd beschrieb.

»Verdammt, ja«, murmelte die neben ihr sitzende Frau. »Ich hätte ihm gleich sagen können, dass sein Plan nicht funktionieren würde.«

»Die Entführung?«, hakte Nessa freundlich nach.

»Ja.« Mischka stellte ihre Tasse und den Teller zurück auf das Tablett und warf sich aufs Bett. »Das Problem ist, dass sich diese Kerle ihre moralischen Prinzipien ziemlich zurechtbiegen.«

Das war eine Tatsache, keine Entschuldigung. »Ich möchte gehen.«

»Ich kann Ihnen nicht helfen.« Wenigstens besaß Mischka den Anstand, bedauernd dreinzuschauen. »Dieses Hintertürchen wurde schon geschlossen. Brends hat mir ausdrücklich befohlen, mich nicht einzumischen.«

Aus irgendeinem Grund überraschte es Nessa nicht, dass die Gefallenen Befehle erteilten. »Wie? Ich meine …« Sie brach ab, verdammt, sie musste es richtig formulieren. Es brachte nichts, den einzigen Menschen, der hier auf ihrer Seite war, zu verärgern. »Wie kommt es, dass Brends Anweisungen gibt und Sie sich daran halten?« Vielleicht lag es an Mischkas Persönlichkeit. Aber irgendwie glaubte Nessa das nicht.

»Sie hatten nach dem Bündnis gefragt.« Mischka hob ihre Kaffeetasse an den Mund und starrte über den Rand hinweg. »Nun ja, das gehört dazu. Wir sind miteinander verbunden.«

»Meinen Sie das emotional, weil Sie sich ihm sehr nahe fühlen, oder ist es eine andere Art von Verbindung?«

»Es ist anders.« Ihr leises Lächeln sprach Bände. »Sie interessieren sich überhaupt nicht für Übernatürliches, oder? Das hab ich früher auch nicht getan, deshalb lief unsere Beziehung zuerst nicht gerade reibungslos. Wenn Sie das Bündnis eingehen«, erklärte sie, »entsteht eine geistige Verbindung zwischen Ihnen und ihrem Verbündeten.« Sie zuckte mit den Schultern. »Brends ist quasi immer in meinem Hinterkopf.«

Entzückend … Bei dem Handel bekam man also auch noch einen mentalen Stalker. »Er weiß also stets, was Sie denken.« Nessa stand der ganzen Sache immer noch sehr skeptisch gegenüber, doch es hatte keinen Sinn, die erste Gefährtin, die ihr seit ihrer Entführung begegnete, gegen sich aufzubringen. »Aber wie hängt das mit dem Befehlegeben zusammen?«

Mischka stellte ihre Tasse auf den Nachttisch und mied Nessas Blick. Was nun auch kommen würde, es wäre nichts Gutes. »Er kann mehr tun, als nur zu beobachten. Wenn er möchte«, sie schaute auf, »kann er die Führung übernehmen, die Kontrolle.«

»Über Sie.« Sie wollte es ganz offen aussprechen. »Er kann Sie Dinge tun lassen.«

»Meinen Körper, ja. Ich glaube nicht«, fügte sie nachdenklich hinzu, »dass er meine Gedanken beeinflussen kann. Das ist ein wesentlicher Bestandteil des Bündnisses. Sie laden den Gefallenen ein. Sie gewähren ihm Zugang zu sich.« Sie hob ihre Tasse an und trank erneut einen kleinen Schluck.

»Das ist Sklaverei. Gedankenkontrolle.« Nie und nimmer würde Zer sie dazu kriegen, sich zu verbünden, noch nicht einmal dann, wenn sie kein kleines Geheimnis zu wahren gehabt hätte.

»Nein.« Mischka betrachtete sie nachdenklich. »Es geht um Vertrauen. Intimität. Brends ist an mich gebunden und ich an ihn.«

Kein Gefallen war es wert, diesen Preis dafür zu zahlen.

Mischka stellte ihren Kaffee auf das Tablett, stand auf und wischte ein paar Gebäckkrümel von der Bettdecke. »Sie sind diejenige, die den Gentest entwickelt hat, bei dem man auf ein Stäbchen pinkeln muss, oder?«

Dabei hatte es sich entweder um einen brillanten Moment oder einen Anfall von Wahnsinn bei ihr gehandelt. Einerseits war Nessa stolz auf ihre Errungenschaft, denn es gelang einem Wissenschaftler nicht jeden Tag, eine Erfindung auch auf den Markt zu bringen. Leider besagten die Klauseln ihres Arbeitsvertrags mit der Universität jedoch, dass sie nie auch nur einen Cent von dem Geld zu sehen bekommen würde, das mit dem Set verdient worden war. Aber das hatte sie von Anfang an gewusst, doch immer nur ein eigenes Labor und ausreichend Geld gewollt, um stets Lebensmittel und Strom im Haus zu haben. Und das war ja wohl nun wirklich nicht zu viel verlangt.

Mischka jedenfalls äußerte sich nicht anerkennend dazu. Wenn Nessa sich nicht irrte, sah die Frau sie eher leicht vorwurfsvoll an. Die Auseinandersetzung mit dem Gentest war wohl nicht gerade ein Spaß für sie gewesen. »Die Testergebnisse haben Sie überrascht«, vermutete die Wissenschaftlerin. So erging es den meisten Leuten. Wenn sie die Schachtel aufmachten, hatten sie schon eine ganze Reihe von Vorahnungen im Kopf – oder, noch schlimmer, sie malten sich aus, mit wem sie verwandt sein mochten.

Wahrscheinlich gab niemand den Traum vom Aschenputteldasein jemals so ganz auf. Bei Gott, ihr war es ja genauso gegangen. Insgeheim hatte sie gehofft, dass sie einen Vater und eine Familie finden würde, wenn sie ihren eigenen genetischen

Code knackte. Eine Familie, die sie mit offenen Armen aufnahm.

Also konnte sich Mischka Baran ihre Enttäuschung sonst wo hinstecken.

»Ich habe auf der Toilette einer Tankstelle auf dieses verdammte Stäbchen gepinkelt.« Mischka starrte sie an. »Eine Horde gefallener Engel stand vor der Tür und verlangte, dass ich mit den Ergebnissen rausrücke.«

Warum hatte es sie bloß so sehr interessiert?

»Paranormal«, fuhr Mischka bedächtig fort, doch sie krallte sich mit den Fingern in die Bettdecke und zerknüllte den teuren Samtstoff. »Ich war zur Hälfte paranormal. Nicht menschlich, genauso wie die Gefallenen.«

Zur Hälfte paranormal … »Es gibt auf dieser Welt jede Menge Paranormale.« Diese Wahrheit ließ sich nicht leugnen, egal, wie gern die »normalen« Menschen das glauben wollten.

»Brends hat sich die Ergebnisse angesehen.« Der Gedanke, dass die Gefallenen ihren Gentest benutzten, machte Nessa zu ihrer eigenen Überraschung nervös. »Das Ergebnis besagt, dass meine Vorfahren einem kleinen, unbedeutenden Stamm angehörten, der vor ungefähr dreitausend Jahren vom Jordan weggezogen ist.«

Mischka beobachtete Nessa aufmerksam, es schien sie nicht weiter zu verwundern, dass die Augen der Wissenschaftlerin ihr Wissen darüber verrieten. Nessa selbst war dagegen schon überrascht.

»Was wissen Sie über die zwölf Stämme Israels?«

Mischka zuckte mit den Schultern und nahm sich ein Kissen. »Dass es zwölf gibt?«, ging sie auf den Themenwechsel ein.

»Nein, es gibt dreizehn. Der kleine, unbedeutende Stamm, den Sie erwähnt haben, war der dreizehnte.«

Mischka blinzelte. »Ab wann?«

Nessa wedelte mit einer Hand. »Schon immer. Der dreizehnte Stamm wird in der kanonischen Literatur nicht erwähnt, was aber nicht heißt, dass es ihn nicht gibt.«

»Es ist ein Geheimnis?«

»Nicht ganz. Aber irgendwie scheint man den Stamm im Laufe der Geschichte aus den Augen verloren zu haben.« Sein Verschwinden hatte etwas zu bedeuten und war nicht mehr bloß eine rein akademische Fragestellung. Da gab es dieses zusätzliche Chromosom in ihrer DNA. Alle weiblichen Abkommen dieses besagten Stamms, die sie bis jetzt gefunden hatte, besaßen es. Die eigentliche Frage war also, ob noch mehr von ihnen existierten – und ob sie noch lebten oder tot waren.

»Glauben Sie vielleicht, in meinem Leben ist bisher immer alles ganz einfach gewesen?«, fuhr Nessa fort. Die Unterstellungen der anderen Frau ärgerten sie. »Mein eigener Gentest hat mein Leben auf den Kopf gestellt. Manchmal gibt es eben so etwas wie mieses Karma, Mischka. Stellen Sie sich vor, Sie wären Juniorprofessorin in einem System, gegen das der viel besagte Altherrenclub wie ein Wellnesshotel rüberkommt. Ich hab mir den Arsch aufgerissen, um so weit zu kommen, und jetzt habe ich alles verloren. Ich möchte mein Leben zurück – mein Labor, mein Büro in der Universität, meine Assistenten. Ich kann mir diesen kleinen Abstecher in einen Dämonenclub nicht leisten, denn mir läuft die Zeit davon.«

Mischka verschränkte die Arme vor der Brust. »Sie können doch auch von hier aus arbeiten.«

Mit einer enormen Finanzspritze und nach einigen größeren Online-Einkäufen würde sie zwar tatsächlich dazu in der Lage sein, aber es wäre nicht dasselbe. »Ich hatte drei Tage Zeit.« Warum sollte sie es nicht aussprechen? Die Gefallenen saßen ohnehin am längeren Hebel. »Und einer davon ist nun schon unwiederbringlich um.«

»Drei Tage? Um was zu tun?«

Nessa stand vom Bett auf. Genug mit dem Herumliegen und dem ganzen Selbstmitleid. »Drei Tage, um meine Theorie über den dreizehnten Stamm zu beweisen. Das ist meine Deadline. Danach wird meine Förderung gestrichen und ich verliere meinen Job. Irgendwer hat jede Menge Unannehmlichkeiten auf sich genommen, um sicherzustellen, dass ich mich in einer Lage befinde, in der ich nicht Nein sagen kann – also, was möchte Zer wirklich von mir? Wir wissen doch beide, dass es hier nicht um Sex geht.«

Mischka sah aus, als wollte sie widersprechen, würde es jedoch nicht können. Sie musterte Nessa eindringlich. »Er möchte die Frauen, die auf Cuthahs Liste stehen. Und Sie sind eine von ihnen.«

Zer hatte nicht erwähnt, dass die Liste von Cuthah stammte. Nessa starrte Mischka an, als wäre die Frau dazu in der Lage, die unergründlichen Gedankengänge eines gefallenen Engels zu erklären. »Vielleicht gibt es noch eine andere mit meinem Namen.« Sie ging ihre Einwände einen nach dem anderen durch. »Ein falsch-positives Ergebnis, wie man das in der Wissenschaft nennt. Es könnte die verkehrte Adresse darauf gestanden haben. Vielleicht hat dieser Cuthah eine Kontrollgruppe aufgeführt. *Warum* sind all diese Namen denn überhaupt auf der Liste?«

Die andere Frau zuckte zwar mit den Schultern, antwortete aber, ohne zu zögern. »Das würde ich Ihnen gern verraten«, sagte sie. »Bis jetzt gibt es da aber nicht viel, was wir wissen. Die Personen auf der Liste haben nur das Geschlecht gemeinsam – bei uns allen handelt es sich um Frauen – und wir alle besitzen paranormale Erbanlagen. Wir sind nicht ganz menschlich. Sie könnten uns helfen, Genaueres herauszufinden, Nessa. Die Gefallenen brauchen ein paar Antworten, und Sie sind diejenige, die sie uns vielleicht geben kann. Sie besitzen das Know-how, das Rätsel zu lösen und die Erste zu sein, die es weiß.«

Eine große Verschwörungstheorie wartete darauf, entschlüsselt zu werden, und das Ganze wurde noch durch den Köder versüßt, dass *sie* ihr etwas über den dreizehnten Stamm verraten konnten. Da hatte wohl jemand Mischka Baran gut vorbereitet. Dieser Jemand *kannte* sie, und der Gedanke war erschreckend verführerisch. Sie boten ihr nun also keine Reichtümer, Geld oder ein Strandhaus in Miami mehr an, sondern genau das, was sie sich selbst ausgesucht hätte – Informationen. Den Knüller ihres Lebens.

»Sie müssen sich nur mit einem von ihnen verbünden«, fuhr Mischka fort. »Und sie dazu bringen, Ihnen zu vertrauen.«

»Was durch das Bündnis geschehen würde.«

»Genau. Und dann gehen Sie wieder an Ihre Arbeit, machen mit Ihrer Forschung weiter, nur dass Ihnen diesmal ein frischer Bestand an Proben zur Verfügung steht. Und außerdem«, sie zögerte, »werden Sie die Liste in die Hände bekommen.«

Die Liste, auf der ihr Name stand.

Die Kommandozentrale lag im Herzen des G2, sorgsam zwischen einem Gewirr aus Tanzflächen und Clubräumen verborgen. Die Hightech-Ausstattung wirkte neben den russischen Antiquitäten irgendwie fehl am Platz. Doch Zer mochte den alten Kram, also gab es keinen Grund, die Einrichtung gegen etwas Neueres auszutauschen, oder? Außerdem war er selbst mittlerweile ein über dreitausend Jahre alter Dinosaurier, also, ja, er brauchte wohl kein neues Mobiliar. Jedes Mal, wenn er mit seiner Hand über die gebeizte Oberfläche seines Tischs fuhr, spürte er die Kerben und Rillen im Holz. Das massive Stück war zuvor im Besitz eines russischen Prinzen gewesen, der es ohne Zweifel wiederum selbst gestohlen hatte. Diese Art der Erbfolge war Zer tröstlich vertraut.

Der Stärkste gewann – ein einfaches, effektives und verdammt brutales Prinzip.

Doch unglücklicherweise konnte er die Erinnerung an die zurückliegende Nacht mit Nessa St. James nicht vergessen. Diese weiche Haut und die tiefbraunen Augen, in denen man sich förmlich verlor. Sie arbeitete als Professorin und schien verdammt klug zu sein. Aber trotz ihres brillanten Verstands wirkte sie in seiner Welt so verloren, wie er es umgekehrt in ihrer gewesen wäre. Dass sich nun ein idiotisches Lächeln auf seinem Gesicht ausbreitete, war also ganz und gar nicht gut. Ja, er sah aus, als hätte er den ganzen Tag in ein muffiges Büro gepfercht verbracht und Papiere unterzeichnet.

Man hatte ihn zum Kämpfen ausgebildet, daran war nicht zu rütteln.

Auch die Gesichter, die seine Männer machten, während sie ihn anschauten, als er sich in seinem Stuhl zurücklehnte und die Füße auf den Tisch legte, kannte er schon. Doch nach der vergangenen Nacht hatte er keine Lust auf Spitzfindigkeiten. *Sie* war der Schlüssel, mit dem einer seiner Brüder erlöst werden konnte. Übermorgen Nacht würde sie sich mit einem von ihnen verbünden, und er hatte nicht vor, sich dem Ganzen in den Weg zu stellen. Sie tat sich immer noch schwer damit, zu verarbeiten, wie er ihr ansehnliches kleines Labor, das ihre Welt gewesen war, auf den Kopf gestellt hatte. Wenn er also noch einen Funken Anstand besäße, hätte er sie in der vergangenen Nacht einfach in Ruhe gelassen.

Aber klar, er war noch nie ein Gentleman gewesen.

Also hatte er sie angefasst – nur ein bisschen, und doch reichte das nun, um zu verhindern, dass sie sich beruhigte. Zer verfolgte damit eine Strategie.

»Spielverderber.« Nael wippte mit seinem Stuhl zurück und legte seine Füße, die in Stiefeln steckten, auf den Tisch. Statt Papier und Bleistift lagen Waffen darauf. Sie saßen mitten in einem Waffenarsenal – genau richtig.

»Findest du?« Mit Naels seltsamem Sinn für Humor hatte er noch nie etwas anfangen können, aber das war schon okay so.

Sein Bruder zuckte mit den Schultern und rutschte auf seinem Stuhl tiefer. »Du willst diese Stadt nicht haben, überlässt sie aber auch niemand anderem.«

Natürlich nicht. M City gehörte ihm, war sein Hoheitsgebiet. Unwillkürlich hatte er ein Bild von Nessa St. James vor Augen. Auch das war der vergangenen Nacht zu verdanken. Sie gehörte ebenfalls ihm. Mein Gott, sie hatte so süß geschmeckt. Nessa St. James – die süßeste Seele, die ihm jemals begegnet war.

Sie gehört dir nicht, rief er sich selbst in Erinnerung. Seine Aufgabe bestand lediglich darin, sie sicher zu verwahren, bis einer seiner Brüder sich mit ihr verbündete. *Du bist nur die Bank*, verhöhnte ihn seine innere Stimme.

»Wo sind heute Abend die Brennpunkte?« Zer hatte genug davon, über die Frau im ersten Stock zu reden. Nein, er dachte überhaupt nicht darüber nach, ob sie wohl darauf wartete, dass er zurückkam.

Nael wollte das Thema allerdings noch nicht fallen lassen. »Behältst du sie jetzt, oder was?«

Der Blick, den Zer seinem Bruder zuwarf, hätte den Fluss, der durch M City strömte, zum Gefrieren gebracht. »Ich hab es dir doch schon gesagt. Sie wird ihre Wahl treffen.«

»Genau.« Nael nickte abgeklärt. »Bei dem Rave. Übermorgen Abend. Ich wollte aber wissen, was im Moment zwischen euch beiden läuft. Vielleicht solltest du darüber nachdenken, sie zu behalten.«

Das ungewohnte Schweigen von Brends am anderen Ende

des Tischs ließ sich nicht missverstehen. Der Bruder schärfte gerade eine Klinge und hielt mitten in der Bewegung inne. Er hatte seine Seelenverwandte gefunden und war seitdem nicht mehr derselbe. Er hegte Gefühle für die Frau, und wenn es etwas gab, das Zer niemals bereut hatte, dann, keine Gefühle mehr zu besitzen.

Die schnittige, glänzende Limousine rollte genau am Bordstein entlang. Der Fahrer hatte seine Anweisungen.

Cuthah betrachtete prüfend die Gesichter der Wartenden. Gelangweilt. Ungeduldig. Gierig. Neugierig. Glasige Augen, in die angesichts des Straßenkreuzers Leben kam. Die Menschen mochten Märchen. Solange sich der Wagen auf der Busspur näherte, würden sie von Ereignissen träumen, die ihr Leben veränderten, und davon, aus der Menge herausgepickt zu werden, aus einem bestimmten Grund die oder der Auserwählte zu sein.

Ihre Gier und Dummheit machten es leicht, sie zu manipulieren. »Eine Brünette«, blaffte er seinen Fahrer an. »Du hast das Bild gesehen. Sie hat braunes Haar und den passenden Namen, um meine Nachricht klar und deutlich zu überbringen.«

Der Wagen beschleunigte wieder, und auf die zunächst enttäuschten Gesichter kehrte der stumpfsinnige Ausdruck zurück, während die Fantasievorstellung davonfuhr. Zwei Haltestellen weiter entdeckte Cuthah die Frau, nach der er auf der Suche war.

Sie wartete auf den Bus und hatte ihre Tasche neben sich auf dem Boden abgestellt. Unbekümmert, wirklich … Wenn nun ein Taschendieb käme, würde sie sowohl die Tasche als auch ihren Inhalt verlieren. Ein beherztes Zugreifen, ein kurzer schneller Sprint die Straße hinunter und die Frau wäre ärmer, aber um eine Erfahrung reicher. Diese Arglosigkeit würde sein Vorhaben noch sehr viel unterhaltsamer machen. Denn die Kleine würde nichts von den schrecklichen Dingen ahnen, die ihr bevorstanden, bis der Horror sie sprichwörtlich von den Socken haute.

Zu seinem Erstaunen hatte Zer Nessa St. James sicher im G2 verwahrt, sodass seine Abtrünnigen nicht an sie herankamen. Es war also an der Zeit, zu Plan B überzugehen. Er strich mit den Fingern über das glatte Leder der Armlehne und musterte die Frau noch einmal. Weiblich. Braune Haare. Braune Augen. Ungefähr die gleiche Größe. Sie war seine Versicherung. Und bedeutete eine Menge Spaß für ihn. Er hatte noch nie gern gewartet.

Er klopfte an das Fenster und sein Fahrer stieg auf die Bremse, sodass der langsam vorwärtsrollende Wagen ganz zum Stehen kam.

Wenn Nessa St. James seine kleine Botschaft erhielte, würde sie aus ihrem netten, sicheren Versteck kommen, um mit eigenen Augen zu sehen, was Cuthahs neuester Auslese zugestoßen war. Und dann würde sie laufen – und zwar direkt in die Arme seiner Abtrünnigen oder in die der Gefallenen. So oder so, sie müsste endlich einen Entschluss fassen und handeln. Und egal, was sie auch tat, es würde ihm von Nutzen sein. Das Leben war einfach wunderbar.

Pfeifend öffnete er die Tür, woraufhin die Frau ihren Kopf drehte und den Blick von der verlassenen Straße löste, auf der noch immer kein Bus in Sicht war, und versuchte, in das Wageninnere zu linsen. »Moira St. James?« Die Frau nickte. »Heute ist dein Glückstag, Schätzchen.« Es war ein Leichtes gewesen, ein Mädchen mit demselben Nachnamen zu finden und dann Informationen über seine Gewohnheiten und seinen Stundenplan zu sammeln.

Er ließ sich zurück in das dunkle Innere der Limousine sinken und wartete. Die Frau würde nur seine Hand sehen, mit der er über den leeren Sitz neben sich strich. Die Hand und dunkle Schatten.

Sie zögerte kurz. Er konnte ihre Erschöpfung und Verzweiflung riechen. Was auch immer in ihrem Leben gerade schiefliel, sie würde glauben, dass er das magische Ticket besaß, mit dem alles wieder in Ordnung käme. »Sie sind ein Gefallener, nicht wahr?« Sie lächelte und ein Leuchten trat in ihre Augen, als die Erschöpfung der Aufregung wich, wodurch ihr Gesicht fast schon hübsch wirkte. Die Form ihrer Augen stimmte nicht ganz, aber er hatte gewusst, dass er keine finden würde, die perfekt passte.

Sie würde ihren Zweck erfüllen.

»Steig ins Auto«, forderte er sie auf.

Die Frau leistete seiner Anweisung tatsächlich Folge und zog sogar die Tür hinter sich zu, wobei sie mit den Füßen an ihrer Tasche hängen blieb.

»Darf ich Sie um einen Gefallen bitten?« Vor Aufregung hatte Moira eine ganz belegte Stimme, so versessen war sie darauf, sich für die Gefallenen zu prostituieren. Er tat ihr wirklich einen Gefallen, dachte er leidenschaftslos. Er rettete ihre Seele.

»Nicht heute Abend, Herzchen.« Cuthah zog ein Messer hervor und zwang sich, einige Sekunden lang zu warten. Aus dieser Nähe konnte er sehen, wie der Puls unter ihrer Haut schlug, und ihr schwacher, warmer Duft wehte zu ihm herüber. Parfum aus der Massenherstellung. Talkumpuder. Schweiß. Er machte sie nervös, und doch war sie zu ihm ins Auto eingestiegen.

»Niemand hat ein Messer erwähnt.« Sie fasste an den Türgriff. Gemächlich streckte Cuthah eine Hand aus und zerquetschte ihr die Finger. Sinnloserweise öffnete Moira den Mund und rang nach Luft, als sie versuchte, angesichts des Schmerzes aufzuschreien. Nicht, dass ihr das Gekreische irgendetwas gebracht hätte. Die Limousine war schalldicht, und abgesehen davon gab es ohnehin nur sehr wenige Geschöpfe in M City, die dazu in der Lage gewesen wären, ihn aufzuhalten. Doch niemand eilte ihr zu Hilfe.

Er hob das Messer und machte sich ans Werk.

Ihr Gesichtsausdruck, kurz bevor alles Leben aus ihren braunen Augen wich, sagte ihm, dass sie nun klar und deutlich verstanden hatte, was er von ihr wollte. Bloß, weil er es konnte, sprach er es dennoch noch einmal aus.

»Weißt du«, flüsterte er an ihrem Hals und drückte sie ganz dicht an sich, »im Moment brauche ich eher einen Gefallen von dir, Schätzchen. Du musst für mich sterben.«

Die letzte Leiche war am Rand des Universitätscampus' abgelegt worden. Zers zurückhaltendes Verhalten diente Nessa als Vorwarnung; was auch immer sich zugetragen hatte, eine lebendige, atmende Frau war dadurch zu einem Mordopfer geworden. Oh ja, Nessa verstand, womit sie rechnen musste.

»Bist du sicher, dass du das sehen möchtest?« Er hatte sie zweimal gefragt, und sie beide Male genickt. Bei der dritten Nachfrage machte sie ihm bildlich klar, wohin er sich seine Bedenken stecken konnte. Sie musste es sich einfach ansehen, das wussten sie beide.

Doch nichts hätte sie auf den Anblick einer toten Frau vorbereiten können. Oder darauf, wie hilflos sie sich fühlen würde. Unruhig verlagerte sie das Gewicht. Jemand – etwas – hatte die Frau einfach mit brutaler Gewalt aufgeschlitzt und nicht einmal versucht, die Leiche zu verstecken. Blut war auf der Straße verspritzt. Nun kam Nessa nicht umhin, Zer dabei zuzusehen, wie er den Tatort untersuchte. Sie hatte gewusst, dass die Gefallenen schnell und stark waren, doch über die Tatsache, dass sie manchmal auch mordeten, hatte sie großzügig hinweggesehen.

Diese Frau war schnell gestorben, und allein.

Nessa konnte ihren Liebhaber der vergangenen Nacht – den Mann, der sie so zärtlich behandelt hatte – nicht mit dem kaltäugigen Kriegsherrn mit dem versteinerten Gesichtsausdruck in Einklang bringen, der sich rücksichtslos über die MDV hinwegsetzte. Er hatte das Kommando über die Untersuchung der toten Frau – und des Tatorts – übernommen, ohne auch nur Bitte oder Danke zu sagen.

Sie sollte weglaufen. Ihr bot sich gerade die perfekte Gelegenheit dazu. Sie brauchte nur einen der Tatortermittler der MDV zu bitten, sie mit dem Auto mitzunehmen. In zehn Minuten könnte sie zu Hause sein. Doch noch während sie im Kopf den Fluchtplan durchspielte, sah Zer zu ihr herüber und verzog seine Lippen zu einem breiten anziehenden Lächeln. Oh ja … Wem wollte sie denn noch etwas vormachen? Sie beide wussten, dass sie nun jederzeit abhauen konnte, er sich aber sofort an ihre Fersen heften würde. Sie war keine freie Frau – sondern lediglich auf Bewährung draußen.

Nessa durfte die Fakten nicht außer Acht lassen. Er war ihr Entführer. Mit ihm hatte es also nichts Gutes auf sich.

»Du musst es verstehen«, waren seine Wort gewesen, als der Anruf hereinkam. Dann hatte er sie an diesen Ort gebracht.

»Kann das Zufall gewesen sein?« Vielleicht hatte die Frau ja einfach nur Pech gehabt.

Zer schüttelte langsam den Kopf. »Nein, das war pure Absicht. Augenzeugenberichten zufolge ist eine Limousine die Bushaltestellen an dieser Seite des Campus' abgefahren. Das klingt nicht nur nach irgendeinem Abtrünnigen, sondern nach Cuthah. Er hat gezielt nach ihr gesucht, und als er sie schließlich fand, muss die Hölle losgebrochen sein.«

Er musterte erst Nessa, dann die Tote. »Sie trägt denselben Nachnamen wie du, hat ebenfalls braunes Haar und braune

Augen. Sie sieht zwar nicht ganz genauso aus wie du, ähnelt dir aber.«

»Möchtest du damit etwa behaupten, dass sie angegriffen wurde, weil sie wie ich aussah?«

»Nein. Ich sage bloß, dass das Aufeinandertreffen gestern kein Zufall war und dass Cuthah nicht aufgehört hat, nach dir zu suchen, nur weil du plötzlich von der Bildfläche verschwunden bist.« Er zuckte mit den Schultern. »Du bist die Wissenschaftlerin, Baby. Sag du mir doch, worauf die Indizien in diesem Fall hindeuten: auf einen zufälligen Mord, ausgeübt durch einen Abtrünnigen, oder aber hatte jemand das Pech, Nessa St. James zu ähnlich zu sehen?«

Die Frau, die achtlos auf den Boden geworfen worden war, besaß denselben Nachnamen, hatte ebenso braunes Haar und eine ähnliche Statur wie die Dozentin. Nael reichte ihr stumm den Studentenausweis der Toten. Offenbar hatte Moira St. James diese Universität besucht.

»Sie ist meinetwegen gestorben«, schloss Nessa schließlich.

Zer wandte den Blick nicht von ihr ab. »Ja«, entgegnete er. »Davon müssen wir ausgehen.«

Jetzt betrieb er Haarspalterei. »Aber entspricht das auch der Realität?«

»Brauchst du dreierlei Beweise?«, knurrte er. »Die kann ich dir leider nicht liefern. Was ich dir sagen kann, ist jedoch, dass dein Name auf einer Todesliste steht und dass Cuthah nicht eher aufhören wird, dich zu jagen, bis du tot bist – oder bis er es ist. Mach dir vor, was du willst, aber du musst dich nun für eine Seite entscheiden.«

»Dann habe ich also nicht wirklich eine Wahl.«

»Nein.« Er betrachtete sie für einen langen Moment. »Hast du nicht. Aber dennoch musst du eine Entscheidung treffen.«

Der ihr einst so vertraute Campus kam ihr nicht länger wie

ein sicherer Hafen vor. Mit einem Mal wirkten die Schatten bedrohlich auf sie, und das, obwohl sie hier bereits tausendmal langgegangen war. Egal, ob bei Tageslicht oder in der Nacht, Nessa hatte sich nie in Gefahr gewähnt. Doch nun konnte sie nicht mehr davon ausgehen.

Die MVD war kurz nach den Gefallenen eingetroffen. Die glatten schwarzen Bodysuits und die Hightech-Ausrüstung der Mitarbeiter verliehen der ganzen Szenerie einen Hauch von zivilisierter Welt. Zwei Tatortermittler verstauten die tote Frau in einem Leichensack aus Nylon. Das Geräusch, als sie den Reißverschluss zuzogen, würde Nessa ihr Leben lang verfolgen.

Derjenige von beiden, der näher bei ihr stand, hielt inne und kam dann auf sie zu.

»Ist alles in Ordnung mit Ihnen, Ma'am?« Sein prüfender Blick ruhte auf ihrem Gesicht, wobei das analytische Abchecken in Kontrast zu seinem mitfühlenden Tonfall stand. »Sind Sie zum ersten Mal an einem Tatort?«

»Ja.«

»Kannten Sie das Opfer?« Er wollte anscheinend herausfinden, warum sie an diesem Ort war und welche Rolle sie bei dem Verbrechen spielte.

»Nein.«

»Darf ich Sie nach Ihrem Namen fragen?«

Als sie ihn nannte, konnte sie sehen, wie der Mann den Zusammenhang herstellte. »Es gab da einen Vorfall.«

»Gestern«, ergänzte sie erschöpft. »Auf dem Campus. Ja, das ist in meiner Vorlesung passiert.«

»Und Sie wollten nicht dableiben und eine Stellungnahme abgeben, Ma'am?« Sein Blick wirkte anklagend.

»Ich durfte es mir ja nicht aussuchen.« Sie warf Zer einen Blick zu und befand, da er an allem Schuld hatte, sollte er es auch erklären. Gott, sie war noch nicht einmal auf die Idee gekommen, dass der Sicherheitsdienst nach ihr suchen würde oder dass die Behörden eine Stellungnahme haben wollen könnten.

»Laut Augenzeugenberichten sind Sie von Dämonen aus dem Hörsaal gezerrt worden.« Zu ihrer Überraschung formte der Beamte mit dem Mund die Frage: *Brauchen Sie Hilfe?* Sie konnte ihr Zögern angesichts dieser anständigen Geste nicht ganz verbergen. Natürlich hätte Nessa sein Angebot annehmen können, doch Zer beobachtete sie, und sie hatte ja gesehen, zu was ein Abtrünniger imstande war. Was auch immer da gerade zwischen Zer und ihr ablief, es schien inzwischen weitaus mehr als nur eine Entführung zu sein. Statistisch gesehen standen die Chancen für sie also besser, wenn sie bei den Gefallenen blieb, statt allein in ihrer Wohnung oder in einem Versteck der MDV zu bleiben.

»Nein«, antwortete sie schließlich nach einer viel zu langen Pause. »Nein, brauche ich nicht.« Enttäuschung und noch irgendetwas anderes spiegelte sich in den Augen des Ermittlers wider. Toll, jetzt dachte er bestimmt, sie wäre so eine Schlampe, die sich mit Dämonen einließ.

Sie schaute zur Seite und bemerkte Zers Blick. Etwas Böses blitzte in seinen Augen auf. Dann kam er zu ihnen herüber. Der Ermittler schaute ihn nur kurz an und verschwand dann wieder. Nessa nahm es dem Mann nicht übel. Selbst sie hatte den primitiven Ausdruck der Besessenheit auf Zers Gesicht wahrgenommen.

Er wusste, dass sie, was ihre Entscheidung anging, zu einem Ergebnis gekommen war.

Um den Ereignissen in dieser Nacht die Krone aufzusetzen, stieg genau in diesem Moment auch noch der Dekan aus seinem Dienstwagen. Er schien irgendwie beunruhigt zu sein. Ja, jede Wette, dass er es gar nicht leiden konnte, wenn Leichen auf seinem Campus auftauchten. Er strich sich sein dünner werdendes Haar zurück und wandte sein Profil den Journalisten zu, die mit ihren Kameras hinter dem gelben Absperrband Stellung bezogen hatten.

»Nessa«, rief er plötzlich, woraufhin die Dozentin sich versteifte. Sie hatte keine Lust, an diesem Abend ihre Personalakte mit ihm zu besprechen. »Sie sehen gut aus.«

Als hätte er Tags zuvor nicht ganz direkt eine Drohung ausgesprochen. Wieder trug er eine langweilige Kombination aus Anzug und Krawatte und wie schon am Vortag saß sein Hemd erneut viel zu eng.

Erwartete er etwa, dass sie hier am Tatort höflich mit ihm Small Talk betrieb, während neben ihnen die Leiche abkühlte? Offenbar schon, denn er redete einfach munter weiter. »Der Sicherheitsdienst hat berichtet, dass es gestern einen Unfall in Ihrem Hörsaal gab, aber wie es aussieht, ist niemand zu Schaden gekommen, was? Ist Ihnen denn jemand zu Hilfe gekommen?«

Er rieb sich die Hände, wobei sich Licht in dem großen Stein an seinem Ring fing. Sexistischer Mistkerl! Sie verspürte einen vorher nie gekannten Drang, ihn zu treten, und kämpfte dagegen an. Dem Dekan eine zu verpassen, wäre karrieretechnisch gesehen Selbstmord. Also versuchte sie die Wut, die in ihr hochgekocht war, sorgsam zu unterdrücken. Zuerst kamen die Fakten. Trotz ihrer berechtigten Zweifel würde sie sich zunächst ein richtiges Bild machen und *dann* handeln. Dieser Scheißkerl!

»Ja, ist«, antwortete sie mit angespanntem Tonfall. Am Tag zuvor war er knapp an einer Klage wegen sexueller Belästigung vorbeigeschlittert. Heute benahm er sich. Und sie hätte wetten können, dass der Grund für seinen Sinneswandel direkt hinter ihr stand.

Der Dekan wandte den Blick von ihr ab und schaute Zer lange an. Wahrscheinlich guckte sich der Mistkerl einiges von ihrem Ober-Manipulanten ab.

Zer beugte sich zu ihr herunter, sodass sein Atem über ihr Haar strich. »Ich schlitz ihn für dich auf, wenn du willst«, murmelte er. »Sag mir, dass ich diesen rückgratlosen Bastard für dich umbringen soll, und ich tue es.«

Mittelalterlich … Primitiv … Und hochgradig befriedigend, wenn auch unnütz. »Ich brauche deine Hilfe nicht.« Wenn sie beschließen sollte, einen Mord zu begehen, dann würde sie es selbst tun.

Zer zuckte mit den Schultern und vergrub seine Hände in den Taschen seines Staubmantels. »Ganz wie du willst.«

Er klang nicht besonders überzeugt.

Sie wollte zwar ihr altes Leben zurückhaben, aber das war ganz sicher nicht der richtige Weg.

Der Dekan beobachtete ihren Wortwechsel verstohlen. Dieses Mal ließ er seinen Blick tiefer wandern und dort verweilen. »Professor Markoff sagte mir, er habe noch nichts von Ihnen gehört.«

Es waren noch nicht einmal vierundzwanzig Stunden vergangen, und sie hatte die Zeit zu einem Großteil damit verbracht, um ihr Leben zu laufen und einem mordenden Irren zu entkommen. Was glaubte er denn, was sie getrieben hatte? Sein selbstzufriedenes Grinsen verriet ihr, dass er sie am ausgestreckten Arm verhungern lassen und jeden Moment davon genießen würde – egal, ob ein Mord auf dem Campus geschehen war oder nicht.

»Drei Tage, Dekan. Sie haben mir drei Tage eingeräumt. Mir bleibt also noch genügend Zeit.« Doch angesichts ihres zweifelnden Blicks lächelte er nur und rieb sich die Hände. Als ihnen ein Reporter vom Absperrband aus eine Frage zurief, schlenderte ihr Erzfeind zu ihm hinüber, um den Mann vollzuquasseln.

»Gratis«, grollte Zer hinter ihr. »Es wäre ein Geschenk an dich.« Beim Gedanken an sein letztes *Präsent* wurde ihr ganz heiß. »Keine Geschenke mehr«, murmelte sie.

Zer trieb sein durchtriebenes Spiel mit ihr – zeigte Nessa, was geschehen könnte, Positives wie Negatives. Gut möglich, dass er den Abtrünnigen dieses Opfer zum Fraß vorgeworfen hatte, um seinen Standpunkt klarzumachen. Das glaubte sie zwar nicht wirklich, sicher sein konnte sie sich aber auch nicht. Er war dazu fähig. So viel stand fest.

Zer wusste, dass er ihr Misstrauen schürte. Und er hasste es wie die Pest, doch er konnte es nicht riskieren, sie zu nah an sich heranzulassen. Die vergangene Nacht hatte sie etwas besänftigt. Sie nun wieder von sich wegzustoßen machte ihn fertig, doch es musste sein. Sie würde sich mit einem seiner Brüder verbünden und bis ans Ende ihrer Tage mit ihm glücklich sein, auch wenn sie noch nichts davon ahnte. Ja, und wenn er sich dieses Märchen weiter einredete, würde er es am Ende vielleicht sogar selbst glauben. Aber das alles spielte ohnehin keine Rolle. Sie war das Mittel zum Zweck, das er brauchte, und er würde sie nicht entkommen lassen. Es hatte sich als eine gute Entscheidung herausgestellt, sie an diesen Ort zu bringen. Nun begriff sie, dass Cuthah es ernst meinte.

Nael und Vkhin lösten sich aus der kleinen Gruppe von Gefallenen und kamen auf ihn zu gelaufen, wobei ihnen die MDV-Leute schleunigst aus dem Weg gingen. »Habt ihr einen Hinweis auf unseren Killer?«, fragte Zer, als die beiden schließlich vor ihm standen. »Sieht für mich ganz nach Cuthahs Werk aus.«

Der Leutnant konnte nicht weit sein. Er war weder sauber noch sorgsam genug vorgegangen, um seine Spuren zu verwischen. Sie brauchten also nur die Fährte aufzunehmen und ihm wie einem Neonschild, das den nächtlichen Himmel über M City erhellte, zu folgen.

»Jepp.« Vkhin strich mit einem seiner Daumen über die Klinge an seiner Hüfte. »Hat sie es sich genau angesehen?«

Es war nicht nötig, zu fragen, wen er mit *sie* meinte. Der Bruder strahlte eine kühle Gelassenheit aus, als er seine Lederhandschuhe überstreifte und sich fürs Jagen bereitmachte.

»Das hat sie.« Zer merkte, dass er nicht gern daran zurückdachte. Wie blass Nessa geworden war … Aber sie hatte sich immerhin nicht die Seele aus dem Leib gekotzt. Das musste er ihr lassen. Dabei hätte er wetten können, dass sie außerhalb eines Labors noch nie zuvor in ihrem Leben mit einer Leiche konfrontiert gewesen war. Mit versteinerter Miene und weit aufgerissenen Augen hatte sie auf die Tote gestarrt und es sich ganz genau angesehen. Oh ja …

»In welche Richtung?«

»Nach Norden. Keros geht gerade mit unserem Satellitensystem online. Wenn der Mistkerl sich auf den Landstraßen bewegt, haben wir ihn gleich.«

Vkhin nickte knapp, im Kopf stellte er schon Berechnungen an. »Todeszeitpunkt?« Cuthah hatte noch ein paar Minuten lang mit seiner Beute gespielt. So viel stand fest.

»In der letzten Stunde.« Die Leiche war bereits kalt, doch angesichts ihres Zustands und bei diesem Wetter mochte sie schnell ausgekühlt sein. »An ihren Beinen sind noch keine Blutergüsse zu sehen.« Dass der Körper noch keine Verfärbungen aufwies, bedeutete, dass der Mörder die Tat innerhalb der letzten zwei Stunden begangen hatte.

»Gut zu wissen.« Vkhin entfernte sich und suchte systematisch den Boden ab, seine Sinne waren geschärft. »Ich werde den Jagdtrupp anführen.«

»Mach das.« Vkhin wartete zwar nicht auf Zers Einverständnis, aber dieser gab es ihm trotzdem. Es vermittelte ihm das Gefühl, hier draußen eine Funktion zu haben und nicht bloß der repräsentative Anführer zu sein, der dabei zusah, wie die Gefallenen sich in Gruppen aufteilten und in die Dunkelheit verschwanden.

»Das hier ist ein Albtraum«, sagte Nessa mit heiserer Stimme. »Wie erträgst du das jeden Tag?«

Er befühlte die Klinge an seiner Seite und fragte sich, ob sie wirklich die Wahrheit hören wollte.

»Jagen die Killer jeden Tag in M City?« Sie fasste sich ins Haar und steckte eine lose Strähne wieder in dem Knoten fest. Er war mit den Fingern durch die herrlich schweren Strähnen gefahren, als er sie in den Armen gehalten hatte.

»Ja, wenn wir es zulassen.«

»Und tust du das etwa?« Sie starrte zu ihm hinauf. »Lässt du sie hier, in meiner Welt, jagen, Zer? Warum?«

Weil er nicht überall gleichzeitig sein konnte und sich manchmal nicht aufhalten ließ, was einer Naturgewalt gleichkam. »Ich gebe mein Bestes«, antwortete er leise. Schneefall hatte eingesetzt, und so wurden seine Schritte gedämpft, als er sie zurück zu dem Wagen schob, der bereits auf sie beide wartete. Nun, in den Stunden zwischen Mitternacht und dem Morgengrauen, war es bitterkalt. Sie hätte einen Schal oder eine Kopfbedeckung gebrauchen können. Irgendetwas, das sie warm hielt. Kaschmir stand ihr, er würde noch mehr zum Anziehen besorgen.

»Aber das reicht nicht immer, oder?«, fragte sie leise. Unter ihren Schritten knirschte der Schnee. Sie versuchte nicht, leise zu gehen und das Geräusch zu dämpfen, das einen Jäger auf ihre Fährte bringen würde. Er wollte sie vor dieser neuen Welt, die sie nun kennengelernt hatte, beschützen, doch diese Welt wusste bereits, dass sie existierte.

»Nein«, gestand er. »Manchmal hat ein Abtrünniger auch einfach Glück oder ist sehr schnell.«

»Was wirst du in diesem Fall tun?«

»Vkhin ist unser bester Jäger. Wenn jemand Cuthahs Spur verfolgen kann, dann er. Er wird tun, was getan werden muss. Bis jetzt hat Cuthah uns aber immer überflügelt. Im Gegensatz zu uns besitzt er Schwingen.«

»Ist Vkhin in Gefahr?« In ihrer Stimme lag echte Sorge, was ihn seltsamerweise rührte. Vielleicht wäre Vkhin der Richtige für sie.

»Nein. Vkhin ist gut in seinem Job. Er jagt schon seit Jahrtausenden und wird es noch jahrtausendelang tun.«

»Das ist eine lange Zeit.« Sie schob ihre Hände tiefer in die Jackentaschen. »Meinst du nicht, dass er irgendwann müde wird? Oder unvorsichtig? Seid ihr Jungs noch nie gestrauchelt, Zer?«

Ständig. Sie hatte ja keine Ahnung wie schlimm. »Er ist ein Jäger«, wiederholte er mit Nachdruck. »Das ist seine Aufgabe, unsere Aufgabe. Wir rühren uns nicht vom Fleck – das waren die Bedingungen unserer Abmachung.« Der Bestrafung …

»Genau«, sagte sie. »Die ewige Verbannung in diese Welt. Ihr dürft nicht mehr im Himmel leben. Gibt es denn keinen Weg zurück?«

»Bisher noch nicht.« Sie warf ihm einen Blick zu. Er hätte ihr nun die Wahrheit sagen können, doch dann wäre ihr bewusst geworden, dass sie es in der Hand hatte. Ihr Preis würde in die Höhe schießen und womöglich würde sie sich nur noch mehr weigern. Er konnte ihr keinen Vorwurf machen, wenn sie sich nicht für die Ewigkeit mit einem von ihnen verbünden wollte. Also durfte er ihr keinesfalls verraten, dass sie mehr war als nur irgendeine Verbündete. Sie würde eine Seelenverwandte sein, der Schlüssel, durch den einer von Zers Männern seine Flügel und seine Seele zurückbekäme. »Glaubst du, wenn es eine Rückfahrkarte gäbe, würden wir nicht mit beiden Händen danach greifen, Baby? Wir gehen nirgendwohin.« Noch nicht zumindest. Nicht ohne ihre Hilfe und nicht ohne Flügel.

»Also lebt ihr stattdessen mit uns hier unten auf der Erde.« Sie nickte, als hätte sich ein imaginäres Puzzle nun für sie zusammengefügt. »Und ihr seid Gelegenheitskrieger, beseitigt eure eigenen Leute, wenn es sein muss.«

»Ja.« Selbst für seine eigenen Ohren klang seine Stimme heiser.

»Das muss schwer sein.« Sie schluckte. »Wenn ihr sie von früher kennt. Weißt du, wer der Abtrünnige war, der es gestern auf mich abgesehen hatte, Zer?«

»Nein.« So ehrlich durfte er sein. »Es sind viele von uns gefallen. Ich habe nicht jeden von ihnen gekannt, aber es stimmt schon, das ist auch schon vorgekommen. Manchmal wird der Durst unerträglich und wir verlieren einen von den Gefallenen.« Er gab dem Drang nach, ihre Hand zu nehmen, und schloss seine in Lederhandschuhen steckende Pranke um ihre zarten Finger. »Ich habe schon Brüder gejagt und ihnen ewigen Frieden verschafft, die ich beim Namen nennen konnte.«

Sie schaute ihn kühl an. »Und jetzt möchtest du, dass ich euch helfe.«

»Ja.« Wieder die Wahrheit.

»Gibt es denn irgendeinen Weg für mich, aus dieser Sache wieder herauszukommen? Kann man diese Abtrünnigen irgendwie dazu bringen, mich und meinesgleichen nicht mehr zu verfolgen?«

Nein. Selbst wenn er gewusst hätte, wie den Angriffen ein Ende zu bereiten gewesen wäre, hätte er ihr wahrscheinlich nichts davon erzählt. Er brauchte ihre Hilfe – um jeden Preis. Stumm schüttelte er den Kopf.

»Ich könnte jetzt gehen«, sagte sie leise und deutete in Richtung der MDV-Beamten, die den Tatort vergeblich nach Spuren absuchten. Ihre Verfahren waren für das, was Cuthah auf M City losgelassen hatte, ungeeignet. »Ich könnte mit ihnen gehen.«

Er würde sie nicht gehen lassen. Dennoch wollte er ihr weiterhin den Eindruck vermitteln, sie hätte eine Wahl. Zumindest solange es noch ging. Sie zuckte mit den Schultern und setzte ein zaghaftes Lächeln auf – es wirkte verloren. »Aber das wäre sinnlos, oder? *Die* können mich nicht vor dem beschützen, was mir bevorsteht. *Du* schon.« Sie rieb sich die Unterarme. »Nur bei euch habe ich eine Chance zu überleben, nicht wahr?«

»Niemand wird dir etwas tun, das verspreche ich.«

»*Kannst* du das denn versprechen?«

Das konnte er nicht. Es gab keine Gewissheit. Doch statt ihr das zu sagen, senkte er nur den Kopf und drückte den Mund fest und besitzergreifend auf ihre Lippen. »Was ich dir versprechen kann«, sagte er barsch, »ist, dass Cuthah oder der Erzengel selbst nicht an dich herankommen werden, es sei denn, sie schaffen es an allen Gefallenen vorbei. Du gehörst zu uns, Baby. Wir sorgen für deine Sicherheit.«

»Hast du schon einmal gegen Michael gekämpft?«

»Oh ja.« Und verloren.

Sie betrachtete ihn von oben bis unten. »Zwei Arme. Zwei Beine. Ich schätze, es hätte schlimmer für dich ausgehen können.«

Er war versucht, sie auf ihren frechen Mund zu küssen, verspürte den Wunsch, zu sehen, wie sie ihre langen Beine um seine Hüften schlang. Hmmmm … wenn nur das Wörtchen »wenn« nicht wäre … Sie wollte nichts von ihm und er – na ja, er wollte sie nur benutzen.

»Michael hat den Kampf gewonnen«, stieß er hervor. Es schmerzte, zuzugeben, dass er versagt hatte, doch die Wahrheit ließ sich nicht leugnen. Hier stand er, flügellos und verstoßen. Und Michael, der blutrünstige Erzengel des Himmels, verteidigte auch weiterhin den himmlischen Thron. Oh ja, es war ziemlich eindeutig, wer gesiegt hatte. Michael war der Goldjunge.

Doch das würde sich ändern.

Mit zusammengekniffenen Augen betrachtete er die Frau vor sich, die zu ihm aufschaute. »Dieses Mal«, begann er und verschränkte die Arme vor der Brust, bevor er noch etwas tat, was er später bereuen würde, »wird es anders laufen.«

»Tatsächlich.« Ihr trockener Tonfall verriet, dass sie ihm das nicht abkaufte. »Du hast dich schon einmal mit diesem Kerl angelegt und verloren. Warum glaubst du, dass sich die Lage geändert hat?«

Deinetwegen, dachte er. *Du bist mein Ass im Ärmel*. Doch wenn er ihr das verriete, säße sie bei ihrem Tausch am längeren Hebel. »Weil ich motiviert bin?«, schlug er vage vor.

»Sicher. Ein übernatürlicher Arschtritt. Eine kleine Verstümmelung von Haut und Knochen und du hast ohne Flügel dagestanden …« Sie zählte jede verletzende Einzelheit an den Fingern ab, als wären es Artikel auf einer Einkaufsliste. Dann setzte sie dem ganzen die Krone auf. »Jetzt bist du hier unten – und er ist *da oben* – oder auf welcher metaphysischen Ebene, die zwar unsichtbar ist, von der du aber schwörst, dass sie existiert, ihr das Jenseits heutzutage zusammenhaltet. Tut mir leid, aber deine Argumentation ist nicht gerade sehr überzeugend.«

Der Mond über ihnen tauchte die Szenerie in ein silbriges Licht. Das gelbe Absperrband der Polizei hatte schon seit hundert Jahren dieselbe Farbe. Von einer Studentengruppe, die von dieser dünnen Barriere zurückgehalten wurde, wehte der Geruch der Angst zu ihm herüber. Erregung und Neugier.

Er trat noch einen Schritt an sie heran, kam ihr absichtlich ganz nah. Sie sahen einander in die Augen und er setzte ein breites, unerbittliches Lächeln auf. »Dieses Mal werde ich gewinnen, Baby.«

10

Das verdammte Kleid hatte keinen Verschluss – nur eine Reihe kleiner dekorativer Knöpfe aus rotem Satin vorn an dem korsagenartigen Oberteil. Nessa sah aus wie ein Freudenmädchen. In diesem Aufzug würde sie sich auf gar keinen Fall im Hintergrund halten können.

Zer war sich sicher, dass die Professorin es hassen würde.

Dabei zuzusehen, wie sie den Gang hinunter auf ihn zukam, war die reinste Folter und schlimmer, als die vergangenen drei Tage damit zu verbringen, auf diesen Abend zu warten. Der schimmernde rote Stoff schmiegte sich an ihren Körper. Das Kleid stand in krassem Kontrast zu dem Büro-Outfit, das sie getragen hatte, als er gekommen war, um sie mitzunehmen. Gott sei Dank! Dennoch freute er sich nicht wirklich auf den Abend und vor allem nicht darauf, sie herzugeben. Ohne den Blick von ihr abzuwenden, drückte er hinter sich auf den Knopf des Fahrstuhls. Je schneller der Aufzug da wäre, desto besser. Er würde sich ruhiger fühlen, sobald sie beide unten im Club wären und sie sich erst auf der Tanzfläche befände.

Der Fahrstuhl kam, und als sich die Türen öffneten, stellte er sich davor – nur für den Fall, dass in der Diskothek irgendein Endzeit-Szenario geschehen war und er nichts davon mitbekommen hatte. Doch die Luft schien rein zu sein. Während er zur Seite trat, verspürte er dennoch das Verlangen, einen Kampf auszutragen.

Nessa trat in den Lift und zwängte sich an ihm vorbei.

Jedes Mal, wenn sie tief einatmete, quollen ihre Brüste über den Rand dieses verfluchten Korsetts. Zer hatte sein Eau de Cologne für den Rave an diesem Abend – für sie – mit Bedacht ausgewählt, aber zum Glück brauchte er diese Schwäche nicht zuzugeben. Er wollte nicht, dass sie glaubte, er hätte sich für sie so zurechtgemacht. Auch wenn das der Wahrheit entsprach.

Noch zwei Stunden – höchstens drei –, dann wäre er wieder frei und Nessa St. James eine Seelenverwandte. Einer seiner Brüder würde sich auch körperlich mit ihr verbinden und ihr Leben liefe wieder in den richtigen Bahnen. Abgesehen davon, dass sie für alle Ewigkeit an einen von *ihnen* gebunden wäre.

»Bereit?« Das hatte er sich eigentlich verkneifen wollen. Aus unerfindlichen Gründen verspürte er das Bedürfnis, sie zu beruhigen, hätte ihr am liebsten versprochen, dass der Mann, den sie wählte, sie über alles schätzen würde.

Falls nicht, beabsichtigte Zer, persönlich dafür zu sorgen.

»Ich bekomme mein Leben zurück«, entgegnete sie.

Erneut atmete sie tief durch, wobei sich ihre seidig glatte Haut zunächst von der heißen Korsage löste und dann wieder gegen den festen Stoff drückte. Am liebsten wäre er der Bewegung mit der Zunge gefolgt.

»Ich möchte mein altes Leben wiederhaben. Und dies ist der einzige Weg dahin«, bekannte sie.

Sie hatte ja keine Ahnung.

Die Türen glitten zu und sperrten sie im Fahrstuhl ein.

Zer war verdammt groß und breit. Er nahm fast den ganzen Platz im Aufzug ein und bedrängte sie. Vermutlich machte er das mit Absicht.

»Geh weg von mir«, forderte sie ihn mit bestimmtem Tonfall auf. »Ich tue doch schon, was du von mir wolltest.« Sein großer Körper nahm ihr förmlich die Luft zum Atmen. Aus dieser Nähe konnte sie seine Wärme spüren und nahm einen herben, männlichen Duft an ihm wahr. Achtung! Er roch nach Gefahr, aber sie war nicht dumm. Sie würde von ihm wegrennen, ohne sich noch einmal umzudrehen. Oder?

»Du bist gefährlich«, sagte sie. »Du bist ein Mörder. Ich habe die Botschaft verstanden.« Als er ihre Behauptung nicht bestritt, fragte sie sich unwillkürlich, ob sie törichterweise gehofft hatte, dass er es tun würde.

»Ja«, bestätigte er mit heiserer Stimme.

Warum starrte er sie dabei so an? Es musste an dem Kleid liegen. Allerdings hatte er es selbst ausgesucht und wie eine gute Freundin einen Riesenwirbel um die Farbe und den Schnitt gemacht, also konnte es doch wohl keine allzu große Überraschung für ihn sein. Er hatte sie für seine Brüder wie ein Geschenk verpackt, da sollte ihm doch gefallen, was er nun vor sich sah.

Er selbst schien einen ganzen Kleiderschrank voller Ledersachen zu besitzen, denn sie hatte noch nie etwas anderes an ihm gesehen. Einkaufstouren gestalteten sich da sicher leicht, aber die Rechnung der Wäscherei musste der Horror sein. Gott, sie laberte herum – zumindest in Gedanken –, was bedeutete, dass sie nervös war.

»Aber du bist nicht der schlimmste Mörder, der dort draußen herumläuft. Auch das habe ich kapiert.« Da er sie nur weiter anstarrte, plapperte sie einfach weiter. »Mir ist klar, dass Cuthah das Handwerk gelegt werden muss.«

»Das ist aber selbstlos von dir«, brummte er. »Und das Ganze hat rein gar nichts mit deiner Genforschung zu tun, richtig?«

»Fick dich!«, schimpfte sie. »Du hast meine Gründe hierfür nicht zu hinterfragen.«

»Also wirst du einen meiner Brüder auswählen … um dich mit ihm zu verbünden?«

»Was bleibt mir denn anderes übrig? Ich möchte dir doch helfen, Cuthah zu stoppen.« Bisher war Vkhin bei seiner Suche noch nicht erfolgreich gewesen.

»Cuthah stoppen … Ist das der einzige Grund?« Erst hatte er sie dazu gedrängt, mitzumachen, und jetzt wollte er über ihre Beweggründe diskutieren? Wohl kaum. Das ging nur sie allein etwas an.

»Na ja, es geht mir bestimmt nicht darum, von einem Dämonen einen Wunsch erfüllt zu bekommen.«

»Er wird gut zu dir sein.«

»Wer?«

»Na, derjenige, den du wählst«, versprach er. »Er wird den Boden anbeten, auf dem du gehst. Du wirst für ihn Sonne, Mond und Sterne zugleich sein.«

Bei seinen Worten schnürte es ihr die Kehle zu. Panik stieg in ihr auf. Das war zu viel für sie. Sie war nicht bereit, für jemanden der Mittelpunkt des Universums zu werden. Zer trat einen Schritt näher, und ehe sie sich zurückhalten konnte, streckte sie eine Hand nach ihm aus. Unter dem teuren Material seines Ärmels waren stahlharte Muskeln zu spüren und eine feste, unnachgiebige Erhöhung aus Metall. Er hatte Klingen an seinen Unterarmen befestigt. Zudem schauten die dunklen, schwarzen Wirbel unter seinen Ärmeln hervor. Die Tätowierungen reizten sie.

»Ich weiß nicht, ob ich das *schaffe*«, gestand sie ihm, denn so viel Aufrichtigkeit hatte er verdient. Dass sie das Richtige tun wollte, hieß nicht, dass sie auch imstande sein würde, es durchzuziehen. Diese ganze Sache mit dem In-den-Tod-Stürzen funktionierte schließlich auch nur, wenn man es schaffte, über die Klippe zu springen und in die Luft zu gelangen. Immerhin fuhr der Fahrstuhl weiter abwärts, und das war schon einmal ein Schritt in die richtige Richtung. Irritierenderweise schien Zer der Bewegung mit seinem Blick zu folgen. Er richtete seine dunklen Augen auf ihre unfassbar hohen Schuhe, auf die er bestanden hatte. Sie mochte das Paar, denn sie fühlte sich sexy damit. Außerdem wusste sie, dass er davon ausgegangen war, sie würde sich weigern, sie zu tragen.

Um *ihn* also aus dem Konzept zu bringen, hatte sie entgegen seiner Erwartungen gehandelt.

»Warum hast du das getan?« Sie berührte die dunkle Tätowierung, als er auf die Stopptaste des Aufzugs drückte.

Ein verwirrter Ausdruck huschte über sein Gesicht. Offensichtlich hatte er gedacht, sie würde protestieren, weil er den Lift anhielt. »Die Tattoos? Dafür gibt es keinen Grund.«

Mit einem ihrer Zeigefinger fuhr sie über die dunklen Wirbel. »Sie sehen aus wie die Male, die entstehen, wenn man ein Bündnis eingeht.«

»Ich verbünde mich mit niemandem.«

»Weil dich keine Frau darum bitten wird, nicht wahr?« Sie kniff die Augen zusammen. »Du hast die Zeichen dafür, dass sie dir fernbleiben sollen, genau hier eintätowiert.«

Er antwortete zwar nicht, doch sie wusste, dass sie richtiglag. »Die anderen nehmen sich Verbündete. Warum du nicht?«

»Es wäre nicht sicher.«

»Magst du meine Schuhe?« War das etwa sie, die da so atemlos klang?

Angesichts dieses plötzlichen Themenwechsels wirkte er verdutzt und doch anbetungswürdig männlich. »Hm«, antwortete er, als hätte sie ihm eine komplizierte Frage zur Genetik gestellt. »Ja.« Er räusperte sich und schaute von ihren Füßen auf.

»Und mein Kleid?« Sie strich sich mit einer Hand über die Hüfte. Sie wusste, dass sie mit der Bestie in ihm spielte, doch alles war ihr recht, um noch ein paar Sekunden Zeit zu schinden.

»Du siehst wunderschön aus.« Sein Blick wirkte unergründlich. »Er wird dich lieben«, versprach er.

Zer klang schroff und doch zärtlich. So, als machte er sich Sorgen um sie, was sicher nicht der Fall war. Er hatte ihr klargemacht, dass er sie nicht wollte. Dennoch konnte sie es nicht sein lassen, ihn unter Druck zu setzen. Und sich selbst dazu.

»Wirst du dich mit in die Reihe stellen?« Bereitwillig gab sie sich einem Anflug von Wut hin. Diese Erregung fühlte sich so viel besser an als die kalte Angst und das Gefühl, etwas schwer im Magen liegen zu haben.

Er schüttelte den Kopf. »Du weißt, dass ich das nicht tun werde. Ich stehe knapp vor der Wandlung, und du, Baby, bringst mich dazu, diese Grenze auch zu überschreiten.«

»Was ist das für eine Wandlung?«

»Das möchtest du gar nicht wissen«, gab er zurück. »Jedenfalls stehe ich nicht zur Verfügung. Aber du kannst dir dort unten jeden anderen aussuchen, den du haben willst.«

»Jeden außer dir.« Da er nicht antwortete, hakte sie weiter nach. »Möchtest du mich denn nicht zur Verbündeten?«

»Mich kann man nicht retten, Baby«, warnte er sie. »Ich bin nicht irgend so ein Typ, den man einfach so von Grund auf verändern kann.«

Bei dem Gedanken, dass dieser Mann für immer verloren war, spürte sie einen Stich im Herzen. *Doch stopp!* »Warum denn nicht?«

Seine Antwort kam langsam und gedehnt. »Der Kapitän geht mit seinem Schiff unter, Baby. Das weißt du doch. Meine Brüder haben Erlösung verdient, und ich werde verdammt noch einmal dafür sorgen, dass sie die auch bekommen. Dass sie *dich* bekommen.«

»Und was, wenn ich nicht wie bei einer Tombola verlost werden möchte?« Sie schaute ihn an.

Zer drückte energisch auf eine Taste, damit sich der Fahrstuhl wieder in Bewegung setzte.

Sie starrte ihn weiter mit diesen unglaublich unschuldig wirkenden Rehaugen an, sezierte ihn wie ein Exemplar einer neuen, unbekannten Spezies. Ob ihr wohl gefiel, was sie da sah? Egal! Den Gedanken daran, jemals erlöst zu werden, hatte er weit hinter sich gelassen, und den ganzen gefühlsduseligen Komm-ins-Licht-mein-Sohn-Scheiß sowieso. Er war von Michael aus dem Himmel verstoßen und der Schlüssel weggeworfen worden – aber das kümmerte Zer einen Dreck. Er würde auf eigenen Beinen stehen.

»Treib es nicht zu weit«, knurrte er. »Noch zwölf Stockwerke, dann bist du mich los. Doch bis dahin gehörst du mir ganz allein, Baby.« Zum Teufel, ja!

»Oh nein!«, neckte sie ihn.

Er würde diese letzte Chance, sie zu berühren, wahrnehmen, bevor er sie übergab. Also drückte er sie gegen die Wand und stützte beide Hände neben ihrem Kopf ab. Seine Körperhaltung wirkte dominant und unnachgiebig. Ihm blieben noch zwölf Etagen, und diese Zeit würde er nutzen.

Er küsste sie nicht sofort auf den Mund. Stattdessen zog er mit seiner Zunge eine heiße, feuchte Linie über ihre Haut und erforschte ihre Ohrmuschel. Wie ein Tataren-Herrscher, der die unberührten Weiten der russischen Steppe erkundete, bevor er eine Herde unbarmherziger Krieger darauf losließ, leckte er über ihre Haut, sodass Nessa erbebte.

Geschickt setzte er seine sündige Zunge ein, um sie zu liebkosen, und tastete sich mit den Händen vor. Er war sich bewusst, dass sie ihn am liebsten weggeschoben hätte und mindestens fünf gute Gründe nennen konnte, warum sie dies auch tun sollte. Andererseits war sie jedoch sehr lange Zeit allein gewesen, und er für das, was sich gerade abspielte, wie geschaffen. Es fühlte sich so verdammt gut an. Zer spürte, wie sie sich langsam entspannte und sich auf seine Verführung einließ.

Als er mit den Zähnen an ihrem Ohrläppchen knabberte, stöhnte sie auf.

»Du magst das«, stellte er zufrieden fest. »Ist es die Lust – oder der Schmerz, Baby?«

Er hielt ihre Hände fest umschlossen, sodass sie nicht wegkonnte.

Dann drückte er mit einem seiner Beine ihre Schenkel auseinander, schob sich dazwischen und überließ sich selbst einer groben Nachahmung des Liebesakts. Das intime Geräusch ihres hochrutschenden Kleids, das leise Rascheln von Seide und Spitze, als sie für ihn die Beine spreizte, erfüllten die aufgeheizte Stille im Fahrstuhl. Gut … Sie wollte *ihn*. Er wusste zwar nicht, womit er das verdient hatte, aber er musste sie einfach haben. Nur für ein paar Minuten. Dann würde er sie freigeben.

Als sie sich schließlich eng an ihn schmiegte, senkte er seinen Mund auf ihren und fuhr mit der Zunge erst über den geschlossenen Spalt zwischen ihren Lippen, bevor er Nessa innig küsste. Der Eroberer … Es spielte sich wie bei Hunderten von Küssen zuvor ab. Man konnte ihn als geübt bezeichnen. Und doch war er auf den heißen, süßen Geschmack der Frau in seinen Armen, auf ihren einzigartigen Duft, nicht vorbereitet. Sie schien anders zu sein.

Nessa öffnete den Mund noch etwas mehr und atmete ein.

Nein, bitte kein Protest! Noch nicht, in einer Minute musste er doch sowieso aufhören. Er umfasste ihre kleinen Hände mit einer seiner großen Pranken und strich mit der anderen über ihren Körper, arbeitete sich immer weiter nach unten vor. Sie war wie Wachs in seinen Armen. Zehnter Stock, registrierte er vage. Sie befanden sich im zehnten Stock. Er hatte also noch Zeit.

»Zer«, flüsterte sie an seinem Mund, zeigte jedoch keine Regung des Widerstands, sondern hieß ihn süß und heiß willkommen.

»Denk nicht nach!«, forderte er sie auf und löste dabei kurz seinen Mund von ihrem. »Lass dich auf mich ein. Nur für eine Minute. Mach die Augen zu und gib dich für mich deinen Gefühlen hin, Baby.«

Mehr als eine Minute konnte er sich ohnehin nicht erlauben. Die Bestie in ihm hob sinnbildlich bereits den Kopf und Zer wusste, dass in seinen Augen schon dieses gewisse Funkeln liegen musste. Aber Nessa schloss brav die Lider.

»Genauso«, redete er ihr gut zu. »Finde heraus, ob du das magst, Baby.«

Er ließ die Finger an ihrem weichen Oberschenkel hinaufgleiten und tauchte kurz in ihre warme, feuchte Mitte ein. Als er hiernach einen sündigen Pfad um ihr geschwollenes Knöpfchen zog, bemerkte er, wie ihr Höschen nass wurde.

»Du bist also genauso geil wie ich«, raunte er in ihr Ohr.

»Hör nicht auf«, befahl sie. »Wag es ja nicht, jetzt damit aufzuhören!« Fünfter Stock. Nicht einmal der Weltuntergang hätte ihn in diesem Moment noch aufhalten können.

Zer zerrte ihr das Höschen herunter, bis er das feine Stück Stoff in den Händen hielt.

Meins!

Indem er seinen Mund auf ihren presste, erstickte er einen lustvollen Aufschrei. Nessa ritt nun wild seine Finger und schob sich seiner Hand entgegen. Schließlich spürte er, wie sich ihre Muskeln rhythmisch zusammenzogen. Oh Gott, sie kam für ihn!

Er verlor sich in ihrer Lust, richtete all seine Sinne auf diese Emotion und sog sie tief und immer tiefer ein. Nessa war wie erlesener Champagner, und dem schlimmsten Alkoholiker gleich, wurde ihm alles andere um sich herum egal. Er wollte nur noch mehr von ihr, und zwar sofort.

Der Mann stöhnte gegen ihren Mund, doch der Abtrünnige in ihm knurrte vor Zufriedenheit …

… nahm sich, was er brauchte.

Köstliche Ströme ihres Inneren, ihrer Seele, flossen aus ihr heraus, und er hörte nicht auf, davon zu kosten, denn er konnte es nicht.

Mit einem fast unmerklichen Rucken kam der Fahrstuhl im Untergeschoss zum Stehen. Zer nahm zwar seine Hand aus ihrem Schritt, rührte sich ansonsten aber kein Stück vom Fleck. Die Türen glitten auseinander und gaben den Blick auf die Tanzfläche frei – und was dann folgte, kam dem viel erwähnten Weltuntergang gleich. Nael zerrte unerbittlich an ihm, während Vkhin mit einem Zischen seine tödlichen Waffen aus der Scheide zog.

Ich bin ein Monster, dachte Zer, zwang sich selbst, sich von ihr zu lösen und dicht an der gegenüberliegenden Wand des engen Lifts zu bleiben. Als Nael endlich die Hände um Nessas weiche weiße Oberarme schließen konnte, stieß er ein tiefes, kehliges Knurren aus. Doch zu aller Überraschung riss sich Nessa von ihm los.

»Lass – mich – los!« Sie spuckte die Worte förmlich aus.

Während Zer gegen den roten Schleier vor seinen Augen ankämpfte, der mit dem Seelendurst einherging, sah er ihr viel zu blasses Gesicht vor sich, das zu schwanken schien. Gott! Wankte sie etwa? Er hatte zu viel getrunken. Wenn sie sich nicht bloß in einem zwölfstöckigen Gebäude, sondern in einem Wolkenkratzer befunden hätten, wäre sie jetzt tot.

Mit tiefer, fester Stimmer flüsterte Nael ihr etwas ins Ohr, woraufhin sie all ihre Wut gegen den Bruder richtete. »Nein«, sagte sie. »Halt einen Moment lang den Mund und hör mir zu!«

Das schien dem Bruder ganz und gar nicht zu passen, doch er wartete. Vkhin wich in den Aufzug zurück und befingerte einen Wurfstern. Sie wussten beide, dass keine einzige Klinge im Club Zer rechtzeitig würde aufhalten können, sollte er wirklich verloren sein. Vielmehr wäre sie der Köder, der ihn an Ort und Stelle hielt, bis sie sich überlegt hatten, wie sie ihm am besten den Kopf abnahmen.

»Ich möchte mit ihm reden«, sagte sie noch einmal lauter. Nael fluchte, ließ aber von ihr ab. Nessa machte zwei Schritte auf Zer zu, blieb dann jedoch stehen. Der Abtrünnige schäumte vor Wut, weil man ihm sein Festmahl weggenommen hatte, doch der Mann ihn ihm fühlte sich erleichtert. Nessa indes fürchtete sich vor ihm, was gut war.

»Du solltest mich töten.« Ohne zu blinzeln, starrte er sie an, als er ihr schließlich die Wahrheit sagte. »Frag meine Brüder. Sie werden es für dich erledigen.«

»Ich soll darum bitten, dass du umgebracht wirst?« Sie wirkte, als könnte sie nicht glauben, dass diese Worte aus ihrem Mund gekommen waren, und ihm wurde bewusst, dass er die Welt, wie sie sie kannte, auf den Kopf gestellt hatte. Sie würde niemals mehr in dieses sichere, alltägliche Leben zurückkehren. Er konnte es ihr einfach nicht bieten, war auch nicht dazu in der Lage, etwas Vergleichbares für sie zu arrangieren.

»Ja.« Er nickte. »Du bist nicht stark genug, um es selbst zu erledigen.«

»Schön«, blaffte sie ihn an. »Ich werde es mir merken, und solltest du mein Leben noch einmal so durcheinanderbringen, sofort Vkhin anrufen.«

Er musterte sie. »Ist dir klar, dass ich dich fast umgebracht hätte?«

»Nein«, entgegnete sie mit dieser weichen Stimme, die für ihn wie flüssige Schokolade war. »Das habe ich nicht gemerkt. Was ich allerdings gespürt habe, war der verdammt noch einmal heftigste Orgasmus, den ich bisher erleben durfte. Ich kann mich also nicht beschweren.« Sie stützte eine Hand in die Hüften und starrte ihn an. »Abgesehen von dem Teil natürlich, als du mich behandelt hast, als wäre ich ein Lebensmittelladen, in dem man alles bekommt. Ich habe langsam genug von dieser Fass-mich-nicht-an-Nummer, die du da immer abziehst.«

Na toll, sie verstand einfach nicht, wozu er fähig war. Aber den entsprechenden Einblick würde er ihr später noch geben, *nachdem* sie sich einen seiner Brüder als ihren Seelenverwandten ausgesucht hatte. Vielleicht begriff sie dann, welcher Gefahr sie entgangen war. Als kalter, unnachgiebiger Killer konnte er ihr keine Seele mehr bieten, und eines stand selbst für ihn fest: Sie hatte etwas Besseres verdient.

Er hob ihr Höschen vom Boden des Fahrstuhls auf und stopfte es sich in die Tasche. »Ein Souvenir.«

Souvenir … Das Wort stammte von dem französischen Verb *sich erinnern*, schoss es ihm durch den Kopf, als er aus dem Lift trat und auf die Tanzfläche ging.

11

Sie kam sich vor wie Aschenputtel in einem Ballsaal, in dem eine düstere, erotisch aufgeladene Stimmung herrschte. Vielleicht hätte das reichen müssen. Bei Gott, für die meisten Frauen wäre das sicher ein hinreichender Grund gewesen. Geiler Sex und ein noch geilerer Gefallen – eigentlich hätte sie »Hier« schreien sollen, doch stattdessen hielt sie nach dem Ausgang Ausschau. Ein Fluchtweg war allerdings nicht in Sicht, denn sie wurde von lauter Männern umringt, die sie bedrängten. Für einen kurzen Moment stieg das Gefühl in ihr auf, die ganzen Körper nähmen ihr die Luft zum Atmen, doch dann spürte sie Naels Hand auf dem Rücken – warm, stützend und irgendwie seltsam tröstlich. Als sie dennoch zögerte, beschrieb er mit seinem Daumen zur Beruhigung einen kleinen Kreis über ihrer Wirbelsäule. Er gab ihr Halt. Sie wollte gehen, wollte raus aus dem Club und sich ihr Leben zurückholen, machte stattdessen jedoch noch einen Schritt auf die Tanzfläche zu.

»Gebt ihr Rückendeckung«, blaffte Zer, um gleich darauf warnend fortzufahren: »Mitternacht … Sie trifft ihre Wahl um Mitternacht.« Er knurrte und entfernte sich, wobei er Vkhin und Nael neben ihr stehen ließ wie eine dämliche Ehrenwache. Vor wem musste sie eigentlich beschützt werden? Vor ihm? Oder vor den ganzen Männern im Club, die ihre Köpfe nach ihr umdrehten und sie mit gierigen, abwägenden Blicken bedachten, während sie dem hell beleuchteten Fahrstuhl den Rücken kehrte.

»Das hier ist keine stille Auktion. Er kann mich zu nichts zwingen.«

Das konnte er nicht.

Nael entgegnete nichts. Vielleicht war Zer sehr wohl dazu in der Lage. Womöglich hatte er noch irgendein Ass im Ärmel, von dem sie nichts wusste.

»Mach dich mit ihnen bekannt, Süße. Schau sie dir nur mal an. Sie sind den ganzen weiten Weg hierhergekommen, um dich zu treffen, dich zu sehen. Da willst du sie doch jetzt nicht einfach nach Hause schicken«, murmelte Nael schließlich.

Das war doch nicht ihre Schuld. Wie irrational, dass sie jetzt auch noch Gewissensbisse verspürte.

Die ersten beiden Männer, die sie begrüßten, schienen irgendeiner Fantasie entsprungen zu sein, wirkten geheimnisvoll und wild. Ihre kraftvollen Körper unter all dem Leder und den Klingen waren nicht zu übersehen. Der elende Schrott war genug der Warnung.

»Tanzt du mit uns?« Der Gefallene vor ihr streckte ihr seine Hand entgegen, doch sie starrte nur wie blind darauf. *Tanzen?*

Das machte sie nicht – wobei das, was sich hier vor ihren Augen im Club abspielte, auch keinem der gängigen Tänze ähnelte, wie man sie lernte. Es war purer Sex, eine brodelnde Masse sich windender Körper. Männer. Frauen. Paranormale. Sie alle befanden sich in einem herrlichen, heißen Sog aus Rhythmen und Klängen.

»Nein«, platzte sie, ohne nachzudenken, heraus. »Ich tanze nicht.« Verzweifelt atmete sie tief ein wie ein Raucher, der lange keine Zigarette mehr gehabt hatte. Einen schier endlos wirkenden Moment lang blieb ihr die Luft weg. Diese ganze Situation schnürte ihr die Kehle zu, bis sie schon glaubte, sie würde ersticken.

Eine Hand wurde ihr ins Kreuz gedrückt, sodass sie nicht wieder zurück in den Aufzug gehen konnte. Schließlich glitten die Türen zu und der Fahrstuhl setzte sich wieder in Bewegung. Für einen Augenblick war sie nachtblind und nahm nur Gerüche und den Lärm um sich herum wahr, die pulsierende Musik, die einem bis ins Mark ging, und die archaischen Geräusche von Leder, Klingen und schweren Schritten.

»Tanz mit ihnen! Das schaffst du, Nessa«, ermutigte Nael sie. Zu schade, dass nicht er ihr die Sache mit den Gefallenen erklärt hatte. Dann wäre sie vielleicht sogar dazu bereit gewesen, das unheimliche Angebot anzunehmen. Sie machte sich nicht vor, es bei Nael mit jemand Ungefährlichem zu tun zu haben – zum Teufel, harmlos war keiner von ihnen – doch ihre Intuition sagte ihr, dass Nael Frauen wirklich mochte. Er würde ihr nicht wehtun, egal, was er dafür in Kauf nehmen musste. Nael wirkte nett – und allein, trotz der vielen Frauen, die ihn umschwärmten. Sie schenkte ihm ein kleines Lächeln. Ja, er war ein guter Mann, auch wenn er das niemals zugeben würde.

»So nett auch wieder nicht«, warnte er sie. Offenbar hatte er ihr die Gedanken von den Augen ablesen können. »Mach nie den Fehler, das anzunehmen. Ich nehme, was ich kriegen kann. Das ist uns beiden doch wohl klar.«

Mit der Hand in ihrem Rücken drängte er sie, weiterzugehen, und Nessa ließ es einfach mit sich geschehen. Dabei war sie sich bei jedem Schritt nur allzu bewusst, wie der Stoff des Kleids über ihre nackte, warme Haut rutschte und dass die zehn Zentimeter hohen Absätze ihr einen sexy Gang verliehen. Die Musik hüllte sie regelrecht ein, ging ihr durch und durch; der treibende, heftige Elektrobeat schien fast schon greifbar zu sein. Es war seltsamerweise so, als würde die unablässige Beschallung um sie und die Männer in ihrer Nähe einen Kokon bilden, der eine intime Atmosphäre erzeugte. Alle bewegten sich zum gleichen Rhythmus. Die Versuchung, nachzugeben und sich auch darauf einzulassen, war überwältigend. Die Gefallenen *wollten* sie, wie noch niemand zuvor es getan hatte.

Warum sollte sie also nicht tanzen?

Warum sollte sie diesen Moment nicht einfach genießen, bevor sie in ihr alltägliches Leben zurückkehrte?

Nael schob sie weiter vorwärts und wünschte sich, sie wäre ebenso käuflich wie die vielen anderen Frauen, die er im G2 verführt hatte. Doch Nessa St. James schien anders zu sein, was in diesem Fall Ärger bedeutete.

»Tanz mit mir, Baby!«, forderte er sie mit gedämpfter Stimme auf, denn er wusste, dass die meisten Menschen das liebten.

»Das hier kann man nicht als tanzen bezeichnen.« Sie schaute skeptisch zur Tanzfläche hinüber, ging allerdings weiter, also würde sie tun, was er verlangte.

»Nicht?« Er sah zwei der nächststehenden Gefallenen an, schüttelte jedoch kurz den Kopf, als sie zu schnell anrückten. Nessa schien nervös zu sein, was bedeutete, dass sie so klug war, wie er bereits vermutet hatte.

»Nein«, antwortete sie und ihre Gedanken überschlugen sich. Auf ein unauffälliges Signal von Nael hin trat ihr zweiter Wachhund näher. Nael indes bewegte sich weiter geschmeidig im kruden Takt der Musik. Sein Hemd hatte er bereits aufgeknöpft. »Das nennt sich balzen, Nael.«

Der lachte leise und trat hinter sie, damit sie nicht abhauen konnte. »Da könntest du recht haben«, gab er zu. »Wir sind sinnliche Geschöpfe, liebe Nessa. Wir lieben Frauen. Lieben es, sie zu berühren.«

Sie wandte den Kopf zu ihm um und starrte ihn an. Neugier lag in ihren Augen und ihre Haut war leicht gerötet, was auf seinesgleichen wie ein Aphrodisiakum wirkte. Er konnte den Rhythmus der Musik in seinem ganzen Körper spüren, fühlte, wie der Boden erbebte, die Luft vibrierte und ließ sich von dem heftigen Beat benebeln, da er sich nicht den Frauen auf der Tanzfläche hingeben durfte.

»Warum?«, wollte sie wissen.

Nael zuckte mit den Schultern und packte sie an den Hüften, um sie locker an sich zu ziehen. Es müsste schon mit dem Teufel zugehen, wenn er in dieser Nacht den Heiligen spielen würde. Er hurte herum und hasste sich selbst dafür, aber es musste sein. Er hatte geschworen, seinen Herrn zu beschützen, und genau das tat er auch, mit Leib und Seele. »Mit euch *fühlen* wir etwas, Nessa. Die meisten Emotionen haben wir eingebüßt. Das war eine der Konsequenzen des Engelssturzes.« Ebenso wie ihre Flügel hatte Michael ihnen auch alle angenehmen, zarten Gefühlsregungen genommen.

Ein weiterer Tänzer glitt näher, er bewegte die Hüften in dem heißen Takt und strahlte eine schroffe Männlichkeit aus. Der Mann berührte Nessa nicht, noch nicht zumindest. Doch er befand sich in ihrer Nähe und es ging eine unverhohlene Kraft von ihm aus.

Normalerweise hätte Nael mit dem anderen Kerl geteilt oder aber selbst den Hauptgewinn davongetragen. Es war nicht wirklich wichtig, wie das Ganze ablief. Entweder bekam einer von beiden die jeweilige Frau oder beide nahmen sie – je nachdem, wie es ihr gefiel. In dieser Nacht erschien ihm jedoch keine der beiden Optionen recht. Sie erinnerten ihn nur daran, dass Sex in einem Nachtclub nicht wirklich ein Ersatz für die Gefühle sein konnte, welche er verloren hatte. Sein kühler Blick schien den anderen Kerl vertrieben zu haben, denn der Bruder zog sich wieder in die Menge zurück. Doch ein anderer trat bereits an seine Stelle.

»Durch Sex seid ihr in der Lage, etwas zu fühlen«, sagte sie nachdenklich, und als sie wegschaute, geschah das nicht etwa, weil es sie abschreckte oder anekelte. Nein, Nessa St. James dachte über seine Äußerungen nach und zog die logischen Schlüsse daraus. »Und was passiert, wenn ihr keinen habt?«

»Keinen Sex?« Er verzog den Mund zu einem breiten, wollüstigen Grinsen. »Nessa, Süße, du weißt doch, was passiert, wenn ein Mann keinen Sex hat.«

Sie starrte ihn ungeduldig an, hörte aber nicht auf, sich erotisch in den Hüften zu wiegen. »Du brauchst kein Blatt vor den Mund zu nehmen, Nael. Keiner von uns beiden redet hier von sexueller Frustration. Was passiert mit euch, wenn ihr keine Partnerin findet?«

Was wohl geschehen würde, wenn er es ihr verriete? Zum Teufel, sie hatte es sich doch schon fast selbst zusammengereimt.

Zer setzte ihm eine Seelenverwandte vor die Nase, und obwohl Nael wusste, dass er das nicht verdiente, sehnte er sich danach. Er wollte *sie*. Gott verdammt, ja! Er *spürte* einen Funken Hoffnung, auch wenn er ihn schnell wieder verdrängte. Jeder Mann im Raum musste einfach auf Nessa St. James anspringen. Sie war eine schöne Frau, innerlich wie äußerlich, aber einfach nicht für ihn bestimmt. Also weihte er sie in einen Teil der Wahrheit ein. »Wir werden verrückt, Süße.« Er streichelte über ihren nackten Oberarm und genoss es, als sie erregt die Luft einsog. »Entzieh einem Mann für zu lange Zeit die Empfindung, die Gefühle, und er dreht durch.«

Sie befeuchtete sich die Lippen. »Ist das wörtlich gemeint?«

Sie brauchte nichts von dem Abtrünnigen zu wissen, den sie alle in ihrem Inneren mit sich herumtrugen. Zumindest noch nicht. Sicher waren ihr schon Gerüchte darüber zu Ohren gekommen, doch er wollte nicht derjenige sein, der ihr die harten Fakten nannte. Statt ihr also die ganze Wahrheit zu erzählen, bestätigte er lieber ihren Verdacht, ließ ihr jedoch noch genügend Raum, damit sie ihre eigenen Schlüsse ziehen konnte und sich nur so viel zumuten musste, wie sie vertrug. »Ja, wortwörtlich.«

Sie hob eine Hand und legte sie auf seine, aber er hörte nicht auf, sie sanft zu streicheln. Verdammt, war sie weich und so süß …

»Du willst mich«, vermutete sie und wirkte gleich darauf verlegen. So, als merkte sie wirklich nicht, wie der ganze Club nur darauf wartete, dass sie endlich ihre Entscheidung traf und dass es für jeden der Gefallenen eine Ehre wäre, auserwählt zu werden.

»Ja«, brummte er und überlegte, ob er sie küssen sollte. Nur ein einziges Mal … Langsam wurden Nessa ihre Möglichkeiten bewusst. Doch Zer beobachtete sie beide, und es war gut möglich, dass diese Frau zu seinem Herrn gehörte. Es musste einfach so sein. Und wenn Zer eine Seelenverwandte fände, wäre Nael frei. Dann bräuchte Nael Zer nicht mehr zu versorgen.

Ihm entging natürlich nicht, welch wunderschöne Frau vor ihm stand. Es war ja gar nicht zu übersehen. Doch Nessa gehörte einfach nicht zu ihm. Trotzdem erlaubte er sich das Vergnügen, ihr noch einmal über den nackten Oberarm zu streichen. Es gefiel ihm, wie ihr vor Erregung der Atem stockte.

»Eine chemische Reaktion«, flüsterte sie und schob nun sanft seine Hand weg.

Genau, hier ging es bloß um Biologie. Wenn sich die Möglichkeit ergab und Zer es wünschte, würde Nael sie vögeln, und dennoch bliebe er immer nur das fünfte Rad am Wagen. Mit seinem Anführer verband Nessa hingegen mehr als nur Neuronen und Pheromone. Zwischen ihnen bestand eine seelische Verbindung, auch wenn sich keiner der beiden diese Wahrheit eingestehen wollte.

»Ja«, stimmte er zu, fragte sich aber, ob sie sein heiseres Flüstern über die wummernde Musik hinweg überhaupt hörte. Der

Ausdruck in ihren Augen sagte ihm, dass sie seine Botschaft ganz genau verstanden hatte.

»Tanz einfach mit mir«, meinte sie schließlich und griff hinter sich, um ihn an sich zu ziehen.

Sich der Situation zu stellen, war Schritt Nummer eins auf der Tagesordnung für diesen Abend.

Doch unglücklicherweise entsprach das, was Zer selbst verstanden und mittlerweile auch akzeptiert hatte, nicht dem, was sein vorlauter Schwanz forderte. Nein, der arme Schweinehund schien beschlossen zu haben, Ansprüche auf Nessa St. James anzumelden.

So, wie Zer das sah, würde er jedoch eine Enttäuschung erleben.

Der Gefallene legte keinen Wert auf eine Seelenverwandte und es war eindeutig, dass Nessa ihn nicht wollte, schon gar nicht für immer. Zur Hölle, sie glaubte anscheinend immer noch, es existiere eine Ausstiegsklausel aus dem Bündnis, das sie an diesem Abend eingehen sollte. Und wenn es etwas gab, worum er ihren neuen Seelenverwandten nicht beneidete, dann war es die Tatsache, ihr alles darlegen zu müssen. Und ein paar Erklärungen würden letztlich fällig werden. Schließlich konnten sie Nessa nicht ewig im Dunkeln tappen lassen, überdies ärgerte sich Brends' Frau darüber. Sie hatte die Gefallenen von Anfang an zu mehr Offenheit gedrängt, doch ihre Einwände waren abgeschmettert worden.

Nach Stand der Dinge sprach Mischka immer noch nicht wieder mit allen von ihnen.

Er musste sich also der Herausforderung stellen. Zer vergrub die Hände tief in seinen Manteltaschen, umfasste zwei Wurfsterne und ging dann zurück in den Club. Na ja, Nessa würde ihn ohnehin nicht erwählen, also brauchte er an diesem

Abend auch nichts weiter zu tun, als sie den Wölfen zum Fraß vorzuwerfen und bei den dann folgenden Festlichkeiten zuzusehen.

Ja, mitzuerleben, wie sie das Bündnis einging.

Er schaute nach oben und entdeckte sie auf der Tanzfläche. Nael hatte ihr die Hände auf die Hüften gelegt und die beiden waren bei heißem Two-Step-Sound ineinander verschlungen.

Nael war ein guter Mann. Er verdiente Nessa St. James.

Wirklich.

Der Mann, der mit ihr tanzte, sah verdammt sexy aus, aber das war wahrscheinlich auch Sinn und Zweck der Übung. Eigentlich wollte er weder wirklich an diesem Ort sein noch sie berühren. Irgendetwas an ihr schien Nael zu stören, aber davon würde sie sich nicht beunruhigen lassen. Sie war selbst dabei gewesen, als er sich wahllos durch den Club gehurt hatte. Was immer ihn also beschäftigte, es musste etwas Tiefgründiges sein, mit dem sie sich gar nicht befassen wollte.

Sie durfte kein Mitleid mit ihm haben.

Er würde sie bei lebendigem Leib auffressen, ohne mit der Wimper zu zucken, und dann säße sie mit dem Scherbenhaufen da, der ihr Leben darstellte. Trotzdem fühlte es sich gut an, wie er sich warm und fest gegen ihren Rücken drückte. Ein Mädchen konnte es schlechter erwischen, vermutete sie, dennoch machte sie die ganze Situation sauer.

Nessa konzentrierte sich auf das bohrende Gefühl der Wut, was die unliebsame sinnliche Atmosphäre, die auf der Tanzfläche herrschte, allmählich verdrängte.

Man hatte sie in eine echt peinliche Lage gebracht. Und an all dem war nur Zer schuld, befand sie. Er benahm sich wie ein Diktator, zwar wie ein äußerst heißer – aber eben wie ein Diktator. Noch dazu mimte er den vollendeten Verführer, was sie nur noch wütender werden ließ. Erst hatte er sie im Fahrstuhl scharf gemacht und dann einfach so stehen lassen – womit klar sein durfte, dass er sie nicht wollte, noch nicht einmal als Geschenk verpackt. Und für irgendjemanden in diesem verdammten Club war sie als solches herausgeputzt worden.

Aber sie würde nicht verletzt sein, beschloss sie. Dass er solche Gefühle in ihr auslöste, mochte sie nicht zulassen. Ebenso wenig wie sie sich zu einem Bündnis zwingen ließe.

Er hatte sie herumgeschubst, ihre Karriere gefährdet. Und sie konnte es nicht leiden, wie sie sich in seiner Nähe fühlte – nervös, erregt und irgendwie so liebebedürftig. Doch all das resultierte lediglich aus einer chemischen Reaktion. Es sollte also kein Problem darstellen, irgendeinen anderen Kerl auszuwählen, oder? Falsch! Denn trotz seiner überaus erotischen Tanzbewegungen kam Nael für sie nicht infrage. Vielmehr hatte sie sich schon dabei ertappt, wie sie die dunklen Ecken des Clubs nach Zer absuchte. Der Anführer der Gefallenen war nicht der Typ, der mitten auf der Tanzfläche alle Blicke auf sich zog. Nein, er würde sich zurückhalten und das Treiben beobachten.

Dabei hätte sie selbst sich eigentlich nach einem Ausweg umsehen müssen.

Also verschaffte Nessa sich einen Überblick und merkte sich ein paar Orientierungspunkte. »Bin ich hier drinnen der einzige Mensch?« Vielleicht war es gut, noch ein bisschen was herauszufinden, bevor sie ging.

Mit dieser Frage hatte Nael offensichtlich nicht gerechnet. Er warf einen Blick auf die Frau, die vor ihnen herumwirbelte, und schaute dann wieder Nessa an. »Was glaubst du?«

»Nein, bin ich nicht.« Sie sah sich um und entdeckte hier und da einige Nicht-Paranormale. »Aber warum nicht?« Es fiel zwar auf, dass die Allgemeinheit nicht anwesend war, doch es gab eine Handvoll Profis wie Barkeeper und Tänzer, von denen Nessa einige ganz eindeutig als Menschen identifizieren konnte.

»Als Absicherung«, murmelte Nael und drückte ihr seine Hand gegen den Rücken.

»Wie bitte?«

»Als Absicherung«, wiederholte der Gefallene geduldig. »Wenn der Durst außer Kontrolle gerät, greifen die Tänzer ein. Du bist hier also sicher.«

Ein hysterisches Lachen stieg in ihr auf. Sie war hier ganz und gar nicht sicher.

»Es ist ein Spaziergang«, flüsterte er ihr ins Ohr. Seine Hand lag schwer auf ihrem Rücken und hatte eine beruhigende Wirkung auf sie. »Du tanzt ein bisschen, lernst meine Brüder kennen und dann, um Mitternacht, triffst du deine Entscheidung.«

Mit dem Unterschied, dass er nicht etwa ein Blind Date oder einen One-Night-Stand vorschlug. Nael erwartete von ihr, sich einen Verbündeten auszuwählen, und sie gab sich nicht der Illusion hin, dass Zer diesen ganzen Ärger für eine Verbindung auf sich genommen hatte, die lediglich vierundzwanzig Stunden dauerte. Er wollte mehr, und die eigentliche Frage lautete: Wie viel *mehr*?

»Ich werde niemanden auswählen«, erwiderte sie. »Er kann mich nicht dazu zwingen.«

Nael dachte einen Moment lang darüber nach. Dann nickte er. »Aber es schadet auch nicht, darüber nachzudenken, oder? Lass es dir durch den Kopf gehen. Schau sie dir an«, fügte der Gefallene mit sanftem Tonfall hinzu. »Ich werde dich allen vorstellen. Du hast jede Menge Zeit, zu entscheiden, ob dir gefällt, was du siehst, oder nicht.«

Ein wenig wünschte er sich, sie könnte vielleicht zu ihm gehören. Aber Nael ahnte schon, dass es nicht so kommen würde.

Sie hatte ihre Wahl bereits getroffen, auch wenn es ihr selbst noch nicht bewusst war. Nichtsdestotrotz fand er, sie habe ein wenig Spaß verdient, und dafür konnte niemand besser sorgen als seine Brüder. Vielleicht spürte Nessa das auch, denn sie schmolz unter dem sanften Druck seiner Hand regelrecht dahin und ließ sich von ihm auf die überfüllte Tanzfläche schieben, wo seine Brüder sie mit gierigen Blicken förmlich verschlangen und sie zwischen den noch gierigeren Körpern der Gefallenen verschwand.

Nur kurz. Mit den Augen suchte er den Rand der Tanzfläche nach seinem Herrn ab. Doch Zer war nicht zu sehen, also konnte er ihr diese letzten Minuten in Freiheit ruhig lassen. Sie mochte vielleicht im Gegensatz zu ihm nicht danach lechzen, von anderen berührt zu werden, dennoch wollte er ihr dieses Vergnügen gönnen.

»Tanz mit mir«, flüsterte er an ihrem Ohr und genoss, dass sie vor Erregung erschauderte. »Spüre uns, Nessa.«

Die Musik pulsierte durch seinen Körper, ein lebendiger, dynamischer Technobeat, der zwischen ihm und allen anderen Tänzern eine Verbindung schuf. Hier, auf der Tanzfläche, konnte man sich selbst vollkommen vergessen und sich in dem Rausch aus Farben und Empfindungen verlieren. »Spüre es, Nessa.«

Männerhände strichen über ihre Unterarme, ihren Nacken, ihre Schultern. Der einfache Rhythmus der Musik war ebenso roh wie die Männer selbst, und Nessas widerstreitende Gefühle standen ihr nur allzu deutlich ins Gesicht geschrieben. Sie fühlte sich frei, irgendwie nackt – erregt. Naels Brüder schauten sie an, als wäre sie gleichzeitig die Sonne, der Mond und die Sterne in ihrem Universum, und auf diese Weise hatte sie noch nie jemand angesehen – ob nun Mensch oder nicht.

Der nächste Bruder ignorierte, dass sie protestierte, und redete sanft auf sie ein. Er hob sie hoch und hielt sie für einen kurzen Augenblick gegen seine trainierte, männliche Brust gedrückt. Aus dieser Nähe würde sie das Geräusch der aneinanderreibenden Klingen hören, doch der Mann machte seine Sache gut. Er kostete seinen Moment mit ihr aus, erinnerte sich dann aber an die Spielregeln und setzte sie sanft wieder in der Mitte der Tanzfläche ab, ehe sie Angst bekäme und Nael ihm alle Herrschaften auf den Hals hetzte. Er ließ noch kurz seine Finger locker auf ihrer Hüfte ruhen, dann glitt er beiseite, zwang sie zu nichts.

»Tanze, Frau! Tanze mit uns!«

Die Gefallenen warteten auf etwas, das sie ihnen nicht bieten konnte und auch nicht geben würde. Da ihr jedoch nichts anderes übrig blieb, um durch die Menge zu gelangen, tanzte sie weiter.

Bis sie sich endlich quer durch den ganzen Club bewegt hatte, war es fast schon Mitternacht. Nessa konnte spüren, wie sich eine angespannte Erwartungshaltung im Raum breitmachte. Alle Blicke ruhten auf ihr, und selbst die Leute, die vorgaben, nicht zu ihr herüberzustarren, beobachteten sie. So viel Macht zu besitzen war irgendwie verlockend, zugleich aber auch verstörend. Ihr gefiel die verzweifelte Hoffnung nicht, welche die Männer ausstrahlten. Man musste ihr definitiv etwas verschwiegen haben.

Machte sie Witze? Niemand hatte sich bemüht, ihr überhaupt irgendetwas von dem, was hier vor sich ging, zu erklären. Sie wusste nur, dass ihr bis Mitternacht Zeit blieb, sich zu entscheiden. Na schön. Das hatte sie bereits getan – sie wollte schleunigst von diesem Ort verschwinden. Da der Haupteingang eindeutig nicht infrage kam, würde sie dazu allerdings den Notausgang nehmen müssen, weil auch die Tür zur Seitengasse keine gute Idee zu sein schien. Sie brauchte sich nichts vorzumachen, die Gefallenen würden im Nu hinter ihr her sein. Und dann wäre sie gefangen wie eine Färse in einem Schacht – und so stellte sie sich den Ausgang dieses Abends nicht vor.

Sie hatte nur zwei Möglichkeiten – zu gehen oder zu bleiben. Wenn sie bliebe, würde sie alles riskieren, jemanden auswählen und sich mit einem von *ihnen* verbünden. Dann wäre es jedoch zu spät, selbst wenn sie die Wahrheit herausfinden sollte. Ihre Seele würde bereits nicht mehr ihr gehören.

Als sie noch einen Schritt weiterging, spürte sie Teppichboden unter den Füßen und nicht mehr die glatten Fliesen der Tanzfläche. Bingo! Das verdammte rote Kleid leuchtete jedoch heller als ein Neonschild mit dem Hinweis »Hier ist die Beute«. Zer hatte Klamotten ausgesucht, in denen sie sich nicht nur unwohl fühlte, sondern die zugleich auch bewirkten, dass sie sich fragte, ob sie ihre Entscheidung nicht doch noch einmal überdenken sollte. Möglicherweise würde sie das Kleid einfach behalten; sie musste es ja nicht mit *ihm* tun.

Vielleicht ließ sich irgendwo eine Jacke finden, die sie sich überwerfen konnte. Das Problem war nur, dass die Gefallenen ihre Sachen offenbar nicht herumliegen ließen. Es hingen weder Jacken über den Stuhllehnen, noch befanden sich welche auf den glatten Lederbänken, die überall im Club verteilt standen. Hinzu kam dieses ungute Gefühl, dass die Gefallenen sie witterten. Sie würden ihr im Bruchteil einer Sekunde auf den Fersen sein.

Und trotzdem musste sie es einfach versuchen und die ganze Aktion deshalb möglichst schnell durchziehen.

Lässig zog sie die Mörder-High-Heels aus, in denen sie nie im Leben hätte rennen können. Sie würde sich bei dem Versuch höchstens einen Knöchel verstauchen – oder sogar gleich beide – und dann wäre sie genau da, wo Zer sie haben wollte.

Barfuß zu flüchten erschien ihr da schon sicherer, auch wenn es draußen eisig kalt war. Sie freute sich nicht gerade auf den Sprint über den Gehweg.

Warte! Die Musik ging in einen hämmernden Mix aus House und Techno über, sodass sich die Tänzer in ihrer Ekstase schneller bewegten. Eilig glitt sie zwischen zwei Bänke in ihrer Nähe und plante den nächsten Schritt. Die Menge drehte sich um und sah zu einem Balkon im zweiten Stock hinauf, was ihr mehr als gelegen kam, da sie auf diese Weise nicht zu vielen Blicken entgehen musste.

Vielleicht gelang es.

Sie legte gerade eine Hand auf die metallene Türklinke, als sie jäh innehielt. Nessa spürte, wie sich Naels Finger um ihre Handgelenke schlossen, und, als hätte sie es nicht schon geahnt, ließ sich auch die verdammte Tür nicht öffnen. Der Gefallene tat ihr zwar nicht weh, machte aber deutlich, dass sie ohne seine Erlaubnis nirgendwo hingehen würde.

»Lass mich raus!« Es hatte keinen Zweck, so zu tun, als wäre es gar nicht ihr Plan gewesen, zu flüchten. Er hatte ja schließlich Augen im Kopf.

Ein leichtes Lächeln umspielte seine Lippen, was ihr ganz und gar nicht gefiel. Es wirkte bedauernd. Offensichtlich war er gerade nicht in der Stimmung, entgegenkommend zu sein. »Das kann ich nicht.«

Oh doch, er wollte es nur nicht. Nessa überlegte krampfhaft, wie sie ihn überreden konnte. »Es ist nicht richtig. Ihr dürft mich nicht hierbehalten.« Sie selbst merkte, wie kurzatmig und kraftlos sie klang.

»Wir brauchen dich, Süße. Und ich glaube, du wirst feststellen, dass wir gar nicht mal so übel sind.«

»Ihr seid Gefallene.« Hallo, Käpt'n Offensichtlich. »Kann es noch übler kommen?«

Er lächelte anerkennend und begann, ihre Finger vom Türgriff zu lösen. Nessa überlegte kurz, es ihm leicht zu machen und noch ein Stück Würde zu behalten, gab sich dann aber der Panik hin, die sie erfasste.

»Er hat dir gesagt, dass du alles tun sollst, um mich zu überreden.« Sie machte sich nicht die Mühe, ihren Vorwurf abzumildern, ihre volle Aufmerksamkeit galt vielmehr der großen Hand, mit der er noch immer ihren Arm umfasst hielt. »Lass mich los!«

»Das ist die Wahrheit«, gestand er, löste ihre Finger von der Klinke und legte sie in seine Armbeuge – wie galant und gefühllos zugleich. Und Pech für sie. »Er braucht dich. Und wir tun es auch, Nessa St. James.« Sanft zog er sie mit seinen Pranken die nächste Treppe hinauf und in Richtung des Balkons im Obergeschoss, auf den sich alle Blicke richteten.

»Was ist er für dich?«

»Er ist mein Herr, der Anführer der Gefallenen.« Er zuckte mit den Schultern, lief aber mit großen Schritten weiter. »Er hat uns geführt, als wir noch die Herrschaften waren, und zwar gut. Und als er schließlich beschloss, die Waffen gegen Michael zu erheben, sind wir ihm gefolgt.«

»War er …« Warum hielt sie denn den Atem an?

»Im Recht?« Mit Leichtigkeit erklomm er trotz der schweren Lederkluft auch die letzten Stufen. »Wer kann das schon beurteilen? Vielleicht ja, vielleicht auch nicht. Mach dir darüber keine Gedanken.«

Das tat sie aber. Immerhin bat er sie darum, den Bad Boys des Himmels zu vertrauen.

Nael musterte sie und ganz eindeutig entging ihm nicht, dass ihr die Zweifel förmlich ins Gesicht geschrieben standen. »Er ist es wert, für ihn zu kämpfen, Nessa St. James. Zer ist ein guter Kerl.«

»Meinst du?« Sie sagte es leichthin, konnte es sich jedoch

nicht verkneifen, erneut die dunklen Ecken des Clubs abzusuchen.

»Da bin ich mir sicher.« Der Ausdruck in seinen Augen veränderte sich. »Ich habe geschworen, ihn zu beschützen. Ihm zu dienen. Ich *kenne* ihn. Er hat viel mehr verdient als das hier – und du kannst ihm helfen. Ich nicht.« Er schaute sie eindringlich an. »Du kannst es«, wiederholte er. »Hattest du schon einmal richtig Durst, Nessa?« Ohne eine Antwort von ihr abzuwarten, fuhr er fort, es ihr zu erklären. »Wenn es hinten im Hals kratzt und sich dein Körper nach etwas Flüssigkeit sehnt, nach etwas Kühlem, um die Hitze zu lindern. Stell dir vor, wie dieses Verlangen immer größer wird, bis es schon anfängt wehzutun und du an nichts anderes mehr denken kannst, als einen Zug zu nehmen. Ein winziger Schluck würde schon ausreichen. Nur so viel, um deine Kehle zu befeuchten und dich die nächsten paar Sekunden überstehen zu lassen, eine weitere Minute.«

Sie wussten beide, dass er nicht von Wasser sprach. »Es würde nicht genügen«, bemerkte sie.

»Nein.« Für einen Augenblick spiegelte sich eine ungewohnte Gefühlsregung auf seinem Gesicht wider, doch dann setzte er wieder die Maske des Playboys auf. »Ein Schluck, eine Kostprobe von der süßen Flüssigkeit reicht nicht. Wir sind süchtig und können nie genug bekommen. Wir selbst haben keine Seelen mehr, nicht mehr. Deshalb jagen wir unermüdlich nach einem Ersatz und suchen nach einem Weg, diesen brennenden Durst zu löschen.«

Aber dafür konnte sie nichts, und deshalb sollte sie sich von Nael auch kein schlechtes Gewissen einreden lassen. Dennoch ließen seine Worte sie nicht kalt, die heftigen Ausführungen brachten ihren inneren Schutzwall zum Einstürzen.

»Er muss diesen Durst Tag für Tag ertragen. Du könntest diesen Zustand beenden. Ein für alle Mal.«

»Wie?«

»Wie?« Ein wilder, animalischer Ausdruck trat in seine Augen. »Du musst dich mit ihm verbünden, Nessa. Mit Leib und Seele. Lass ihn an dich heran. Du liebst ihn doch.«

Zer hatte recht. Das Bündnis konnte man nicht erzwingen oder mit einer Klinge einfordern. Doch zum Glück für sie beide steckte in Nael ein meisterhafter Verführer. Darin war er gut. Also gab er alles, um Nessa St. James mit Worten zu verführen – er sagte ihr, wie einsam und traurig Zer sich fühlte und dass Hoffnung bestand, ihn zu retten. Nael kannte sich mit Frauen aus. Und Nessa wollte diesen Mann eindeutig, war aber sauer auf ihn, weil er sie in diese Zwangslage gebracht hatte. »Sollte Zer etwas anderes denken, irrt er sich. Aber du bist die Einzige, die ihm das klarmachen kann. Du musst zu ihm gehen.« *Du musst dich mit ihm verbünden!*

Nael ließ sie los und betrat das Podest, eine Hand auf der Klinke, bereit, die Tür zum Balkon aufzuziehen. Der dicke Teppichboden schluckte das Geräusch seiner Schritte. Als Nessa schließlich zögerlich neben ihn trat, hielt er ihr ihre Schuhe hin. Die unglaublich femininen roten Stilettos baumelten an seinen Fingern. »Nimm die hier. Heiz ihnen höllisch ein.« *Es wird himmlisch für sie sein.* »Du wirst ihn schon dazu bringen, dir zuzuhören.«

Sie starrte ihn an. »Er wird mir zuhören?«

»Schnell«, drängte er, ging neben ihr auf die Knie und schob ihre nackten Füße in die High Heels. Als er dabei ihre Knöchel umfasste, konnte er die angenehme Wärme ihrer Haut spüren. *Glaub mir.* »Er braucht dich. Du kannst ihn retten, Nessa.«

Sie befeuchtete ihre plötzlich ganz trocken gewordenen Lippen. Was, wenn sie Zer gar nicht retten wollte? Nael schien an ihrem Blick erkannt zu haben, wie unschlüssig sie war, denn er streckte eine Hand nach ihr aus. Als sie einen Schritt zurücktrat, ließ er den Arm wieder sinken.

»Er will mich nicht. Und ich bin kein kleines Gastgeschenk, das man an seine Freunde übergibt.«

Sie war für diesen ganzen Mist hier zu besonders. Für einen kurzen Augenblick erfasste Nael Wut auf seinen Herrn, der knapp davorstand, sich sein nahezu unsterbliches Leben zu verkorksen. Noch während er gegen das Gefühl ankämpfte, suchte Nael nach Worten. »Dann zeig ihm, dass er sich täuscht, Süße. Zeig ihm, dass er vor *dir* nicht davonlaufen kann.«

Sie schloss einen Moment lang die Augen und riss sie dann unvermittelt wieder auf. »Und zu welchem Preis?«

Er drückte ihr einen Kuss auf die Wade und löste seine Lippen nur widerwillig wieder von ihrer Haut. »Du bist in der Position, es dir leisten zu können, Süße. Dafür wirst du Zer dann genau da haben, wo du ihn haben möchtest. Er wird dir aus der Hand fressen.«

Zer war ein mächtiges Raubtier, das niemand wirklich zu zähmen vermochte. Doch durch sie gab es die Hoffnung, etwas zu bewirken, und für diese Chance wollte Nael alles geben. Wenn Nessa St. James seinen Herrn tatsächlich retten konnte, dann würde Nael verdammt noch einmal dafür sorgen, dass sie es auch tat.

Er erhob sich anmutig, trat einen Schritt zurück und machte die Tür auf.

Auch ohne das stumme Vibrieren seines Videofons hätte Zer gewusst, dass es Mitternacht war. Im Club herrschte eine angespannte Atmosphäre, eine erwartungsvolle Stille setzte ein, und die Tänzer traten zur Seite, um den Weg freizugeben. Über ihm schritt Nessa St. James auf den Balkon und hielt sich an dem Geländer aus Glas und Chrom fest. Stumm starrte sie hinunter auf seine Brüder und wirkte wie eine lebendige, tief-rote Flamme. Das scharfe knappe Korsett umschloss ihre Brüste wie ein Liebhaber. Zer verspürte das brennende Verlangen, neben ihr zu stehen und mit den Fingern über die sich hebende und senkende Haut streichen. Er wollte sie beruhigen und sie gleichermaßen erregen.

Mitternacht. Es war an der Zeit für sie, einen anderen zu wählen.

Zer zwang sich, den Blick von ihr zu lösen, und schaute in die Menge. Einem seiner Brüder würde gleich Erlösung gegeben. Mit kalter, unnachgiebiger Miene und vor der breiten Brust verschränkten Armen beobachtete Vkhin die Szenerie. Der Bruder versperrte den weg zu der Treppe, die Nessa kurz zuvor hinaufgegangen war. Nur ihr Verbündeter würde nun noch dort hochkommen. Der glückliche Mistkerl …

Zer verdrängte den Gedanken daran.

Wenn Nael seinen Job erledigt hatte, war sie nun bereit. Sie wusste, was die Gefallenen ihr bieten konnten. Und die Aussicht darauf, dass ein Traum für sie wahr werden würde, müsste verlockend genug gewesen sein. Wie auch immer dieser genau aussehen mochte. Rein theoretisch könnte sie nun auch verlangen, zur Tür hinausspazieren zu dürfen. Er hatte zwar nicht vor, sie gehen zu lassen, ehe sie ihm – ihnen – gab, was sie wollten und brauchten. Trotzdem kostete er den Anblick ihrer Haare und ihrer Augen bewusst ein letztes Mal aus. Sie war wie ein leckeres Stück Schokolade, das unbedingt ausgepackt werden musste. Gott, der Bruder, der sie bekam, durfte sich glücklich schätzen.

Ihr schön gerundeter Busen hob und senkte sich – welch weibliche Verlockung, eingerahmt von der blutroten Korsage. Egal, was ihr gelassener Gesichtsausdruck zu verraten schien, Nessa St. James war weder ruhig noch gefiel ihr die Lage, in der sie sich gerade befand. Sie war wie flüssiges Wachs, das nur noch entzündet werden musste. Und zwar durch den richtigen Mann.

Er schritt auf die leere Mitte der Tanzfläche zu. Die Gefallenen um ihn herum zeigten ihm den Respekt, der ihrem Herrn gebührte, und machten ihm sofort Platz. Ihre Anerkennung hatte er zwar nicht verdient, doch für einen von ihnen würde er nun alles wieder in Ordnung bringen.

»Nessa St. James.« Genau in der Mitte blieb er stehen, verschränkte die Arme vor der Brust und starrte zu ihr hoch. Er hatte diese abwehrende Haltung eingenommen, um seine Verkündung zu machen.

»Wähle!«

Er machte keine großen Worte, sondern fand, dass die Aufforderung genügte.

Vierhundert Gefallene gafften sie an. Einer von ihnen musste der Richtige für sie sein.

Doch statt sich seine Brüder anzuschauen, sah sie zu ihm herunter. Obwohl sie sich dabei mit einer Hand am Geländer festklammerte, schien sie nicht nervös zu sein. Nein, sie wirkte vielmehr wütend, war richtig sauer. Und zwar auf ihn. Zer kniff die Augen zusammen und suchte nach Nael, doch der Bruder verschmolz wie gewohnt mit der Dunkelheit.

»Du möchtest, dass ich wähle?« Sie sprach kühl und gelassen, kehrte die Professorin heraus, doch ihm entging nicht der leise, heisere Klang ihrer Stimme. Oh ja, sie war wegen irgendetwas – irgendjemandem – richtig aufgebracht. Als er Nael befohlen hatte, sicherzustellen, dass sie sich zeigte und bereit war, ihre Wahl zu treffen, hatte er zwar gesagt, ihm sei jedes Mittel recht. Aber nun fragte Zer sich, ob er nicht doch genauere Anweisungen hätte geben sollen.

Sie hatte es eindeutig auf ihn abgesehen, und er wusste nicht einmal, warum.

»Ja, Frau Professorin«, entgegnete er gedehnt. Gedämpfte Geräusche wurden von den versammelten Gefallenen laut, eine Symphonie aus knarzendem Leder und klirrendem Stahl. »Das hier ist dein Hofstaat. Sie alle warten auf dich. Such dir einen meiner Brüder aus und er wird richtig gut zu dir sein.«

Sie kniff ihre dunklen Augen zusammen. Zer starrte zu ihr hinauf und versuchte, durch bloße Willenskraft zu erzwingen, dass sie Folge leistete.

»Mal sehen, ob ich das wirklich richtig verstanden habe«, begann sie und ging auf dem kleinen Balkon vor und zurück. Wie sie sich dabei in den Hüften wog, versprach heißen, leidenschaftlichen Sex. Ein Mann konnte sich im Anblick ihres Körpers verlieren, doch es war der Duft ihrer Seele, ihre köstlich verlockende Aura, wegen der sich alle im Raum zu ihr vorbeugten. Zer verkniff sich ein Knurren. *Konzentrier dich!*

»Du möchtest, dass ich einen von euch auswähle«, fuhr sie fort. Sie ließ ihren stechenden Blick durch den Raum schweifen, und er hätte schwören können, dass die Temperatur im Club anstieg. »Nur einen von euch. Egal wen.«

Nicht ganz. Zum Teufel noch eins, er hoffte, dass sie sich Vkhin oder Nael aussuchen würde, denn er wusste, wie sehr der Seelendurst den beiden zusetzte. Tot oder eingesperrt im Schutzgebiet – egal, ihnen allen war klar, dass keiner der anwesenden Männer Zeit zu verlieren hatte. Und dennoch … »Du entscheidest«, bestätigte er. »Hör auf, darüber zu reden, und triff lieber eine Auswahl.«

Ihr Lächeln gefiel ihm gar nicht.

»Ein Gefallen«, sagte sie. »Zum Tausch für eine Seele.«

»Genau. Du musst einen nach dem anderen aufrufen, oder hast du den Richtigen schon entdeckt?«

Er musste wissen, wen sie gewählt hatte, wollte sie in den Armen seines Bruders sehen. Dann wäre seine Arbeit hier getan, es sei denn, der Bruder wünschte, dass er Zeuge des Bündnisses wurde. Oh Mann, er hoffte, er würde nicht darum gebeten werden.

»Okay.« Sie trat ans Geländer, lehnte sich vor und legte die Arme darauf. »Ich habe meine Wahl getroffen.«

Widerstreitende Gefühle tobten in ihr und machten jedes logische Abwägen unmöglich. Etwas in ihr wollte die Tür in ihrem Rücken hinter sich zuschlagen und »Seiner Hochwohlgeborenheit« sagen, wohin er sich seinen teuflischen Pakt schieben konnte. Er durfte sie schließlich nicht dazu zwingen.

Doch sie war von brennendem Verlangen erfüllt und geriet deshalb immer wieder ins Schwanken.

Selbst beim Tanzen hatte sie nur Augen für Zer gehabt, von dem sie beobachtet worden war. Und sie konnte an nichts anderes mehr denken als an die Szene im Fahrstuhl. In seinen Armen hatte sie sich so gut gefühlt. War es jemals zuvor so aufregend gewesen? Würde sie der Anziehungskraft zwischen ihnen wirklich widerstehen können?

Nein zur Hölle!

Erneut kniff sie die Augen zusammen. Er hatte ihr erklärt, dass alle Gefallenen Verbündete finden mussten. Also würde sie ihn nehmen, zumal Nael davon ausging, er werde ihr aus der Hand fressen. Außerdem hatte sie es langsam satt, allein zu sein. Sie würde ihn wählen und dabei zusehen, wie es ihm wohl gefiel, wenn sein ganzes Leben plötzlich kopfstand. Mit diesem Schachzug in ihrem kleinen erotischen Kampf rechnete er ganz bestimmt nicht.

»Du«, sagte sie.

Alle Anwesenden sogen scharf die Luft ein, die Menge glich dem Wasser in einer Bucht kurz vor einem Tsunami, wenn sich die Küstenlinie zurückzog und Wrackteile, Felsen und andere versunkene Teile offenbarte, die schon seit langer Zeit im Meer verborgen lagen.

Zer erstarrte. Oh ja, er konnte es genauso wenig leiden, gejagt zu werden.

»Ich wähle *dich*«, bekräftigte sie.

Ruckartig hob er den Kopf und richtete seinen eiskalten Blick auf sie. Die Situation hätte ihr Angst machen sollen. Schließlich forderte sie gerade das größte Raubtier im ganzen Raum dazu auf, sich an ihr satt zu fressen. Doch verflucht noch einmal, es fühlte sich kein bisschen falsch an. Also wiederholte sie ihre Worte. »Ich wähle dich, Zer. Du möchtest, dass ich mir einen Verbündeten nehme – und ich entscheide mich für dich.«

Sie trat zurück, ging durch die Tür und warf sie hinter sich zu – eine belanglose Geste, doch sie verschaffte ihr Genugtuung. Dann lehnte sie sich gegen die Wand, grub ihre hohen Absätze in den Teppich und wartete. Sie würde ihm zehn Sekunden geben, höchstens zwanzig.

So war das nicht geplant gewesen, verdammt. Die Menge um ihn herum teilte sich und wich zurück. Man machte ihm Platz, denn er war aus einem Kampf als Sieger hervorgegangen – einem, den er gar nicht hatte bestreiten wollen.

Ungläubigkeit ... Wut und Scham ... Zum Teufel mit ihr, er besaß nun etwas, das eigentlich einem seiner Brüder gehörte. Angesichts der Reaktionen der Männer um ihn herum fühlte er sich noch schlechter. Die meisten von ihnen zeigten sich absolut loyal. Dabei wäre ihm ein Messer im Rücken lieber gewesen.

Es würde nicht für immer sein. Das konnte es nicht.

»Sie hat dich ausgesucht.« Vkhins Stimme verriet keine Regung und der Bruder selbst versteckte sich in den Schatten an der Treppe.

»Ja«, gab Zer in schärferem Tonfall zurück, als er beabsichtigt hatte.

»In Ordnung.« Der Bruder trat zur Seite und gab die Treppe frei.

Oh Gott! Er hatte nicht zu träumen gewagt, dass er derjenige sein würde, der die Stufen erklomm. Nicht in dieser Nacht. Überhaupt nie. Er verdiente sie nicht. Nessa konnte unmöglich seine Seelenverwandte sein, so viel stand verdammt noch einmal fest. Alle wussten, dass er keine Seele besaß. Er war der Grund für ihren Niedergang, weshalb er auf keinen Fall derjenige sein sollte, der einen Freifahrtschein aus dem Gefängnis bekam.

Noch ehe er den Fuß auf die erste Stufe der Treppe setzte, legte Mischka ihm eine Hand auf den Arm. Sein Bruder hätte sie nicht an diesen Ort bringen dürfen, doch niemand konnte Mischka aussperren. Zumindest nicht wenn sie unbedingt da sein wollte. »Behandle sie gut.«

Er sah auf ihre blasse Hand hinunter. Ihm war klar, dass Brends kurz davorstehen musste, ihn wegen dieser Berührung in den Boden zu stampfen. Wussten denn wirklich alle, dass er ein Tier war? »Das werde ich«, brummte er.

»Wirklich«, beharrte sie. »Pass auf sie auf. Und«, sie machte eine Pause und zog ihre Hand weg. »lass sie an dich *heran*.«

»Sie ist nicht meine Seelenverwandte.«

»Warum denn nicht?« Mischka betrachtete ihn neugierig. Brends zog sie an sich und strich ihr mit einer seiner Pranken durch das lange, dunkle Haar, woraufhin sie sich sofort an seinen großen Körper schmiegte. Sie passten genau zusammen.

»Weil sie es nun einmal nicht ist.«

»Das weißt du doch noch gar nicht«, gab sie zu bedenken. »Erst wenn du dich mit ihr verbündet hast.« Ihr schönes Gesicht verfärbte sich, sie wurde rot. »Und du dich in sie verliebst.«

Er liebte nicht. Dazu war er gar nicht fähig. Alles, was er

Nessa St. James bieten konnte, waren Sicherheit, Schutz und die Erfüllung dieses verdammten Gefallens, was auch immer ihr am Herzen liegen mochte. Er hatte sie mit einer List dazu gebracht, sich mit ihm zu verbünden. Noch war sie von ihren Gefühlen überwältigt, würde den Schritt jedoch schon am nächsten Morgen wieder bereuen. Aber selbst das kümmerte ihn nicht. Ihm war beigebracht worden, unbarmherzig zu sein. Und mit dieser Seite von sich hatte er schon vor langer Zeit seinen Frieden geschlossen. Er brauchte ihren Verstand, und zwar sofort. Ihren Körper bekam er als herrlichen Bonus obendrauf.

»Ich liebe nicht«, gab er laut von sich. Mischka sah ihn nur an, das Bedauern stand ihr deutlich ins Gesicht geschrieben.

»Zu spät.« Während sie sprach, legte Brends seine Hand auf ihre Schulter und zeichnete mit dem Daumen einen kleinen Kreis auf ihre nackte Haut. »Du hast sie vor die Wahl gestellt, Zer, und die ist auf dich gefallen. Vielleicht war sie die Seelenverwandte von jemand anderem, aber sie hat sich für dich entschieden. Also sieh zu, dass es funktioniert«, fuhr sie mit wütendem Tonfall fort. »Du musst dafür sorgen, dass es klappt.«

Ebenso wenig wie er liebte, würde er sich auf eine lebenslange Verbindung einlassen. Wie hätte er Mischka also sagen sollen, was sie hören wollte? Er konnte einfach nicht aus seiner Haut.

»Sie wird es nicht bereuen«, versprach er, wobei er seine Worte an Brends richtete. Er hasste Situationen wie diese. In ihm steckte eben kein gottverdammter Feingeist, das musste allen klar sein. Aber er würde sich Mühe geben und nicht zulassen, dass seine Brüder den Vorteil einbüßten, diese Seelenverwandte zu haben.

Sie standen loyal hinter ihm.

Und das musste genügen. Denn Liebe und ewiges Glück waren nicht für ihn gemacht – er lehnte sie ab, hatte Brends gesehen. Was auch immer den Mann mit seiner Seelenverwandten verband, mochte sich vielleicht lohnen, doch wenn er nun den Club verließ, um zu kämpfen, geschah das nie, ohne dass er sich noch einmal umdrehte. Ein Teil von ihm wollte zu Mischka Baran zurück, und genau dieser Teil von ihm war verletzlich.

Und wenn sich Zer eines mit Sicherheit nicht leisten konnte, dann, verwundbar zu sein.

12

Nessa erwartete Zer an der Tür, doch er würde ihr bestimmt nicht das Kommando überlassen. Sie hatte die Rahmenbedingungen festgelegt und nun brächte er es zu Ende. Sie sollte merken, was es nach sich zog, wenn man einen Gefallenen reizte.

»Du hättest jemand anderen auswählen sollen, Baby.« Er ging auf sie zu und wusste, womit sie rechnete. Er war durch und durch kalt, zu einem Krieger und Mörder erzogen worden. Zwar wünschte er sich, er könnte der sanfte Liebhaber sein, den sie verdiente, doch aus Gründen, die wohl nur sie selbst kannte, hatte sie sich diese Suppe trotzdem eingebrockt und würde sie nun auch auslöffeln müssen. Ihr Blick huschte über sein Gesicht, sie suchte nach etwas. Was auch immer sie gewollt hatte, jetzt besaß sie es. Und ob er ihr nun genügen würde oder nicht, sie konnte den Entschluss nicht mehr rückgängig machen.

Bedächtig legte er ihr seine Hände auf die Schultern. Der Kontrast zwischen seinen großen, dunklen Fingern und ihrer blassen Haut fesselte ihn. Diese Korsage war verrucht. Nessa sah darin wie ein wandelndes Geschenk aus und er konnte es nicht erwarten, es auszupacken. Schon beim Aussuchen des Mieders hatte er sich ausgemalt, wie er nach und nach die Knöpfe aufmachte und dann darunter ihre weiße Haut zum Vorschein käme, aber gewusst, dass dies bloß Wunschdenken war und es niemals so weit käme. Doch jetzt hatte sie ihm den Schlüssel zu diesem Schatz gegeben, und all seine guten Vorsätze schienen vergessen zu sein.

Er umfasste ihre Schultern und zog sie an sich. Sie wehrte sich zwar nicht, gab aber auch nicht einfach nach. Auf ihren lächerlich hohen Schuhen schwankte sie leicht – doch er vermochte nicht zu sagen, ob vor Verlangen, aus Angst oder einer anderen nur allzu menschlichen Gefühlsregung. Er würde es schon noch herausfinden, richtig?

Als sie mit ihrem Körper an seinem lehnte, hielt er inne und sah ihr in die Augen. Sie wartete auf etwas – auf ihn.

»Willst du das wirklich?« Er nahm ihre Hand und legte sie auf seine Brust. »Bist du dir sicher, Baby?« Er wollte sie hautnah spüren, jetzt gleich. Aber er fand, dass er ihr noch eine letzte Chance geben sollte.

Nessa schien jedoch keinen Wert auf sein ritterliches Benehmen zu legen. Verdammt, er hatte sowieso keine Ahnung, woher das auf einmal kam. »Möchtest du, dass ich jemand anderen auswähle?« Sie sah ihn forschend an. »Ach, warte. Das hattest du ja unmissverständlich klargemacht, richtig? Irgendjemanden, Ich sollte irgendeinen anderen wählen. Jeden, nur dich nicht. Erde an Zer …« Sie ballte die Hände zu Fäusten und drückte ihn weg – besser gesagt, versuchte sie es, denn er bewegte sich nicht vom Fleck. »Ich will dich!«

Seinem Schwanz gefielen diese Worte definitiv, zumindest regte er sich augenblicklich und wurde hart. Auch wenn er zuvor bereits unglaublich erregt gewesen war, quasi seit Nessa auf dem Balkon gestanden hatte, um endlich ihre Wahl zu treffen.

Plötzlich hörte sie, wie jemand durch die Balkontür kam, und trat einen Schritt zurück. Augenblicklich konnte Zer die herrliche Wärme ihres Körpers nicht mehr spüren, schmeckte aber nach wie vor ihre Seele, die Wut, Erregung und Hitze. Sie war wie ein köstlicher Cocktail aus menschlichen Gefühlen.

»Willst du etwa die Vereinbarung lösen, die du mir selbst aufgezwungen hast?«, fragte sie mit süßlichem Tonfall.

In ihren Augen lag ein unergründlicher Ausdruck, doch Zer nahm eh nur noch ihre Aura wahr, ein Gemisch aus hitzigen, verworrenen Emotionen. Sie machte ihn verrückt und ahnte es nicht einmal. Oder etwa doch?

»Ja, das möchte ich.« Diese Aussage entsprach der Wahrheit, oder? Er war nicht gut genug für sie, und somit würde Nessa auch nicht seine Seelenverwandte werden, konnte ihm nicht seine Flügel zurückgeben, doch nichts anderes brauchte er von ihr. Deshalb musste sie sich einen anderen Mann aussuchen, einen anständigen Kerl. Sie kniff die Augen zusammen, als wäre sie dazu in der Lage, seine Gedanken zu lesen.

»Ich könnte natürlich auch ihn nehmen.« Sie ging um Zer herum auf Nael zu, der kurz zuvor wieder an die Balkontür getreten war. Dieser machte einen Gesichtsausdruck, als sähe er eine Katastrophe auf sich zukommen, wüsste aber nicht, wie er seinen Arsch retten sollte. »Ist es das, was du von mir möchtest, Zer? Oder warum steht er hier bei uns?«

Oh mein Gott, sie hatte ja keine Ahnung, dass jemand das Bündnis bezeugen musste. Schlimmer noch, um ehrlich zu sein, fungierte Nael zusätzlich als Wächter, als Rettungsanker, der verhinderte, dass Zer den Verstand verlor. Der Gefallene passte auf, dass sein Herr nicht außer sich geriet.

Vollkommen unbedarft stellte sich Nessa nun auf die Zehenspitzen und drückte ihren Mund auf den seines Bruders, um kurz darauf mit der Zunge die Kontur seiner Lippen nachzuzeichnen. Und tatsächlich öffnete sich Nael für sie.

Die Bestie in Zer knurrte bedrohlich, als sie schließlich den Mund des anderen Mannes erforschte. »Nael«, schnauzte er, doch dieser hob nur warnend die Hand, berührte er Nessa doch lediglich mit seinen Lippen.

»Willst du mich, Nael? Wirst du zulassen, dass dein Herr uns dabei zusieht?«, fragte sie, und ihr tiefes, kehliges Raunen bewirkte, dass Unaussprechliches mit Zers Schwanz geschah. Nun legte sie Nael eine Hand in den Nacken, strich sanft mit den Fingern über die nackte Haut und zog ihn zu sich herunter. Als der Bruder sich vorbeugte, schloss er die Lider mit den dunklen Wimpern über seine viel zu alten Augen.

Nessa küsste Nael leidenschaftlich und innig, bis Zer sie schließlich von ihm wegzog.

Seit er zu ihr nach oben gegangen war, spürte er eine pulsierende Latte und stellte sich vor, wie ihre Nippel aussähen, wenn er sie endlich von dem scharfen Fummel befreite, und wie es wäre, wenn sie durch seine Berührungen zu harten Knospen werden würden. Nun stand der Erfüllung seiner Fantasien nichts im Wege außer dem seidenen Stoff ihrer Korsage – und Nael.

»Es ist zu spät, um seine Meinung zu ändern, Baby. Heute Nacht kriegst du keinen anderen.« Er schlang einen seiner muskulösen Arme um ihre Taille und hob sie mühelos hoch.

Nael zu küssen hatte sich wie eine Offenbarung angefühlt. Es war weder schlecht noch unangenehm gewesen – aber bei dem Mann handelte es sich einfach nicht um Zer.

In dessen Armen spürte sie, dass er durch und durch die große, starke, unbestrittene Nummer eins war. Zer hielt sich nicht lange damit auf, sie wieder in sein Apartment zu bringen – auf das Bett, in dem Nessa sich sie beide vorgestellt hatte.

Er tat ihr zwar nicht weh, ging jedoch ziemlich zielstrebig vor. Ihr Plan war es gewesen, ihn zu ärgern und zu provozieren – und das hatte sie eindeutig auch geschafft. Sein Verlangen war entfacht – sein Verlangen nach ihr. Seine Erektion drückte sichtbar gegen seine Lederhose, sie wollte das gute Stück nur noch in die Hände bekommen.

Nur Sex. Das ist alles. Hormone, Pheromone und selten ak-

tivierte Nervenenden, die gereizt werden. Gott, sie war so eine Lügnerin.

Während der Aufzug leise nach oben rauschte, küsste Zer sie die ganze Zeit über. Die Fahrt verlief ohne jedes Ruckeln, sodass sie sich ganz auf den Mann konzentrieren konnte, der sie nun mit dem Rücken gegen die verspiegelte Wand drückte und sie förmlich verschlang, als wäre er halb verhungert und würde womöglich niemals genug von ihr bekommen.

Er war ein traumhaft guter Küsser, erkundete die empfindliche Haut an ihrer Wange, in ihrem Nacken, unterhalb ihres Kinns und widmete sich zuletzt ihren Lippen. Zwischen ihren Beinen verspürte sie bereits dieses süße lustvolle Ziehen, dabei hatte er sie noch nicht einmal wirklich berührt.

Der Fahrstuhl kam zum Stehen, doch Zer hörte nicht auf. Nael legte ihm eine Hand auf die Schulter, als wollte er selbst in den Körper seines verdammten Königs hineinfahren, wenn er es könnte. Oder aber als glaubte er, dass vielleicht nur einer von ihnen die Suite in dieser Nacht wieder verlassen würde. Gut möglich, dass er recht behielt. Sie handelte leichtsinnig, dumm und kurzsichtig, doch es gab bereits kein Zurück mehr. Jetzt konnte sie es nur noch durchziehen und den Trip genießen.

Die Fahrstuhltüren glitten geräuschlos auseinander, woraufhin Zer den Kopf hob und sie erregt und gierig anstarrte. Er legte ihr die Hände an die Wangen und zeichnete mit den Daumen ein Muster auf die empfindliche Haut. Gott, sie konnte es gar nicht erwarten, dass er sie auch woanders berührte.

Diese starken Hände versprachen genau die Art von Lust, die sie spüren wollte. Als wäre Zer in der Lage, ihre Gedanken zu lesen – und sie wusste, dass er das nicht konnte, noch nicht zumindest –, sagte er gedehnt: »Ich werde dich dazu bringen, die Kontrolle zu verlieren, und herausfinden, was du alles magst.«

»Alles?« Sie befeuchtete ihre trockenen Lippen.

Der Gefallene ließ seinen Blick über ihren Körper schweifen, als machte er sich in Gedanken eine Liste, was dazugehörte. »Oh ja«, entgegnete er bedächtig und mit äußerst verführerischem Tonfall. »Alles. Darauf kannst du dich verlassen. Du wirst das, was heute Nacht geschieht, genießen. Das verspreche ich dir.«

Doch er klang, als würde er es bezweifeln. Großer Gott! Er hatte ja keine Ahnung. Sie stand jetzt schon kurz davor, zu explodieren. Und wenn sie noch erregter gewesen wäre, hätte sie sich direkt mit ihm auf den Boden geworfen. Verdammt, sie dachte tatsächlich einen Moment lang darüber nach, es zu tun.

»Glaubst du, ich würde das hier nicht mögen? Warum?« Nessa umfasste seine Hände. Er war so verdammt riesig. Und da sie sich insgeheim wünschte, es wäre mehr als nur ein One-Night-Stand, beschloss sie, sich zumindest in dieser einen Nacht alles zu nehmen, was sie kriegen konnte.

Und sie wollte diesen Mann.

Er schaute sie an. »Weil ich ein Gefallener bin, Baby.«

»Und das soll dich irgendwie sexuell unattraktiv machen?« Vielleicht war es so, doch das erklärte nicht, warum sie immer noch dieses Prickeln zwischen den Beinen verspürte.

»Es gibt nichts, das ich nicht schon getan hätte oder nicht tun würde.« Er nahm die Hände von ihren Wangen und sie ließ ihn los. »Ich habe dreitausend Jahre Erfahrung und Dinge gemacht, die du dir nicht einmal ansatzweise vorstellen kannst.«

»Aber du wirst mir nicht wehtun.«

»Nein.« Er drehte sich zu der offenen Tür um. »Ich würde dir niemals wehtun.« Er schenkte ihr sein geheimnisvolles, männliches Lächeln. »Es sei denn, du willst es.«

Gott! Durch die Art, wie er es sagte, begann sie sich auszumalen, wie sie sich auf seinem Schoß rekelte, dass er ihr das Höschen auszog und die Hand auf ihren nackten Po legte.

»Dann sind wir uns ja einig.« Kam dieses heisere Flüstern von ihr? »Alles klar, Zer.« Sie wusste zwar nicht, wozu genau sie ihm die Erlaubnis gab, doch sie wollte ihn, wollte diese Nacht. Für mehr als das war er zu gefährlich und zu schwierig, aber die durfte sie sich zugestehen. Nur eine Nacht – danach würde sie einfach gehen können, wenn sie diesen »Gefallen« von ihm bekommen hatte.

Das hoffte sie zumindest.

Zer nickte bloß und ging auf das Apartment zu. »Bring sie zu mir«, rief er seinem Bruder über die Schulter hinweg zu.

Schon wieder gab er sie ab, statt sich mit ihr zu befassen. Als Nael einen Arm um sie legte und sie nach vorn begleitete, versteifte sie sich. Mit seinen dunklen Augen schaute der Gefallene forschend auf sie hinunter. »Sei nachsichtig mit ihm, Nessa. Er kämpft darum, die Kontrolle zu behalten.«

War das gut? Vielleicht. Sie empfand selbst eine merkwürdige Unruhe. Ihre hohen Hacken sanken in den tiefen Teppich ein, als sie ihm in sein Apartment folgte.

Zer steuerte direkt auf sein Bett zu. Er hatte nicht vor, so zu tun, als würde es nicht geschehen. Nachdem sie hindurchgegangen war, schloss Nael mit einem leisen Klicken hinter sich die Tür. Alle drei befanden sich nun in einem Raum, der für eine Verführung hergerichtet worden war. Trotz des gedimmten Lichts konnte Nessa noch jede Menge sehen. Überall standen Kerzen. Sie atmete tief den süßen, rauchigen Duft des brennenden Wachses ein, dann fiel ihr Blick auf das Bett …

… und den großen Mann, der darauf ausgestreckt lag.

Er wartete auf sie.

Wie ein Feldherr auf seinem Posten lehnte er an dem schwarzen gepolsterten Kopfteil. Sein unglaublich hünenhafter Körper dominierte den ganzen Raum. Es wirkte sogar so, als wollte er sie dominieren.

Gott! Er schien ihre geheimen Fantasien zu kennen und von ihren heißen Tagträumen zu wissen, in denen sie von einem Mann ins Bett getragen wurde, der die Führung übernahm und sie so befriedigte, wie sie es brauchte, sie hemmungslos liebte. Er ließ nicht zu, dass sie sich zurückhielt und irgendeine Reaktion verbarg.

Verdammt, die Realität war so viel besser als diese Fantasie. Eine Welle der Erregung erfasste sie und brachte sie zum Zittern.

Sie brauchte es.

»Nicht«, sagte er, verschränkte die Arme vor der Brust und bedachte sie mit seinem gelassenen Blick.

»Was nicht?« Er hatte sich samt seiner Stiefel auf die lilafarbene Tagesdecke gelegt und sah groß und männlich aus, sexy. Er war Herr der Lage. Nessa wurde rot – nicht aus Verlegenheit, sondern weil sie ihn wollte, wurde ihr klar.

»Halte mich nicht für jemanden, der ich nicht bin.« Er studierte ihr Gesicht. »Ich bin kein Feingeist«, warnte er sie, und sie hatte nicht den leisesten Hauch einer Ahnung, was er damit meinte. Aber das war nichts Neues. »Also, zieh dich aus!« Seine Worte schockierten sie trotzdem. Ebenso überraschte sie, dass Hitze in ihr aufstieg und sie ganz feucht wurde.

»Wie bitte?!«

»Du hast mich schon verstanden.« Er schlug die Beine übereinander. »Zieh dich für mich aus, Baby!«

Während Nael zusah? Unwillkürlich machte sie den Mund auf, um seinem Befehl zu widersprechen, schloss ihn jedoch sofort wieder. Sie würde alles tun können, von dem sie jemals geträumt hatte. Also öffnete sie schnell den ersten Knopf der Korsage.

Die Gier war wie ein Güterzug, der durch seinen Kopf raste, die Bestie wollte an die Oberfläche. Was für ein Pech. Er mochte es nicht sonderlich, den Abtrünnigen in sich zum Spielen herauszulassen. Und er hatte ganz sicher auch keine Lust auf Probleme, wenn er Nessa St. James endlich in seinen Armen hielt.

Sie war das Erotischste, was er je zu Gesicht bekommen hatte.

Als Nessa erst einmal dabei war, zögerte sie nicht mehr, sondern öffnete einen Knopf nach dem anderen, bis das Satin aufglitt und ihre weichen Rundungen, ihren Bauch sowie ihre Brüste, einrahmte. Die harten rosa Nippel schrien förmlich danach, dass er sie anfasste.

»Zeig mir, was du magst, Baby.« Er würde all ihre Fantasien wahr werden lassen. Das schien ihm das Mindeste zu sein, was er für sie tun konnte.

Sie sah einfach umwerfend aus, und ihr Busen brachte ihn fast um den Verstand. Er sog tief ihren süßen Duft ein, als sie langsam mit den Händen über ihre schönen Kurven strich. Dabei wirkte sie nicht etwa aus Schüchternheit so zögerlich, sondern weil sie versuchte, die Antwort auf seine Frage zu finden. Es schien, als ginge sie alle möglichen Optionen im Kopf durch. Verdammt, das war vielleicht erotisch.

»Das«, entschied sie. »Das mag ich.«

Sie umfasste ihre Brüste und strich mit den Fingerspitzen darüber, rieb über die festen kleinen Nippel. Zer wurde von einer nicht gekannten Lust erfasst. Sein Schwanz pulsierte, er wollte in ihr sein. Auf der Stelle!

»Und worauf stehst du?«

Ihr direkter Blick nahm ihm den Wind aus den Segeln, erschütterte ihn zutiefst. Das war ihre Nacht. An diesem Abend ging es um ihre Wünsche, nicht um seine.

»Auf dich«, brummte er, umfasste eines ihrer Handgelenke und zog sie zu sich aufs Bett, während er mit der anderen Hand die Decke zurückschlug. Sie ließ sich von ihm führen und setzte sich neben ihn. »Wenn du unter meinen Fingern für mich kommst oder unter meinem Mund. Heiß und feucht. Du schmeckst zuckersüß, Baby, und wir haben die ganze Nacht für uns. Leg dich für mich hin.« Seine rauchige Stimme entfachte ihre Leidenschaft von Neuem. »Tu es.«

Sie lehnte sich zurück, doch auf ihrem Gesicht spiegelte sich Enttäuschung wider, als er sich nicht neben sie legte, sondern sich stattdessen über sie beugte und feststellte, dass er zu groß für sie war, zu männlich. Ihre weibliche Intuition sagte ihr, nein, schrie förmlich, dass sie weglaufen sollte. »Entspann dich, Baby«, flüsterte er und seine Stimme klang wie ein sanftes Versprechen. Er zog ihr das rote Satinkleid aus und warf es hinter sich auf den Boden, wo es mit einem leisen Geräusch landete. Der Stoff löste sich von ihr wie ein Kokon und darunter trug sie nur noch den geilen Strumpfgürtel sowie ihre Schuhe.

»Zieh sie mir auch aus«, hauchte sie.

»Bist du sicher?« Womit er nicht nur ihre Schuhe meinte. Als Nessa nickte, ließ er seine Finger an ihren Waden hinuntergleiten, streifte ihr die Stilettos ab und warf sie zur Seite. Den Strumpfgürtel, den er für sie besorgt hatte, rührte er jedoch nicht an.

»Ja.« In dieser Nacht würde sie sich nehmen, was sie wollte. Morgen dann konnte sie in ihr altes Leben zurückkehren und sich wieder verantwortungsbewusst verhalten. Dieser Abend jedoch stellte eine einmalige Chance dar. »Ja, Zer.« Sie setzte sich auf, lehnte sich gegen seine starke Brust und griff nach seinem Hemd, da sie ihn ausziehen wollte, wie er es zuvor bei ihr getan hatte.

Sie knöpfte es auf und war von dem Anblick seiner muskelbepackten Brust, die unter dem Stoff zum Vorschein kam, wie gebannt. Am liebsten wäre sie mit der Zunge darübergefahren. Die tiefgoldene Farbe seiner Haut und sein erdiger Duft verlockten dazu, ihn zu berühren, ihn zu schmecken.

Als sie der Versuchung schließlich nachgab und mit einer Hand über seine trockene Haut fuhr, stöhnte er auf. »Du musst dir sicher sein, Baby.« Er atmete tief ein, als wollte er sie innerlich wie äußerlich spüren. »Ganz sicher. Letzte Chance.«

»Verbünde dich mit mir.«

Sein primitives Knurren war die einzige Vorwarnung, bevor er sie mit einer Hand sanft nach unten drückte. Nessa ließ es geschehen, und nachdem sie die Beine um ihn geschlungen hatte, drückte sie sich gegen seinen ansehnlichen Ständer.

Die Kerzen flackerten und gaben schummriges Licht von sich, sodass Nael nur ein Schatten neben ihnen zu sein schien.

Tausend sündige Fantasien schossen ihr durch den Kopf. Zer täte, was ihm in den Sinn käme, das wusste sie. Und sie würde es genießen, jede kleine Kostprobe davon, jede seiner Berührungen. Nach dieser Nacht würde er sie besser kennen als jeder andere. Und sie befand, dass dies okay für sie war.

Zer half ihr, sich wieder zurückzulegen, bis sie den dekadenten Stoff unter ihren in Strümpfen steckenden Beinen spürte. »Wir machen es auf meine Art«, ermahnte er sie. »Du wirst mir die Führung überlassen, Nessa. Ich sorge für das kleinste Vergnügen. Ich werde *dir* zusehen. Heute Nacht kannst du dich nicht vor mir verstecken. Du wirst für mich kommen.«

Bei Nessa St. James handelte es sich um keine ganz einfache Frau. Zer wusste, dass sie sich nicht jedem hingab. Doch nun lag sie vor ihm ausgebreitet – und zwar nicht nur im sexuellen Sinn. Ihr feuchter Schoß war überaus verlockend für ihn, doch ihre Seele zog ihn noch viel mehr an. Ihr süßes warmes Wesen durchströmte ihn.

Er konnte nicht widerstehen und trank einen kleinen Schluck von ihrer Seele. Ihre Aura offenbarte Panik, Neugier und – oh Gott – Erregung.

Sie hatte nicht wirklich Angst vor ihm – oder vor dieser ganzen Sache.

Sie *wollte* es sogar.

Er legte ihre Hände um den Rand des Kopfteils und beugte den Kopf zu ihr hinunter. »Muss ich dich festbinden, Baby, oder bleibst du so liegen?« Sie riss ihre süßen braunen Augen auf, zögerte kurz. Dann nickte sie, und nicht gekannte Lust erfasste ihn. Sie würde mitspielen, zumindest so weit es ihr möglich wäre …

Als er ihre Hände losließ, bewegte sie sich tatsächlich nicht. »Und nun sorgen wir dafür, dass du richtig feucht für mich wirst, Baby.«

Er wanderte an ihrem Körper nach unten, um ihr den Strapsgürtel und die Strümpfe auszuziehen. Nun war auch das letzte bisschen ihrer weichen Haut entblößt.

Er konnte nicht aufhören, sie anzustarren. Vor ihm lag ein Prachtweib – keine retuschierte Schönheit aus dem Unterwäschekatalog, Nessa war anders. Ihr Körper sah sehr weiblich aus und ihre sanften Kurven verlockten ihn, sich weiter nach unten vorzuarbeiten. Ihr weich gerundeter Bauch zog ihn magisch an, weshalb er mit einem seiner Finger über ihre zarte Haut fuhr. Als sie erstarrte, schaute er auf. Ihre unglaubliche Wärme berührte einen Teil in ihm, von dem er gar nicht gewusst hatte, dass er erkaltet war.

Mit dem Handrücken strich er über ihr Kinn und an ihrem Hals hinunter. »Du bist so schön«, flüsterte er heiser. »Lass es mich dir zeigen.«

Diese Schlacht durfte er nicht verlieren, also überlegte er sich ganz genau, wie er sie erobern würde, während er wieder tiefer wanderte und eine Spur heißer Küsse über ihren Körper zog.

Nessa klammerte sich am Kopfteil fest.

»Nicht loslassen«, warnte er sie, um sich dann ihren Brüsten zu widmen. Er musste sie einfach berühren. Als er mit den Fingerknöcheln über die weiche Haut fuhr, richteten sich ihre Brustwarzen auf. Dabei hatte er sie noch nicht einmal mit seinem Mund berührt. Lust stieg in ihm auf und er konnte sie nicht zurückdrängen. Der süße Duft ihrer Haut und die glatten seidenen Laken unter ihnen stellten seine Selbstbeherrschung auf eine harte Probe.

»Zum Teufel«, murmelte er. Sie schmolz in seinen Armen förmlich dahin, stand kurz vor dem Orgasmus, obwohl er sie kaum berührt hatte. Und mit ihr verlor er selbst die Kontrolle.

»Spreiz die Beine für mich.« Er legte ihr eine Hand auf den Oberschenkel. Sie würde es für ihn machen, es war also nicht nötig, sie dazu zu zwingen. »Lass mich dich kosten.«

Sie zögerte und schaute zu Nael hinüber. Vielleicht war sie doch schüchtern. »Er wird dir nicht zusehen, Baby. Es sei denn, du möchtest es.«

»Wo sieht er denn dann hin?« Ihre Stimme hallte als heiseres Flüstern durch den Raum. Zer vermochte nicht einmal zu sagen, ob Nael überhaupt noch atmete. Herrgott, ihm selbst blieb die Luft weg. Wer hätte gedacht, dass eine zarte Frau solche Macht besitzen könnte?

»Zu mir.« Er zuckte mit den Schultern. »Oder nirgendwohin. Was immer *du* möchtest.« Er hielt kurz an und strich dann mit einem Finger an ihrer Seite entlang. Ihm gefiel, wie sie der Bewegung mit wachsamem Blick folgte. »Es ist Zeit, sich zu entscheiden, Baby. Was willst du?«

Er beugte sich zu ihr hinunter, kam ihr mit seinem unnachgiebigen Mund ganz nah und hauchte über die empfindliche

Stelle hinter ihrem Ohr, während er ihr gleichzeitig mit einer Hand das offene Haar aus dem Nacken strich. Diesen Schauer der Erregung würde sie bis in ihre Mitte spüren.

Sie hatte Nael beobachtet und zugesehen, wie im Club eine Frau von ihm verführt worden war. Der Bruder löste sich kurz aus dem Schatten und küsste Nessa flüchtig auf die Finger. »Ich bin dort drüben, Süße, es sei denn, du brauchst mich.« In seinen dunklen Augen lag das Versprechen auf große, sündige Lust.

Sie hielt sich am Kopfteil fest und spreizte die Beine. »Er kann uns ruhig dabei zusehen.«

Sofort war es mit Zers Selbstbeherrschung vorbei.

Gott! Sie hatte ja nicht geahnt, dass eine Ménage-à-trois – und sei es die leiseste Aussicht darauf – solche Begierde in ihr wecken würde, dass sie sich so danach sehnte, von Zer berührt zu werden. Es war zwar irgendwie seltsam, aber total erregend; dabei genoss sie es viel mehr, beobachtet zu werden, als selbst die Zuschauerin zu sein.

Er zog sie hoch und rollte sich mit ihr in einer fließenden Bewegung herum, sodass sie die Position tauschten. Nun saß sie auf ihm, die Beine zu beiden Seiten seines herrlich durchtrainierten Bauchs aufgestellt. Sein Schwanz war dick und hart und drückte verführerisch gegen ihren Schoß.

Erneut legte er ihre Finger um das Kopfteil, ehe er mit den Händen an ihrem Körper entlangglitt – eine Berührung, die unaussprechliche Lust versprach, von der sie bislang nur geträumt hatte. Sie verspürte das Verlangen, ihn zu berühren, umklammerte stattdessen jedoch das glatte Holz. Der Duft von Gardenie und Jasmin, der von den Kerzen ausging, hüllte sie beide ein – der angenehme Geruch rief Assoziationen von langen Nächten und Liebenden hervor.

Hinter ihnen, nun wieder halb im Schatten verborgen, bewegte sich Nael, um kurz darauf wieder reglos stehen zu bleiben.

Unter seinem Blick war ihr ihre Nacktheit überdeutlich bewusst. Noch nie hatte sie sich so begehrenswert und weiblich gefühlt.

Zu wissen, dass er ihr zusah und mit seinen dunklen Augen ihren Körper erkundete, ihren bloßen Anblick *genoss*, verlieh ihrer Lust eine ganz neue Dimension. Nael fand sie schön. Er begehrte sie. Und plötzlich fühlte sie sich selbst auch so und konnte sich ganz der Hitze des Augenblicks hingeben.

Ihre Muskeln zogen sich vor Erwartung zusammen, als Zer sie hochhob und selbst nach unten rutschte. Mit beiden Händen streichelte er sanft über ihre Oberschenkel und schob ihre Beine weiter auseinander. Der Kontrast seines dunklen Gesichts zwischen ihren Schenkeln machte die Geschehnisse erschreckend deutlich. Lust … Hitze … Sie explodierte fast.

»Warte«, stöhnte sie in dem Versuch, die Kontrolle zurückzugewinnen. Doch sie verlor den Kampf.

»Nein.« Die schroffe Reaktion sollte eine Vorwarnung sein, und tatsächlich versetzte ihr die barsche Antwort einen lustvollen Schock, der noch dadurch verstärkt wurde, dass er ihr einen festen Klaps auf den Po gab.

Dann zog er sie über sich, vergrub sein Gesicht in ihrem Schoß und leckte flüchtig mit der Zunge über ihre Klitoris. Noch ehe sie ihren Protest herunterschlucken konnte, schrie Nessa vor Überraschung kurz auf. Abermals schlug er ihr fest auf den Hintern und der süße Schmerz trieb sie nach vorn, auf seine geile Zunge zu. Gott, sie bemerkte, wie sich der Orgasmus in ihr aufbaute, und es erschien ihr unmöglich, sich noch weiter zurückzuhalten. Nicht wenn er sie auf diese Weise berührte.

»Ich werde dich jetzt richtig küssen, Baby.« Sein Tonfall machte klar, dass er sie zwar darüber informierte, nicht jedoch ihr Einverständnis erwartete. In dieser Nacht nahm er sich, was er wollte. Und tatsächlich war sein nächster Kuss ganz und gar nicht zärtlich, sondern bestimmt und fordernd. Mit den Fingern zog er ihre Schamlippen auseinander und ließ dann leidenschaftlich und mit etwas Druck seine Zunge durch die Mitte gleiten. Oh Gott! Sie schloss die Augen. Diese Lust – noch nie hatte sie solche Lust verspürt.

Er zog sich zurück. Wartete.

Sie befanden sich in der elementarsten aller Schlachten, in etwas, das Nessa sich nie erträumt hätte. Dabei kämpfte sie dagegen an, nicht allzu schnell zu kommen. Immerhin sollte er nicht wissen, dass er ihre Abwehr komplett untergraben hatte.

Sie wurde ganz eng vor Erregung.

»Mehr!« Sie sagte ihm, was er hören wollte, und löste die Finger ruckartig von dem Kopfteil, um nach seinen Handgelenken zu greifen, als ihre Gefühle sie schließlich überwältigten. »Gib mir mehr!«

»Nein.« Mit teuflisch kalter Miene schaute er sie aus seinen dunklen Augen an. Doch sein Blick war ganz und gar nicht kühl, nicht mehr. Als er ihr Gesicht betrachtete, spiegelte sich die Erregung in seinen Augen wider.

Sie erschreckte sich kurz, als sie erneut einen lustvollen Klaps auf den Po bekam. Doch der stechende Schmerz ließ rasch nach und wurde zu einem leichten Brennen, das sie von der geröteten Stelle bis in ihre feuchte Öffnung spürte. Gott! Am liebsten hätte sie nach mehr gebettelt. Sie sehnte sich danach, noch härter von ihm angepackt, noch tiefer von ihm berührt zu werden. Eine solch intensive Leidenschaft hatte sie noch nie empfunden, die Flut der Empfindung schien sie schier entzweizureißen.

Wortlos starrte sie ihn an.

»Hatte ich dir nicht etwas gesagt?« In seiner Stimme schwang eine Drohung mit, das Versprechen auf eine aufregende Bestrafung. Er zeichnete langsam kleine Kreise auf ihre Haut – ganz nah an der Stelle, wo sie berührt werden wollte. Nessa löste die Finger von seinen Handgelenken und versuchte, seine Worte zu deuten.

Als sie wieder einen Klaps verpasst bekam, stöhnte sie auf.

»Ich hatte dir doch gesagt, du sollst nicht loslassen.«

Sollte sie oder sollte sie nicht? Sie wog den wilden, herausfordernden Ausdruck in seinen Augen gegen ihr verzweifeltes Verlangen ab, zum Höhepunkt zu kommen. Verflucht, dieser Mann war so heiß. Demonstrativ hielt sie sich wieder am Kopfteil fest.

»Braves Mädchen«, säuselte er. Unmut kam in ihr auf, doch es war zu spät. Sie war bis aufs Äußerste gereizt.

Er hob den Kopf und streichelte mit den Fingern über ihre Schamlippen, bevor er sie spreizte. Abermals leckte er sie und drang mit der Zunge in sie ein. Die lustvolle, reibende Bewegung war ihr Verderben.

»Gott, Zer!«

Sie klammerte sich am Kopfteil fest, bog den Rücken durch und gab sich der unglaublichen Lust hin.

Sein heiseres Stöhnen hallte in ihren Ohren, als er ihren Hintern umfasste und ihre Pobacken auseinanderzog, um sie schier zu verschlingen. Plötzlich bestand ihre ganze Welt nur noch aus Zer und seinen sündigen Berührungen. Sie merkte, dass sie sich jedem seiner Zungenschläge entgegenschob, doch das kehlige Stöhnen, das den Raum erfüllte, kam ihr vollkommen fremd vor. Oh Gott, was hatte er mit ihr gemacht? Es kümmerte sie nicht, nein, sie wollte einfach nur mehr. Sie spürte das Verlangen, ihn zu berühren, wusste aber, dass er es nicht zulassen würde, also hielt sie sich einfach nur weiter fest.

Es würde so richtig, richtig gut sein.

»Ein Finger.« Bei seinem Versprechen zog sich alles in ihr erwartungsvoll zusammen. »Mal sehen, ob du so viel von mir aushalten kannst.«

Ein leiser Schrei entwich ihrer Kehle, als er seinen Worten Taten folgen ließ und mit einem seiner Finger in sie glitt. Sie spürte, wie sie sich schon vor seiner sanften Invasion öffnete. Gott, sie war so feucht …

Sein Eindringen fühlte sich so verdammt gut an. »Zer!« Sie rief seinen Namen, spreizte noch weiter die Beine und bog sich seiner Berührung entgegen, seinem Mund. Er übte sanften Druck mit seinem Finger aus, rieb sanft ihren Kitzler und suchte nach dem versteckt liegenden Punkt in ihrem Inneren.

»Jetzt noch einer.« Sein hitziges Versprechen war die einzige Vorwarnung, dann schob er auch den zweiten Finger in sie hinein und vergrub sein Gesicht in ihrem Schoß. »Komm, das verkraftest du.« Die Lust vernebelte ihr die Sinne, weshalb sie seine leise gebrummten, intimen Worte kaum wahrnahm.

Doch sie verrieten ihr, dass er sie wollte. Er genoss das, was sie taten, genauso. Sie war nicht die Einzige.

Die Empfindungen schienen regelrecht in ihr zu explodieren und mit geschlossenen Lidern gab sie sich der puren Lust hin, die mittlerweile ihren gesamten Körper erfasst hatte. Ein langer, intensiver Orgasmus überkam sie, während sie seine Finger ritt. Sie zog ihn tiefer und tiefer in sich hinein, bis sie nicht mehr wusste, wo sie aufhörte und er begann.

Während sie versuchte, den Überschwang an Gefühlen zu verstehen, der sie überwältigte, blieb sie vollkommen reglos sitzen. Sie hatte seine Welt auf den Kopf gestellt, reizte all seine Sinne mit ihrer verheißungsvollen Sinnlichkeit. Dann endlich legte sie sich in seine Arme.

Gut … »Das war das erste Mal, Baby«, versprach er ihr, zog sie hoch, biss ihr sanft in die glatte Haut an ihrem Hals und verpasste ihr einen Knutschfleck unterhalb des Ohrs. Wenn sie das nächste Mal diesen verdammten Haarknoten trüge, würde die ganze Welt ihn sehen und wissen, dass sie zu ihm gehörte.

Eigentlich sollte er so etwas nicht tun, doch die Lust war nun zu einer süßen Qual geworden. Seit Langem hatte er sich nicht mehr so gewollt gefühlt. Es war, als käme er nach Hause, als wäre dies der eine Platz im ganzen Universum, an den er gehörte. In dieser Begierde konnte ein Mann sich verlieren.

Er hoffte, dass es ihr gefiel. Er beabsichtigte ihre Fantasien wahr werden zu lassen, so, wie sie seine erfüllte.

Entschlossen zog er die Schuhe und seine Hose aus und warf einen Blick zur dunklen Ecke hinüber. Dort im Schatten stand sein Mann wie ein Fels in der Brandung. Nael hatte sich nicht vom Fleck gerührt. Sie waren in Sicherheit. Also schob Zer seine Waffe unter das Kissen, beließ jedoch die beiden Klingen, die er an seinem Oberarm befestigt hatte, wo sie waren. Zwar gab Nael ihm Rückendeckung, doch er würde Nessa keinem Risiko aussetzen. Dafür war sie viel zu wertvoll. Aus Gründen, über die er gar nicht weiter nachdenken wollte, durfte er sie auf keinen Fall verlieren. Nicht jetzt.

Er beugte sich über sie und drückte sie mit seinem Gewicht in die Kissen. Ihr heiseres Stöhnen stieg ihm zu Kopf.

»Verbünde dich mit mir«, brummte er.

Als sie ihm antwortete, geriet seine Welt ins Schwanken.

»Ja«, murmelte sie und fuhr mit der Zungenspitze über seine Ohrmuschel. »Verbünde dich mit mir.«

13

Er unterdrückte den plötzlichen, primitiven Drang, sie zu nehmen, beschloss jedoch, ihr sein Zeichen aufzudrücken. Sie sollte niemals vergessen, welches Mitglied der Herrschaften sie als Erster in den Armen gehalten hatte. Dafür würde Zer sorgen.

Währenddessen erkundete sie seinen Körper zielstrebig mit den Händen, woraufhin er vor Lust am liebsten den Kopf zurückgeworfen und laut aufgeheult hätte. Er umfasste ihre Hüften und zog sie näher an sich, sodass sein Schwanz gegen ihren Schoß drückte, der sich wunderbar weich und feucht anfühlte. Herrlich! Und Zer wusste inzwischen ganz genau, wie sie schmeckte.

Als er schließlich tief in sie glitt, spürte er, wie sie ihn heiß und glatt umschloss, obwohl sie etwas Probleme hatte, ihn in sich aufzunehmen. Ihr stockte der Atem.

»Öffne dich mir«, knurrte er. »Lass mich hinein, Baby.«

Die Hitze, die sich zwischen ihnen aufbaute, war eine herrliche Überraschung. Nessa schlang die Beine um seine Hüften und hob ihm das Becken entgegen, während sie sich mit beiden Händen an seinen Schultern festklammerte. Er hatte zwar bereits geahnt, dass sie sich unvergesslich anfühlen würde, jedoch nicht mit dieser brennenden Leidenschaft gerechnet, die sie beide erfasste.

Er schob die Hände unter ihren Po, um sie noch weiter gegen sich zu drücken, und glitt tiefer in sie, kam ihr noch näher. Lust baute sich in ihm auf und erfüllte seinen ganzen Körper.

So sehr wie diese Frau in seinen Armen hatte er noch nie jemanden gewollt.

Als er schließlich tief und hart in sie stieß, gab sie ein kehliges, lustvolles Wimmern von sich. Selbst vor Verlangen zitternd, versah er sie mit seinem Zeichen, um sie dann in wildem Rhythmus zu nehmen, sich zurückzuziehen und wieder in sie zu gleiten. Ihre Seele war nun wie ein offenes Buch für ihn, und deren köstlicher Geschmack noch betörender als die Frau selbst. Er musste sie auffordern, jetzt, ehe er den Höhepunkt erreichte. »Verbünde dich mit mir«, knurrte er noch einmal.

Sein … sie war sein …

»Ja!« Sie baute Gegendruck mit ihren Hüften auf. Er hatte vorgehabt, ihr eine unvergessliche Nacht zu schenken, doch nun verlor er sich selbst in einem Strudel aus Leidenschaft und tiefer Begierde, verlor sich in ihr: Nessa. Niemals könnte er vergessen, wen er in den Armen hielt. »Geschieht es jetzt?« Sie hauchte die Worte gegen seine Haut. »Hör nicht auf.«

»Nein, Baby«, brummte er. »Ich bin noch nicht fertig mit dir. Der Gefallen«, stieß er hervor. »Sag mir, was du dir wünschst.« Er bedeckte sie mit seinem ganzen Körper, während er mit jedem harten Stoß noch tiefer in ihr versank. Lust erfüllte ihn, fraß ihn förmlich auf, Ekstase, Leidenschaft. Es war fast schon schmerzvoll. Sie fühlte sich so gut an. So *richtig*. Am liebsten hätte er nie mehr damit aufgehört, sich in ihr zu bewegen – und genau das machte ihm fast schon wieder Angst. Sein Schwanz pulsierte, als er erneut in sie eindrang, und er konnte und wollte nur noch an die Empfindungen denken, die ihn durchfluteten, konzentrierte sich einzig und allein auf diese Frau und jeden Augenblick mit ihr.

»Gut, denn ich bin auch noch nicht mit dir fertig.« Sie umschlang ihn, biss ihm in die Schulter. Zer verkrampfte sich vor Ekstase. Seine leidenschaftliche kleine Frau. Sie bot ihm ordentlich Paroli. »Ich will *dich*«, murmelte sie. »Mit Leib und Seele. Das ist mein *Wunsch*.«

Panik machte sich in ihm breit und er wurde wütend. Zum Teufel noch eins! Sie hatte ja keine Ahnung, was sie da gerade verlangte. War sie von niemandem gewarnt worden? Wusste sie denn nicht, wie das mit dem Gefallen funktionierte? Er starrte sie an, doch es war bereits zu spät.

Hinter ihnen stieß Nael einen üblen Fluch aus und raunte dann: »Bezeugt.«

Trotz der Schuld und Wut, die er verspürte, erreichte er seinen Höhepunkt. Unglaubliche, undenkbare Gefühle brachen aus ihm heraus, als er für sie, in ihr, kam.

»Gewährt«, stieß er zwischen zusammengebissenen Zähnen hervor, denn es war ihm nicht erlaubt, den Gefallen abzulehnen. Michaels höhnisches Lachen schien durch seinen Kopf zu hallen, während er es nicht länger zurückhalten konnte und sich in ihr ergoss.

Die dunklen Wirbel der Bündnismale erschienen auf ihrer beider Haut und rankten sich als sichtbare Zeichen der Zusammengehörigkeit um ihre Handgelenke. Sie verrieten der ganzen Welt, dass sie nun miteinander verbunden waren. Doch das kümmerte ihn nicht. Nein, das eigentliche Problem, so schien ihm, stellte das unsichtbare Band von *etwas anderem* dar, ein unbekanntes und ganz und gar unerwünschtes Gefühl, das seine Seele mit ihrer vereinte. Mit jedem seiner Stöße und jeder weiteren Schicht dunkler Tinte spürte er, wie diese Verbindung stärker wurde. Er war an sie *gebunden*, genauso wie sie an ihn.

Ihre innersten Muskeln zogen sich um ihn zusammen und Nessa hob ein letztes Mal die Hüften, ehe sie mit ihm verschmolz. Durch ihr neu entstandenes Bündnis spürte er jeden süßen Krampf und jedes Pulsieren, das sie empfand. Sogar als sie unter ihrem Orgasmus aufschrie, fühlte er ihre unbeschreibliche Lust. Große Genugtuung erfüllte ihn. Sie war für ihn gekommen. Mit ihm gemeinsam. Sie hatte seinen Namen gerufen, und er wusste, dass Nessa St. James bisher von nichts und niemandem je dermaßen aus der Fassung gebracht worden war wie von ihm.

Sie wollte ihn mit Leib und Seele. Mit – Leib – und – Seele.

Das hier war keineswegs nur eine schnelle Nummer für einen Gefallen. Ganz bestimmt nicht.

Er lehnte seine Stirn an ihre und sog begierig Luft in seine brennenden Lungen. Er hatte keine Ahnung, wie er ihrem Wunsch entsprechen, sich ihr öffnen und sie an sich heranlassen sollte. Was bedeutete, dass sie sie mit ihrem Wunsch für eine verdammt lange Zeit aneinandergebunden hatte.

Er würde sie nicht so bald an einen seiner Brüder abgeben.

14

Als Nessa aufwachte, war sie allein. Nach einer Nacht wie der vergangenen machte sie das richtig sauer. Ihr Körper fühlte sich angenehm wund an, überall spürte sie noch ganz deutlich den Mann, der ihre Welt auf den Kopf gestellt hatte.

Doch leider war dieser Mann nicht in Sicht.

Eingewickelt in seine samtene Tagesdecke stakste sie vom Bett in sein übertrieben luxuriöses Badezimmer. Vielleicht würden heißes Wasser und Seife ja ihre Stimmung heben. Sie ließ den Überwurf fallen und betrachtete ihren Körper im Spiegel. Er hatte zwar den Ton angegeben, sie aber doch seltsam sanft behandelt. Bis auf die Male ihres Bündnisses sah ihr Körper nahezu unversehrt aus.

Scheiße!

Sie nahm ein dickes Baumwollhandtuch von dem nahe stehenden Halter, schlang es sich um und setzte sich auf die gepolsterte Bank vor dem Waschtisch. Die Wirbel waren noch immer da.

Reiß dich zusammen! Der Vorsitzende von Genecore hatte ihr mehr als deutlich zu verstehen gegeben, dass er ihr »dringend davon abriet«, sich mit einem der Gefallenen zu verbünden. Doch sie war wegen seines kleinen »Ratschlags« nicht weiter besorgt gewesen, denn eigentlich hatte sie nicht vorgehabt, so etwas Dummes zu tun. Gott! Offenbar musste sie lernen, ihre Gefühle unter Kontrolle zu behalten.

Und ihren Mund.

Vorsichtig drehte sie die Innenseiten ihrer Handgelenke

nach oben und begutachtete die Male. Oh ja, hier stimmte mal *gar* nichts. »Wo bist du da nur hineingeraten, Nessa?«

Es hätte um einen One-Night-Stand und einen Gefallen gehen sollen. Sie hatte extra einen leicht zu erfüllenden Wunsch gewählt. Einen einfachen. Doch nun wurde klar, dass dieser anscheinend nicht leicht zu erfüllen war. Ihr Bauchgefühl sagte ihr, dass sie wohl von Glück reden konnte, wenn sie mit einem One-Week-Stand davonkam. Denn diese verdammten Male befanden sich immer noch auf ihren Armen. Dabei hätten sie doch an diesem Morgen eigentlich verschwunden sein müssen. *Sei vorsichtig, was du dir wünschst.*

Gott! Was hatte sie denn bloß verlangt? Als sie versuchte, sich an die Ereignisse der letzten Nacht zu erinnern, erschien ihr alles wie in einen herrlich sinnlichen Nebel getaucht und ihr fielen nur ein paar Momentaufnahmen wieder ein. Sie hatte im Club getanzt, Zer provoziert, weil sie es nicht mehr ertrug, von ihm herumgeschubst zu werden, und war dann dem Verlangen erlegen, das er in ihr auslöste, hatte verlangt, dass er sich mit ihr verbündete und sie dafür – was bekam?

Denk nach! Was war die genaue Formulierung für ihren Wunsch gewesen?

Die Male sahen wie üppige, breite Tintenwirbel aus, die um beide Handgelenke verliefen, und ergaben ein prächtiges Muster aus Bögen und Linien, das sich von den Rändern ihrer Hände um die Handgelenke und die Unterarme hinaufzog.

So viel Tinte hatte sie noch nie zuvor gesehen.

Sie steckte in riesengroßen Schwierigkeiten.

Seine neue Verbündete kam in sein Arbeitszimmer gerauscht, als wären ihr die Höllenhunde auf den Fersen. Er überlegte, ob er ihr sagen sollte, dass ihn ihr leises Gefluche auf dem Flur schon vorgewarnt hatte. Er hätte vor ihr flüchten können, wenn es sein Wunsch gewesen wäre. Als sie über den unbezahlbaren Karabach-Teppich auf ihn zustürmte und die Hände auf seinen Schreibtisch stützte, verriet ihm ihr Gesichtsausdruck jedoch, dass sie momentan keinen Bedarf an Strategietipps hatte.

Hinter ihr kam Nael herein und wirkte wie ein Mann, der am liebsten im Boden versunken wäre. Er machte eine ruckartige Bewegung mit dem Kopf und wollte ihm damit offensichtlich irgendetwas mitteilen. Doch leider verstand Zer den leisen Wink nicht. Wie immer.

»Geh raus!«, befahl sie, ohne überhaupt nachzuschauen, ob Nael noch hinter ihr herlief. Nein, sie wurde locker mit seiner Leibwache fertig, selbst wenn die Männer sie zu beiden Seiten wie die Königin von Saba flankiert hätten.

Mit dem nächsten Atemzug gab seine neue Partnerin die Eröffnungssalve in ihrem Feldzug ab. »Wir müssen reden«, verkündete sie.

»Stimmt«, gab er zu, obwohl es wahrscheinlich besser gewesen wäre, abzuwarten. Aber er musste deutlich machen, wer hier das Sagen hatte.

Trotz allem konnte er es sich nicht verkneifen, sie kurz von oben bis unten zu mustern. Sie verhüllte nichts, so viel stand fest. Und Mistkerl, der er war, genoss er den Anblick. Seine Partnerin trug ein heißes kurzes Tanktop aus Kaschmir und eine weiche Nicki-Jogginghose, die an ihren schlanken Oberschenkeln und dem sensationellen Hintern eng anlag. Mischka hatte seiner Verbündeten offenbar keinen BH gekauft, weshalb deren wundervolle Brüste, die ihm aus der zurückliegenden Nacht noch allzu gut in Erinnerung waren, mit jedem ihrer ungehaltenen Atemzüge aus dem knappen Oberteil zu rutschen drohten.

»Du bist gegangen«, herrschte sie ihn an.

Richtig. Mit diesem ganzen Am-Morgen-danach-Kram hatte

er nicht viel Erfahrung. Wahrscheinlich wäre es besser gewesen, Brends deswegen zu fragen, doch der Kerl hatte ihm früher an diesem Morgen nur einen wissenden Blick zugeworfen. Dabei hätte er ihn vorwarnen müssen, was da für eine Welle der Empörung auf ihn zukam.

Zer nahm sich vor, ihm das später heimzuzahlen.

»Wir hatten Sex. Und – du – bist – gegangen.« Sie sah ihn mit stechendem Blick durchdringend an.

Also schien es das Beste zu sein, auf sie einzugehen. »Du wolltest, dass ich bleibe.« Er meinte es nicht als Frage.

Sie waren nun miteinander verbündet, ob es ihnen gefiel oder nicht. Verbündete, auch wenn sie nicht dazu bestimmt waren, Seelenverwandte zu sein. Er musste folglich irgendwie mit ihr zusammenarbeiten.

»Ja, verdammt. Ansonsten hättest du schon früher abhauen sollen. So ungefähr – vor drei Tagen. Aber nein!« Sie beugte sich vor, woraufhin das Tanktop herunterrutschte und der Ansatz ihrer weichen, perfekt gerundeten Brüste entblößt wurde. Sie lächelte selbstzufrieden. Zer kniff die Augen zusammen. Machte sie ihn etwa absichtlich an? »Du hast schön gewartet, bis dieser ganze Mist mit diesem Bündnis gelaufen war, und erst *dann* bist du verschwunden.« Sie zupfte ihr Oberteil zurecht.

»Geht es hier um unser Bündnis?« Er legte die Füße auf seinen Schreibtisch, denn bei Gott, in diesem Moment hatte er anderes im Sinn, als Papierkram darauf zu erledigen. Vielmehr verspürte er den Drang, seine zickige, entrüstete Verbündete auf die antike Tischplatte zu legen und sie auf vertrauliche Weise daran zu erinnern, dass sie sich in der vergangenen Nacht überhaupt nicht bei ihm beschwert hatte. Nur leider schien sie nicht wirklich in der Stimmung dafür zu sein. »Oder darum, dass ich gegangen bin?«

Für einen Augenblick starrte sie ihn wortlos an. Sehr schön, eins zu null für ihn. Aber dann holte sie tief Luft – verdammt, er war ein toter Mann. »Mich macht das alles stinksauer.« Sie dachte kurz nach und tippte dabei mit einem ihrer Zeigefinger auf die lackierte Oberfläche seines Schreibtischs. »So viel zu Bündnissen, Verbindungen und all dem gefühlsduseligen Scheiß, den du aufgefahren hast. Es ist bloß alles wie immer. Du hast etwas gesehen, das du haben wolltest, und es dir genommen.«

»Du hattest letzte Nacht doch die Wahl«, wandte er ein. Hinter ihr ging leise die Tür zu. Nael sah zu, dass er wegkam. »Und die hast du getroffen.«

»Ich war nicht gut genug informiert.« Sie kniff die Augen zusammen. »Das hast du mit Absicht so gehalten. Mach es wieder rückgängig. Sofort!«, fuhr sie ihn an. Hmmm, sie schmeckte köstlich. Diese Verärgerung, der Anflug von Erregung. Er trank ihre Seele wie einen besonders guten Champagner.

»Das kann ich nicht«, antwortete er gedehnt. »Wir sind verbündet, Süße.«

Zum Teufel noch eins! Er hätte ihr von Anfang an aus dem Weg gehen sollen, doch sie war eine zu große Versuchung gewesen. Diese langen Beine und ihr angenehmer Duft nach Wasser und Seife – Unschuld vermischt mit einem Hauch von einem etwas ungewöhnlicheren Aroma. Er mochte diese Frau, stellte er leicht überrascht fest. Da sollte er sich wahrscheinlich auch nicht darüber wundern, dass er im Bett mit ihr nur noch daran hatte denken können, seinen Schwanz in sie zu stecken, um mit ihr vor Lust zu vergehen.

Wenn sie gewusst hätte, was er wirklich war, wäre ihre Wahl nicht auf ihn gefallen. Wie seine kleine Professorin gerade lernte, hatte Verlangen leider nichts mit Logik zu tun, und das ganze Hätte-Könnte-Sollte spielte definitiv keine Rolle. Auch in diesem Moment verströmte sie den leicht rauchigen Geruch ihrer Erregung, was ihn schier verrückt machte. Er schob seine Hände in die Taschen, ehe er sie noch anfasste.

»Es hätte um einen One-Night-Stand und einen schlichten Gefallen gehen sollen«, herrschte sie ihn an, und ihre Worte versetzten ihm komischerweise einen Stich. Was sie von ihm hielt, war ihm doch eigentlich egal, oder? Immerhin *konnte* er doch nichts fühlen. Gut so, denn sie fuhr mit ihren Anschuldigungen fort. Jemand, der nicht so viel Mann war wie er, hätte sich jetzt bestimmt vom Acker gemacht. »Aber es sieht mir nicht nach einem kurzen Gastspiel aus. Wie lange dauert es, bis wir miteinander fertig sind?«

»Ich weiß es nicht«, antwortete er mit zusammengebissenen Zähnen. »Ich weiß es nicht, klar, Nessa? Das, was du dir gewünscht hast, kann ich nicht einfach so in einem Laden kaufen. Du solltest doch um dein Labor bitten, um Fördergelder.«

»Tut mir leid, wenn meine Einkaufsliste nicht zu deiner gepasst hat. Ich habe ein Tattoo«, sie fluchte und rieb über ihre Handgelenke. »Hast du einen Schimmer, was Ausschüsse, die über Festanstellungen entscheiden, von weiblichen Dozenten mit Tätowierungen halten, Zer?«

Er konnte es sich vorstellen.

Berechtigte Wut schwang in ihrer Stimme mit, sodass er fast schon damit rechnete, sie würde sich über den Schreibtisch hinweg auf ihn stürzen. Es lief gar nicht gut. Aber na ja, er selbst war auch nicht wirklich glücklich damit, oder? Eigentlich hätte sie eine Seelenverwandte werden sollen. Und dadurch, dass ihre Wahl auf ihn gefallen war, bekam nun einer seiner Brüder keine Partnerin und erhielt somit auch nicht seine Flügel zurück.

»Du«, sagte er bestimmt, »hättest ein bisschen mehr sein sollen, als du tatsächlich geworden bist. Du, Schätzchen, hättest eine Seelenverwandte sein sollen.«

»Na, und ich dachte, du wolltest dir ein schlichtes kleines Bündnis im Tausch gegen einen Gefallen erkaufen«, höhnte sie.

»Eventuell hatte ich Interesse an etwas mehr. Weißt du, was eine Seelenverwandte bedeutet? Ewiges Glück.« Obwohl er sich ziemlich sicher war, die ganze Sache komplett verkehrt anzugehen, lächelte Zer. Es kümmerte ihn nicht, ob er die Katastrophe hätte aufhalten können. Die Worte sprudelten einfach so aus ihm heraus. »Romantik … wahre Liebe … Ihr Frauen liebt diesen Mist doch. Ihr würdet ganze Wagenladungen davon kaufen. Also, klingt das nicht wunderbar? Michael hat uns aus dem Himmel geworfen, ließ uns aber einen Ausweg. Wenn wir unsere Seelenverwandte finden, können wir zurück, bekommen unsere Flügel wieder und all das.« Nessa starrte ihn nur an. Keine Ahnung, was ihr durch den Kopf ging. »Es sollte eine Seelenverwandte für jeden Gefallenen geben. Eine perfekte Frau.«

Sie richtete ihren Blick demonstrativ auf seinen Rücken und schaute nach den verdammten fehlenden Flügeln.

»Offensichtlich bist du nicht *meine* Seelenverwandte«, fuhr er müde fort. Beschissenerweise musste das die Wahrheit sein. Er hatte sich mit Nessa St. James verbündet, alles auf eine Karte gesetzt, doch jetzt stand er hier, am Morgen danach, und hatte seine Flügel immer noch nicht wieder. Schlimmer noch, wenn ihm nicht bald ein Trick einfiele, wie sich ihr Gefallen umgehen ließe, würde er verdammt lange *ihr* gehören. Dann spielte es auch keine Rolle mehr, ob sie eigentlich die Seelenverwandte eines anderen war. Sie hatte ihn am Hals, und er einem seiner Brüder die Chance auf Erlösung vermasselt.

Nun sah sie doch schockiert aus. »Du hast doch nicht wirklich geglaubt, ich wäre eine Seelenverwandte?«

Er hätte ihr die tollen Neuigkeiten anders beibringen sollen, aber mitgefangen, mitgehangen, hieß es nicht so? »Doch, das haben wir. Schließlich stand dein Name auf Cuthahs Todesliste.« Er zuckte lässig mit den Schultern. »Er ist vor uns drauf gekommen. Für was hast du das zwischen uns denn gehalten?«

»Die Wirkung von Pheromonen?« Sie tat diese seltsame Anziehungskraft zwischen ihnen beiden mit einer beiläufig wirkenden Handbewegung ab.

Eine Schatzsuche quer durch ihre Welt … nach *Frauen* … Noch nie hatte sie von einem derart frauenverachtenden Vorhaben gehört und machte ihm das auch unmissverständlich klar.

»Oh ja. Ein sinnloses Unterfangen.« Er schloss die Augen und lehnte den Kopf gegen das antike Leder der Stuhllehne. »Das dachten wir jedenfalls – bis Brends sich mit Mischka verbündet hat.«

Wie sollte denn jeder von ihnen diese eine Person finden, die perfekt zu ihm passte? Sie konnte sich ausrechnen, wie unwahrscheinlich es war, unter den Milliarden Menschen auf der Erde eine einzige Person ausfindig zu machen – die Chancen strebten gegen null. »Wie?« Unwillkürlich schritt sie auf den Mann zu, der im Dunkeln verborgen saß. »Wie haben sie einander gefunden?« Ehe sie es sich verkneifen konnte, hatte sie die Frage auch schon gestellt. Entgegen aller guten Vorsätze schaffte er es, sie neugierig zu machen.

»Das mit Mischka Baran geschah zufällig.« Ohne die Augen zu öffnen, zuckte er mit den Schultern. Er wirkte unglaublich sexy, aber auch distanziert. »Brends Duranov wollte sie und hat ihr deshalb nachgestellt.«

»Um seinen Harem aufzustocken, was?« Sie würde die auf Genuss ausgerichtete Lebensweise der Gefallenen nicht gutheißen. Die Männer hatten Entscheidungen getroffen – genau wie jeder andere auch – und jetzt mussten sie mit den Konsequenzen leben, fand sie.

Langsam machte er die Augen auf. »So sind wir nun einmal. Wir sind Jäger, Kämpfer und Verführer, Süße. Er wollte sie und schaffte es schließlich auch, sie zu überreden. Und nachdem sie sich verbündet hatten, ist noch etwas anderes passiert. Etwas …«, wieder zuckte er mit den Schultern, »… Unerwartetes.«

Reflexartig fing sie den schmalen Vidpod auf, den er ihr zuwarf. Es konnte ja nicht schaden, es sich einmal anzusehen. Datenpunkte waren nützlich – und die Schwarz-Weiß-Bilder stellten sich als erschreckend anschaulich heraus. Männlich. Groß. Über eins achtzig. Ein gut aussehender Mistkerl. Sein nackter Rücken war mit einem komplizierten tattooähnlichen Symbol versehen, das von einer Schulter bis zur anderen reichte und ein paar Flügel darstellte. Die Federn aus dicker schwarzer Tinte zogen sich an seiner Wirbelsäule entlang und sahen, wie sie feststellen musste, erstaunlich realistisch aus. Als sie auf Play drückte, versuchte sie, gedanklich die Perspektive zu wechseln. Nun schien das Tattoo plötzlich zum Leben zu erwachen. Die Haut sprang auf und Knochen nahmen neue Form an, als richtige Flügel aus dem Rücken des Mannes herausbrachen.

Sie spielte das Video noch einmal ab. Unmöglich.

»Brends Duranov sind wieder Flügel gewachsen.« Zer streckte seine Hand aus, woraufhin sie ihm widerwillig den Vidpod zurückgab.

»Die Gefallenen besitzen keine Flügel.« Wenn Heerscharen von geflügelten Verführern in M City herumfliegen würden, hätte sie davon gewusst. Doch die gab es nicht. Dafür hatte sie oft genug einfach in die Luft gestarrt, statt zu arbeiten. Tauben, ja, die schon. Wolken und das übliche Sortiment an Wetterphänomenen, definitiv. Aber Engel mit Flügeln? Nein!

»Besitzen wir auch nicht«, stimmte er ihr zu. »Und auf die meisten von uns trifft das auch noch immer zu. Aber mit Brends' Verwandlung hat sich die Lage geändert.«

Er neigte das Glas, welches er locker in einer Hand hielt, sodass die glatten Eiswürfel darin leise klirrend gegeneinanderschlugen. Jede Wette, ein Drink kostete mehr als sie bei ihrem letzten Lebensmitteleinkauf ausgegeben hatte.

»Brends Duranov sind also plötzlich Flügel gewachsen. Besitzt er sie immer noch?«

»Ja und noch mal, ja.« Er fixierte sie über den Rand seines Glases hinweg. Sie ignorierte den Schauer sexueller Erregung und das Prickeln, das sich in ihrem Unterleib ausbreitete, als er den Mund öffnete, um einen Schluck zu trinken. »Wobei ich nicht glaube, dass es ›plötzlich‹ geschehen ist«, gab er von sich aus zu. »Er bekam seine Flügel in dem Moment zurück, als er sich mit Mischka Baran verbündete.«

»Wahre Liebe?« Dazu besaß sie eine ganz eigene Meinung. Ihre Mutter hatte ihr ganzes Leben lang nach Mr Right gesucht und war jedes Mal sicher gewesen, *dieses Mal* den richtigen Mann gefunden zu haben – bis zum nächsten Kandidaten. Bei ihrem letzten Gespräch mit ihrer herzallerliebsten Mama hatte sich diese gerade mitten in den Vorbereitungen zu Hochzeit Nummer sieben befunden.

Zer warf ihr einen unergründlichen Blick zu. »Du bist doch Wissenschaftlerin«, meinte er. »Glaubst du an die wahre Liebe?«

»Möchtest du, dass ich deine Seelenverwandte werde?«

»Nein.« Er seufzte. »Ich besitze keinerlei Emotionen mehr. Das gehört auch zu Michaels Fluch, Nessa. Ich fühle nichts mehr. Kann es einfach nicht.«

Hatte sie etwa gehofft, dass er etwas für sie empfand? Sie wollte verdammt sein, wenn sie ihm zeigte, dass seine Worte sie verletzten. Also reagierte sie mit blinder Wut. »Weißt du, was ich denke, Zer?« Sie verschränkte die Arme vor der Brust und beugte sich vor, um ihm in die Augen zu sehen. Jede Wette, dass er sich plötzlich ganz gut vorstellen konnte, wie sich eine Laborratte fühlte. »Ich glaube, das benutzt du als Ausrede. Es ist nicht so, als wärst du nicht in der Lage, etwas zu fühlen. Du willst es bloß nicht.« Sie zuckte mit den Schultern. »Damit lässt sich leben.«

Er hielt ihrem Blick stand. »Die Erlösung kommt für mich zu spät. Ich glaube, so geht es den meisten Gefallenen.«

»Könnte es nicht eher sein, dass Mischka Baran etwas Besonderes besitzt, das eine verborgene Tiefgründigkeit in deinem Freund zum Vorschein gebracht hat?«

Er schüttelte den Kopf. »Nein, nicht so. Mischka Baran war – ist«, berichtigte er sich, »etwas Besonderes. Aber ich denke, nicht einzigartig.«

»Verstehe ich das richtig, du vertrittst also keinesfalls die These, dass jeder Mensch einzigartig und besonders ist?« Sie gab sich keine Mühe, den bissigen Unterton in ihrer Stimme zu verbergen. »Die Wissenschaft würde dir da kein recht geben. Aus genetischer Sicht sind wir alle einzigartig.«

»Evolution.« Bei seinem tiefen Raunen geschahen unaussprechliche Dinge in ihrem Innersten. »Du bist dazu veranlagt, anders zu sein; damit es keine zwei gleichen Exemplare gibt. Das erklärt aber immer noch nicht, warum es ein wahres Feuerwerk gab, als Mischka und Brends sich miteinander verbunden haben.«

»Warum hat der Rest von euch keine Seelenverwandten?« Sie provozierte ihn, um eine Antwort zu bekommen. Es musste eine wissenschaftliche Erklärung geben.

»Weil wir sie nicht gefunden haben.«

»Erklär mir das.«

»Möchtest du die kurze oder die lange Version hören? Als Erzengel Michael uns vor drei Jahrtausenden mit einem Fußtritt aus dem Himmel beförderte, verbannte er uns hierher.«

Das wusste sie bereits. Es gab Bücher darüber. »Er nahm uns unsere Flügel weg.«

Zer lächelte und sein Grinsen wirkte kalt und bedrohlich. »Mit Gewalt.«

»Natürlich war keiner von uns scharf auf diese Abmachung. Aber die Alternative erschien uns noch unangenehmer.« Er ging nicht weiter darauf ein, doch Nessa konnte es sich vorstellen.

»Michael hat behauptet, es gebe einen Ausweg. Wir bräuchten nur jeweils unsere Seelenverwandten zu finden.« Zer wandte den Blick von ihr ab.

Und Nessa hatte die fiese Vorahnung, dass sie bereits wusste, worauf dieses Gespräch hinauslief.

»Wobei *Seelenverwandte* nur die beschönigende Bezeichnung für *Nadel im Heuhaufen* war«, murmelte sie.

Zer nickte. Als der Kapitän der Titanic den Eisberg entdeckte, auf den das Schiff zusteuerte, dürfte er vermutlich nicht weniger niedergeschlagen ausgesehen haben. »So hätte man es auch nennen können. Michael versprach uns, es würde solche Frauen für uns geben, eine Partnerin für jeden von uns. Wir müssten sie nur finden.«

»Ihr solltet ganz auf euch allein gestellt jede Frau auf diesem Planeten prüfen? Über verschiedene Generationen hinweg? Kein Wunder, dass ihr nie eine passende gefunden habt.« Das war eine Sisyphusarbeit. Ewig Felsbrocken einen Berg hinaufzurollen wäre dagegen ein Spaziergang gewesen.

Zer zwinkerte ihr zu. »Die Suche gestaltete sich nicht immer nur mühselig, Süße.«

»Sex? Ihr habt nach den Seelenverwandten gesucht, indem ihr mit jeder Frau ins Bett gestiegen seid, die euch begegnet ist?«

Er zuckte mit den Schultern. »Hättest du einen besseren Vorschlag?«

»Es muss einen geben«, spöttelte sie und ihr Hirn lief bereits auf Hochtouren. »Wie viele habt ihr bisher gefunden? Ganz ehrlich?«

Zer sah zu ihr hinüber. »Zwei. Mischka und ihre Cousine, Pell Arden.«

Zwei. Das gab der Bezeichnung *Nadel im Heuhaufen* eine ganz neue Dimension. »Und ihr dachtet, ich wäre auch eine.«

»Ja. Auf Cuthahs Liste …«, er ließ die Schultern kreisen, »… sollten die Seelenverwandten stehen.«

Sollten … Denn zweifelsohne hatte er seine Flügel nicht wieder.

»Habt ihr diese Frauen gefunden?«

Wieder ein Schulterzucken. »Noch nicht.«

Mischka Barans DNA-Test hatte ergeben, dass sie paranormal war. Wenn Nessa ihren Gencode richtig las, bedeutete das, Mischkas Cousine, Pell Arden, musste es auch sein. Nun, war *sie* hier. Was, wenn es ein genetisches Merkmal gab? Sie fand diese »Ein-Mann-für-eine-Frau-ewig-glücklich-Nummer« nicht sonderlich überzeugend, so gern sie es auch glauben wollte. Sie ging jedoch davon aus, dass diese Männer genetisch dazu veranlagt waren, sich zu Frauen hingezogen zu fühlen, die einen bestimmten Gencode besaßen.

Schließlich war sie hierhergebracht worden, um einen Hinweis in der DNA zu finden.

»Ich bin keine Seelenverwandte«, wiederholte sie noch einmal, denn es musste gesagt werden. »Du musst mir zuhören.«

»Du warst auf der Liste.«

Sie hätte ihn am liebsten geschlagen, damit ihm das herablassende Lächeln verging. Stattdessen ließ sie ihre kleine Bombe platzen und machte sich bereit, schnell abzuhauen. »Ich wurde eingeschleust.«

»Sicher. Netter Versuch, Baby. Ich bin beeindruckt, wie sehr du dich bemühst.«

»Überprüf es.« Sie schlug mit den Händen auf seinen Schreibtisch. »Mach dieses mentale Voodoo-Zeug. Mein Name ist der Liste absichtlich hinzugefügt worden.«

Er veränderte seine Haltung, seine Neugier war geweckt. »Erklär's mir.«

Gern. Wenn er ein bisschen mehr mit ihr geredet und weniger Sex gewollt hätte, dann säßen sie jetzt nicht so in der Patsche. Genecore hatte sie alle gegeneinander ausgespielt, aber sie war diejenige, die dafür zahlen musste. Die Puzzleteile fügten sich zusammen – einen Tag zu spät.

Was ihr mächtig stank.

»Hör mal«, begann sie, »was du nicht weißt, ist, dass ich an dem Tag, an dem du in meinen Hörsaal gekommen bist, eine Frist gesetzt bekommen habe.«

»Doch, das wusste ich.« Er hielt ihrem Blick stand. »Was glaubst du denn, wer deinen Dekan so unter Druck gesetzt hat?«

»Schon klar. Du hast beschlossen, mein Leben auf den Kopf zu stellen – damit du bekommst, was du willst.«

»Und ich habe dir zum Tausch dafür etwas angeboten. Das war kein Freifahrtschein«, grummelte er.

»Du hast mir keine Wahl gelassen – oder zumindest dachtest du das. Ich hatte einen Termin beim Dekan und weißt du, was dabei herausgekommen ist? Er hat mir ein Ultimatum gestellt, Zer. Innerhalb von drei Tagen sollte ich die Fördergelder organisieren, die ich brauche, um meine Forschung zum dreizehnten Stamm von Israel abzuschließen, oder aber er wollte mir den Hahn zudrehen. In dem Moment ist mein Leben den Bach runtergegangen.«

»Du bist mehr als nur eine Forscherin.«

War sie das? »Ich lebe für die Forschung.«

»Das stimmt nicht«, stieß er hervor. »Lass mich dir beweisen, dass du viel mehr bist als das.«

»Na klar«, höhnte sie. »Schließlich bin ich diese Seelenverwandte, nach der du so lange gesucht hast. Memo an Zer: Ich wurde eingeschleust. Schon vergessen? Als der Dekan meine Karriere auf Eis gelegt hat – und zwar auf deine Aufforderung hin –, habe ich auf meinen Plan B zurückgegriffen. Die Genecore-Stiftung hat bei mir angefragt, ob ich für sie arbeiten möchte. Sie hatten DNA-Proben, Zer. Solche, anhand derer sich meine Theorie über den dreizehnten Stamm beweisen ließe. Also habe ich ihnen zugesagt. Was hätte ich denn sonst tun sollen? Ich dachte, das wären nur Forscher und dass ich auf einer Liste stehen würde, die sie in die Hände bekommen hatten.«

»Du hast dich bereiterklärt, für Cuthah zu arbeiten«, sagte er rundheraus.

»Ich bin Forscherin. Ich forsche. Genecore hat mir die Möglichkeit dazu geboten – und die habe ich angenommen.«

Im Zimmer wurde es totenstill. Dann: »Scheiße!« Er rieb sich die Stirn. »Du hast einen Pakt mit dem Teufel geschlossen, Liebling. Ich kann verstehen, dass du den Handel bereust, aber es kümmert mich nicht, tut mir leid. Das ist nicht mein Problem, sondern deins.«

Sie starrte ihn fassungslos an. »Es ist nicht meine Schuld. Genecore kam auf mich zu – wohlgemerkt bevor die Kacke am Dampfen war – und hat mir ein echtes Forschungsprojekt vorgeschlagen. Da habe ich die Chance ergriffen.«

»Und dann hast du gemerkt, dass dein neuer Boss ein kleines bisschen irre ist. Schon klar.«

»Davon, dass mein Name auf diese Liste gesetzt wurde, die du gefunden hast, wusste ich nichts«, wandte sie ein.

»Ja. Muss echt übel gewesen sein, das herauszufinden.« Diesen Vorteil konnte und würde er nicht verspielen.

Ihre Forschung schien also der Schlüssel zu allem zu sein.

Wenn Cuthah ihre Ergebnisse wollte, dann interessierte sich Zer auch dafür. Cuthah würde sie wieder angreifen, so viel stand fest. Die Situation könnte sich letzten Endes zu seinem Vorteil entwickeln. Dank des Bündnisses zwischen ihnen gehörte sie jedoch ihm. Sie wäre nicht dazu in der Lage, sich ihm zu widersetzen. Jetzt nicht mehr.

»So, wie ich das sehe«, sagte er gedehnt, »darfst du jetzt für mich arbeiten, Baby.«

15

»Schließ die Augen!« Beim Klang von Zers Reibeisenstimme lief Nessa ein Schauer über den Rücken und noch weiter hinunter – definitiv noch weiter. Dabei war sie kein verspielter Typ, es noch nie gewesen. Und trotzdem schloss sie nun die Finger um seine Hände und ließ sich von ihm führen, setzte zaghaft einen Fuß vor den anderen. »Hier sind keine Wände, gegen die du laufen könntest«, tadelte er sie, und Nessa hoffte, er würde es nicht für nötig halten, ihre Gedanken zu lesen. Niemals. »Jetzt aufmachen!«

Oh Gott! Durch seinen Befehlston dachte sie wieder an die vergangene Nacht, an das süße, heiße Verlangen und an den Mann, der ihr nicht erlaubt hatte, die ungeahnten, überwältigenden Gefühle zurückzuhalten.

Als sie die Augen aufschlug, fand sie sich im Himmel wieder. Er hatte sie mitten in ein kleines, aber hochmodernes Labor geführt. Überall glänzten Edelstahl und Glas, der Raum war vollgestopft mit genügend Equipment, um ein ganzes Team von Wissenschaftlern zu beschäftigen. »Es gehört dir«, sagte er knapp.

In Gedanken verglich sie dieses neue mit ihrem Labor auf dem Universitätscampus. Dort hatte sie schalten und walten können, wie es ihr beliebte. Und nun gab er ihr die Schlüssel zu einem neuen Reich. Es war keine kleine blaue Schachtel von Tiffany's – sondern etwas viel Besseres.

»Es gefällt dir.«

Verflucht, sie liebte es. Stumm nickte sie.

»Gut.« Er lehnte sich gegen eine Wand und verschränkte die Arme vor seiner breiten Brust, die sie in der Nacht zuvor erkundet hatte. »Ich habe deine Aktenordner und deine Festplatte hergeholt.« Er deutete in Richtung ihrer allmählich veralteten Hardware. »Damit du alles dahast, was du brauchst.«

Um was zu tun? »Warum?«

Er schaute sie an. »Warum was?«

»Warum das alles? Warum bekomme ich ein Labor gestellt?« Sie kniff die Augen zusammen. »Wo ich doch schon eines *habe*, Zer.« Wollte der Gefallene sie – oder eine Wissenschaftlerin auf Weltniveau?

»Am anderen Ende der Stadt.«

»Aber es ist *mein* Labor.«

»Du arbeitest ab jetzt hier.« Er klang unnachgiebig. Das Labor war kein persönliches Geschenk an sie, sondern eine Verordnung. »Du wirst hier glücklich sein.« Er zuckte mit den Schultern. »Dann hast du etwas zu tun. Du möchtest die zwölf Stämme von Israel erforschen. Und ich, dass du das hier machst.«

»Dreizehn«, korrigierte sie ihn, denn sie konnte seine Ungenauigkeit nicht einfach so stehen lassen. Wenn er schon ihr ganzes Leben auf den Kopf stellen wollte, dann sollte er wenigstens die Fakten zu ihrer Forschung richtig kennen.

Er hielt wie ertappt inne. »Bist du dir da sicher?«

»Ich habe die Geschichte dieser Diaspora nachverfolgt.«

»Ja, aber was genau macht dich so sicher?«

»Ist das nicht offensichtlich?« Sie blinzelte ihm zu und streckte die Arme über den Kopf – eine Yogaübung voller weiblicher Stärke und Geschmeidigkeit. »Ich selbst gehöre dem Stamm an. Aber die eigentliche Frage ist: Wie passt *ihr* da rein?« Zu gern würde sie die Erbinformation der Gefallenen unter ihrem Mikroskop analysieren, andererseits hatte sie auch der bengalische Tiger im Zoo von M City schon immer interessiert. Und trotzdem war sie nicht einfach in sein Gehege getanzt, um eine Probe zu nehmen. Sollte sie den Gefallenen genauso viel Respekt entgegenbringen? Nein. Immerhin hatten sie sie in die Höhle des Löwen getrieben.

Nessa schlüpfte in einen blütenweißen Laborkittel und zog ein paar Gummihandschuhe über, die sie entschlossen zurückschnappen ließ.

Dann riss sie Zer einige Haare heraus und gab sie in ein Reagenzglas. »Ich weiß, dass ich zur Hälfte paranormal bin. Du dagegen – du bist ein Buch mit sieben Siegeln. Noch keiner hat sich eure DNA genauer angesehen.«

Zum Teufel noch eins, in ihrer Stimme schwang eine Lüsternheit mit, die ihn eifersüchtig machte. Sein Glied wurde steif und sagte ihm, dass er einen Weg finden musste, damit sie auch dem Rest seines Körpers so viel Aufmerksamkeit schenkte. Er wollte, dass sich ihre Lippen um seinen Schwanz wölbten, dass sie ihren Mund mit dem gleichen Vergnügen um ihn schloss, wie sie es für seine DNA aufbrachte.

Während er herumstand und sie wie der letzte Trottel anstarrte, bewegte sie sich bereits zielsicher und effizient durchs Labor. Oh ja, sie befand sich ganz in ihrem Element. Er war derjenige, der nicht hierherpasste. Nessa indes tat das, was sie tagein, tagaus machte, sie nahm genetische Puzzleteile auseinander, von deren Existenz der Rest der Welt noch nicht einmal etwas ahnte.

»Grundlegende Biochemie. Wir werden dich erst einmal reinigen.« Mit sicheren Handgriffen schnappte sie sich einige der Flaschen, die aufgereiht auf dem Arbeitstisch standen, und füllte irgendwelche Flüssigkeiten in ein Röhrchen. Dann gab sie Pipettenspitzen voll mit Lösungen hinzu. Präzise. Sauber. Ihr bei der Arbeit zuzusehen hätte ihn nicht derart anmachen sollen. »So kompliziert kannst du gar nicht sein, Zer.«

»Meinst du nicht?« Er konnte sich ein belustigtes Grinsen nicht verkneifen. Sie mochten vielleicht keine Seelenverwandten sein, aber irgendetwas lief da zwischen ihnen beiden. Und er war sich ziemlich sicher, dass sie ihn nicht verabscheute. Auch wenn – sein Blick verfinsterte sich – sie offenbar beschlossen hatte, dass er sich perfekt als Laborratte eignete.

Sie verschloss das Reagenzglas und hielt es hoch. »Bitte sehr! Deine DNA-Probe. Reaktionspuffer. Ein wenig Primer. Gereinigtes Wasser.« So, wie sie es aufzählte, klang es nach einem Hexentrank. Nur dass er ihr Gebräu auf keinen Fall schlucken würde.

»Das war's schon?«

Ein unerwartet verschmitztes Grinsen erhellte ihr Gesicht. »Und noch ein paar weitere Zugaben. Provozier mich bloß nicht, sonst werd ich dich zu Tode langweilen.«

Er erlaubte sich selbst ein Lächeln, lehnte sich mit der Hüfte gegen die Wand und verschränkte die Arme vor der Brust. »Machst du das etwa öfter?«

»Siehst du? Du *kannst* lächeln. Und andere zu Tode zu langweilen ist ein Berufsrisiko«, gestand sie fröhlich. »Du warst doch in meiner Vorlesung. Ist dir nicht aufgefallen, wie wenig Zuhörer ich hatte? Es waren noch jede Menge Plätze frei.«

Er hatte nur Augen für sie gehabt und den Blick gar nicht von ihr lösen können, aber er fand, das brauchte sie nicht zu wissen. Also sah er ihr nur weiter dabei zu, wie gelassen und selbstsicher sie mit dem Reagenzglas hantierte, als wäre dieses schmale Röhrchen der Mittelpunkt ihres Universums. Dann endlich steckte sie das verdammte Teil in eine Zentrifuge und schloss den Deckel. Während das Reagenzglas herumgewirbelt wurde, erfüllte ein leises Surren die Luft.

»Der Mist setzt sich unten ab und das gute Zeug steigt nach oben. Außerdem dient das zur Abkühlung.«

Ganz wie im Leben.

Mithilfe einer Pipette entnahm sie danach schnell seine Probe und gab sie in ein zweites Reagenzglas. Nach allem, was er über das wissenschaftliche Verfahren wusste, hätte sie diese absichtlich beschädigen können, doch so etwas machte sie nicht. Sie folgte ihrem ganz eigenen Ehrenkodex, ja. Aber sie hatte einen, und der war nicht weniger wert als seiner.

Mit selbstsicheren Bewegungen entnahm sie Flüssigkeit und gab einen Farbstoff auf Objektträger. »Das unterbricht die Reaktion«, erklärte sie und schob dabei die gerade beträufelten Glasplatten in einen Ofen.

Angesichts der Temperatur, die Nessa einstellte, zog er die Augenbrauen hoch. »Willst du die kochen?«

»Bebrüten.« Sie zuckte mit den Schultern, streifte die Handschuhe ab und warf sie in den Mülleimer.

»Und was jetzt?«

»Jetzt warten wir. Du musst fünf Minuten Zeit totschlagen.«

Und Zer wusste ganz genau, womit er jede einzelne davon verbringen wollte. Sie herumzukriegen würde einiges Geschick erfordern, aber Küsse gehörten zu den Waffen eines jeden Mannes. Zum Teufel noch eins, womöglich überzeugte er mehr sich selbst – von ihr.

Er machte einen Schritt nach vorn und klemmte sie auf diese Weise zwischen dem Labortisch und seinem Körper ein. Sanft stützte er sich zu beiden Seiten von ihr ab, sodass sie seine Wärme spüren konnte. Und tatsächlich erschauerte Nessa – und zwar nicht aus Angst. Er öffnete seine Sinne und erlaubte sich eine klitzekleine Kostprobe von ihrer Seele. Süße Erregung. Herrliche Unsicherheit. Ihr Körper stimmte sich auf seinen ein, sie schmolz förmlich dahin.

Er senkte den Kopf und schmiegte seine Wange an ihren weichen Hals, dort wo der Puls heftig schlug. Gott, sie stand genauso sehr auf ihre Spielchen wie er, und diese Erkenntnis ließ seinen ganzen Körper vor Erregung zittern. Als ob er sie dringend nötig hätte. Sein Glied war steif, schon seit er ihr Labor – ihr Terrain – betreten hatte. Jetzt wollte er nur noch sie und die absolut intime Situation erleben, sich in ihrem Körper und ihrer Seele zu verlieren.

Sie rührte sich nicht, was aber auch bedeutete, dass sie sich nicht wegbewegen würde.

Vielleicht hatte sie ja genug vom Kämpfen. Womöglich sehnte sie sich ebenso wie er nach diesem Moment der Ruhe.

Als er seine Lippen auf ihre Haut presste, zuckte sie zusammen, sog scharf die Luft ein, um sich dann jedoch einfach auf ihn einzulassen. Nessa lehnte sich gegen ihn und legte den Kopf in den Nacken, damit sie sein Gesicht betrachten konnte. Sie schien nach einer Regung zu suchen, von der er nicht wusste, dass er sie kundtun musste.

»Mach weiter«, sagte sie, woraufhin er vorsichtig die Arme um ihre Taille legte. Er hielt sie einfach nur und verlor sich in der süßen Hitze ihres Körpers und ihrem noch süßeren Geschmack. Während er eine Hand sanft in ihr Haar schob und versuchte, die Verspannung in ihrem Nacken zu lösen, beschrieb er mit dem Daumen der anderen durch ihren dünnen Laborkittel und das weiche Kaschmirtop hindurch kleine Kreise auf ihrem flachen Bauch.

»Alles, was du willst, Baby«, flüsterte er heiser, und die liebliche Art, wie sie Atem holte, brachte ihn schier um den Verstand. Sie duftete perfekt, fühlte sich perfekt an.

Das *Pling* der Zeitschaltuhr durchbrach die verträumte Stille. Er ließ sie los, bevor sie darauf reagierte. Mit einem Blick zu ihm, den er nicht deuten konnte, entfernte sie sich, holte sich einen der Objektträger und zog das Mikroskop heran.

Dann beugte sie sich vor, um durch das schmale Okular des Geräts zu schauen, und runzelte die Stirn. Am liebsten hätte er ihr die erotische kleine Falte zwischen ihren Augenbrauen weggeküsst. Falls es ihr vergönnt war, normal alt zu werden, würde sie später, als Großmutter, einmal eine entzückende kleine Furche an dieser Stelle haben. Doch solange sie verbündet wären, alterte sie nicht. Er fragte sich, ob ihr die ewige Jugend wohl gefiel oder ob sie ihn dafür verfluchen würde.

Sie richtete sich auf. »Sieh es dir an.«

Ihm gefiel der Gedanke, dass er etwas anfasste, das eben noch ihre Haut berührt hatte, als er durch das Okular schaute. Nur leider übertrug sich durch diese erregende kleine Gemeinsamkeit kein Wissen auf ihn. Was auch immer sie auf dem Plättchen sah, für ihn waren es böhmische Dörfer.

»In der DNA ist festgelegt, welche Augenfarbe, Haarfarbe und welche Größe ein Mensch hat – praktisch alle äußerlichen Merkmale sind zu finden.« Sie deutete auf sein Gesicht. »Man kann sich mein Erbgut anschauen und weiß, dass ich braune Haare und braune Augen besitze, ohne mich je gesehen zu haben. Aus dieser DNA bestehen die dreiundzwanzig Chromosomenpaare, die wir bei unserer Entstehung erhalten. Jeder Mensch hat quasi seine eigene Rezeptur.«

»Wie in einem Kochbuch.« Er sah sie an.

»Ja, in einem sehr dicken. Durch DNA-Tests lassen sich dein Menschengeschlecht und deine Abstammung bestimmen. Wir alle sind so etwas wie wandelnde Stammbäume.«

Sie ging zum Drucker und nahm das ausgeworfene Papier heraus. Ihr war bewusst, dass die Buchstabenfolge darauf für ein ungeübtes Auge trocken und langweilig aussehen musste. Doch für sie hatte alles eine Bedeutung. Die Sequenzen ergaben für sie ein Muster, sprachen zu ihr. Aber sie suchte nach einem ganz bestimmten Abschnitt der DNA, und an diesem Tag würde sie dabei vielleicht Erfolg haben.

»Verstehe. Du willst mir sagen, wer meine Eltern waren.«

»Nicht ganz.« Sie ging den langen Streifen Papier durch und überflog die dichten Buchstabenreihen. »Ich interessiere mich nicht für die väterliche Vererbungslinie, sondern für die mütterliche. Durch die mitochondriale DNA kann die mütterliche Seite rekonstruiert werden, so lässt sich unsere Abstammung bis zu einer mitochondrialen Eva zurückverfolgen. Ich suche nach entfernten matrilinearen Verwandten. Frauen, die eine gemeinsame Vorfahrin besitzen, hätten auch dieselben DNA-Sequenzen. Ich gebe sie ein, und übereinstimmende Abschnitte werden farblich hervorgehoben.«

»Nur die Frauen?«

Sie lächelte breit. »Genau. Nur die Frauen. Mitochondriale DNA ist Frauensache, Zer. Sie wird nur über die weibliche Vererbungslinie weitergegeben. Wie sich herausgestellt hat, sind wir alle miteinander verwandt. Es gibt nur ungefähr dreißig bekannte weibliche Abstammungslinien.« Geschickt nahm sie ein weiteres Reagenzglas aus der Zentrifuge. »Einige von uns sind also bloß näher miteinander verwandt als andere. Ich glaube allerdings, dass ich eine weitere Haplogruppe entdeckt habe.«

»Was heißt das?« Als sie ihn ansah, zog sie erneut die Augenbrauen zusammen. Schnell und bestimmt drückte er ihr seine Lippen auf, um den Zweifel, dieses leichte Stirnrunzeln, wegzuküssen.

»Viele dieser mütterlichen Abstammungslinien und Haplogruppen sind nur auf einem Kontinent zu finden. Was bedeutet«, erklärte sie mit einem zufriedenen Lächeln, da sie endlich zur Lösung des Rätsels kam, »dass deine Seelenverwandten eine gemeinsame weibliche Ahnin haben. Sie sind alle miteinander verwandt. Ich kann die Marker in ihrer DNA bestimmen und sie auf diese Weise finden. Ich kann eure Seelenverwandten anhand ihrer DNA erkennen.«

Sie würde auch ihr eigenes Blutbild und ihre DNA noch einmal untersuchen, sich dieses Mal jedoch nicht von dem paranormalen Gen ablenken lassen. Zudem hatte sie die mysteriösen Proben von Genecore und konnte noch weitere frische von Mischka Baran bekommen. Wenn man wusste, wonach man suchen musste, war das paranormale Gen wie eine riesengroße blinkende Leuchtreklame. Und Nessa tat es. Während jemand anderes wahrscheinlich monatelang im Labor gestanden hätte, um den besagten Marker zu finden, würde sie sehr viel schneller vorankommen, da sie die Genome bereits seit Jahren erforschte.

Dennoch machte sie sich nichts vor. Das hier war nicht das märchenhafte glückliche Ende, das sie sich erhofft hatte. Sie war auf der Suche nach Tanten, Onkeln, einem Großvater, einer Großmutter oder sogar beiden gewesen und hatte stattdessen den Schwarzen Peter entdeckt. Bei der Analyse ihres eigenen Stammbaums, ihres eigenen genetischen Erbguts, war sie auf etwas Überraschendes gestoßen. »Wir sind miteinander verbunden.«

»Ich weiß.«

»Nicht so – dein Bündnis meine ich nicht. Wir haben eine genetische Verbindung miteinander.« Es schmerzte sie, das zugeben zu müssen, doch die Fakten ließen sich nicht verleugnen. »Das wusstest du doch schon«, warf sie ihm vor.

»Nein, das habe ich nicht.« Mit seinen großen Händen befingerte er einen der Ständer mit Glasröhrchen. »Ich habe gar nicht damit gerechnet, dass du meinen Stammbaum analysieren würdest.«

Sie zuckte mit den Schultern. »Das ist meine Arbeit. Besorg

mir mehr Proben, damit ich meine Theorie belegen kann. Ich brauche welche von euch allen.«

»Wir sind keine Laborratten, aber ich werde sehen, was sich machen lässt.« Diese Entwicklung hatte er definitiv nicht vorhergesehen.

»Du bist also dazu in der Lage, die Seelenverwandten zu identifizieren.«

»Nein. Nur vielleicht.« Sie zog unter ihrem weißen Laborkittel die Schultern hoch. »Das Ganze ist nicht so einfach. Ich kann euch den Genpool nennen und euch sagen, ob jemand wahrscheinlich ein Treffer ist oder nicht. Irgendwie«, erklärte sie, »ist eure DNA bis in diese Gegend verteilt worden. Stell mal eine Vermutung auf«, forderte sie. »Wie könnte es dazu gekommen sein?«

Er hätte ihr gern ein Märchen erzählt. Damit es romantisch klang. Doch so war es nicht. »Die Herrschaften sind gelegentlich herunter auf die Erde gekommen.« Um zu vögeln und zu kämpfen. Oh ja, das Ganze hatte nicht viel mit Romantik zu tun, sondern war mehr so eine Art Landgang für einen Haufen Berserker aus dem Himmel.

Ihrem Gesichtsausdruck nach zu urteilen, zog sie die richtigen Schlüsse. »Zur Fortpflanzung.« Sie sagte es, als handelte es sich dabei um eine Krankheit. Aber na ja, sie hatte auch gerade erst herausgefunden, dass sie das uneheliche Kind eines Mitglieds der Herrschaften war, das sich mit einer Menschenfrau eingelassen hatte. Da konnte er ihre Abneigung verstehen. »War das zu erwarten?«

»Nein. Meistens gab es keinen Nachwuchs.«

Sie tippte sich mit einem Finger an die Zähne und nickte langsam. »Unfruchtbare Verbindungen. Üblicherweise. Aber nicht immer. Das ist ja reizend, Zer.« Sie dachte nach. »Es muss aber mehr als nur ein paar vereinzelte Vorfälle gegeben haben.

Eine solche genetische Veränderung – die tritt in Gemeinschaften auf. Unter Menschen, die über Jahrhunderte hinweg in nächster Nähe zusammengelebt haben. Zumindest so lange, dass sich diese Nähe in ihrer DNA widerspiegelt.«

Er verzog das Gesicht. »Offensichtlich ist es nicht unmöglich.« Moralisch gesehen erschienen ihm solche Verbindungen allerdings seltsam beunruhigend. Wie war es möglich, dass die Erlösung der Seelen seiner Brüder mit dem Fronturlaub ihrer Ahnen zusammenhing?

»Du kannst uns sagen, wer die Seelenverwandten sind, indem du dir ihre DNA anschaust«, wiederholte Zer.

»Das könnte ich, denke ich.« Sie zögerte und warf ihm dann den Fehdehandschuh hin. »Aber ich werde es nicht tun. Ich werde nicht für dich forschen, Zer.«

»Warum nicht?« Er klang hart und unerbittlich, nun kehrte er ganz den Anführer heraus. »Ich brauche diese Informationen, Nessa. Als ich dieses Labor für dich eingerichtet habe, bin ich davon ausgegangen, dass du für mich arbeiten würdest. Und jetzt möchtest du mich hinhalten?«

»Ich kann es nicht machen.« Sie sprach ganz leise und schnell.

»Das wirst du aber.« Er fragte sich, was in ihrem Kopf vorging. Vermutlich hätte er sich hineindrängen und es selbst herausfinden können. Stattdessen schlug er jedoch mit einer Hand auf den Tisch neben ihr, wodurch alle Glasgegenstände heftig erbebten und dadurch klirrten. Er wollte ihr nicht drohen.

Doch das würde er.

Diese Angelegenheit war viel zu wichtig. Da durfte er sich keine Gefühlsduselei erlauben.

»Okay … Ich werde es aber dennoch nicht tun.« Sie hob den Kopf und starrte ihn an. »Ich weiß zwar nicht, was du mit dieser Information anfangen möchtest, Zer, aber ich denke, einen ziemlich guten Tipp abgeben zu können. Sag mir, dass du nicht hinter diesen Frauen herjagen wirst, dass du nicht vorhast, sie hierherzuschleppen, um sie mit deinen Brüdern zu verkuppeln.«

»Du kennst diese Frauen gar nicht«, warf er ein. »Du schuldest ihnen nichts.«

»Nein«, gab sie zu. »Das stimmt. Trotzdem finde ich, sie sollten frei entscheiden dürfen. Du magst ja ein Barbar sein, Zer, aber ich möchte mir gern noch etwas Anstand und Moral bewahren.«

»Es geht hier aber nicht um eine Wahl.« Verdammt noch mal! Er rieb sich mit einer Hand über den Kopf. »Zumindest noch nicht. Diese Frauen sind in Gefahr, Nessa. Findest du nicht, dass sie die Chance verdient haben, weiterzuleben? Denn eins kann ich dir versichern: Cuthah wird bestimmt nicht nett und fair sein. Er wusste, dass du nach dieser Information gesucht hast. Und wenn er sie nicht von dir bekommt, wird er sich jemand anderen suchen, der eins und eins zusammenzählt.«

»Dann wünsche ich ihm viel Glück dabei«, entgegnete sie selbstbewusst. »Ich bin nämlich die Beste. Er kann es ja gern versuchen, aber ich garantiere dir, eher friert die Hölle zu, als dass er einen Forscher findet, der dazu in der Lage ist, diesen Job für ihn zu erledigen.«

»Bist du sicher, dass es in deinem Labor keine undichten Stellen gab?« Zer führte ihr gnadenlos die Situation vor Augen. »Dass keiner deine Software manipuliert oder dir bei der Arbeit über die Schulter geschaut hat? Zum Teufel, schon bevor ich dich kennengelernt habe, lagen überall in deinem Büro offen Notizen über den dreizehnten Stamm herum. Du warst schon ganz dicht dran, Nessa, und er wird es früher oder später herausfinden. Was glaubst du, verdammt, warum er hinter dir her war?«

»Ich weiß, warum«, blaffte sie zurück. »Die Frage ist: Warum warst du es?«

Zer war kein Feingeist, sondern groß und kräftig, durch und durch ein Krieger und sehr männlich. Vielleicht, nur vielleicht, sah er deshalb wirklich beides in ihr: die Forscherin und die Frau. Aber eindeutig verunsicherte ihn weder die eine noch die andere. Er brauchte ihr nicht zu zeigen, dass er ebenso klug war wie sie. Und ganz sicher musste er ihr im Bett nichts beweisen. Er näherte sich ihr mit verlangendem Blick.

»Lass uns deiner Frage auf den Grund gehen.« Er legte seine warmen, großen Hände um ihre Taille, hob sie mühelos hoch und setzte sie auf den Labortisch. »Warum war ich hinter dir her?« Er setzte ein spitzbübisches Grinsen auf. »Dein Name stand natürlich auf dieser Liste, aber als ich dich dann gesehen habe … so adrett zurechtgemacht und ziemlich zugeknöpft. Du warst ganz offensichtlich brillant, gleichzeitig aber auch noch so viel mehr.«

Vage nahm sie wahr, wie sie sich an ihn schmiegte und die Finger in seinen schweren Ledermantel krallte. Zer küsste sie und er ließ eine seiner Hände nach oben zu ihrem Nacken gleiten, wobei er mit den Fingern eine erregende Spur über die empfindliche Haut an ihrem Hals zog, während er mit der anderen ihren Kittel aufknöpfte und dann ihr Top herunterzog.

»Das gefällt mir«, flüsterte er mit rauer Stimme. »Sehr.«

»Gut.« Sie stöhnte und drückte sich an ihn.

»Früher oder später wirst du mir geben, was ich möchte«, brummte er. »Unterschätz mich nicht, Nessie.«

Er senkte den Kopf, um die heiße, berauschende Erkundung ihres Nackens fortzusetzen. Mit seinen geschickten Fingern streichelte er ihre nackten Brüste, die zarten Berührungen auf ihrer empfindlichen Haut fühlten sich verheißungsvoll an.

Als er schließlich mit der Zunge über ihre Nippel fuhr, jagten Schauer der Lust durch ihren Körper.

Sie umklammerte seine Schultern. Zur Hölle mit dem Stillhalten. Er hatte ihr versprochen, jede ihrer Fantasien wahr werden zu lassen, also schloss sie die Augen und begab sich mit den Händen auf Erkundungstour, ließ sie an seinem starken Rücken hinuntergleiten und versuchte dabei, seine Waffen auszublenden. Sein Hintern war ein Kunstwerk.

»Du bist schön«, knurrte er, während er ihr die Hose herunterzog. »In einem Rock gefällst du mir aber besser. Du hattest einen an, als ich dich ausfindig gemacht habe. Du hast mich gereizt«, brummte er. »Und als deine Wahl im Club dann auf mich fiel, hast du mich richtig herausgefordert, Baby. Du weißt doch, was passiert, wenn man ein Raubtier in die Enge treibt?«

Doch sie war zu sehr damit beschäftigt, über seine Brust zu streicheln, ihm die Lederhose aufzuknöpfen und die Finger um seine dicke, heiße Latte zu schließen. »Genau. Raubtiere. Es geht nur um Verhaltensforschung, richtig?«

Gott, ganz schön schwierig, nachzudenken, wenn einen die Lust so schwindelig machte. Egal. Denken konnte sie später noch. Viel später. Sie ließ die Hand an seinem Schaft hinabgleiten, sanft und doch fest. Sein heiseres Stöhnen war wie Musik in ihren Ohren.

Wenn man ein Raubtier herausforderte, kämpfte es darum, die Oberhand zu gewinnen. Als er ihr sanft ins Ohrläppchen biss, erfasste sie ein heftiger Schauer der Erregung. Also schlang sie die Arme um ihn und drückte ihn auf den Tisch.

16

Nessa zog sich Gummihandschuhe über und entnahm eine Probe für die Genkarte. Das Glas war noch warm vom Sterilisator, weshalb sie loslegen konnte.

Die komplette letzte Woche über hatte sie im Labor geschuftet. Und wenn sie nicht gerade bei der Arbeit gewesen war, hatte sie sich damit zufriedengegeben, durch die Wand aus Spiegelglas nach draußen auf den Hof zu starren. In diesem Augenblick fiel das frühe Morgenlicht herein und tauchte die Tische und Arbeitsplätze in einen rötlichen Schimmer. Die Lüfter der Computer surrten beständig, während die Prozessoren arbeiteten.

Noch vor zwei Wochen hätte sie diesen Ort als Paradies bezeichnet. Und jetzt? Na ja, nun besaß sie einen Partner, so etwas wie eine biologische Zeitbombe und hatte Liebeskummer. Da sie schließlich nicht den ganzen Tag aus dem Fenster stieren konnte, schob sie ihren Stuhl zum Labortisch, auf dem eine Reihe von Messbechern aus Glas standen.

Zer hatte nicht an der Ausstattung gespart. Irgendwie und irgendwo war er an ein komplettes Labor gekommen und hatte es sich direkt vor die Haustür liefern lassen. Nessa besaß genug Glaswaren, um ein kleines Land komplett damit ausstatten zu können, und die Hightech-Geräte waren dermaßen innovativ, dass vermutlich so manche Regierung noch nie von ihnen gehört hatte und wahrscheinlich töten würde, um sie in die Finger zu bekommen.

Doch die ganze Mühe hatte sich gelohnt, oder? Sie konnte

nun den genetischen Marker identifizieren, an dem die Seelenverwandten zu erkennen waren. Ja, eine Runde Konfetti und Champagner. Natürlich hatte sie Zer dieses pikante Detail noch nicht verraten.

Wie aufs Stichwort wurde leise die Tür zu ihrem hochmodernen Labor geöffnet und ihr Feind kam hereinspaziert, wer auch sonst? Zer brachte Kaffee und ein Plunderteilchen mit, um ihr die Laune zu versüßen. Sie hatte gewusst, es mit einem äußerst gerissenen Mann zu tun zu haben. Und weil sie ebenso clever war, nahm sie den Pappbecher an. Sie sah keinen Grund, den guten Kaffee abzulehnen.

»Hast du ein eingebautes Radarsystem?«, fragte sie. Im Moment hielt sie alles für möglich.

»Gibt es heute etwas Neues?« Er stellte seinen Becher auf dem Tisch ab und musterte sie forschend. Hm. Er schaute nicht einfach nur so vorbei. Seine Besuche waren nie zufällig.

»Möglicherweise«, gab sie zu. So viel konnte sie ihm getrost verraten, so viel musste er wissen. Bloß die Details brauchte er nicht zu erfahren. »Ich habe mir die mikrobiellen DNA-Sequenzen angesehen.« Schon zum zweiten Mal. Denn sie durfte sich bei der ganzen Sache keinen Fehler erlauben. Dafür stand zu viel auf dem Spiel. »Ich habe es geschafft, Anfang und Ende der Sequenz auszumachen. Alpha und Omega.« Sie zuckte mit den Schultern und wartete darauf, dass er schaltete.

»Das Software-Programm …« Er fuhr sich mit einer Hand durchs Haar und wirkte ziemlich neugierig. »Deine Computeranalyse unserer DNA-Stränge.«

»Des Codes«, stimmte sie seufzend zu. »Ich habe die ganze Woche damit zugebracht, Millionen von Datensätzen und Sequenzen auf ein bestimmtes Muster hin zu prüfen.« Auf eines, von dem sie bereits ausgegangen war. Sie hatte gezielt nach genetischen Anomalien gesucht, die fragilen DNA-Stränge einen nach dem anderen auf Objektträger aufgebracht, um sie mittels des Mikroskops einzuscannen und die Ergebnisse dann in eine Datenbank hochzuladen. Die Kühlschränke an der hinteren Wand des Labors verfügten über Notstromaggregate und Alarmsysteme, die mit denen in einer Bank mithalten konnten. Hinter den Edelstahltüren lagerte das Rohmaterial für jahrzehntelange Forschung. Genetisches Gold. Deshalb hatte sie sich auch nichts vorgemacht. Ihr war klar gewesen, dass er sie beobachtete.

Was sie hingegen überraschte, war die Tatsache, dass sie die Veränderung des Genoms von einem rein menschlichen zum paranormalen ausgemacht hatte.

Wenn man einen Menschen bauen wollte, fand sich die Anleitung dazu im Internet. Sie stützte sich nur auf die Arbeit von Generationen von Wissenschaftlern, die das menschliche Genom entschlüsselt und seine Eigenheiten erfasst hatten.

Das menschliche Genom machte die Menschen zu dem, was sie waren. Dreiundzwanzig Chromosomenpaare, wobei das letzte davon bestimmte, ob es ein Mädchen oder ein Junge wurde; die anderen hatten Nessa allerdings immer viel mehr fasziniert. Es gab Dinge, die grundlegender – und *einzigartiger* – waren als das Geschlecht. Das Genom stellte das lebendige Protokoll all dessen dar, was ihre Spezies aus evolutionärer Sicht getan und geschafft hatte. Es ging um Gene, die bereits existierten, seit der erste Mensch geatmet hatte und aufrecht gegangen war. Im Erbgut spiegelten sich also alle Umbrüche wider, welche die Menschen im Laufe der Evolution bewältigt hatten.

Und wenn sie richtiglag, hatte sich eine dieser Veränderungen vor dreitausend Jahren vollzogen, als die Herrschaften aus dem Himmel verbannt worden waren. Einige ihrer Artgenossen hatten damals ein neues Gen erworben. Und zwar eines, das sie als potenzielle Partner der Gefallenen kennzeichnete.

»Was hast du herausgefunden?« Mit seinen dunklen Augen musterte er ihr Gesicht, drang jedoch nicht in ihre Gedanken ein – wofür sie ihm auch sehr dankbar war.

»Wir haben die Migration der Menschen von einem Kontinent zum anderen rekonstruiert. Indem wir ihre Gene untersuchen, können wir sagen, wie verschiedene Rassen entstanden sind. Auf diese Weise bin ich auch dazu in der Lage, die Seelenverwandten aufzuspüren.

Eine lange Pause entstand, dann fluchte Zer heftig. »Bist du dir da sicher?«

»Ja.« Als sie einen Schluck Kaffee nahm, überraschte es sie nicht, dass er ganz wunderbar schmeckte. Zer wusste genau, was sie mochte. »Ich habe mir die mitochondriale DNA angesehen, denn sie wird von der Mutter an die Tochter weitervererbt. Ich kann eine mütterliche Abstammungslinie zwischen einer Frau und der nächsten feststellen. Was vielleicht vor langer, langer Zeit einmal eine einfache Mutation war« – wenn man es wie im Märchen ausdrücken wollte – »äußert sich heute quasi als eine Leuchtreklame mit der Aufschrift ›Achtung, Seelenverwandte!‹ Eine Tochter erbt den genetischen Marker von ihrer Mutter und gibt ihn dann wiederum an ihre Töchter weiter.«

»Bedeutet das, dass deine Mutter auch eine Seelenverwandte ist?«

Er begriff schnell. »Zumindest ist das sehr wahrscheinlich. Und wenn ich eine Schwester hätte, wäre sie auch eine ziemlich sichere Kandidatin. Es gibt aber trotzdem keine Garantie dafür. So, wie nicht jede brünette Frau eine brünette Tochter zur Welt bringt, vererben auch nicht alle Mütter, die den Seelenverwandten-Marker in sich tragen, dieses Gen direkt weiter.«

Zudem schien das Auftreten der Mutation auf eine bestimmte Region begrenzt zu sein. Die Veränderung hatte ihren Ursprung bei einer kleinen Gruppe von Frauen – ihrem dreizehnten Stamm, dem verlorenen Stamm Israels.

»Aber worin besteht die Verbindung?« Er fuhr sich mit einer Hand durchs Haar. »Mischka und du, ihr seid ja nicht eng miteinander verwandt, wenn überhaupt.«

»Wir stammen beide von dem verlorenen Stamm ab. Als seine Mitglieder sich irgendwann zerstreuten und die Frauen wegzogen, verteilten sie auch den genetischen Marker, womit er in der normalen Bevölkerung aufging. Wer diesen speziellen Marker in seiner DNA trägt, diese Mutation des X-Chromosoms, der stammt von jenen Frauen ab, die einst nahe des Jordans geboren wurden und dort in ein und derselben Gemeinschaft gelebt haben. Mischka und ich besitzen also eine gemeinsame Vorfahrin. Bei Menschen aus einer Region auf der Erde findet man oft bestimmte übereinstimmende genetische Muster. Zwar nicht bei allen von ihnen, aber doch bei genügend. Wir können also die Migration dieser Gruppe nachverfolgen und nach diesem gemeinsamen Allel suchen.«

Zers Gesichtsausdruck nach zu urteilen, zog er schnell seine Schlüsse. »Dann war deine Forschungsarbeit zum dreizehnten Stamm Israels also doch gar nicht so ein Mist.«

»Nein!« Sie schaute ihn grimmig an. »Ganz und gar nicht. Es ist der wissenschaftliche Durchbruch des Jahrhunderts. Ich könnte einen Aufsatz darüber schreiben, um dessen Veröffentlichung sich jedes Fachmagazin auf der Welt reißen würde.«

»Kannst du die anderen Frauen ausfindig machen?« In seiner Stimme schwang fieberhaftes Interesse mit. Ja, das wüsste er nur allzu gern, was?

»Nicht alle Frauen mögen die Allele besessen haben, aber viele von ihnen. Wahrscheinlich waren sie über mehrere Generationen in dieser Gegend ansässig und sind dann von dort abgewandert. Sie haben dieselbe genetische Variante. Bring mir eine Probe von einer Frau und ich kann dir sagen, ob sie den Marker besitzt, den Mischka und ich in uns tragen.«

»Letztlich wurdest du also doch nicht eingeschleust«, meinte er mit unverhohlener Befriedigung.

»Nein.« Es gelang ihr nicht, die Traurigkeit in ihrer Stimme zu verbergen. »Nein, wurde ich nicht.« Er hatte recht gehabt. Sie war ein Treffer. Nur anscheinend nicht für ihn.

»Sag mir, wie ich sie finden kann.«

Sie musste Zer helfen, diese Frauen zu finden, das verstand sie nun. Dadurch, dass sie die Identitäten für sich behielt, brachte sie die potenziellen Seelenverwandten in Gefahr.

»Indem du mir die Liste gibst und mir Genproben von jeder Frau besorgst, deren Name daraufsteht. Wenn ich ihre DNA typisiere, weiß ich, ob sie diejenigen sind, nach denen ihr sucht. Oder –«

»Oder?«

»Oder du gehst die Sache anders an: Du durchkämmst eine größere Zahl von Proben und suchst nach Treffern.« Da er nichts sagte, fuhr sie fort. »In Blutbanken, Zer. Oder Krankenhausakten.« Gott, sie sprach von Straftaten, als wären es Eissorten. »Alles, worin sich die relevanten genetischen Angaben finden lassen, die ich brauche. Zum Teufel noch eins, meinetwegen kannst du auch losziehen und die Metro auseinandernehmen, wenn du möchtest. Ich kann dir nicht sagen, wo sich diese Frauen aufhalten, sondern nur herausfinden, ob sie die mutierten Gene in sich tragen, nach denen du suchst.«

»Ich möchte nicht, dass du weiter in diese Sache hineingezogen wirst. Sag mir einfach, wie ich die DNA erkenne, und wir setzen dann ein Team von Wissenschaftlern darauf an.«

»Bitte mich nicht um so etwas, Zer.«

Was wohl passierte, wenn die ganze Welt von der Sache wüsste? Sofort hatte sie vor Augen, zu was für einem medienträchtigen Spektakel das führen würde. Schlimmer noch, was, wenn sich herausstellte, dass sich mit ihrem kleinen Gentest für zu Hause herausfinden ließ, ob man eine Seelenverwandte war? Das brächte immens viele Leben durcheinander. Von da an würden die entsprechenden Frauen mit einer riesengroßen roten Zielscheibe auf der Stirn herumlaufen. Mit ihrer Forschung hatte sie niemandes Leben besser gemacht, sondern ihnen allen die Hölle auf Erden beschert. Und zu allem Übel war der Test schon erhältlich. Mit ihm ließen sich die Merkmale feststellen – nur dass nicht einfach eine Linie erschien, wenn man ein schönes, normales Leben führen konnte, beziehungsweise zwei zu sehen waren, wenn einen ein Schicksal als Seelenverwandte für einen Seelen saugenden Dämon erwartete.

»Ich bitte dich nicht darum«, knurrte er. »Ich befehle es dir.«

17

Atemberaubender Sex und ein großartiger Gefallen – mit dieser Ausbeute wären die meisten Frauen schon zufrieden gewesen. Zu blöd, dass sie nicht dazugehörte, dachte Nessa, während sie aus dem Labor und vor Zers Forderung floh. Sie weigerte sich, ihm all ihre Forschungsergebnisse mitzuteilen, fürchtete jedoch, dass er kein Nein akzeptieren würde. Weshalb sie sich nun auch dort draußen auf dem Gehweg befand und in Richtung Universität rannte.

Bei ihm handelte es sich um einen Gefallenen. Zer *besaß* keine Gefühle – das war ihr gleich zu Anfang erklärt worden, doch sie hatte es nicht geglaubt. Er würde also nicht zögern, sich die Forschungsergebnisse, die er brauchte, zu holen. Auch wenn er dafür in ihr altes Labor einbrechen musste. Wollte er etwas, nahm er es sich einfach. Das hätte sie doch eigentlich wissen sollen.

Sie schlug den kürzesten Weg zur nächsten Metrostation ein. Ihr war klar, dass sie nicht weggekommen wäre, wenn Zer es nicht zugelassen hätte. Und wenn er es beabsichtigte, würde er vor ihr im Labor sein. Trotzdem rannte sie.

Nun blieben ihr nur die blecherne Stimme des Zugführers und das leise Rauschen der in die Haltestelle einfahrenden Bahn. Die Türen glitten auf, und ehe sie noch einmal darüber nachdenken konnte, war sie auch schon eingestiegen. Sie fühlte sich positiv überrascht, dass er sie gerade einfach hatte gehen lassen. Aber vielleicht war das etwas zu optimistisch und naiv von ihr gedacht. Ihr Verstand sagte ihr nämlich, dass er sie jederzeit zurückrufen konnte. Dafür sorgte das Bündnis.

Als sie schließlich aus der Metro stieg, war jedoch eindeutig klar, dass es ihn nicht kümmerte, wohin sie ging.

Irgendein längst verstorbener sowjetischer Architekt hatte den Ausgang der Haltestelle mit Reliefs von lauter glücklichen Arbeitern und deren Familien versehen. Traurigerweise war deren Zukunftstraum genauso wenig wahr geworden wie ihrer. Sie glaubte nicht an das ewige Glück, wie Zer es ihr und anderen in Aussicht gestellt hatte. Gut, sein Versprechen lautete, ihr einen Gefallen zu erfüllen. Das war das Lustige an dieser ansonsten so traurigen Geschichte. Und er hatte erwartet, dass sie um ein Gebäude, ein festes Gehalt oder darum bitten würde, dass er ihrer Karriere an der Universität auf die Sprünge half. Aber von ihrem tatsächlichen Wunsch war er völlig aus der Bahn geworfen worden.

Denn sie hatte etwas völlig Unmögliches verlangt und sich nicht nur gewünscht, dass er etwas empfand – und zwar für *sie* – nein, sie hatte es sogar eingefordert. Genau, und was brachte ihr das nun? Sie zog die Ärmel ihrer schlichten Baumwollbluse glatt und ging vorsichtig die Treppe zur Straße hinauf. Ihre Absätze klackerten gleichmäßig auf dem Pflaster. Zur Sicherheit hielt sie sich dennoch trotz all der Keime am Geländer fest; ausgerecht jetzt auszurutschen und hinzufallen wäre der blanke Hohn.

Wenn man zu dieser Jahreszeit über den Campus lief, sah man überall um sich herum Studenten miteinander flirten. Es war »Brunftzeit«, witzelten ihre Kollegen gern.

Sie schob die Ärmel ihrer Bluse hoch und betrachtete die dunklen Male an ihren Handgelenken. Oh ja, genau, es war »Brunftzeit«, und sie hatte einen fatalen Fehler begangen. Die schwarzen Wirbel zogen sich über ihre Unterarme, verliefen in einem auffälligen Muster über Adern und Knochen. Man würde sie langfristig nicht verstecken können.

Doch Nessa befand sich an dem Ort, an dem für sie alles angefangen hatte. Zwar war die vom Dekan gesetzte Frist mittlerweile verstrichen, doch sie hatte momentan größere Sorgen. Irgendwie musste sie in das Labor kommen und ihre Aufzeichnungen vernichten. Sie durfte nicht riskieren, dass Zer oder Cuthah sie fanden. Und es war wichtig, die Proben zu zerstören. Die Vorstellung, absichtlich jahrelange Arbeit zu ruinieren, machte sie ganz krank, doch es gab keine Alternative. *Denk nicht darüber nach*, redete sie sich selbst gut zu. Geh einfach hinein und tu es.

Sie hielt ihre Schlüsselkarte an den Sensor und drückte die Tür auf, als das grüne Lämpchen aufblinkte.

Nun befand sie sich wieder dort, wo sie hingehörte.

Da sie sich total rastlos fühlte, nahm sie nicht den Fahrstuhl, sondern die Treppe. Um ehrlich zu sein, war sie nicht sicher, ob sie so bald wieder einen Aufzug betreten könnte. Jedenfalls nicht, solange es ihr nicht irgendwie gelang, die prickelnde Erinnerung daran zu verdrängen, wie Zer seinen großen Körper gegen ihren gedrückt und sie verwöhnt hatte. Er schien damals in Sorge gewesen zu sein, sie zu verletzen. Und möglicherweise hatte er das auch tatsächlich getan – nur nicht auf die von ihm befürchtete Art. Er hatte Angst um ihren Körper gehabt, doch sie ihm längst ihr Herz geschenkt.

Nein, vielen Dank, sie würde so lange die Treppe nehmen, bis diese Erinnerungen nicht mehr ganz so schmerzlich waren. Ein bisschen Sport lenkte sie bestimmt davon ab.

Zu dieser frühen Stunde herrschte im Gebäude noch nicht viel Betrieb. Für ihre Studenten brach der Tag um acht Uhr morgens an, das wusste sie. Am Ende des Gangs in ihrem Labor brannte jedoch Licht, einige ihrer wissenschaftlichen Mitarbeiter schienen also schon da zu sein. Als zweiter Anhaltspunkt diente der kräftige Geruch nach frisch gebrühtem Kaffee und Süßstoff. Vielleicht würde das starke Gebräu sie wieder auf Trab bringen. Oder auch nicht.

Nachdem sie sich eine Tasse eingegossen hatte, schritt sie in Richtung ihres Büros. Sie musste entscheiden, was sie als Nächstes tun würde. Erneut fiel ihr Blick auf diese verdammten Tattoos. Sie wusste, dass er sie an diesem Morgen hatte gehen *lassen*. Die Erkenntnis schmerzte, doch die Fakten konnte man nun mal nicht leugnen. Sie war einen Handel mit einem gefallenen Engel eingegangen, den man nicht mehr rückgängig machen konnte. Vielleicht musste sie bloß jemanden bitten und ein wenig anbetteln. Doch wen? Bei Zer handelte es sich immerhin um den verfluchten Anführer der ganzen Bande, und er hatte bereits eingestanden, dass an ihrem Bündnis nicht zu rütteln war.

Erst hatte er ihr ihren Wunsch zu erfüllen.

Verdammt! Sie hätte sich einfach für eine Modernisierung ihres Labors entscheiden sollen.

Sie stellte ihre Kaffeetasse auf die erste freie Fläche, auf der kein Buch lag, setzte sich auf den Bürostuhl hinter ihrem Schreibtisch und fuhr sich mit einer Hand durchs Haar. Oh ja, das war noch so ein Problem. Was, zum Teufel, hatte sie sich nur dabei gedacht, alles von ihm zu verlangen? Von diesem wollüstigen, ätzend bestimmerischen Alphamännchen. Genau das warf er ihr nun vor, und zu Recht. Vor lauter Wut auf Zer hatte sie Mischka Barans warnende Wort außer Acht gelassen: Sei vorsichtig und formuliere deinen Wunsch klar und deutlich! Stattdessen hatte sie jedoch ein riesengroßes, ungenaues und unerfüllbares Begehren geäußert – und es auch gewährt bekommen. Gut möglich, dass Zer und sie nun ihr ganzes Leben lang verbündet bleiben würden.

Und das, obwohl er das gar nicht wollte.

Nessa fühlte sich verdammt mies deswegen.

Auch sie selbst war nicht gerade heiß darauf, für alle Ewigkeit an ihn gebunden zu sein, setzte sie in Gedanken hinzu, als eine leise innere Stimme, die sie nicht loswurde, sich meldete und sie verspottete.

Sie schob einen Stapel Fachzeitschriften beiseite und zog ihre Tasse heran. Obwohl sie bereits eine Handvoll Weißer hineingegeben hatte, wirkte der Kaffee immer noch wie Teer. Viel mehr setzte es ihr jedoch zu, dass sie jedes Mal, wenn sie sich entspannte, Zer *spürte*. Sie hatte ihn die ganze Zeit über im Hinterkopf und wurde permanent daran erinnert, dass ihr Verstand ihr nun nicht mehr allein gehörte. Nessa versuchte, ihn aus ihren Gedanken zu verdrängen, doch er wollte nicht verschwinden.

Wie mächtig war er wohl?

Und wenn sie ihn spürte, konnte er sie dann auch fühlen?

Im nächsten Moment gab es eine schwere Explosion am anderen Ende des Flurs und sie wurde von ihrem Stuhl auf den Boden geschleudert.

Heißer Kaffee spritzte überallhin. Es widersprach allen physikalischen Gesetzen, doch in der Tasse schien sich mindestens ein Liter des brühwarmen Getränks zu befinden. Die dunkelbraune Flüssigkeit verteilte sich und durchweichte die Bücher und Papiere, die überall verstreut lagen.

»Verflucht noch mal!« Reflexartig schob sie noch trocken gebliebene Bücher weg von dem kleinen See, den sie produziert hatte, und kramte eine Rolle Küchentücher hervor, die für solche Notfälle immer in der Schreibtischschublade verstaut lagen.

Moment mal … Explosionen waren in einer Universität mit Sicherheit nicht an der Tagesordnung. Zudem gab es auf dieser Etage lediglich ein Labor – ihres, und dort konnte eigentlich nichts explodieren, da sie und ihre Mitarbeiter nicht mit flüchtigen Chemikalien arbeiteten. Nie. Was, zum Teufel, war hier also gerade passiert?

Sie griff nach dem Festnetztelefon und hob den Hörer ab. Nichts. Die Leitung schien tot zu sein, kein gutes Zeichen.

Während sie zur Tür lief, holte sie ihr Handy aus der Tasche und klappte es auf. Sie hatte zwar keine Ahnung, wen sie anrufen sollte, doch es fühlte sich gut an, zumindest einen Plan zu haben.

An der Tür wusste sie allerdings schon nicht mehr weiter. Warum hatte sie nicht darauf bestanden, ein Büro mit Blick nach draußen zu bekommen? Nun fühlte sie sich in dem kleinen, fensterlosen Raum gefangen, was angesichts der Erschütterung am anderen Ende des Flurs gar nicht gut war. Es gab nur zwei Fluchtwege: durch die Tür oder den Lüftungsschacht in der Decke. Und da sie keine Ninjaqualitäten besaß, musste sie durch die Tür.

Okay. Nächster Schritt.

Nachdem sie die Klinke daraufhin geprüft hatte, ob sie verdächtig heiß war, machte sie die Tür einen Spaltbreit auf und lauschte. Sie hörte nur ein dumpfes Getöse – kam es von Flammen? – und lauter Rufe und Schreie.

Abtrünnige?

Sie zog die Tür noch ein Stück weiter auf und spähte nach draußen. Die Wand zu ihrem Labor war verschwunden, offenbar weggesprengt worden. Hier handelte es sich nicht einfach nur um einen Unfall. Als das Feuer auf eine herunterhängende Gipskartonplatte übergriff, ging endlich die Sprinkleranlage an. Durch das schwache Flackern der Flammen blickte sie genau auf das riesige Loch in der Außenwand. Selbst von ihrer Position am anderen Ende des Flurs aus konnte sie hinter den aufsteigenden Rauchschwaden den Himmel über dem Campushof sehen.

Also gut, die Explosion würde wohl auch dem Sicherheitsdienst nicht entgangen sein. Es erschien ihr also überflüssig, dort anzurufen.

Sehr gut, niemand schaute in ihre Richtung.

Schlecht war dagegen, dass vier sehr große, unbekannte Männer in ihrem Labor standen. Sie brauchte ihnen nicht erst vorgestellt zu werden, um zu erkennen, dass es sich um Jäger handelte. Und ebenso offensichtlich waren sie keine Menschen.

Während einer der Kerle eine Frau auf zwei andere Mitarbeiter zuschubste, kam noch ein fünfter durch das Loch herein. Seine Flügel wogten, als er auf dem Fußboden landete, und eine Stoßwelle ungezügelter Kraft schien von ihm auszugehen.

Oh ja, sie hatte ganz eindeutig Ärger am Hals.

Sie ging ihre Möglichkeiten durch, überlegte, wie viele ihrer wissenschaftlichen Mitarbeiter und Studenten sich wohl gerade im Labor befanden.

Unglücklicherweise gab sie in ihrem Büro eine leichte Beute ab. Sobald sie einen Schritt aus der Tür machte, würden die Männer sie sehen. Vielleicht hätte sie Glück und könnte in einem unerwarteten Moment entwischen, doch darauf wollte sie sich nicht verlassen. Zudem sammelte sich, obwohl aus der antiquierten Sprinkleranlage des Gebäudes unermüdlich weiter Wasser auf die Flammen rieselte, immer mehr Rauch in ihrem Büro. Es war zwar keine lebensbedrohliche Lage – noch nicht zumindest –, doch sie konnte auch nicht ewig an Ort und Stelle verharren.

Stimmen hallten von den Wänden des Labors wider, Glas knirschte unter schweren Stiefeln. Vor ihrem Büro schluchzte jemand, ein Mann schrie. Sie erkannte die Stimme, sie gehörte Brad.

Die Abtrünnigen trieben ihre Studenten zusammen.

Ein herrliches Gemetzel – Cuthah öffnete seine Sinne und sog den köstlichen Cocktail an Gefühlen ein. Er brauchte diese emotionale Droge nicht so sehr wie die Gefallenen, doch im Grunde war es, als behauptete man, er sei jemand, der nur in der Freizeit Rauschmittel konsumierte, und kein schlimmer Abhängiger. Er konnte es sein lassen, aber warum sollte er? Das hier bereitete ihm schlicht und einfach Vergnügen. Stärker denn je stand er in der Universität von M City an vorderster Front. Dort, wo die zuletzt gefundene Seelenverwandte der Gefallenen ihr Labor hatte. Ihr Beschützerinstinkt war ihm nicht entgangen – ebenso wenig, wie er ihre Dickköpfigkeit unterschätzt hatte. Sie war vor einer Stunde aus dem G2 gestürmt, als hätte jemand ihr Feuer unter ihrem hübschen Hintern gemacht.

Und da sie nicht zurück in ihre Wohnung gegangen war und nirgendwo sonst hinkonnte, hatte Cuthah vermutet, dass sie das Naheliegende tun würde, und zwar in ihr Labor an der Uni zu fahren.

Er hatte nur dort auf sie zu warten brauchen, dann trat Teil zwei seines Plans in Kraft. Jede Wette, dass Nessa St. James immer noch voll und ganz ein Mensch war, selbst nach ihrer gefährlichen Begegnung mit den Gefallenen. Es würde ihr ganz und gar nicht schmecken, dass sich ihre Studenten in seiner Gewalt befanden. Cuthah war sich sogar sicher, dass sie ihn wahrscheinlich schon aus Prinzip verfolgte.

Sie zöge eine kleine Such- und Rettungsaktion ab und er hatte auch schon die perfekte Willkommensfeier für sie vorbereitet. Ebenso wenig wie die Studenten an ihrer Universität würde sie wissen, was da gerade mit ihr geschah. Es gab keinen besseren Weg, sie aus den schützenden Armen ihres Dämons wegzulocken, fand er.

Mitgefühl … Damit bekam man die Menschen immer.

Der neue Zugang zu ihrem Labor, den er geschaffen hatte, würde sich noch in vielerlei Hinsicht als nützlich erweisen. Warum sich mit den Treppen abplagen, wenn eine Explosion seinen Zwecken viel besser diente? Er klappte seine Flügel ein und sah sich im Raum um. Die Magie kribbelte auf seiner Haut, als seine Schwingen wieder in das Tattoo auf seinem Rücken zurückglitten.

Das Labor war nichts Besonderes und es gab dementsprechend auch nicht viel zu sehen. Natürlich hatten seine Jungs ein höllisches Durcheinander angerichtet. Das zerbrochene Glas, die zusammengestürzten Regale und die Brandflecken machten ziemlich Eindruck. Ein herrliches Chaos, aber die Geiseln waren das i-Tüpfelchen. Trotz der frühen Morgenstunde hatten sich drei von Professor St. James' Assistenten bereits im Gebäude befunden. Er war fest davon überzeugt, dass sie das nun zutiefst bereuten. Zwei Mädchen und ein Junge. Sie schienen im Großen und Ganzen unverletzt zu sein, auch wenn der Junge ein angeknackstes Handgelenk und eine Schramme am Kinn davongetragen hatte. Er hätte besser nicht versuchen sollen, es mit den Abtrünnigen aufzunehmen, doch anscheinend gaben sich die Menschen dem Adrenalinrausch hin und schalteten erst später ihr Gehirn ein.

Sehr viel später.

»Meine Damen und Herren«, begann er, und die Menschen hoben die Köpfe. »Jetzt, da ich Ihre Aufmerksamkeit habe, möchte ich Ihnen eine Frage stellen.«

Das Mädchen, das ihm am nächsten stand, schluchzte nur, doch der Junge schenkte ihm unwillig Beachtung. »Eine Frage?«

»Ja. Haben Sie Ihre reizende Professorin heute Morgen schon gesehen?«

»Nein.« Der Junge schüttelte energisch den Kopf. Aber natürlich wusste Cuthah, dass er es nicht zugegeben hätte, wenn er ihr bereits begegnet wäre. Nicht freiwillig.

Noch nicht.

»Wirklich nicht?« Er sagte es leichthin und trat dabei einen Schritt vor. Das Mädchen heulte noch lauter, doch die anderen beiden Studenten schauten ihn an. Sie ahnten, dass sie sich auf dem absteigenden Ast befanden, und damit würden sie auch recht behalten. Grelles Licht erhellte den Raum, als er seine Feuerklinge zog. Alle Augen waren auf die gefährliche Waffe gerichtet, jetzt genoss er definitiv ihre volle Aufmerksamkeit. »Bist du ganz sicher?«

»Ja.« Da der Junge klang, als wäre er unglaublich froh darüber, nahm Cuthah an, dass er die Wahrheit sagte. Wie schade!

»Also dann«, begann er, sprach aber nicht weiter. Mit der äußersten Spitze der Klinge fuhr er über den Hals des Studenten, bis dunkelrotes Blut auf den rußverschmierten weißen Laborkittel tröpfelte. Der junge Mann schluckte schwer und wollte einen Schritt zurück machen – der Adrenalinstoß schien endlich nachgelassen zu haben –, doch auf ein kurzes Kopfnicken von Cuthah hin traten zwei Abtrünnige hinter ihn und bildeten eine unüberwindbare Mauer, weshalb dieser nur gegen ein unbewegliches Hindernis stieß.

»Wir könnten auf sie warten«, schlug Cuthah vor. »Oder vielleicht –« Er brach ab und strich ein zweites Mal mit der Klinge über den frei liegenden Hals.

Nessas Student starrte die geflügelte Kreatur, die ihn festhielt, an wie ein Lamm auf der Schlachtbank, und sie selbst konnte rein gar nichts tun, um die Katastrophe abzuwenden, die sie kommen sah. Ahnte Brad, was ihn erwartete? Natürlich hätte der neue Eingang des Labors eigentlich Warnung genug sein müssen.

»Vielleicht was?« Brad schluckte erneut, wobei die Klinge in seinen Adamsapfel schnitt. Das mochte Cuthah nicht absichtlich getan haben, aber es bereitete ihm ganz eindeutig keine Probleme, Blut zu vergießen.

Nessa hatte die tote Frau im Hof gesehen. Sie brauchte unbedingt einen Plan. Schließlich war sie noch nie etwas ohne einen angegangen. Doch nun stand sie hier, in ihrem Büro, musste sich ihrem persönlichen Staatsfeind Nummer eins stellen und hatte nicht die leiseste Ahnung, wie sie das anfangen sollte.

Cuthah verzog das Gesicht. Das Geräusch seiner Flügel, als diese auf seinem Rücken zusammenklappten, hallte viel zu laut durch die angespannte Stille im Labor. Aus einem ihr unerfindlichen Grund hatte sie angenommen, Engel wären erschreckend schön, mit goldener Haut und goldenen Haaren. Cuthah war jedoch nur erschreckend.

Sie klappte das Handy auf. Die Situation überforderte sie total. *Ruf Zer an!*

»Vielleicht ist Professor St. James ja noch nicht aufgetaucht«, sagte Cuthah leise.

Ihr Student blinzelte nicht, sondern hielt Cuthahs kaltem Blick stand.

»Vielleicht aber schon. Vielleicht –«, Cuthah bewegte die Klinge quer über den Hals des Studenten, »weißt du es.« Das Mädchen auf dem Fußboden hatte aufgehört zu weinen. Marlene. Es arbeitete erst seit der vergangenen Woche in der Fakultät. Nach diesem Vorfall würde Professor Markoffs Labor verdammt gut dastehen.

Cuthah blickte über den Kopf des Jungen hinweg zu einem der Abtrünnigen. »Was meinst du?«

»Herr?«

»Glaubst du, dieser Mensch hier weiß, wo unsere liebe Professorin hin ist?«

Der Abtrünnige schaute hinunter auf den Jungen, hielt inne, und richtete seinen Blick dann wieder auf Cuthah. »Unwahrscheinlich, Herr.«

Cuthah seufzte. »Da hast du wohl zweifellos recht.«

Gott, vielleicht konnte es noch gut ausgehen. »Dann«, fuhr Cuthah fort, »schätze ich, gibt es keinen Grund, ihn weiter hierzubehalten, oder?«

Ein einziger lockerer Schwung mit der himmlischen Klinge genügte, und Brads Kehle war aufgeschlitzt. Als Cuthah seinen Griff lockerte, spritzte Blut aus der Wunde. In diesem Moment drückte Nessa auf die Anruftaste ihres Handys. Gott, lass Zer da sein. Bündnis oder nicht, sie musste seine Stimme hören.

Und brauchte dringend seine Hilfe.

Er meldete sich mit leiser, fester Stimme. Nessa zögerte. Würde er ihr helfen, obwohl sie sich geweigert hatte, etwas für ihn zu tun? Er müsste doch auf seine Investition aufpassen, oder? Selbst wenn er nicht glaubte, dass sie seine Seelenverwandte war, so ging er doch davon aus, dass sie zu einem seiner Brüder gehörte. Beim Anblick, wie einer ihrer Studenten auf dem Boden ihres Labors verblutete, empfand sie das alles plötzlich als Haarspalterei.

»Zer …« Wie sollte sie bloß anfangen? Und womit? Er musste den Lärm in ihrem Labor hören. Die Schreie, die die beiden Frauen ausstießen, als sie begriffen, was gerade geschehen war. Gar nicht erst auszumalen, was die anderen Geräusche zu bedeuten hatten.

Zer zögerte nicht, verschwendete keine Zeit damit, ihren Streit vom frühen Morgen wiederaufzunehmen. »Sag mir, was los ist.«

Es schnürte ihr die Kehle zu, doch sie starrte immer noch wie ein verdammter Feigling durch den Türspalt. Sie hätte rausgehen sollen, konnte es jedoch nicht.

»Nessa.« Sein leises Grummeln war die einzige Vorwarnung, dann spürte sie auch schon, wie er durch ihre gemeinsame mentale Verbindung in ihren Verstand eindrang und die Angst wahrnahm, die sie lähmte. Er bellte jemandem im Hintergrund einen Befehl zu.

»Baby, sag mir, wo du bist.«

»Im Labor«, stieß sie hervor. »Ich bin ins Labor an der Universität gegangen.«

»Und dann?«

Ihr Hirn war wie leergefegt und sie musste sich zwingen, sich zu konzentrieren und die Sachlage zu analysieren. Hierbei handelte es sich nur um ein weiteres Experiment, nichts Reales, redete sie sich ein. »Es gab eine Explosion.« Flüsternd schilderte sie schnell den Ablauf der Ereignisse.

»Wie viele von ihnen sind da? Sag mir, wer das getan hat, Baby.« Sie konnte Zers Männer im Hintergrund rumoren hören, die leisen Geräusche beruhigten sie. Sie war nicht allein. »Das ist mein Job, Nessa, nicht deiner, also überlass es mir.« Er klang bestimmt. »Ich bin unterwegs, versteck dich und bleib, wo du bist. Wir sind in zehn Minuten da. Wie viele sind es? Sag es mir jetzt, dann können wir uns umso schneller darum kümmern.«

Sie linste erneut durch den Türspalt und zählte einmal und zur Sicherheit noch ein zweites Mal. »Vier Abtrünnige. Und noch ein anderer.«

Sie machte mit dem Handy ein Video und schickte es ab. Doch sie fühlte sich, als hätte sie zu wenig getan.

Sein kurzes, markiges Fluchen am anderen Ende der Leitung spürte sie eher, als dass sie es hörte. »Du kennst ihn«, erriet sie.

Es trat eine vielsagende Stille ein. »Ja. Es ist Cuthah. Aber der wird dich nicht lange belästigen. Tust du bitte, was ich dir gesagt habe? Kannst du dich irgendwo verstecken?«

Nessa sah sich eilig in dem kleinen Büro um. Es existierten nicht gerade viele Möglichkeiten. Und sich unter den Schreibtisch zu kauern schien aussichtslos zu sein. Noch einmal schaute sie zur Tür hinaus. Cuthah und seine Abtrünnigen hielten noch immer die beiden Frauen in ihrer Gewalt. Eine knappe Geste und zwei der Kerle zogen ab. Plötzlich kam ihr der Flur viel zu kurz vor, da die Abtrünnigen damit begannen, gewaltsam die Bürotüren aufzubrechen.

Nachdenken. Sie musste nachdenken. »Sie kommen«, flüsterte sie.

Zers Fluch schmerzte fast schon in ihren Ohren. »Acht Minuten, Baby. Gib mir acht Minuten. Wo im Gebäude bist du?«

»In meinem Büro.«

»Welche Ausgänge gibt es?«

»Nur die Tür.« Die Tür, die auf etwas zuführte, wo sie keinesfalls hinwollte. »Und den Lüftungsschacht.« Doch sie vermutete, dass kein Mensch dort oben hineinpasste.

Zer, am anderen Ende der Leitung, zögerte kurz. Dann wurde eine Tür zugeschlagen und ein Motor heulte auf. Er würde niemals im Leben rechtzeitig bei ihr sein. »Passt du da durch?«

Sie begutachtete den engen Schacht und schätzte die Deckenhöhe ab. Unmöglich! Trotzdem verschloss sie eilig die Tür. Das würde die Abtrünnigen zwar nicht lange abhalten, doch sie wurde das Gefühl nicht los, in ihrem Leben ginge es nun um Sekunden, also würde sie so viel Zeit wie nur möglich herausholen.

18

Mit dem SUV durch die Glastüren der Eingangshalle zu rasen verschaffte ihm ein bemerkenswert befriedigendes Gefühl. Zum Glück saßen in der Uni-Verwaltung nur lauter Geizhälse, die das Gebäude seit Jahren nicht hatten modernisieren lassen. Das Glas war alt und die Türrahmen schienen noch älter zu sein. Als er dagegenfuhr, brachen sie mit einem dumpfen Krachen aus den Rigipsplatten, und das unangenehme Geräusch sich verbiegenden Metalls war zu hören.

Die Vorstellung konnte beginnen.

Zer stieg aus dem Wagen aus, rollte sich ab und begann sofort zu schießen, als er wieder auf die Beine kam. Vkhin gab ihm Rückendeckung. Der erste Abtrünnige fiel schnell und schwer aus dem Versorgungsschacht, in dem er sich versteckt gehalten hatte, und wurde durch einen tiefen Hieb in seine Eingeweide fürs Erste außer Gefecht gesetzt. Zer ignorierte, dass der Typ mit düsterer Miene zu ihm hinaufstarrte und vor Schmerz wütend knurrte, und nutzte aus, dass der Mistkerl gerade handlungsunfähig dalag. Ein sauberer Schnitt mit der Klinge, und der Kopf des Abtrünnigen purzelte von seinen Schultern. Wütend, wie Zer war, hätte er ihn auch mit bloßen Händen enthauptet, doch mit dem Messer ging es einfach schneller.

Zügig schaltete Vkhin auch den zweiten Mann aus, während Nael die Ausrüstung aus dem Kofferraum des SUV holte; jede Menge Partykracher für ihre kleine vergnügliche Runde.

»Wir sind drin«, blaffte Zer in das Mikrofon seines Headsets. »Lasst uns loslegen!«

Er stieß noch einmal mit dem Stiefel gegen den Körper des Abtrünnigen, doch er hatte seinen Job erledigt, der Mann war tot. Wohin die Gefallenen nach ihrem Ableben kamen, konnte er nicht sagen, aber momentan stand ihm sowieso nicht der Sinn nach Philosophieren.

Keros bellte ihm Koordinaten ins Ohr, und Zer wechselte sofort in den Soldatenmodus, wusste augenblicklich, was er zu tun hatte und wen er töten würde, um zu seiner Verbündeten zu gelangen. Für den Moment besaß er also einen Plan. Doch er hatte keinen blassen Schimmer, was er tun sollte, wenn der Auftrag ausgeführt war.

Aber das würde er sich später überlegen.

»Verstanden«, sagte er zur Bestätigung in sein Mikrofon, bevor er die neuen Anweisungen an Nael und Vkhin weitergab.

Er griff in den geschrotteten SUV, zog seinen Seesack heraus und warf ihn sich über die Schulter. Mit dem vertrauten Gewicht auf dem Rücken fühlte er sich wie ein wandelndes Waffendepot.

Er würde seine Frau hier rausholen, und wenn er dazu das gesamte Gebäude zusammenschießen musste.

Zer atmete tief ein, es roch nach Ärger. Ein weiterer Abtrünniger hielt sich verborgen und lauerte darauf, dass er den Gang entlanggeschlendert kam. Als ginge es hier um ein ehrenvolles Duell, wie sie die Erzengel einst ausgetragen hatten. Der Himmel befand sich in weiter Ferne und keiner von ihnen war noch der Krieger von einst.

»Ich brauche freie Bahn«, schnauzte er, ging neben dem demolierten Geländewagen in die Knie, zielte und drückte ab – die Kugel mit einem dumpfen Geräusch in das Fleisch des Abtrünnigen eindringen zu hören verschaffte ihm eine primitive Befriedigung. Noch einer war erledigt. Zwar konnte ein einziger Treffer sicher nicht tödlich sein, doch die Kugel verschaffte Zer Zeit. Immerhin würde es ein Weilchen dauern, bis sich die Wirbelsäule des Scheißkerls wieder regeneriert hatte.

Durch das Headset in seinem Ohr blaffte Keros eine Warnung und selbst über das statische Rauschen der Verbindung hinweg war zu hören, wie sein Bruder auf der Tastatur herumtippte, als er weitere Gegner lokalisierte.

Und tatsächlich stürmten drei neue Abtrünnige in die Eingangshalle. Es gab also mehr, als von Nessa angenommen. Irgendein Einstein von Stratege hatte außerdem alle Möbel aus den Hörsälen in den Vorraum geschafft und übereinandergestapelt, damit niemand so leicht hereinkam. Als ob das Durcheinander aus alten Schreibtischen, mobilen Tafeln und Metallspinden Zer hätte aufhalten können. Gut bewaffnet, hielt einer der Abtrünnigen eine hübsche Glock in den Händen, während ein zweiter sich hinlegte, um seinem Kumpan Feuerschutz zu geben. Zer duckte sich hinter den SUV und schickte ein Stoßgebet gen Himmel, dass den Männern kein Glückstreffer gelang und sie den Tank erwischten. Das Baby war zwar gepanzert, doch das würde ihm dann nicht viel bringen.

Hinter seinem Anführer gab Vkhin systematisch weitere Feuersalven ab. Hochschnellen, zielen und abdrücken – die Waffe des Bruders war ununterbrochen im Einsatz. Auf das Krachen jedes Schusses folgte das dumpfe, schmatzende Geräusch von Munition, die Fleisch durchschlug.

»Her damit«, sagte Vkhin, ließ sich hinter den Wagen fallen und streckte eine Hand nach einem neuen Magazin aus, das Nael ihm zuwarf. Ja. Der Bruder hatte gemerkt, dass die Kugeln der Abtrünnigen ein Lochmuster in den schwarzen Lack des Wagens stanzten und diese somit eindeutig auf den Benzintank abzielten.

»Du weißt, wo deine Verbündete ist. Wir machen den Weg ins Innere des Gebäudes frei.« Nael umfasste seine eigene Waffe. Gerade als einer der Abtrünnigen die Unterbrechung ausnutzen wollte, gab er einen dichten Kugelhagel daraus ab. Der Bastard schlug auf dem Boden auf und blieb reglos liegen.

»Ich brauche eine Wegbeschreibung«, zischte Zer in sein Mikrofon. Keros würde ihn nicht warten lassen, bis dieser Mist vorbei war, denn Nessa hatte keine Zeit zu verlieren. »Setz mich ins Bild, verdammt.«

»Halt die Füße still und gedulde dich ein wenig.« Zer hörte, wie Keros leise und mit ernstem Tonfall mit einem Bruder Informationen austauschte. Am anderen Ende des Wagens trafen Kugeln auf dem Linoleumboden auf und prallten mit kurzen, knallenden Geräuschen von dem verblassten Schachbrettmuster zurück. Zer musste sich verdammt noch einmal beeilen. Wenn sie noch länger in der Halle blieben, würden sie in der Klemme stecken.

»Stramm nach Norden«, gab Keros durch. »Vor dir liegt ein Korridor ohne Gerümpel. Den gehst du lang. Ich lade gerade Pläne vom Gebäude hoch.«

Zer schaute auf seinen Handheld. Scheiße! Natürlich musste er direkt an dem Willkommenstrupp vorbei. Da war nichts dran zu ändern. »Wir gehen da lang«, entschied er schließlich und nickte mit dem Kopf in Richtung des viel zu gut besuchten Flurs. »Nessa ist dort. Die Treppe rauf.«

»Verstanden.« Während Zer und Vkhin ihm Feuerschutz gaben, drückte Nael mit einer Hand den Schalthebel einer Blendgranate nach unten, zog den Zugring mit den Zähnen und schmiss das Geschoss locker und leicht in die Gruppe von Abtrünnigen. Reflexartig warfen sich die drei Gefallenen flach auf den Boden. Die Granate traf die Barrikade der Abtrünnigen und prallte daran ab. Drei, zwei, eins … Die Wucht der Detonation erschütterte den Ort des Geschehens und im Umkreis von fünf Metern brach die wahre Hölle los, als das TNT im Inneren des Eisenmantels explodierte. Die daraus resultierende Druckwelle erfasste die ganze Eingangshalle.

Wie bei einer Splittergranate flogen keine Fragmente durch die Luft, doch Zer übernahm in diesem Fall nur allzu gern die Säuberungsaktion. Ja, verdammt.

Er sprang über das, was noch vom Wagen übrig war, hinweg und erledigte zwei der noch verbliebenen Abtrünnigen hintereinander. Während der eine sich genau in dem Drei-Meter-Radius der Explosion befunden hatte, stakste der andere wie ein Betrunkener umher; er war offenbar übel von der Schockwelle erwischt worden.

Zer ging auf die beiden Männer zu, zog seine Waffe, schwang sie über seinen Kopf und stieß mit der scharfen Kante geradewegs nach unten, sodass die Klinge tief ins Fleisch schnitt. Mit einem Schritt zurück zog er sie wieder heraus.

Der Weg war nun frei. Wortlos untersuchte er die toten Abtrünnigen zu seinen Füßen.

Die Männer kamen ihm nicht bekannt vor. Der Hunger nach Seele hatte das Übliche mit ihren Gesichtern angerichtet. Sie waren verzerrt und schienen genauso dunkel zu sein wie das Innere der Kerle. Er drehte die Abtrünnigen auf den Bauch und schlitzte ihnen die Splitterschutzwesten auf, um sich die blutroten tattooähnlichen Male auf ihren Rücken anzusehen. Diese Scheißkerle waren doch tatsächlich einen Handel eingegangen.

»Ich schicke euch Fotos«, bellte er in sein Mikro, während er sein Videofon herausholte und Aufnahmen von den flügelförmigen Abzeichen machte. »Jetzt geh ich rein«, brüllte er weiter und nickte in Richtung des Flurs, den Keros ihm genannt hatte. »Ihr zwei sucht euch ein hübsches Plätzchen für ein kleines Ablenkungsmanöver. Ich möchte, dass jeder Abtrünnige in diesem Gebäude auf euch zurennt – verstanden?«

Vkhin umfasste seine Glock, die er gar nicht erst in ein Halfter gesteckt hatte. Er war bereit, Zer etwas Zeit und Freiraum zu verschaffen. Allerdings würden dabei jede Menge Schüsse fallen.

»Herrgott, Zer!« Nael sah bestürzt aus, doch Vkhin schenkte ihm nur einen kalten, wissenden Blick.

»Ich brauche Zeit«, machte Zer noch einmal klar. »Wenn ihr mir die verschaffen könnt, ist alles gut. Teilt euch auf und geht zur anderen Seite. Sprengt irgendetwas in die Luft. Tut, was nötig ist. Aber: Gebt – mir – Zeit!«

Vkhin nickte knapp, das genügte Zer. Seinem Bruder gefiel es zwar nicht, dass er allein zum Labor ging, doch auf ihn würde wie immer Verlass sein. Wie seit drei Jahrtausenden.

»Geh und such sie. Sobald wir mit dem Ablenkungsmanöver fertig sind, werden wir uns dann an deine Fersen heften«, warnte er seinen Anführer vor.

»An die Arbeit!«, befahl Zer, woraufhin Vkhin und Nael abzogen und mit schnellen Schritten den gegenüberliegenden Flur hinuntertrabten.

Die Granate hatte im Flur für Platz gesorgt und einen neuen Durchgang hineingesprengt. Großartig! Er würde jede Chance wahrnehmen, die sich ihm bot. Der Abtrünnige in ihm war im Jagdmodus und drängte an die Oberfläche, wollte etwas zerfleischen, zerreißen. Er spürte, wie er die Kontrolle verlor, doch er musste jetzt einen kühlen Kopf bewahren. Keros zischte ihm über das Headset weitere Wegbeschreibungen ins Ohr, während Zer den inzwischen leeren Korridor entlanglief.

»Oben«, beendete der Bruder seine Instruktionen. »Noch zwei Abtrünnige. Und Cuthah.« Wilde Genugtuung schwang in seiner Stimme mit. Die Jagd verlief gut.

»Irgendwelche Zivilisten?« Es war zwar gut, das zu wissen, doch Zer würde sich von nichts und niemandem aufhalten lassen, sich zu seiner Verbündeten durchzukämpfen und sie hier rauszubefördern. An diesem Tag vertraute er auf sein Bauchgefühl, welches ihm sagte, dass er mit gezückten Waffen ins Labor stürmen musste. Die Zivilisten konnten sich ducken und verstecken – oder auch nicht. In Gedanken setzte er sie zwar mit auf seine Checkliste, als er auf die Stufen zuging, und wollte es wenn möglich vermeiden, doch er würde durchaus auch Kollateralschäden in Kauf nehmen.

»Zwei kommen auf dich zu«, warnte Keros ihn, was sich bestätigte, als er das Treppenhaus verließ, tief einatmete und die beiden Zielpersonen roch. »Nessa befindet sich in einem Raum in der Mitte des Flurs. Fünfte Tür rechts.«

Die Büros und Labors zählend, schlich Zer leise den Korridor entlang. Die Glasscheiben in den Türen waren zersprungen, die Splitter bedeckten den kompletten Boden und irgendjemand hatte einen blutigen Handabdruck an einer Wand hinterlassen. Es lag ein Geruch nach Blut und Angst in der Luft, bei dem der Abtrünnige in ihm zu knurren anfing. Alles schrie förmlich danach, dass hier Menschen schwer gekämpft hatten. Mehr als einen leblosen Körper konnte er jedoch nicht entdecken. Zer blieb nicht extra stehen, um den Puls zu fühlen. Vielleicht war der Mensch tot, vielleicht auch nicht.

»Seh einen vor mir«, meldete er über sein Mikrofon.

Die Vorstellung konnte beginnen.

Der Abtrünnige stürmte durch die herausgesprengte Labortür rechts von Zer und sprang ihm an die Kehle. Doch Zer wich ihm aus, sodass sein Angreifer gegen die gegenüberliegende Wand knallte. Das Knacken, als das Gesicht des Mannes auf die Rigipsplatte prallte, war so befriedigend.

Da kam auch schon der zweite von den Schweinehunden durch die Tür. Schnell warf Zer einen Blick über die Schulter seines Angreifers und stellte fest, dass sich dort ein fensterloses Büro befand, ein tristes Kabuff ohne einen weiteren Ausgang.

Der arme Teufel, der dazu verdammt war, tagein, tagaus darin zu arbeiten, tat ihm leid. Er hätte sich an diesem Tag freinehmen sollen. So viel stand fest.

Der Abtrünnige zog eine Feuerklinge und stürzte sich auf ihn. Scheiße! Das kam unerwartet. Zer wich einen Schritt zurück, verlagerte sein Gewicht auf eine Seite und wehrte den Hieb mit seiner eigenen Klinge ab. In dem Flur war es definitiv zu eng, um eine Granate zu werfen, und er konnte auch keine Schüsse aus der Glock abgeben, da diese noch in seinem Hosenbund steckte.

»Na, komm tanz mit mir«, murmelte er.

Tatsächlich wurde es ein Handgemenge. Er bleckte die Zähne, als er seinen Angreifer beim Handgelenk packte und es herumdrehte. Der Abtrünnige machte zwei Schritte zurück, doch das reichte nicht. Der Bastard war immer noch nah genug, um seine Klinge hochzureißen und wieder herabsausen zu lassen.

Plötzlich spürte Zer einen beißenden Schmerz entlang seiner Seite. »Wurde getroffen«, fluchte er in sein Mikro. Die Engelsfeuer-Wunde brannte wie Sau. Der einzige Vorteil daran, ein Gefallener zu sein, war die Tatsache, dass er keine Seele mehr besaß. Sicher, die Verletzung tat höllisch weh, doch sie würde ihn nicht fertigmachen. Nicht so schnell zumindest.

»Herr … Zer bist du okay?« Keros' Stimme erklang klar und deutlich über den Ohrhörer. »Soll ich dir Verstärkung reinschicken?«

»Ich bin okay«, stieß er zwischen zusammengebissenen Zähnen hervor, dann entstand eine bedeutungsschwere Pause.

»Sag mir bitte, wenn es nicht so ist«, sagte Keros schließlich. »Dann kommen wir rein. Wir geben dir Rückendeckung, Herr.«

Hm … Das genau war ja das Problem. Sie hatten auch hinter ihm gestanden, als er auf Erzengel Michael losgegangen war –

und man sah, wohin er sie damit gebracht hatte. Direkt in die Hölle, da würde er die ganze Sache jetzt nicht noch schlimmer machen.

»In Ordnung, dann kommt und holt Nessa!«, befahl er. Das konnte er gerade noch mit sich vereinbaren. Sie war zu wertvoll, um sie zu verlieren – und zwar nicht nur, weil er sie so sehr wollte, dass es fast schon wehtat. Nein, sie besaß äußerst wichtiges Wissen, ganz zu schweigen davon, dass es sich bei ihr wahrscheinlich um eine Seelenverwandte handelte. Keiner von ihnen konnte es sich leisten, sie zu verlieren.

»Wird gemacht.« Als Keros zögerte, war Zer sofort klar, dass sein Bruder noch immer überlegte, ob er seinen Herrn taktisch einfach übergehen sollte. Zum Teufel noch eins, er selbst hätte es wahrscheinlich so gemacht.

»Bleib da«, befahl er. »Ich brauche jemanden, der den Überblick behält. Ich muss wissen, ob das Ganze nicht bloß ein Ablenkungsmanöver ist und Cuthah seine ganz persönliche Hölle auf Erden in M City schafft. Ich bin raus, Keros.« Vor lauter Kampfeslust drängte der innere Abtrünnige in ihm danach, herausgelassen zu werden. »Halt da unten für mich die Stellung und ich komme zurück.«

Der Abtrünnige mit der Feuerklinge setzte bereits zum zweiten Hieb an und schwang seine Waffen, doch in der Enge konnte er nicht richtig ausholen. Ein fester Tritt gegen die Brust und er krachte in einen Schrank voller Proben. Die Metalltüren flogen auf und ein Haufen Glas-Messbecher und Fläschchen landeten auf dem Boden.

»Sieht verdammt noch mal so aus, als könnte uns unser neuer Herr unsere Schwingen zurückgeben, was?«, höhnte der Mistkerl und sah Zer an.

Okay, der Abtrünnige besaß also Flügel und beobachtete nun, wie Zer den Blick kurz an seinem Rücken hinunterschweifen ließ. Doch er hatte sie klugerweise nicht entfaltet. So große Schwingen konnten auf derart engem Raum das Todesurteil bedeuten. »Oh ja«, fuhr der Abtrünnige fort. »Ich dachte mir, wenn es einen Weg gibt, meine Flügel zurückzubekommen, dann bin ich dabei. Ich habe dreitausend Jahre im verschissenen Exil verbracht und es sah mir nicht danach aus, als würdest du es noch groß reißen. Jeder Bruder ist nun auf sich allein gestellt, Mann. Ich habe nicht vor, mich verarschen zu lassen. Nicht noch einmal. Dieses Mal stehe ich auf der Seite des Gewinners.« Der Bastard hielt einen Moment lang inne und kostete ganz offensichtlich das Gefühl aus, am längeren Hebel zu sitzen. Also ließ Zer ihn fürs Erste auch in dem Glauben, zumal die Informationen, die er preisgab, ganz nützlich waren.

»Suchst du jemanden?« Der Abtrünnige setzte ein breites, fieses Lächeln auf. »Sie ist genau ins offene Messer gelaufen, nicht wahr?«

Fluchend schlug Zer zurück und vollführte kurze, feste Hiebe mit seinem Schwert, drängte den Abtrünnigen in die Ecke, bis diesem das Grinsen verging, da er mit dem Rücken zur Wand stand. In dieser Position konnte er seine Klinge nicht ziehen. Beiden Männern war klar, dass nur einer von ihnen das Duell überleben würde.

»Du hättest sie da nicht mit reinziehen sollen.« Zer hob die Klinge über den Kopf. »Sie gehört mir.« Tief in seinem Inneren fühlte er, wie wahr diese Worte waren.

»Sie ist bloß ein Köder«, gab der Abtrünnige zurück, doch Zer hatte genug vom Reden.

Mit einem sauberen Schnitt durchtrennte er das Rückenmark und wischte dann seine Klinge an der Kleidung des Toten ab.

»Sie gehört mir, und du bist auf der Verliererseite.«

Nun musste er nur noch das Büro suchen, Nessa holen und wieder hinausspazieren.

Ihr Bild vor Augen zu haben war sein einziger Halt, alles, was ihn noch davon abhielt, dem Seelendurst nachzugeben. Er verspürte den heftigen Drang, Gewalt auszuüben, und der Abtrünnige in ihm kämpfte blindwütig darum, die Oberhand zu gewinnen.

Mit vorsichtigen Schritten bewegte er sich durch das Gebäude, während sein Bruder ihm Wegbeschreibungen und Anweisungen ins Ohr bellte. Herrgott noch einmal, er hasste es, sie alle da mit hineinzuziehen. Und zu jeder anderen Zeit hätte er auch allein gejagt. An diesem Tag jedoch durfte er keine Zeit verlieren. Er musste zu Nessa. Und zwar schnell. Sie hatte ihr Handy ausgeschaltet, doch durch ihr gemeinsames Bündnis konnte er ihre Angst deutlich spüren. Sie nahm sich zwar zusammen, Cuthah würde sie aber nicht gewachsen sein, so viel stand fest.

Er hätte sie über ihre mentale Verbindung beruhigen sollen, doch er war sich ziemlich sicher, dass bei ihr momentan nur der reine Killerinstinkt ankäme.

»Explosion in drei durch unsere Jungs«, erklang Keros' leise Warnung durch den Kopfhörer in seinem Ohr – Zer musste stehen bleiben und sich festhalten. Vkhin und Nael befanden sich in diesem Abschnitt und hatten offenbar ein kleines Feuerwerk oder so für Cuthah veranstaltet. Und obwohl Zer darauf vorbereitet war, erschrak er dennoch. Die Explosion erschütterte das gesamte Gebäude; um ihn herum brachen Regale zusammen, begleitet von einem fast schon melodischen Klirren zerberstenden Glases.

Nachdem schließlich wie geplant der Strom ausgefallen war, zählte er in der Dunkelheit die Sekunden. Als Kämpfer bewegte er sich schnell und verließ sich dabei auf sein Gedächtnis.

Nach ungefähr zehn Sekunden schaltete sich der Notstromgenerator ein und das Licht ging flackernd wieder an, leuchtete nun allerdings nur halb so hell. Perfekt!

»Scharf nach rechts. Fünf Schritte«, ertönte Keros' Stimme. »Der Zugangsschacht liegt genau über dir.«

Und tatsächlich ... Zer löste die Deckenverkleidung und stemmte sich nach oben. Die Röhre knickte scharf nach rechts ab; er folgte dem Verlauf.

Nessa hockte in ihrem Büro und überlegte, was sie tun konnte. Cuthah und seine Abtrünnigen schienen Gott sei Dank durch die Explosionen abgelenkt worden zu sein. Bisher hatte zumindest niemand an ihre Tür geklopft. Doch es würde sicher nicht mehr lange dauern, bis jemand sie entdeckte.

Als der Luftschacht über ihr aufgemacht wurde, hätte sie fast einen Herzinfarkt bekommen.

Zer ließ sich leichtfüßig daraus hinab und landete mitten auf ihrem Schreibtisch. Doch sie beschloss, dass gerade nicht der richtige Zeitpunkt war, sich wegen ihres Papierkrams zu beschweren.

Es gab keine Begrüßung, keine Erklärung oder beruhigende Worte – er hielt ihr einfach nur seine Hand hin und sie ergriff sie, ohne groß darüber nachzudenken. Mit einem Ruck zog er sie auf die Füße. »Du wirst jetzt gerettet.«

19

»Ich möchte liebend gern hier raus«, raunzte sie zurück. »Aber wie? Als ich das letzte Mal nachgesehen habe, stand eine Horde Abtrünniger im Flur.«

»Ich werde den Weg freikämpfen und du bleibst dicht hinter mir.«

»Sobald du da rausgehst, bist du tot«, entgegnete sie und merkte dabei selbst, wie verzweifelt sie sich anhörte. »Wieso willst du das tun?«

»Wieso nicht?« Sprach er eine andere Sprache als sie? »Kämpfen ist meine Stärke, Baby. Ich bin kein Politiker. Dafür bin ich nicht bestimmt.«

»Du bist für gar nichts bestimmt, Zer«, gab sie zurück und ihre Sturköpfigkeit kam durch. Nun würde sie wieder mit dieser ganzen Du-hast-dein-Schicksal-selbst-in-der-Hand-Masche anfangen und er müsste sie enttäuschen. Wieder einmal …

»Ich bin ein Beschützer«, wiederholte er sanft, denn insgeheim wollte er schon ein wenig so sein, wie sie glaubte. »Und ein Killer. Das macht mich aus.«

»Aber auf der anderen Seite dieser Tür stehen Cuthah und seine Abtrünnigen«, gab sie zu bedenken. »Sie sind in der Überzahl und haben noch dazu viel mehr Waffen.«

Er hörte kurz auf, seine Waffen zu laden, und starrte sie an. Dass er ein ganzes Arsenal dabeihatte, wussten sie beide.

»Wir brauchen einen Plan«, fuhr sie fort. »Irgendetwas, das uns einen Vorteil verschafft. Wenn du nur wie Brends deine Flügel zurückbekommen könntest.«

Er sah sie an, als erwartete er fast, dass sie sich Notizen machte. »Er hat seine Seelenverwandte gefunden«, stellte er klar. »Das ist das Entscheidende.«

»Schon klar.« Sie blickte ihn erwartungsvoll an, als hätte er einen Zauberstab dabei, mit dem er nur zu wedeln bräuchte und – Simsalabim – wäre sie seine längst verloren geglaubte Seelenverwandte. »Das ist deine Hypothese.«

»Es ist nicht bloß eine Hypothese, sondern die Wahrheit.« Er schaute sie finster an und begann, Waffen aus seiner Tasche zu ziehen.

»Das glaubst du«, meinte sie unnachgiebig. »Sag mir, was genau passiert ist, als ihm wieder seine Flügel gewachsen sind.«

Er schüttelte den Kopf. »Willst du eine detaillierte Beschreibung seines Liebeslebens, Baby? Die kann ich dir geben, ich bin mir aber nicht sicher, ob wir genug Zeit haben, uns an der Geschichte zu erfreuen.«

Sie warf ihm einen Blick zu, bei dem er ihr am liebsten die Kleider vom Leib gerissen hätte. Mal sehen, ob er sie aus der Reserve locken konnte. »Er hatte Sex?«

Wenn man Brends Glauben schenken sollte, dann hatten Mischka und er den besten Sex ihres Lebens gehabt. »Willst du es auch versuchen, Baby?«

Nachdenklich starrte sie für eine Sekunde ins Leere. »Mischka und Brends hatten aber doch auch schon vorher miteinander geschlafen?«

»Ja, hatten sie.«

»Haben sie« – sie errötete – »etwas Ungewöhnliches ausprobiert?«

Zer hatte sich nicht nach den Einzelheiten erkundigt, war für Brends aber als Zeuge bei der Bündniszeremonie dabei gewesen. »Sie hatten einfach nur Sex, Baby.«

»Okay. Also keine ungewöhnliche Stellung, kein –«

»Nein«, knurrte er. »Aber ich kann dir versichern, dass sie beide ihren Spaß hatten.«

»Was könnte es denn dann so speziell gemacht haben?« Sie schaute zu ihm hoch. »War es vielleicht die Häufigkeit?«

Auch danach hatte er nicht gefragt, aber vielleicht war sie da auf etwas gekommen. Vielleicht gab es ein Muster, das sie bisher nicht erkannt hatten.

»Wodurch wachsen die Flügel? Wenn es nicht an einer verrückten Stellung und auch nicht an der Häufigkeit liegt, wodurch werden sie dann hervorgebracht? Und warum ist es nicht beim ersten Mal passiert?«

»Was spielt das denn schon für eine Rolle? Ich bekomme meine Flügel nicht zurück, denn wir sind keine Seelenverwandten.« Er würde ihr da nichts vormachen.

»Bist du sicher?« Sie betrachtete ihn. »Ich kann jetzt nicht gerade behaupten, dass ich gern deine Seelenverwandte sein *möchte* –«

Herrgott, bei ihr klang das, als ginge es darum, den Müll rauszubringen, oder um einen besonders unangenehmen Besuch beim Zahnarzt.

»Aber wie sollen wir uns da wirklich sicher sein, Zer? Was haben die zwei gemacht, das wir nicht auch getan hätten?«

Er zuckte abweisend mit den Schultern. »Wir wissen, dass du eine Seelenverwandte bist, denn du standest auf Cuthahs Liste. Und bis jetzt lag er todsicher immer richtig.« Mit Betonung auf *todsicher*, wenn man bedachte, welches Schicksal die meisten Frauen auf der Liste ereilt hatte.

»Aber offensichtlich bist du nicht *meine* Seelenverwandte.«

»Beweis mir das.« Jetzt hörte sie sich wieder ganz wie eine Professorin an.

»Keine Flügel – da hast du deinen Beweis.«

Sie kniff die Augen zusammen. »Du hältst mich hin, Zer.«

Sie wollte Fakten hören? Die konnte er ihr liefern. Bevor er es sich noch einmal anders überlegte, berichtete er ihr in allen Einzelheiten, was Brends ihm über die Nacht erzählt hatte, in der ihm seine Flügel gewachsen waren.

»Brends sagte, er habe Mischka in dieser Nacht alles gegeben. Hemmungslos.« Er zögerte. »Er hat jedem dunklen Zwang nachgegeben, den er verspürte, und stand wohl knapp davor, zum Abtrünnigen zu werden.«

Er beugte sich vor und stützte sich zu beiden Seiten von ihr auf dem Schreibtisch ab, umgab sie mit seiner Wärme. »Wir alle sind ständig dieser Gefahr ausgesetzt. Wir trinken die ganzen Emotionen, die Gefühle, die ihr Menschen besitzt, und manchmal können wir einfach nicht mehr damit aufhören. Wir saugen immer mehr Empfindungen in uns auf, zehren über das Bündnis von euren Emotionen, bis ihr tot seid. Das war der Preis, den Michael uns auferlegt hat, als er uns aus dem Himmel verbannte und uns unsere Seelen und unsere Flügel nahm. Möchtest du meine Selbstkontrolle auf die Probe stellen?« Er barg lächelnd das Gesicht an ihrem Hals und spürte, wie plötzlich ihr Puls schneller ging, als sie begriff, was er meinte. »Brends hat sich nicht zurückgehalten, Liebling. Und ich werde es auch nicht tun.«

»Hältst du mir hier nur einen Vortrag – oder geht's um mehr, Zer?« Sie erhob sich und drehte sich in seinen Armen, sodass sie zwischen seinem Körper und dem Schreibtisch eingeklemmt war. Ihre reine, süße Erregung durchströmte ihn.

»Findest du das heiß, Liebes?« Er löste die mentale Verbindung ein Stück weit. Ihm war bewusst, dass seine Augen im Dämmerlicht des Büros silbern leuchteten. »Glaubst du, du kannst mit dem, was ich zu bieten habe, umgehen?« Er zuckte lässig mit den Schultern. »Ich besorg's dir, wenn du das möchtest. Falls es das ist, wovon du träumst.«

»Ich werde nicht mehr aufzuhalten sein«, brummte er. Der verdammte Duft ihrer Haut und ihr vor Erregung geröteter Teint brachten ihn fast dazu, den Kampf Kampf sein zu lassen und auf Cuthah zu pfeifen. Zer wollte sie einfach nur noch in die Arme nehmen, an einen sicheren Ort tragen und sie lieben. Doch das war nur sein Wunschtraum, die Realität sah anders aus.

»Es wird ganz und gar nicht sanft sein und du wirst mich nicht aufhalten können.«

Er ließ eine Hand an ihrem Unterarm hinuntergleiten. Ein Schauer durchlief sie und sie bekam eine Gänsehaut. »Wenn du etwas härteren Sex möchtest, ist das okay.« Solche Art von Fantasien konnte er bedienen. »Bei Brends und Mischka ist es genauso. Er hat sie so schnell und hart genommen, dass sie nicht einmal die Chance hatte, zu schreien. Nur sie und er in seinem Bett … Möchtest du solch harten, rabiaten Sex? Macht dich das an? Willst du einen Krieger, der dich im Bett richtig rannimmt und dich dominiert?«

»Vielleicht.« Ihre Stimme war nur ein heiseres Flüstern an seinem Ohr.

»Möchtest du es oder nicht?«

Als sie ihn anfunkelte, bekam er einen Ständer. Er war so ein kranker Mistkerl, kein Zweifel. Ihm wurde bewusst, dass *er* sie so nehmen wollte, und das jagte ihm eine Heidenangst ein. Trotzdem befand er sich momentan nicht gerade in der Stimmung, seinen Mann zu stehen und mit ihr über seine Gefühle zu sprechen. Aber das lag an ihm, nicht an ihr.

Warum malte er also mit der Hand sanft ein kleines Muster auf ihren Arm?

Er kniff die Augen zusammen. Sie sagte nicht »Nein, danke«, richtig? Nessa wurde rot und umfasste seinen Unterarm.

»Möchtest du diese Spielart mit mir ausprobieren?« War das

etwa seine Stimme, er, der da diese Frage stellte? »Ich muss dich aber warnen: In Sachen Frauengeschichten bin ich nicht gerade mit Erfolg gesegnet. Die Letzte, auf die ich aufpassen sollte, ist meinetwegen gestorben. Ich habe Esrene nicht beschützt. Du solltest dir das Ganze also vielleicht lieber erst noch einmal überlegen.«

Sie erstarrte. »Esrene?«

»Ich habe sie nicht geliebt«, sagte er schnell. »Aber, ja, sie war mir wichtig und darüber hinaus Brends' Zwilling. Und da ich sein Anführer bin … Ich hatte geschworen, sie beide zu beschützen.«

»Und das hast du auch.« Da war sie sich sicher.

Er schaute sie grimmig an. »Ja. Ich habe den Erzengel verfolgt und geschworen, ihn umzulegen, wenn ich ihn zu Gesicht bekomme.«

»Den Erzengel Michael.«

»Genau.« Er ließ die Schultern kreisen und richtete seinen Blick auf die Waffen auf ihrem Schreibtisch. Mit tödlicher Präzision setzte er mit seinen großen Händen das kleine Arsenal zusammen. Als er ihr erneut in die Augen sah, hielt er inne. »Ja«, bestätigte er noch einmal. »Aber es war ein abgekartetes Spiel. Ich weiß bis heute nicht, warum Michael die Schuld an Esrenes Tod auf sich genommen hat. Vielleicht *fühlte* er sich dafür verantwortlich. Mir ging es jedenfalls so. Ich habe mich von Cuthah an der Nase herumführen lassen, und schlimmer noch, Michael angegriffen und damit gegen die grundlegende Regel für unseresgleichen verstoßen. Ich habe mich dem Befehl eines Erzengels widersetzt und seine Autorität nicht anerkannt. Darauf stand eigentlich die Todesstrafe.« Der Lauf einer Waffe rastete leise ein, als er ihn montierte. »Doch stattdessen habe ich einen Krieg angefangen. Und zu viele der

Männer, die unter mir gedient hatten, entschlossen sich, stattdessen fortan für mich zu kämpfen.«

Sie stellte sich hinter ihn. Das Dumme war, dass sie ihre Hand in seinen Nacken legte und die angespannte Muskelpartie massierte. Sie versuchte, ihn zu trösten – doch er wollte nicht getröstet werden. »Du hast getan, was du für richtig hieltest, Zer. Warum sollte das falsch sein? Die anderen Gefallenen beschlossen, dir zu folgen. Es war ihre Entscheidung.«

»Nein.« Es brachte nichts, zu beschönigen, was passiert war. Er klemmte den Ladestreifen in die Waffe und sah am Lauf hinunter. »Ich war ihr Anführer. Verdammt, das *bin* ich immer noch. Somit liegt die Verantwortung allein bei mir.« Er setzte die Waffe ab und wandte sich zu ihr um. »Ich habe diesen Krieg begonnen, also muss ich ihn jetzt auch beenden.«

Er wollte sie abschrecken, das begriff sie. Deshalb hätte sie die Wärme seines Körpers wohl nicht noch für einen Moment genießen sollen, ehe sie sich von ihm löste. »Und wie? Was hast du vor, Zer?« Sie ging zur Vorderseite des Schreibtischs, drehte sich herum und knallte die Hände zu beiden Seiten von ihm auf den Tisch. »Und welche Rolle spiele ich nun wirklich bei der ganzen Sache? Gibt es überhaupt eine – oder habe ich meinen Zweck schon erfüllt? Ich mag vielleicht zum Großteil ein Mensch sein, deshalb bin ich aber nicht weniger wert als du.«

Er seufzte. »Das ist mir klar, glaub mir.«

»Ist es das?«

»Ja.« Er drückte sich vom Tisch ab und sie beobachtete, wie er auf sie zukam. Er schien die kurze Distanz zwischen ihnen mit seiner Hitze und seiner Größe zu füllen.

»Ich bin nicht die Seelenverwandte, nach der du gesucht hast.« Wenngleich ein Teil von ihr sich verräterischerweise wünschte, sie wäre diese Frau.

Er machte eine ungeduldige Handbewegung. »Ich habe nie geglaubt, dass ich eine habe.«

Warum nicht? »Was wolltest –«

Er unterbrach sie, indem er sie sanft zu sich herumdrehte und auf den Tisch setzte. Das Geräusch von aufeinanderreibendem Metall war zu hören, als er die Waffen beiseiteschob, um ihr Platz zu machen. Sie beschwerte sich nicht einmal darüber, dass Papiere auf den Boden segelten – ihre Unterlagen. Es kümmerte sie nicht, wurde ihr bewusst. Die Zeit schien stillzustehen.

Zer legte ihr einen Finger an die Lippen und umfasste mit der anderen Hand sanft ihren Nacken. »Ich hatte dich für einen meiner Brüder vorgesehen. Ich wollte wenigstens einen von ihnen retten.«

»Du kannst solche Entscheidungen nicht für sie treffen.«

Etwas Dunkles blitzte in seinen Augen auf. »Das weiß ich.«

»Jetzt schon.«

Er lächelte zögerlich, was Nessa regelrecht dahinschmelzen ließ. »Genau, jetzt. Du hast also entweder den falschen Mann gewählt, standest fälschlicherweise auf Cuthahs Liste oder er hat die falsche Frau erwischt. Aber selbst wenn du keine Seelenverwandte für einen der Gefallenen bist, hilfst du uns nun, seine Armee zu schlagen. Du hast uns dem Sieg einen Schritt näher gebracht, das werde ich dir nicht vergessen, Nessa St. James.« Er hatte ihren Namen ausgesprochen, als wäre er ein Versprechen, ein Gelöbnis. »Ich stehe dafür tief in deiner Schuld und ich habe geschworen, dass ich dich beschützen werde, egal, was es mich kostet.«

Die Geräusche, die von draußen – von dort, wo ihr Labor gewesen war –, zu ihnen hereindrangen, ließen nicht Gutes erahnen, klangen nach Gewalt.

»Du brauchst das nicht für mich zu tun.«

Er sah ihr tief in die Augen und zögerte kurz. »Ich muss es aber für mich machen.« Er schwieg einen Moment lang, bevor er weitersprach. »Für uns. Was auch immer du bist oder nicht bist, Nessa, mir bedeutest du alles.«

Sie hätte niemals gedacht, dass sie ihn das sagen hören würde. Und jetzt, da er diese Worte ausgesprochen hatte, wollte er da rausgehen und sein Leben für seine Brüder geben. Für sie.

Zer füllte ihr viel zu kleines Büro fast komplett aus und stützte sich mit seinen großen Händen auf der überladenen Tischplatte ab. Sie waren so riesig und stark, dass sie Nessa in ihren Bann zogen. Er hatte ihr mit ihnen unübertreffliche Lust bereitet und würde sie nun dazu nutzen, sie zu beschützen, koste es, was es wolle. Die Art, wie sich sein enges T-Shirt an seine Brust schmiegte, faszinierte sie, dazu trug er seine übliche Kluft aus schwarzem Leder und diese verdammten Stiefel. Seinen Ledermantel hatte er abgelegt, doch mit Sicherheit nur, weil es unmöglich gewesen wäre, damit durch den engen Luftschacht zu kriechen. Als er sich schließlich bewegte, konnte sie den Blick nicht von seinen starken, durchtrainierten Unterarmen mit diesen teuflischen schwarzen Tintenwirbeln lösen. Tinte, die förmlich zu schreien schien, dass er zu ihr gehörte – ebenso wie sie zu ihm.

»Es geht da hoch.« Er deutete mit einem Daumen in Richtung des Lüftungsschachts in der Decke. »Das ist der Plan. Ich werde dich durch den Schacht nach draußen bringen, bevor ich es mit Cuthah aufnehme.«

»Ich lasse dich nicht allein. Und was ist mit meinen Studenten?«

»Die müssen wir als Kollateralschäden abhaken, Nessa.« Er ruinierte den Eindruck, er sei ein richtig harter Kerl, indem er hinzufügte: »Ich kann sie nicht rausholen. Cuthah hält sie in deinem Labor fest.« Beiden war klar, dass er ihr Einverständnis hätte erzwingen können – mit roher Gewalt oder aber durch das Bündnis. Er brauchte sie nichts zu fragen. Doch so hielt er es nicht.

»Nein«, wiederholte sie. Er verschränkte die Arme vor der Brust und setzte sich dann auf ihren armseligen Bürostuhl. Mit seinem für ihn typischen breiten, teuflischen Grinsen legte er die Füße auf den Tisch und nahm die unmöglichen Umstände hin, die sie gerade geschaffen hatte. »Dann hast du einen anderen Plan für mich, Baby? Möchtest du vielleicht doch auf mein Angebot zurückkommen?«

Sie setzte sich rittlings auf ihn, wobei ihr weißer Laborkittel aufklaffte. Doch er fasste sie bei den Schultern, um ihre Abwärtsbewegung abzustützen. Zwischen ihren gespreizten Schenkeln spürte sie etwas Heißes und Hartes – er war also ganz und gar nicht so entspannt, wie er tat.

Sie imitierte seine Zärtlichkeiten vom Morgen und fuhr mit den Daumen über seine Wangen.

Sein markant geschnittenes Kinn wirkte genauso unnachgiebig wie der Mann selbst. Auf seinem Schoß hockend, sah sie aus nächster Nähe, wie er den Blick hob und sie kühl und herausfordernd anschaute. »Sex? Jetzt? Du überraschst mich, Baby.« Doch hinter der Fassade spürte sie noch etwas anderes. Er wollte es, wollte *sie*.

Und wenn sie doch genau das war, was er brauchte? Wenn man nur von ihren Genen ausging, *konnte* sie seine Seelenverwandte sein. Okay, jemandes Seelenverwandte. Sie besaß den genetischen Marker – sie musste nur den richtigen Mann finden.

Mit einem zufriedenen Brummeln betrachtete sie den Kerl unter sich. Sie hatte ihn schon längst gefunden. Nun brauchte sie ihn nur noch zu überreden, zu bleiben.

Bei ihr.

Es war an Nessa, Zer dazu zu bringen, loszulassen. Damit er seine Flügel bekam. Und sein Leben behielt.

Sie senkte den Kopf und gab ihm einen langen leidenschaftlichen Kuss. Gott, sie liebte seine festen, prallen Lippen. Schon als sie sie nur streifte, löste dies das inzwischen wohlbekannte Verlangen in ihr aus. Nessa ließ die Zunge tief in seinen Mund gleiten und schwelgte in seinem Geschmack. Unter ihr gab er ein heiseres, männliches Stöhnen von sich, bei dem sie ganz feucht wurde.

Sie hob den Kopf, registrierte seinen benommenen Blick und lächelte breit. »Nimm mich, Zer!«

»Bist du sicher, dass du das willst?«

Sie beugte sich vor und hielt seinen Schwanz vor das süße V zwischen ihren gespreizten Schenkeln. Ihr Gesicht war vor Erregung gerötet, als sie nickte. Dann griff sie nach dem Saum ihres Rocks und zog ihn hoch. Auf die zarte Berührung mit dem Stoff reagierte sein Schwanz sofort. »Ich bin mir sicher«, flüsterte sie. »Hundertprozentig.«

»Du hast mir doch gesagt, es gebe nie eine hundertprozentige Erfolgsquote.«

Als sie zart mit der Zunge über seinen Mundwinkel fuhr, erschauerte er. »Hierbei schon. Bei *uns* ist es anders.«

Sie hatte keine Hemmungen mehr – und das war verdammt sexy. Sie gab ihm alles, was sie besaß. Hemmungslos.

Er lehnte sich auf dem Stuhl zurück, sodass sie mehr Platz hatte, ihre magischen Reize auf ihn auszuüben. Langsam und erotisch zog sie sich aus. Die verführerischen Rundungen ihrer Brüste brachten ihn dazu, mit den Händen in ihre Haare zu greifen, sie zu sich herunterzuziehen und ihr einen Kuss zu geben.

Sie ließ sich gegen ihn sinken, und Zer wünschte sich, dieser Moment möge niemals enden.

Plötzlich wurde ihm bewusst, was er ihr sagen wollte – ja, musste, und er unterbrach seine Liebkosungen. »Ich liebe dich.« Er suchte ihren Blick. »Ich liebe dich, Baby.«

Sie zog sich von ihm zurück und schaute ihn auf einmal voller Unbehagen an. »Warum?«

»Wir sprechen hier nicht von Wissenschaft, Nessa. Es ist einfach so. Oder kannst du mir sagen, warum du mich liebst?«, fragte er, während er ihr das verworrene Haar aus dem Gesicht strich.

»Ich habe nie gesagt, dass ich dich liebe.«

»Aber das tust du.« Wenn es nicht so wäre, würde der Begriff *die ewige Hölle* eine ganz neue Bedeutung bekommen. Er musste die Wahrheit also aus ihr herauskitzeln.

Spitzbübisch grinsend zog er sie wieder an sich.

20

Sein Lächeln hätte ihr eine Warnung sein sollen. Es war lüstern, männlich und arrogant. Unter sich spürte sie, wie sich sein Schwanz regte. Nur noch ihr Slip und seine Lederhose trennten sie voneinander. Nessa fühlte ihre eigene Erregung warm und feucht zwischen ihren Beinen und spreizte diese weiter, um sich gegen die dicke, vielversprechende Beule zu drücken. Zer sah so verdammt gut aus.

»Ich werde dich schon dazu bringen, es zu sagen, Baby.« Durch diese sinnliche Drohung wurde sie nur noch feuchter. Er lehnte sich auf dem Stuhl zurück. Seine Armmuskeln traten hervor, als er sie umfasste und noch besser in Position brachte.

»Vielleicht«, provozierte sie ihn und fasste mit einer Hand nach unten zwischen ihre beiden Körper. Im Nu hatte sie seine Hose aufgeknöpft und schloss die Finger um seinen unglaublichen Ständer. Lang und hart, lag sein Schwanz wunderbar schwer in ihrer Hand. Fasziniert begann sie, diese an seinem zarten, warmen Schaft auf und ab gleiten zu lassen, während sie mit dem Daumen über die geschwollene Eichel rieb.

»Reiz mich nur, Baby«, brummte er. »Ich werde sicherstellen, dass du jedes deiner Versprechen dann auch einhältst.« Er umfasste sie noch fester und machte ein genießerisches Gesicht. Zur Antwort beugte sie sich vor und schloss die Faust um sein Glied.

»Ich will dich!« Es war so unglaublich heiß und groß, dass sie kaum die Hand darum schließen konnte. Diese goldene, warme Haut vor sich zu haben stellte eine Versuchung sondergleichen dar, der sie nicht zu widerstehen vermochte, also beugte sie sich vor und beschrieb mit der Zunge ein verführerisches Muster auf seiner Brust. Als sie über eine seiner noch immer vom dünnen Stoff bedeckten Brustwarzen fuhr, entrang sich seiner Kehle ein raues Knurren.

»Du musst dir sicher sein«, warnte er sie. »Ich habe versucht, dich zu beschützen, Baby. Du wusstest nicht, was dich erwartet, als du in meine Welt hineingeraten bist. Bis jetzt habe ich mich zurückgehalten.« Mit seiner freien Hand strich er an ihrem Arm hinauf. »Keine Ahnung, wie das hier enden wird. Deswegen musst du mir bestätigen, dass es okay für dich ist.«

Er spielte an ihren Nippeln. Stumm beobachtete Nessa, was er mit seinen schlimmen Fingern anstellte. »Ich will dich!« Sie legte ihm die Hände auf die Brust und schaute ihm in die Augen. Er wollte die Wahrheit hören, also teilte sie ihm diese auch ehrlich mit. »Ich möchte das hier alles. Und was auch immer geschieht, ich wünsche es mir für uns beide, Zer. Ich will, dass wir es zumindest versuchen. Du würdest mir niemals wehtun. Das weiß ich.«

»Du musst dir sehr, sehr sicher sein. So sicher, dass es für uns beide reicht.« Seine sündige Hand lag nun über ihrem Herzen. »Denn ich bin es nicht, Baby. Ich möchte dich beschützen und dich am liebsten für immer hier in den Armen halten.«

Doch das konnte er nicht. Niemand hätte das gekonnt. Außerhalb dieses Raums drohte ein Sturm loszubrechen. Und gemeinsam mussten sie nun irgendwie einen Weg finden, das, was gerade geschah, zu beenden. Für den Fall, dass sie es nicht schaffen sollten, wollte Nessa zumindest diese Erinnerungen – egal, wie lange sie diese wachzuhalten vermochte.

Zer machte ein entschlossenes, beschützerisches Gesicht. »Ich würde alles tun, damit du in Sicherheit bist«, schwor er.

»Dann lass mich jetzt das Gleiche für dich tun«, gab sie flüsternd zurück. »Lass mich dich beschützen, Zer. Lass mich helfen, wenn ich kann.«

Ein fast schon gequälter Ausdruck huschte über sein schönes, dunkles Gesicht, dann aber fuhr er fort und zog Nessa vor seinen Augen aus. »Du hast gewonnen, Baby. Wenn du mir geben möchtest, was ich begehre, dann sage ich nicht Nein. Ich werde dich nehmen.«

Ganz der unnachgiebige Krieger, schien er ihr Büro förmlich auszufüllen, ihre ganze Welt – es gab nichts und niemanden mehr außer ihm. Er war die alleinige Antwort auf all die heimlichen Fantasien, von denen sie nachts träumte. Mit seinen Worten brachte er eine raue, tief in ihr verborgen liegende Saite zum Klingen. Sein Blick auf ihre nackten Brüste ging ihr durch und durch und sie genoss es, ihm auf diese Weise ausgesetzt zu sein.

»Du bist wunderschön«, gestand er ehrfurchtsvoll. Sie *fühlte* sich auch so. Er schenkte ihr glühende Blicke, ging jedoch mit seinen Händen, diesen großen, derben Pranken, seltsam sanft um, streichelte die weiche Haut, die er entblößt hatte, als wäre die Frau vor ihm etwas – jemand – Seltenes und Kostbares. Ganz so, als würde Nessa der Mittepunkt seiner Welt sein.

Er umfasste ihre Brüste und strich zart mit seinen schwieligen Fingern über die nackte Haut.

»Zieh dich für mich aus.« Sie wollte ihn nicht nur berühren, sondern auch sehen, wollte so viel von ihm, wie sie bekommen konnte. Er bereitete ihr schon jetzt solche Lust, dass sie am ganzen Körper zitterte.

»Nein«, sagte er und entlockte ihr damit ein Wimmern. »Nicht hier, wo es nicht sicher ist, Baby. Ich muss dich beschützen können.

»Dann streif wenigstens das ab.« Als sie an dem T-Shirt zuppelte, ließ er es sich bereitwillig von ihr über den Kopf ziehen.

Nackt zu sein, während er noch etwas anhatte, und zu fühlen, wie er ihre Haut streifte, erfüllte sie mit unglaublicher Begierde, doch sie wollte ihm noch näher sein. Haut an Haut spüren. »Bitte, zieh dich für mich aus«, bettelte sie, aber er schüttelte nur den Kopf. »Warum denn nicht?«

»Weil ich vielleicht kämpfen muss«, antwortete er barsch. »Und das werde ich bestimmt nicht splitterfasernackt tun.«

Dann musste sie eben ein bisschen kreativ werden und ihn dazu bringen. Das konnte sie doch, oder? Sie drückte ihn auf dem Stuhl nach hinten und glitt an seinem Körper hinunter. Er spannte seine starken Arme an und löste die Hände von ihrer Taille, um sich am Stuhl festzuhalten.

Nessa lächelte breit. Er gehörte ihr. Voll und ganz. »Du möchtest doch, dass ich das mache, oder? Dass ich herausfinde, wie du schmeckst?«

»Oh ja, Baby«, knurrte er heiser. Er schob die Hände in ihre Haare und dirigierte sie nach unten. »Und ich möchte dir dabei zusehen.«

Um ihn zu reizen, senkte sie den Kopf, sodass ihre Haarspitzen über seinen Schwanz strichen. Sie wurde mit einem heiseren Stöhnen belohnt und seine Erektion begann zu zucken. Ihre Erregung wuchs, und durch ihren Körper jagten heftige, heiße Schauer der Lust. Noch nie hatte sie ihn so begehrt. Sie wusste, dass sie ihn vielleicht zum letzten Mal berührte und überhaupt mit ihm zusammen sein konnte.

»Du bringst mich noch um«, murmelte er mit halb geschlossenen Lidern. »Das ist keine gute Idee.« Eine unmissverständliche Spannung erfasste seinen wuchtigen Körper und brachte ihn dazu, sich an die Stuhlkante zu klammern. Er hatte hier nicht das Kommando – nicht mehr. Sie gab den Ton an und, bei Gott, damit wurde wieder eine ihrer erotischen Fantasien Wirklichkeit.

Sie beugte sich vor und nahm sein mächtiges, hartes Glied in die Hand, kratzte mit den Fingernägeln von oben nach unten an seinem glatten Schaft entlang, während sie mit der Zunge gleichzeitig einen lustvollen Pfad hinaufzog. Er schmeckte herb und salzig. »Ich will dich«, flüsterte sie an seiner Haut. »Ich werde dich einfach nehmen. Mir ist egal, wer oder was zur Tür hereinkommt – für den Moment gehörst du voll und ganz mir.« *Nur mir …*

Er reagierte mit einem heiseren Stöhnen, das ihr durch Mark und Bein ging.

»Ich werde dich nun küssen«, versprach sie und sah zu ihm auf. »Und ich werde dich die ganze Zeit über dabei beobachten. Bei jeder Berührung.« Sie hielt inne und umfasste seine Hoden. »Ich will mich dir nahe fühlen.«

Dieses Mal schloss sie nicht die Augen. Sie brauchte jeden Zentimeter von ihm und wollte – nein, musste – sehen, was ihr intimer Kuss bei ihm auslöste, mit ihm anstellte. Gut möglich, dass es für sie beide kein Morgen geben würde. Wenn dies hier also ihre letzte Gelegenheit war, ihn zu berühren, dann durfte sie keine einzige Sekunde davon verpassen.

Sanft saugte sie an der prallen Spitze seines Glieds und zog den feuchten Spalt mit ihrer Zunge nach. Als sie schließlich den Kopf zur Seite neigte, um an seinem Schaft entlangzugleiten, legte sie die Wange auf das abgetragene Leder seiner Hose, unter der die warme, weiche Haut seines Oberschenkels zu spüren war. Dann umfasste sie wieder mit einer Hand seine Hoden, während sie die Finger der anderen um seine Peniswurzel legte und seinen Schwanz in ihren Mund schob.

Die Eichel füllte diesen fast vollständig aus. Dennoch schloss sie die Faust um sein Glied und nahm es so tief auf, wie es ging, während sie den unteren Teil weiter fest umfasst hielt. Die unverfälschte Intimität der leisen Sauggeräusche und das Gleiten ihrer Hand über seinen feuchten Schaft ließ sie beide in ihrer ganz eigenen, vertrauten Welt versinken. Er schob die Hände in ihr Haar und brachte sie dazu, seinem persönlichen Rhythmus zu folgen, wobei er ein raues Stöhnen ausstieß, das sie ganz verrückt machte. Tiefes Verlangen baute sich in ihr auf.

Seine großen Hände waren locker in ihrem Haar vergraben, während sie ihn genüsslich mit dem Mund bearbeitete und dabei auf seinen dicken, feuchten Schwanz schaute.

Lass dich gehen, flüsterte sie ihm über ihre Verbindung zu. Sie öffnete sich ihm, ließ alle mentalen Schranken fallen, damit er ihre Erregung und ihre Gefühle durch ihr Bündnis spürte. Gleichzeitig konnte sie seine Lust fühlen, die intensiven Empfindungen, die ihn erfassten und sie anspornten, fester zu saugen und ihn tief in sich aufzunehmen.

Von seiner Verbündeten so heiß und feucht mit dem Mund berührt zu werden, brachte ihn fast um den Verstand. Er bog den Rücken durch, schob sich ihrem Mund entgegen und gab sich den Gefühlen hin, die er durch ihre Verbindung spürte. Während sie an ihm saugte und ihn tief in einen Strudel der Lust hineinzog, hörte er, wie Nessa selbst vor Lust leise und sexy aufstöhnte. Als sie schließlich auch noch begann, sein ohnehin schon gereiztes Glied gleichzeitig mit der Zunge zu bearbeiten, explodierte ein Feuerwerk der Gefühle in ihm, bei dem er unwillkürlich die Zähne zusammenbeißen musste.

Zwar hatte er auch schon zuvor einen geblasen bekommen, doch noch nie war es derart intensiv gewesen, hatte er eine solche Verbundenheit empfunden. Die Emotionen, die ihn erfassten, waren extrem stark, als gäbe es ein heißes Feuer in ihm, durch das er jegliche Kontrolle zu verlieren drohte. Oh Gott, er musste sie berühren, musste jeden Zentimeter von ihr erforschen.

Ehe er noch zum Orgasmus kam, zog er sich aus der geilen Hitze in ihrem Mund zurück. Er wollte tief in ihr sein, wenn er seinen Höhepunkt erreichte. Also ignorierte er ihr protestierendes Wimmern und zog sie zu sich nach oben. »Nun bist du dran, Baby«, flüsterte er mit heiserer Stimme. »Jetzt kümmere ich mich erst einmal um dich. Es ist Zeit, dass du kommst, und zwar heftig.«

Als er sie auf den Rücken legte, konnte er sich kaum noch zurückhalten. Sie presste sich an ihn, streichelte mit den Händen über seine Schultern und seinen Rücken. Es war Lust im Tausch gegen Lust, als er ihre Beine spreizte und gegen ihren Schoß stupste.

»Zer«, stöhnte Nessa auf, während er ihr zart in ihre verführerische Ohrmuschel biss.

Sie gehörte ihm und brachte ihn fast um den Verstand. Er hatte nur noch sie im Kopf, konnte weder über diesen Augenblick hinaus noch an den bevorstehenden Kampf denken. Das war keine Waffe – *sie* war keine Waffe. Es gab nur sie und ihn und die wachsende Lust zwischen ihnen.

Er senkte den Kopf, um sie zu küssen. Als er mit seinem Schwanz über ihre süße Spalte strich, wäre er beinahe gekommen.

Verdammt! Er musste sich zusammenreißen. Das hier sollte gut für sie werden.

»Ich werde dich nehmen, Baby.« Das musste er. Er konnte nicht aufhören und würde es auch nicht. Nicht jetzt.

Er schützte sie mit seinem Körper – nur für den Fall, flüsterte der Abtrünnige in ihm – und stieß hart und schnell in sie, füllte sie aus. Nessa schrie unter ihm vor Lust auf und bog sich ihm entgegen.

»Du fühlst dich so verdammt gut an.« Er barg seinen Kopf an ihrer Halsbeuge. »So verdammt gut, Nessa.«

»Mehr«, bettelte sie, während sie sich an ihn schmiegte. »Ich brauche mehr.«

Sie wollte mehr, also gab er ihr mehr. So einfach war das. Er begann, in einem harten, schnellen Rhythmus in sie zu gleiten, und hob den Kopf, um sie dabei anzusehen. Als er erneut besonders tief in sie eindrang, schaute er zu, wie die Lust sie schier überwältigte. Oh Gott, hier ging es um *mehr*.

Man kannte einen Menschen niemals so richtig, nicht in- und auswendig. Doch man konnte jemanden mit jeder Faser seines Körpers lieben.

Zum Teufel noch eins, er kannte ja verdammt noch nicht ein mal sich selbst.

Und dennoch wusste er eins. »Ich liebe dich«, murmelte er gegen die verschwitzte Haut an ihrem Hals und schlang die Arme um sie, um sie näher an sich zu ziehen. Wieder und wieder glitt er in sie und zog sich zurück. Als sie schließlich herrlich eng wurde und ihn regelrecht gefangen hielt, gab es für Zer kein Halten mehr. Nessa gab sich ihm hin, nahm ihn ganz in sich auf. Er hatte nicht länger die Kontrolle über sich, der Raum war erfüllt von dem harten, intimen Geräusch von aufeinanderprallender Haut und ihrem gehauchten Stöhnen.

Wenn er es gekonnt hätte, wäre er in sie hineingekrochen und hätte sich in ihrer Seele eingenistet.

»Oh mein Gott, Zer«, keuchte sie und krallte die Fingernägel in seine Schultern. Er genoss jedes kleine, besitzergreifende Zwicken. Er gehörte zu ihr, gehörte *ihr*.

»Nessa …«, flüsterte er.

Er zog sie näher an sich und noch näher. Ein »Sie« oder »Er« existierte nicht mehr. Sie beide verloren sich in der unglaublichen Lust. Und als Zer schließlich kam, übertönte sein eigener Lustschrei fast – aber nicht ganz – ihr langes, tiefes, ekstatisches Stöhnen, während sie sich unter ihm aufbäumte, zusammensackte und sich ihre Muskeln in kurzen, heftigen Kontraktionen um sein Glied zusammenzogen.

Vollkommen atemlos vergrub er sein Gesicht an ihrem Hals und sog ihren Duft ein, als er sich in ihr ergoss.

Nessa hob die Hand und strich ihm über den Nacken. »Ich liebe dich.« Verdammt, ihre Worte erschütterten ihn, trafen ihn bis ins Mark. Noch bevor er recht wusste, was er sagen sollte, zog sie ihn näher an sich, indem sie die Arme um ihn schlang. »Ich liebe dich, Zer.«

Er schaute in ihre weit aufgerissenen Augen, blickte ihr direkt in die weit geöffnete Seele. Herrgott, sie offenbarte ihm alles. Alles, was sie war, was sie ausmachte – lag hier, direkt vor ihm ausgebreitet.

Und dann spürte er einen unbeschreiblichen Schmerz.

Die Haut auf seinem Rücken riss weit auf, und es war, als würde ihm jemand einen Muskel nach dem anderen von den Knochen ziehen. Einen seligen Moment lang wurde er ohnmächtig, dann traf ihn der Schmerz erneut wie ein Sattelschlepper, der die Schnellstraße entlangraste, zu dem sein Körper geworden war.

Unter ihm verkrampfte sich Nessa. »Geht es dir gut?«

Stöhnend rollte er sich von ihr herunter und blieb seitwärts auf dem Boden liegen. *Gut* schien ihm die Übertreibung des Jahres zu sein.

Es ging ihm ganz und gar nicht gut. Irgendetwas schier Unmögliches geschah gerade mit ihm, und er fühlte sich dem Ganzen hilflos ausgeliefert.

Vor Schmerz und Wut darüber verzog er den Mund. Er war sonst nicht hilflos. Niemals. Und doch lag er nun vollkommen außer Gefecht gesetzt dort auf dem Boden.

Erneut schoss der Schmerz durch seinen Körper und Zer

keuchte, als er endlich wieder nachließ. Nachdem seine vernebelten Sinne wieder klar wurden, bemerkte er, dass Nessa seine Schulter streichelte.

Er umfasste ihr Handgelenk und zog sie zu sich herunter. Plötzlich hatte er eine Erkenntnis. *Der Wandel! Der* echte *Wandel!*

Gott, er wandelte sich. Zum ersten Mal seit Jahrtausenden waren seine Worte als reines Gebet gemeint.

Sie zögerte, offensichtlich besorgt. »Geht es dir gut, Zer?« Dass er übel aussah, brauchte sie gar nicht erst zu erwähnen.

»Ja«, ächzte er und kämpfte sich durch eine weitere qualvolle Kontraktion, bei der er sich vor Schmerz krümmte. »Wir kriegen gerade das, was wir uns gewünscht haben.«

»Nein!« Sie warf einen Blick auf seinen Rücken. Ihre entsetzte Reaktion verriet ihm, wie schlimm es aussah. »Du hast mir nicht gesagt, dass es wehtun würde.«

Mit einem letzten schmerzvollen Stoß brachen seine Flügel durch die Haut auf seinem Rücken und breiteten sich langsam aus. Bis zu diesem Augenblick, da er vor Emotionen schier überquoll, war ihm gar nicht bewusst bewesen, wie leer er sich gefühlt hatte.

Zer wollte, dass sie blieb.

Eine nicht gekannte Freude erfüllte sie. Er liebte sie wirklich. Zumindest hatte er ihr das gesagt – und sie es ihm auch, nicht wahr? Und es war ihr voller Ernst gewesen. Zer zu sagen, was sie empfand, hatte sich so richtig angefühlt. Man konnte bei ihnen beiden wohl nicht von Feingeistern sprechen, ihre Liebeserklärungen waren vermutlich die knappsten in der Geschichte von M City. Dennoch durchflutete sie ein unglaublich warmes Gefühl.

Er sah einfach atemberaubend aus. Seine neuen Flügel bestanden dort, wo die Ansätze mit dem Rücken verbunden waren, aus reiner geschmeidiger Muskelmasse – und sie besaßen eine Spannweite von viereinhalb Metern, damit sein über neunzig Kilo schwerer Körper vom Boden abheben konnte. Zer erbebte und streckte sich, um sich schließlich aufzusetzen und die dunklen Flügel auszubreiten. Dann strich er ihr mit einer Hand über den Arm.

»Bist du okay?«, fragte er sie.

Nessa nickte, immerhin war hier ja nicht sie diejenige, die gerade ein paar riesige Flügel hervorgebracht hatte. Dabei konnte sie sich ziemlich gut vorstellen, wie schmerzvoll dieser Vorgang gewesen sein musste.

»Darf ich sie berühren? Deine Flügel?« Sie wollte unbedingt wissen, wie sie sich anfühlten.

Er schaute sie bedächtig an. »Nur zu.«

Bevor er es sich noch anders überlegte, streckte sie eine Hand aus und berührte die zu ihr ragende Schwinge. Die Spitze war fest und leicht. Auch Vögel, das wusste sie, besaßen starke, aber leichte Knochen, die sich in Tausenden von Jahren herausgebildet hatten, weil die Tiere sich damit optimal durch die Lüfte zu bewegen vermochten. Zer würde ebenso kraftvoll fliegen wie ein Raubvogel. Mit diesen Schwingen könnte er feste, heftige Schläge ausführen, um sich quasi durch die Luft zu stoßen. Sie schienen ihr nicht zum gemächlichen, langsamen Gleiten gedacht zu sein, sondern eher für die Art von schnellen Zwischenspurts, die es brauchte, um Beute zu fangen.

Und natürlich für die schlichte brachiale Kraft, die man zum Fliegen benötigte.

Sie strich über die weiche Oberfläche und analysierte dabei ihre Sinneswahrnehmungen. Im mittleren Teil gab es drei Knochen, zwei davon in der unteren Hälfte. Damit wurden die kräftigen Stöße nach unten möglich, die er machen musste, wenn er seinen Körper in die Luft brachte. Durch die Evolution oder aber durch göttliche Vorsehung waren diese Flügel so ausgeformt, dass man mit ihnen schnelle Manöver fliegen konnte. Es handelte sich bei ihnen, so viel stand fest, ganz und gar um die Schwingen eines Greifvogels.

Dieser Vergleich passte. Zer hatte die Flügel – und das Herz – eines solchen Jägers. Selbst jetzt, als er sich aufrappelte und zu ihr kam, wirkte jede seiner Bewegungen schnell und zielstrebig. Er zögerte nicht, sondern schlug einfach seinen Kurs ein und hielt ihn. Hinter ihm glänzten seine Flügel dunkel, und das Mitternachtsschwarz der Federn an den äußeren Rändern ging in die Schatten des Raums über. Nein, diese Schwingen waren definitiv nicht für gemächliches, anmutiges Gleiten gedacht, sondern auf Wendig- und Geschwindigkeit ausgerichtet.

»Was haben wir getan?«, murmelte sie. Denn dazu hatte es sie beide gebraucht. Zusammen.

Zer streckte eine Hand nach ihr aus, doch sie konnte einfach nicht den Blick von diesen mit trügerisch weichen Federn bedeckten Flügeln lösen. Sie strich mit den Fingern darüber und genoss, wie zart sie sich anfühlten – sie bildeten einen heftigen Kontrast zu dem Mann selbst. Während die Flügel seidige Schwerelosigkeit bedeuteten, wirkte er hart, schwer und düster, geradezu wild.

Wieder zögerte er nicht; die Worte, die er an sie richtete, waren genauso direkt wie der ganze Mann es war. »Ich liebe dich«, sagte er noch einmal. »Dieses Geständnis hat alles verändert. Es hat *mich* verändert.«

Sie wollte irgendetwas, wusste aber nicht wirklich, was. Nicht nur er hatte sich verändert. Am liebsten hätte sie ihn wieder an sich gezogen und die unerwartete Nähe genossen.

»Glaubst du wirklich, mehr brauchte es nicht?« Immerhin

hatte sie ihn schon geliebt, bevor er an diesem Tag in ihr Büro gekommen war, doch da hatte es noch keine Anzeichen für Flügel gegeben.

Er schüttelte den Kopf. »Müssen wir jetzt darüber reden?«

Sie war nicht naiv. Sie wusste, wozu Cuthah fähig sein konnte. Aber womöglich würden sie nie wieder die Gelegenheit zu solch einem Gespräch haben. »Ich möchte es bloß verstehen«, entgegnete sie.

»Herrgott, Nessa!« Er umfasste ihr Kinn, drehte ihren Kopf zu sich und prägte sich ihren Anblick ein. Dann lehnte er die Stirn gegen ihre, war ihr unglaublich nah. »Es geht darum, nichts zurückzuhalten, klar? Du *kennst* mich. Du hast Seiten von mir gesehen, die niemand sehen sollte, und schon gar nicht jemand wie du.«

»Jemand wie ich? Ich *liebe* dich, Zer.« Sie hatte keine Hemmungen, das zuzugeben. Er mochte etwas Düsteres an sich haben, doch trotzdem war er es wert. Dieser Haudegen. Ihr Krieger. Er hatte schwere Entscheidungen getroffen und weitergekämpft. Bei ihm handelte es sich keinesfalls um den Trostpreis oder ein kleines dunkles Geheimnis, das man vor dem Rest der Welt verbergen musste.

»Ich liebe dich auch«, antwortete er mit rauer Stimme. »Du bist ein Teil von mir – von meinem Körper und meiner Seele, Nessa. Und ich wünschte …«, er zögerte kurz, ehe er weitersprach. »Ich wünschte, alle meine Brüder hätten ihre Seelenverwandten gefunden. Denn das, was wir haben … Es geht um mehr als nur um die Flügel. Bei dem, was wir haben, geht es um mich und dich und …« Er brach den Satz ab. »Ich bin kein Feingeist. Du bist das Herzstück des Ganzen. Mein Dreh- und Angelpunkt. Durch dich«, fuhr er mit Nachdruck fort, »habe ich meine Schwingen wieder, und nur deshalb führen wir diese verdammte Unterhaltung.«

21

Keros meldete sich nun wieder über das Headset und teilte Informationen mit, die Zer gar nicht bekommen wollte. Das Ablenkungsmanöver war vorüber und Cuthah auf dem Weg zurück zum Labor. Er hatte Nael und Vkhin fast um das gesamte Gebäude gejagt, doch seine Brüder konnten unmöglich weiter Dinge in die Luft sprengen, sonst würden sie noch den verdammten Gesamtkomplex zum Einsturz bringen. Immerhin war ihm durch die Aktion die Zeit verschafft worden, die er brauchte. Das allein zählte.

Im Geist führte Zer sich die neueste Errungenschaft seines Arsenals vor Augen: Flügel. Heilige Scheiße, das übertraf alles. Er konnte zwar nicht abschätzen, ob seine wiedergewonnenen Schwingen ihm den taktischen Vorteil brächten, den er im Kampf gegen Cuthah benötigte, doch er würde jede Waffe einsetzen, die ihm das Schicksal zuspielte. Allerdings waren sie weit mehr als nur ein Kriegswerkzeug, oder? Ihn ließ die Erinnerung daran, wie Nessa mit den Fingern in seine Flügel gefasst hatte, nicht los. Das Gefühl war mehr als nur ein sinnliches Andenken. Es war die Art von Empfindung – wohlig und innig –, bei der ein Mann vergaß, dass er kurz davorstand, in eine Schlacht zu ziehen.

Aber er musste sich jetzt zusammenreißen und auf den bevorstehenden Kampf konzentrieren. Danach erst durfte er sich mit der unglaublichen Aussicht auf ewiges Glück befassen. Nun galt es, sich zunächst einmal um Cuthah zu kümmern. Nach einem raschen Blick durch das kleine Büro wurde ihm klar, dass die Flügel auf so engem Raum eher eine Bürde als ein Vorteil sein würden. Er müsste den Kampf also anderswo austragen. Kein Problem!

»Er wird gleich da sein.« Er zog eine Klinge aus seinem Gürtel. Sie war schön leicht, hatte aber eine tödlich scharfe Schneide. »Der Plan ist klar, oder? Du bleibst schön hier. Aber nimm die, nur für den Fall der Fälle.«

Ohne zu zögern, streckte sie eine Hand aus und schloss sorgfältig die Finger um den Griff der Schneide.

»Hast du so was schon mal benutzt?«

Als sie den Kopf schüttelte, erklärte er ihr schnell das Wichtigste. »Halte die Klinge dicht am Körper. Beide Hände bleiben am Griff, die Spitze zeigt nach oben. Du musst abwarten, bis der Angreifer dir ganz nah ist. Das sollte aber nur als allerletztes Mittel dienen, klar? Es ist deine Absicherung, Baby. Ich lass Cuthah aber nicht an mir vorbei.«

Sie ließ sich von ihm zeigen, wie man die Klinge richtig hielt, bis er zufrieden war. »Du wirst ihn aufhalten.«

»Ja«, sagte er. »Das werde ich.« Er musste es. Auf keinen Fall würde er sie diesen Kampf für sich austragen lassen. Trotzdem fühlte er sich besser damit, zu wissen, dass sie nun eine Klinge besaß.

Er steckte seine Waffen in das Halfter und ging zur Tür, um sie aufzuschließen. Cuthah würde auf ihn schießen – daran bestand kein Zweifel. Und da das Mitglied der Herrschaften zuvor schon ein kleines Zusammentreffen in Nessas Labor veranstaltet hatte, nahm Zer an, dass er jeden Moment zurückkommen würde. Je schneller sich Zer also in Stellung brachte und herausfand, wie er sich im Labor einen Vorteil verschaffen konnte, desto schneller käme er auch in Sachen ewiges Glück voran.

Und tatsächlich, noch ehe Zer die Tür ganz aufgemacht hatte, kam Cuthah mit einem lauten Wumms durch einen der Eingänge, sodass eine Stoßwelle durch den Labortrakt fegte. »Bist du bereit?«

Er spürte ihr Nicken mehr, als dass er es sah.

»Los geht's, Baby!« Das ganze Gebäude erbebte. Durch die Wucht von Cuthahs Ankunft drohte das Mauerwerk um sie herum einzustürzen. Möbel flogen durch den Korridor und die Spanplatten der Rückwände wurden durch den Druck aus ihren Verankerungen gerissen.

»Sei vorsichtig.« Mit den Fingerspitzen streichelte sie ihm kurz über die Flügel. »Hörst du, Zer? Pass da draußen auf dich auf. Ich möchte, dass du zu mir zurückkommst.«

Er hielt inne, nahm ihr Gesicht in beide Hände und drückte ihr fest seine Lippen auf den Mund. »Ich verspreche es dir, Baby. Ich werde wieder nach Hause kommen.« Ihr besorgter Gesichtsausdruck verriet ihm, dass seine Wissenschaftlerin trotz seines Versprechens klammheimlich die Wahrscheinlichkeiten berechnete, und die Ergebnisse gefielen ihr ganz und gar nicht.

Na, dann waren sie ja schon zu zweit.

»Cuthah ist hier, um sich ums Geschäft zu kümmern. Wir können seine Tarnung auffliegen lassen. Und zwar so richtig. Jetzt, da du eine Seelenverwandte bist, wird er dich erst recht umbringen wollen.«

Außerdem wusste sie, wie man noch weitere Seelenverwandte der Gefallenen finden konnte. Ja, dieses kleine Geheimnis hing unausgesprochen zwischen ihnen in der Luft. Sie war quasi eine sprechende, wandelnde Wünschelrute.

Es gab also Hunderte von Gründen, aus denen er Cuthahs Gewalttaten hier und jetzt ein Ende bereiten musste. Die Erinnerung an Esrenes Leiche war für ihn der blanke Hohn und ließ ihn nicht vergessen, dass er Brends' Zwilling im Stich gelassen hatte. Es war seine Aufgabe gewesen, sie zu beschützen, doch er hatte es nicht getan. Schlimmer noch, es war zur Vertreibung der Herrschaften gekommen, nachdem Cuthah Esrenes Ermordung dazu benutzt hatte, ihn zu manipulieren.

Ja, es war an der Zeit, es ihm heimzuzahlen. Und dazu brauchte er nichts weiter zu tun, als abzuwarten. Cuthah war wild entschlossen, ihn und seine Frau zu erwischen.

Er musste Zer ein für alle Mal ausschalten oder alles, was er erreicht hatte, würde in Rauch aufgehen.

Am anderen Ende platzte Cuthah in den schmalen Flur; wütend und mit ausgebreiteten Flügeln kam er angerauscht wie ein Güterzug. Zer schob Nessa in eine Ecke. »Du machst es so, wie wir es besprochen haben.« Mit einer Hand drückte er ihren Kopf unter den Schreibtisch. »Bleib unten und beweg dich nicht.«

Als Cuthah den Flur entlangschritt, zersprang das Glas der Außenfenster und ein tödlicher Sturm aus glitzernden Kristallen brach los.

Nessa sog scharf die Luft ein, nickte und versteckte sich dann. Er wusste, dass sie etwas tun wollte, irgendetwas. Manchmal war es am schwierigsten, sich zurückzunehmen und jemand anderen für sich kämpfen zu lassen.

Er erhob die Klingen und ging zur Tür. Um ihn herum vibrierten die Wände vor Energie, und der Boden schlug lange, seismische Wellen. Es war, als wäre man im Epizentrum eines Erdbebens gefangen. Er hoffte inständig, dass das Gebäude nicht so alt war, wie es aussah. Noch bevor er über die Türschwelle trat, brach die Wand zum Flur nach innen zusammen, und er machte einen Satz auf Cuthah zu, um seinem Gegner mit tödlicher Kraft seine Klinge entgegenzustoßen. Dann schloss er die Arme um Cuthah, sodass die Flügel des Bastards einklappten.

Cuthah knurrte, das Gesicht wutverzerrt. »Dachte mir schon, dass ich dich hier aufstöbere.« Er drehte sich und schleuderte Zer gegen die Wand.

Unglücklicherweise konnte Nessa von ihrem Versteck unter dem Schreibtisch ihres neuerdings wandlosen Büros aus das brutale Geschehen aus nächster Nähe beobachten. In Cuthahs Augen lag eindeutig ein kaltes, tödliches Versprechen.

»Flügel? Netter Versuch?«, höhnte er.

Mit einer schnellen Bewegung stürzte Zer sich auf ihn und stieß eine seiner Klingen geradewegs nach oben, um sie gleich darauf wieder nach unten zu ziehen. Wäre Cuthah ein Mensch gewesen, hätte ihn das umgebracht. Stattdessen duckte er sich jedoch nur weg und schloss erneut die Lücke zwischen ihnen. Nessa hielt den Atem an, doch auch Zer konnte ausweichen und umkreiste weiterhin seinen Gegner. Im nächsten Augenblick erhoben sie mit brutaler, todbringender Entschlossenheit die Klingen gegeneinander, wobei sie einander nicht aus den Augen ließen. Bei jedem ihrer kräftigen Hiebe knallten sie mit Armen und Schultern aneinander. Ihre Flügel verhakten sich, die Schläge von Metall auf Metall untermalten den Kampf wie ein heftiger Trommelrhythmus.

Zer starrte seinen Gegner an, seine Miene wirkte wie eine brutale Maske der Entschlossenheit. Dann warf er sich mit dem ganzen Körper gegen Cuthah, sodass dieser gegen die gegenüberliegende Wand taumelte.

Cuthah nahm die Bestrafung für seine Unachtsamkeit einfach so hin, steckte den Treffer weg und stürzte sich wieder in den Kampf. »Ist das alles, was du zustande bringst?«

Gott, sie waren einander ebenbürtig.

Während sie sich gegen die Pressspanplatten ihres Verstecks drückte, konnte Nessa den Blick nicht von dem Kampf abwenden. Wie diese beiden unglaublich großen Männer gegenseitig aufeinander einschlugen, besaß eine verstörende Schönheit. Holz krachte, als sie durch eine Wand brachen.

»Noch lange nicht«, brummte Zer barsch. Er sprang auf seinen Gegner zu und versenkte seine Klinge, zog eine tiefe Furche in dessen Unterarm. Cuthah zischte und schwankte, riss vor Schmerz den Mund weit auf, als er Zer mit dem anderen Arm von sich wegschob und ihn dabei mit dem Metallgriff seiner Klinge an der Wange traf.

Ein heftiger Schmerz flammte durch ihre Verbindung in ihr auf, sodass sie erzitterte, ehe Zer sich plötzlich vor ihr abschottete. Gott, sie hatte keine Ahnung, wie er diese Qualen bloß aushielt. Sie versuchte, ihn mittels des Bündnisses ihre Liebe und Unterstützung spüren zu lassen. Zwar wusste sie nicht, ob er es überhaupt fühlen konnte, doch irgendetwas musste sie tun.

Zer kam wieder auf die Knie. Das war doch gut, oder? Dort, wo Cuthah ihn getroffen hatte, verfärbte sich seine Haut violett.

»Bereit zu sterben?«, höhnte Cuthah.

Zer erzielte einen weiteren Treffer, und Blut schoss aus Cuthahs damit nutzlos gewordener Hand. Der Gefallene hatte Nerven und Sehnen durchtrennt, sodass nun der weiße Knochen zu sehen war. »Noch nicht«, knurrte er.

Er trat einen Schritt vor und beschrieb mit der Klinge eine gerade, waagerechte Linie. Cuthah parierte, als schwänge er einen Baseballschläger. Den nächsten Hieb vollführte Zer in umgekehrter Richtung und verpasste seinem Gegner auf diese Weise einen langen, oberflächlichen Schnitt. Irgendwann musste Cuthah es spüren, doch wann?

Verdammt, sie würde hier nicht einfach so unter dem Schreibtisch hocken bleiben, während ihr Mann vor ihren Augen umgebracht wurde. Mit zusammengekniffenen Augen schätzte sie die Lage ab. Sie war nicht so naiv zu glauben, sie könnte Zer irgendwie bei seinem Kampf gegen Cuthah helfen. Dazu hätte sie schon einen Raketenwerfer in ihrem Versteck gebraucht. Doch den hatte sie logischerweise nicht. Da wurde sie entdeckt.

Ihr blieb keine Zeit, sich einen neuen Plan zurechtzulegen. Cuthah sprang in den Raum und hechtete über den Schreibtisch, womit er sich zwischen ihr und der Wand befand. Adrenalin schoss durch ihren Körper, und ihr schlug das Herz bis zum Hals.

»Na, hallo, Schätzchen«, säuselte der Engel. »Ich schätze, es ist an der Zeit, dass du zum Spielen herauskommst.« Er griff unter den Tisch, krallte eine Hand in den Stoff ihrer Bluse, zog Nessa hoch und drückte sie mit dem Rücken an sich.

Fluchend trat sie in ihrer Verzweiflung gegen seine Beine. An die Klinge, die Zer ihr gegeben hatte, kam sie jedoch nicht heran. Sie schäumte vor Wut.

»Nein«, presste sie noch hervor, bevor er ihr mit dem Arm die Luft abrückte. Punkte tanzten vor ihren Augen, als der Sauerstoff knapp wurde.

Cuthah lachte, sodass sie leicht durchgeschüttelt wurde. »Das hatten wir doch schon einmal, nicht wahr?«, verspottete er Zer. »Ich bin hier und du stehst da drüben. Jetzt kommst du nicht mehr an mich heran, außer durch sie hindurch.« Als er einen Schritt zurück machte, folgte Nessa seiner Bewegung.

»Vertrau mir«, sagte Zer laut. Ihr blieb nur eine Sekunde, sich zu fragen, ob er sie meinte oder Cuthah.

Denn im nächsten Augenblick stieß Zer schon seine Klinge durch Nessa hindurch.

22

Oh Gott! Die ersten beiden Atemzüge waren eine Qual, das regelmäßige Ein- und Ausatmen ihrer Lunge geriet ins Stocken, während die Klinge durch ihr Herz drang und an ihrem Rücken wieder austrat. Zers Gesicht dabei zu sehen machte den Schmerz nur noch schlimmer. Er schaute ihr nicht in die Augen, sondern hielt den Blick auf das verräterische Mitglied der Herrschaften gerichtet, das hinter ihr stand und den Arm um ihren Hals geschlungen hatte. Das Letzte, was sie hörte, war ein übler Fluch hinter ihr, dann versagte ihr Körper und gab den aussichtslosen Kampf auf.

Ihr Geist erhob sich, verließ ihren Leib, schien fertig mit ihm zu sein. Für einen Moment stieg Panik in ihr auf. Am Ende würde alles in Ordnung kommen. Das musste es. Dennoch konnte sie nicht aufhören, auf ihren Körper zu starren. Zer hatte sie mit seiner Klinge erstochen, geradewegs ihr Herz durchbohrt und die Spitze der metallenen Schneide steckte nun in Cuthahs Körper. Vermutlich hätte sie das befriedigend finden sollen, doch sie war nicht auf den Schock vorbereitet gewesen, den sie erlebte, als ihr Körper an der Klinge hinabrutschte. Alles war voll mit Blut – eindeutig ein schlechtes Zeichen.

Sie wollte etwas sagen, schließlich erschien ihr dies der Augenblick zu sein, in dem sie ganz poetisch werden müsste, oder? Instinktiv wusste sie, dass ihr vermutlich nur noch Sekunden blieben, und diese Zeit sollte sie nutzen. Doch die Emotionen eines ganzen Lebens ließen sich unmöglich in den kurzen Augenblick pressen, der ihr noch bleiben würde. Stattdessen brachte sie nur seinen Namen heraus – und verdammt, es klang eher nach einem Gebet –, bevor sie gnadenlos von einer unsichtbaren Kraft weggezogen wurde. Wie in warme, leuchtende Watte eingewickelt, schoss sie nach oben, aus ihrem Körper und dem Labor heraus. Es fühlte sich an, als hätte sie ihr ganzes Leben lang auf diesen Moment gewartet.

Großer Gott, sie war tatsächlich tot.

Die Luft um sie herum knisterte, als ihre Füße wieder Boden berührten. Sie landete an einem unbekannten Ort. Unterbewusst spürte sie, dass sie sich nicht mehr auf der Welt befand. Dennoch gab es nichts, das sie auf den Anblick des Himmels hätte vorbereiten können, der sich wie eine weite, tiefe Ebene vor ihr erstreckte. Inzwischen musste Zer erkannt haben, was er getan, welchen Schaden er ihr zugefügt hatte. Interessierte es ihn überhaupt? Es war wichtig, daran zu glauben, dass es das tat. Zögerlich probierte sie ihr Bündnis aus, spürte eine hauchdünne Verbindung, die vor Spannung vibrierte. Es war, als hörte man die blecherne Stimme eines Anrufers aus irgendeinem Dritte-Welt-Land. *Halte durch!*

Sie wartete, doch es kam keine weitere Nachricht aus der anderen Welt. Vorsichtig sah sie sich um und nahm die intensiven, satten Farben der Ebene in sich auf. Es war warm, aber nicht zu warm. Am Horizont erhob sich eine Stadt aus Silber und Glas. Und der Himmel erst, oh Gott, angesichts seiner Farben wünschte sie sich, sie wäre Malerin und keine Wissenschaftlerin. Das Azurblau konnte man nicht mit Worten beschreiben.

Berge umgaben die Ebene. Es sah aus, als habe der kosmische Expresszug, mit dem sie gerade angekommen war, das dunkle Gestein direkt durchschlagen. Die Fahrt hatte sich wie eine Ewigkeit angefühlt, sich jedoch blitzschnell abgespielt. Vielleicht lief der Tod so ab. Es war ja nicht so, als hätte sie so etwas schon einmal erlebt.

Zuerst bemerkte sie die Geräusche. Vögel zwitscherten eine hübsche kleine Melodie. Und der Wind wehte. Es hörte sich wie auf einem dieser Sampler mit Entspannungsmusik an, die sie im Drogeriemarkt verkauften. Zu perfekt. Ihr Körper fühlte sich ganz leicht an, fast schon geisterhaft, und als sie die Hände vors Gesicht hob, konnte sie durch sie hindurchsehen. Das war definitiv nicht ihr bester Tag.

Sie wollte zurück. Sie wollte Zer.

Das Geräusch von sanftem Flügelschlagen kam immer näher und brachte sie davon ab, sich selbst zu bemitleiden; dafür war jetzt nicht der richtige Zeitpunkt. Sie brauchte einen Plan und musste ihn schnell in die Tat umsetzen. Denn als sie den Kopf hob, sah sie einen leuchtenden Engel auf sich zufliegen. Schwer zu sagen, ob ihr Tag nun besser werden würde – oder noch schlimmer.

Oh Gott, sie wusste nicht, was sie tun sollte.

Am liebsten hätte sie sich hingesetzt und gründlich nachgedacht, doch etwas sagte ihr, dass Zeit ein Luxus war, den sie nicht besaß. Zer kämpfte um sein Leben, und sie konnte den Gedanken, dass er womöglich verlor, nicht ertragen. Sie hatte ihm nicht helfen können. Nessa schaute hinter sich und es schien, als blickte man durch das falsche Ende eines Kaleidoskops, durch ein überirdisches Fenster in das Dreckloch, das sie ihr Büro nannte.

Von dort war ein tiefer, kehliger Laut zu hören, der sie an ein verwundetes Tier erinnerte, gefolgt von dem schrillen Klirren, als Metall auf Metall traf; es klang wie Fingernägel auf einer Schultafel. Das Geräusch verkündete laut und deutlich: Der Tod stand bevor. Ihr war fast so, als hinge der satte, metallische Geruch von Blut in der Luft. Wenigstens bekam Zer endlich Verstärkung. Während sie die sich vor ihr abspielende Szene beobachtete, stießen Vkhin und Nael zu ihrem Anführer, um wie mittelalterliche Recken Seite an Seite mit ihm zu kämpfen. Die schweren Klingen in ihren Händen blitzten auf, die Muskeln an ihren Schultern traten hervor, als sie sich langsam vorarbeiteten. Mit jedem brutalen Stoß erzitterte die Luft, in den Blicken der Männer lag grimmige Entschlossenheit. Sie hatten ihre Kampfesmienen aufgesetzt. Weder waren sie Dämonen noch wirkten sie ganz wie Menschen. *Herrschaften* …

Das Flügelschlagen hörte plötzlich auf, also drehte sie sich wieder nach vorn, in der Hoffnung, dass das seltsame Fenster gleich noch immer da sein würde. Die Vorstellung, auch diese schwache Verbindung zu Zer einzubüßen, erschien ihr unerträglich. Vor ihr stand ein breitschultriger Engel, eine bedrohliche Gestalt mit goldener Haut und dunkelblonden Haaren, die so raspelkurz geschnitten waren, dass seine wunderschöne Kopfform hervortrat. Seine Augen glichen einem Fenster zur Hölle. Dunkel. Glühend. Voller Qualen. Er blickte über ihre Schulter hinweg durch das Fenster auf das, was sie bereits gesehen hatte.

»Was machst du hier, Seelenverwandte?«

Seine Stimme jagte ihr eine Heidenangst ein. Sie klang, als würde sie das Ende der Welt einläuten. Der tiefe Bass war weit mehr als nur kalt. Sein Tonfall – gefühllos und altertümlich – machte ihr klar, dass sich ihr neuer Gefährte nicht im Geringsten um die Geschehnisse hinter ihr scherte.

Und sie hatte geglaubt, die Gefallenen wären hartherzig. Im Vergleich zu diesem Engel wirkten sie richtiggehend gefühlsduselig und vom Glück beseelt.

»Da bin ich mir selbst nicht so sicher«, antwortete sie vorsichtig. »Glauben Sie mir. Eben noch stand ich dort im Büro, und im nächsten Augenblick wurde ich aufgespießt wie ein Schaschlik; es gab einen Mordsknall und dann stand ich hier.«

Zum ersten Mal schien der Engel sie anzusehen. Er ließ den

Blick über ihre zerrissene Bluse und den Rock wandern und hielt für einen Moment inne, als er das silbrige Geisterblut bemerkte, das ihre Brust zierte. »Du bist eine Seelenverwandte«, sagte er noch einmal.

»Memo an den Engel.« Sie zupfte an ihrer Bluse. »Das scheint keine Rolle gespielt zu haben.«

»Lebt dein Seelenverwandter noch? Mit wem hast du dich verbündet?« Der Engel trat einen Schritt näher. Nun stand er so dicht vor ihr, dass sie die Hand ausstrecken und die blendend weißen Federn an den riesigen Flügeln berühren konnte, die aus seinem Rücken ragten. Sie bewegten sich und erzeugten einen Windhauch. Vielleicht war Mister Herablassend nicht so gelassen, wie es den Anschein hatte.

Er klang so, als wollte er einen Bericht darüber hören, was unten im Labor vor sich ging.

»Mein Seelenverwandter hat mich mit seiner Klinge durchbohrt. Er hat mich umgebracht.«

Der Engel zuckte zurück. »Unmöglich!«

»Ähmmm … Nein!« Sie deutete auf ihre mit Blut befleckte Bluse. »Sieht das vielleicht wie eine Verletzung aus, die jemand überleben könnte? Und irgendwie bin ich jetzt hier gelandet.«

»Er ist nicht in der Lage, dich zu töten, weil du nicht sterben kannst. Nicht, solange du mit ihm verbündet bist und er lebt.« Das Flügelschlagen wurde heftiger.

»Und woher wollen Sie das so genau wissen?« Wenn das alles stimmte, konnte er sie vielleicht wieder nach Hause schaffen.

»Weil« – mit seinem weisen Blick schaute er durch sie hindurch – »ich Michael bin.«

Diplomatie war ihr jetzt egal. »Dann ist das alles Ihre Schuld.« Wut stieg in ihr auf und sie machte einen Schritt auf ihn zu. Zer kämpfte da unten um sein Leben. Und sie selbst hatte es gründlich satt, sich so hilflos zu fühlen. »Sie haben die

Gefallenen vor dreitausend Jahren verdammt. Sie haben sie aus dem Himmel geworfen, ihnen die Flügel ausgerissen und sie vertrieben. Mir ist scheißegal, was die Männer Ihrer Meinung nach getan haben sollen – aber Sie lagen falsch. Die Gefallenen haben die ganze Scheiße, der sie durch Sie ausgesetzt worden sind, nicht verdient.«

Sie wirbelte herum und deutete zu dem jenseitigen Fenster auf ihr altes Leben. »Wagen Sie es ja nicht, das zu schließen. Schauen Sie sich an, was sich da unten abspielt, und sagen Sie mir, dass es richtig ist.«

Zer kämpfte inzwischen wie ein Berseker, in seinen Augen lag ein kaltes Leuchten. Gerade drehte er sich um, schwang seine Klinge nach oben, und auf Cuthahs Brust erschien eine blutrote Linie. Der fuhr seinerseits fluchend zurück, in seiner Hand blitzte jedoch seine Klinge auf. Als die Schneiden der beiden Kämpfer aufeinandertrafen, konnte Nessa sich nur mit Mühe beherrschen, nicht zusammenzuzucken und die Augen zu schließen.

Mit gerunzelter Stirn kam der Engel näher. »Meine Herrschaften kämpfen mit einem meiner Leutnants. Was erwarten Sie von mir?«

»Ich möchte, dass Sie sich die Wahrheit anhören!«, schrie sie. »Was auch immer Sie glauben, das die Gefallenen getan hätten, es stimmt nicht. Ich weiß von Zer, dass jemand Ihre Frauen ermordet hat.«

»Und zwar auf brutalste Weise.« Michael legte den Kopf schief. »Zer ist dein Seelenverwandter?«

Sie rieb sich über die dunklen Male an ihren Handgelenken. »Ja. Ja, das ist er.«

»Er war auch der Anführer der Herrschaften«, fügte der Engel mit hartem Tonfall hinzu. »Er trug die Verantwortung für ihr Handeln. Und er hat sie in einen Kampf gegen mich geführt.«

»Weil er glaubte, Sie wären ein kaltblütiger Mörder!«, blaffte sie Michael an.

Der Engel schaute sie unnachgiebig an. »Das bin ich auch. So sind wir alle. Du weißt sehr wenig über die Herrschaften, Menschenfrau. Wir wurden dazu erschaffen, zu töten, zu verteidigen. Wir bewachen den Himmelsthron und haben geschworen, es bis zum letzten Atemzug zu tun, egal, was auch geschehen mag.«

»Fällt unter ›egal was‹ auch, dass unschuldige Frauen sterben müssen? Davon sind Zer und die anderen Gefallenen nämlich ausgegangen. Sie glaubten, dass Sie für Esrenes Tod und die weiteren Morde verantwortlich waren.«

Michael starrte sie ausdruckslos an. »Aber ich habe sie nicht getötet.«

»Sie sagten doch gerade, dass Sie ein Mörder sind.«

Er zuckte mit den Schultern. »Das meinte ich ganz allgemein. Ich habe weder Esrene noch die anderen umgebracht, aber ich hätte ahnen müssen, was vor sich ging.«

»Sie hätten wissen müssen, dass Ihr Leutnant ein psychotischer Spinner ist. Wie konnten Sie die Herrschaften ohne einen konkreten Beweis einfach so fallen lassen?«

»Es gab Beweise.« Sie merkte sich diesen Einspruch, darauf würde sie später eingehen.

»Na gut. Wie wäre es mit einer Berufung? Sie könnten die Strafe, die sie verhängt haben, doch aufheben?«

»Geht nicht.« Er sah zu ihr herüber. »*Du* bist die zweite Chance, Menschenfrau. Wenn ein Gefallener seine Seelenverwandte findet, ist er erlöst.«

»Houston, wir haben ein Problem.« Sie lächelte den Engel süßlich an. »Denn Ihr ›Leutnant‹ ist damit beschäftigt, Jagd auf alle Seelenverwandten zu machen. Oh, und habe ich schon erwähnt, dass er sie umbringt, wenn er sie findet? Dreitausend

Jahre, Michael, und bis jetzt konnten nur drei Seelenverwandte aufgespürt werden.«

In einem anderen Leben hätte Zer Cuthah zu einem Duell herausgefordert. Eigentlich gab es einen Kodex. Dieses Drei-gegen-Einen entsprach nicht den Herrschaften. Hier wurde eine Jagd veranstaltet. Der Abtrünnige in ihm brummte behaglich angesichts der massiven Gewalt. Für ihn bestand die Welt nur noch aus dem Gleiten der Klinge und dem vertrauten Gefühl, wie die Muskeln aufgewärmt wurden, während er geschmeidig von einer wohlbekannten Kampfstellung in die nächste wechselte. Er war hierfür geboren und erschaffen worden.

Er brachte es nicht über sich, zur Leiche seiner Seelenverwandten hinüberzuschauen. Die Situation war so was von verkorkst. Er hatte sie umgebracht, auch wenn er betete, dass sie nicht für immer tot sein würde. Der Verbündete in ihm schrie förmlich, ihren leblosen Körper in Sicherheit zu bringen. Sie gehörte nicht hierher und hätte niemals sehen sollen, wozu er alles fähig war. Dennoch, der Krieger in ihm wusste, dass er eine kluge Entscheidung getroffen hatte, die einzig richtige unter den gegebenen Umständen. So hatte er Zeit gewonnen – und Cuthah sein Druckmittel verloren.

Deswegen musste ihm die Wahrheit aber noch lange nicht gefallen, also ging er auch weiterhin unerbittlich auf Cuthah los und versetzte ihm einen tiefen, brutalen Hieb. Mit befriedigender Kraft rammte er ihm die Faust in den Bauch. Das war zwar nicht sonderlich ehrenhaft, aber drauf geschissen. Er würde diesen Kampf nun ein für alle Mal zu Ende bringen.

Cuthah prallte gegen die Wand, Rippen brachen mit einem hörbaren Knacken. Er sog vor Schmerz scharf die Luft ein, kam jedoch wieder auf die Füße, um erneut auf Zer loszugehen.

Der einzige Weg, einen Engel zu töten, bestand darin, ihm

den Kopf abzuschlagen, weshalb Zer vermutete, er könnte Cuthah wohl noch ewig als Punchingball benutzen, ohne dass der Scheißkerl endlich stürbe. Er war einfach höllisch unbeugsam. Wut stieg in dem Gefallenen auf.

»*Du* hast Esrene getötet.« Das Blut, das an seinem Gesicht herunterlief, verlieh Cuthahs höhnischem Lächeln etwas Teuflisches. »Hast du gewusst, wie viel Feindseligkeit der Mord auslösen würde? Hat es dich überhaupt gekümmert?«

»Oh, das hat es.« Der Leutnant umkreiste ihn und hob seine Klinge. »Das hat es sogar sehr, Zer. Ihr Tod war kein Unfall.«

Zer verlagerte das Gewicht auf die Ballen. »Warum hast du es dann getan?« Er würde nicht noch einmal die Chance bekommen. Er brauchte ein Geständnis.

»Ich wollte euch Herrschaften in Verruf bringen.« Cuthah täuschte an und stieß Zer dann im letzten Moment seine Klinge zwischen die Rippen. »Ich musste dafür sorgen, dass ihr aus dem Himmel verschwindet.«

Fluchend wich Zer zurück. »Warum? Weshalb bist du so weit gegangen? Warum diese raffinierte Falle?«

Cuthah preschte vor. »Weil ihr zwischen mir und dem Himmelsthron standet. Ich will alles, Zer. Die Kontrolle über die Herrschaften, himmlische Macht. Und ich kann es auch haben. Ihr wart das letzte Hindernis. Sobald Michael glaubte, ihr wärt rücksichtslose Mörder und korrupt« – er ließ seine Klinge auf Zers herabsausen – »war es ganz einfach, Zer. Er hat sofort gehandelt und eure ganze Truppe aus dem Himmel verbannt, sodass der Weg für mich frei war. In den vergangenen dreitausend Jahren habe ich die verbliebenen Mitglieder der Herrschaften angeführt. Und Michael plagen solche Schuldgefühle, dass er sich komplett aus dem Geschehen zurückgezogen hat.«

»Aber warum hast du uns dann nicht gleich getötet?«

Mit einem spitzbübischen Grinsen auf den Lippen stürzte Cuthah sich nach vorn. »Weil es so viel befriedigender war.«

»Erde an Cuthah.« Zer wehrte die Klinge seines Gegners mit seiner eigenen ab. »*Das hier* ist viel befriedigender.« Wie ein Tier ging er auf Cuthah los und durchtrennte dessen Hals, sodass der Kopf des anderen Engels herunterflog.

»Haben Sie das gehört?« Nessa musste mit eigenen Ohren mitbekommen, wie Michael die Wahrheit eingestand. Er sollte zugeben, dass er sich geirrt hatte.

»Habe ich.«

»Sie lagen falsch.« Sie beharrte auf dieser Tatsache. »Diese Jungs sind für etwas bestraft, für etwas verbannt worden, das sie nicht getan haben, was ihnen im Traum nicht eingefallen wäre. Der da ist Ihr verrückter Mörder.«

Mein Gott! Michaels Flügel bewegten sich auf und nieder, durchschnitten heftig die Luft. Nessa hielt den Atem an.

»Mag sein«, entgegnete der Engel schließlich. »Mir war klar, dass ich nicht alle Täter gefunden hatte. Trotzdem ist dein Gefallener gegen mich in die Schlacht gezogen. Alle Verbannten haben sich über meine Befehlsgewalt hinweggesetzt.« Bedächtig zuckte er mit den Schultern. »Für diese Rebellion mussten sie bezahlen.«

»Sie haben sich nur deshalb aufgelehnt, weil weibliche Mitglieder der Herrschaften gestorben sind«, presste sie hervor. »Sie waren im Recht.«

»Das ist jetzt nicht mehr wichtig«, meinte er schließlich. »Es ist zu spät und kann nun nicht mehr ungeschehen gemacht werden. Sie müssen ihre Seelenverwandten finden, dann dürfen sie zurückkehren.«

»Das ist nicht fair!«, protestierte sie.

Michael lächelte zynisch. »Das Leben ist nie fair, Menschenfrau. Das weißt du doch sicher selbst. Es ist ja nicht so, als *wollte* ich die Sache nicht wieder in Ordnung bringen. Ich *kann* es nicht. Ich bin nicht dazu in der Lage, es zu ändern, nicht mehr. Auch wenn ich es gern tun würde.« Etwas Düsteres blitzte in seinen Augen auf. »Vielleicht finden meine Gefallenen ja jetzt, da Cuthah aus der Gleichung herausgenommen wurde, ihre Seelenverwandten.«

»Viele von diesen Frauen sind bereits tot.«

»Und Cuthah hat ganz offensichtlich nicht allein gehandelt.« Er zuckte mit den Schultern. »Das Leben ist nicht fair, aber es liegt nicht in meiner Macht, die Toten zurückzubringen. Was ich allerdings tun kann, ist nach Cuthahs Mitverschwörern zu suchen. Sollte es noch andere im Himmel geben, die ihn in seinem Wahnsinn unterstützt haben, dann werde ich sie ausfindig machen.« Sein Gesichtsausdruck sagte ihr, dass er diese Jagd sehr ernst nehmen würde.

Den Gefallenen würde das allerdings nicht bei der Suche nach den verbliebenen Seelenverwandten helfen. Welche von Zers Brüdern wohl leer ausgingen? Wäre sie dazu imstande, Nael und Vkhin mitzuteilen, dass es aufgrund von Cuthahs Taten keine Erlösung für die beiden geben würde? »Schicken Sie mich zurück«, verlangte sie.

»Du möchtest zu ihm?« Mit seinen dunklen Augen schaute er sie an, schien durch sie hindurchzublicken.

»Ja«, gestand sie. »Ich liebe ihn. Er gehört zu mir.« Sie zuckte mit den Schultern. »Zwischen uns besteht irgendeine Verbindung.«

»Eine Verbindung«, wiederholte der Engel. »Ja. Dann kannst du zurückgehen. Für dich ist das jetzt ganz leicht.«

Gefrustet schnappte sie nach Luft. Er erwartete doch wohl nicht etwa, dass sie jetzt hier so eine Nummer wie im *Zauberer von Oz* abzog, ohne ein paar Anweisungen bekommen zu haben. »Verraten Sie mir, wie. Verdammt, Michael, ich weiß nicht, wie das Bündnis funktioniert. Was muss ich tun? Dreimal die Hacken zusammenschlagen und ›Es ist nirgends besser als daheim‹ rufen?«

»Nein«, antwortete er geduldig. »Du musst dir Zer bildlich vorstellen. Ihn fühlen. Öffne dich und folge dem Band, das euch verbindet, zurück zu ihm.«

Genau. An der Ecke links halten und dann die nächste rechts rein. Verglichen mit richtigen Wegbeschreibungen, stank Michaels gewaltig. Da er jedoch von sich aus nichts weiter sagte, verschränkte sie die Arme vor der Brust und versuchte es. Von Michael dabei beobachtet zu werden machte es kein bisschen leichter, und nach einigen Sekunden gab sie es schließlich auf.

»Gib dir mehr Mühe!« Michael nickte ihr zu. »Oder du bleibst für immer hier. Du hast die Wahl. Schließ die Augen und konzentrier dich, Menschenfrau.«

Das war mal eine Motivation. Also versuchte sie es noch einmal und dachte dabei an die kleinen Dinge, die Zer ausmachten. Die Art, wie er durch einen Raum schritt. Das schräge Lächeln, bei dem nur einer seiner Mundwinkel nach oben zeigte. Das Band festigte sich, Erinnerungen formten sich zu einem Strang, der immer greifbarer und realer wurde. Und als sie schließlich auch noch Zers Gefühle durch die stärker werdende Verbindung vom anderen Ende her erreichten, stieg Nessas Zuversicht. Hitze. Wärme. Sorge. Zuneigung. Liebe. *Beweg deinen Hintern wieder hier runter, Baby!* Die gebrummelte Aufforderung erfüllte ihre Gedanken, ihr Herz.

Das Bündnis zerrte an ihr, es zog sie zurück, als hinge sie an einem kosmischen Gummiband. Dorthin zurück, wo sie sein wollte – sein musste. Und als sie ging, ruhte Michaels trauriger, wissender Blick auf ihr.

23

Drei Tage hatten nicht ausgereicht, um in Sachen Innenausstattung Wunder zu vollbringen. Ihr Labor sah immer noch wie der Kriegsschauplatz aus, der es auch gewesen war. Zwar hatte man die Glasscherben und all die unidentifizierbaren Schuttteile aus dem Gebäude zusammengefegt und beseitigt, dennoch flatterte nach wie vor eine blaue Plane ähnlich einer weißen Fahne zur Kapitulation vor den zerborstenen Fenstern. Und wenn man bedachte, wie es derzeit um die bewilligten finanziellen Mittel stand, würden die Scheiben wohl nicht so bald ersetzt werden. Vielleicht sollte sie einfach einen neuen Trend begründen. Es gab wohl kaum ein umweltfreundlicheres Belüftungssystem, nicht wahr?

Mensch, sie schweifte vielleicht ab.

Und alles nur, um sich nicht mit der großen Gefühlsfrage zu befassen, die im Raum stand. Zer war in ihr Leben getreten, weil Cuthah eine Bedrohung dargestellt hatte. Aber brauchte er sie jetzt, da der Feind geschlagen war, überhaupt noch?

In dem ganzen Durcheinander infolge des Kampfes und ihrer Wiederauferstehung hatte sie darauf bestanden, in ihr eigenes Büro zurückzukehren. Sie musste nach Möglichkeit ihre Unabhängigkeit wiedergewinnen. Und sie verfolgte noch immer den Plan, ihre Forschungsergebnisse zu vernichten, damit sie nicht in die falschen Hände gerieten.

Kraftvoll zog sie eine Schublade auf und fluchte, als sie sich deren scharfe Metallkante zielsicher gegen das Schienbein rammte. Zu ihrer Überraschung hatte Zer keine Einwände erhoben. Vielleicht war er mit ihr durch. Dann galt es, den Tatsachen ins Auge zu sehen.

»Dämliche Male«, murmelte sie und zog ihre Ärmel wieder über die Handgelenke. Wer hätte denn auch ahnen können, dass sie sich ausgerechnet mit jenem Gefallenen verbünden würde, der damit einverstanden war, dass sie ihren eigenen Weg ging? So viel zum Thema ewiges Glück. An diesem Tag hatte sie jedenfalls keinerlei Termine.

Sie griff in die Schublade und holte einen dicken Stapel Hefter heraus. Sie durch den Aktenvernichter zu jagen war befriedigend. Die Metallzähne bissen sich beharrlich durch Seiten um Seiten voller schwarz auf weiß gedruckter Daten. Es fiel ihr überraschend leicht, ihre gesamte Forschungsarbeit auszulöschen. Zer aus ihrem Herzen zu verbannen war dagegen leider schwieriger.

Würde er zurückkommen – wollte er es überhaupt?

Nachdem sie dreißig Minuten lang Papier geschreddert hatte, war ihr Schreibtisch genauso leer wie ihr Leben. Zur Sicherheit suchte sie noch einmal die Schubladen ab und schob den Berg aus Papierschnitzeln dann in einen Müllsack. Zeit für ein kleines Lagerfeuer.

Sie verabscheute sich selbst dafür, dass sie so an dem Papierkram hing, als wären die Unterlagen das letzte Verbindungsstück zu *ihm*. Wie erbärmlich war das denn bitte?

Nur gab es da immer noch diese Sache mit ihrem Herzen.

Verdammt!

Sie legte den Kopf auf den Tisch und fragte sich, ob sie noch irgendeine andere Möglichkeit hatte, damit umzugehen. Denn ehrlich gesagt fühlte sie sich, als fehlte ihr die Hälfte ihrer Seele, und diesen Zustand hasste sie. Sie wollte ihn; und obwohl er geschworen hatte, dass er zurückkommen würde, konnte sie jetzt nur darauf vertrauen – bloß, na ja, darin war sie noch nie besonders gut gewesen. Nessa kniff die Augen zusammen. Sie versuchte es ja, verdammt. Aber sich von heute auf morgen zu bessern, war schlichtweg unmöglich.

Dafür würde sie wahrscheinlich ein ganzes Jahrzehnt benötigen, überlegte sie, womöglich sogar zwei.

Sie fuhr sich mit den Händen durchs Haar und die langen Strähnen wickelten sich um ihre Finger. Vertrauen zu haben, war verdammt schwer.

Aber sie liebte ihn.

Also musste sie an ihn glauben und daran, dass er zurückkommen würde, dass er ihre Liebe erwiderte.

»Viel Glück dabei«, flüsterte sie. Und zu ihrer eigenen Überraschung stellte sie fest, dass sie es auch so meinte.

Ein Geräusch an der Fensterfront ließ sie aufblicken. Zer trat aus dem Nichts am Himmel durch eine der Wandöffnungen.

»Dramatischer Auftritt«, bemerkte sie mit klopfendem Herzen. Oh Gott! Sie hatte solche Angst, etwas Falsches zu sagen und ihn damit wieder zu vergraulen. Vertrauen, rief sie sich selbst in Erinnerung. Sie hatte doch beschlossen, ihm zu vertrauen.

Er zuckte mit den Schultern und schwang seine Stiefel über die schmale Fensterbank. »Das hat beim ersten Mal funktioniert.«

Ja. Er hatte die Tür zum Hörsaal eingetreten, war den Gang entlanggestürmt und hatte sie vor ihrem mörderischen Jäger gerettet.

»Nicht, dass du dankbar dafür gewesen wärst«, grummelte er. »Ich erinnere mich ziemlich genau an heftige Gegenwehr.« Er saß auf der Kante der Fensterbank, als handele es sich um einen verdammten Thron. Die abgetragene Lederkluft und das schwarze Baumwoll-T-Shirt kannte sie schon. Damit kam sie klar.

Aber seine Flügel … Gott, diese Flügel! Sie wollte mit den Fingern durch die warmen, flaumigen, dichten Federn fahren. Die Erinnerung an die unglaubliche Weichheit der viereinhalb Meter umfassenden Schwingen hatte sie nicht mehr losgelassen. Durch ihre tintenschwarze Farbe schienen sie ebenso undurchschaubar zu sein, wie der Mann selbst es war. Der Erzengel hatte ihn dadurch quasi mit einem Warnschild versehen, schon klar. Bei ihm handelte es sich also nicht um den Goldjungen des Himmels. Nicht mehr zumindest.

»Darf ich reinkommen?« Schwang da etwa ein Zögern in seiner Stimme mit? Und seit wann brauchte er denn eine ausdrückliche Einladung von ihr?

Sie deutete stumm in den Raum, woraufhin er sich von der Fensterbank gleiten ließ, sodass seine Stiefel gleichzeitig auf dem Boden auftrafen. Dann schritt er durch den Raum und betrachtete die Trümmer. »Ziemliches Durcheinander.«

Die Untertreibung des Jahres – immerhin war sie in den vergangenen drei Tagen nur mit dem Besen und der Kehrschaufel zugange gewesen, während sie darüber gegrübelt hatte, wohin ihr gefallener Engel wohl verschwunden sein mochte.

»Ich kann nichts dafür.« Sie kniff die Augen zusammen. »Genau genommen ist es deine Schuld. Du hast doch beschlossen, einen schonungslosen Kampf mit Cuthah dem Irren auszutragen. In – meinem – Labor.«

Sicher, sie bedauerte es schon ein wenig, das Labor verloren zu haben. Und die Unabhängigkeit, die es bedeutet hatte. Aber wem wollte sie denn etwas vormachen? Diese Freiheit war ohnehin bloß reine Illusion gewesen, der Dekan hatte sie an der Leine gehabt. Und ihm Rechenschaft abzulegen nervte total.

Scheiß drauf! Sie leerte den Plastiksack voller Papierschnitzel in den Mülleimer aus und griff nach einer Schachtel Streichhölzer. Mit einer schnellen Bewegung aus dem Handgelenk entzündete sie eines und warf es in den Schnipselhaufen, womit fröhlich drei Jahre Forschungsarbeit in Rauch aufgingen. Sie fackelte alle Brücken hinter sich ab. Im wahrsten Sinne des Wortes.

»Der Brandschutzbeauftragte wird stinksauer sein«, bemerkte Zer.

»Jepp.« Nessa schnaubte. »Das ist gerade meine geringste Sorge.«

»Wieso?«

Sie schob sich das Haar hinter die Ohren und deutete auf die zahllosen Brandspuren an der Wand und auf dem Boden. Zur Hölle noch eins, es gab keinen einzigen Flecken mehr ohne sie.

Er warf einen zerbrochenen Messbecher in den Mülleimer. »Warum vernichtest du deine Unterlagen?«

»Es ist alles hier oben drin.« Sie tippte sich an die Stirn. »Da ist es wohl überflüssig, schriftliche Aufzeichnungen davon aufzubewahren. Und tollkühn obendrein.« Sie hatte ja gesehen, was passierte, wenn die Abtrünnigen begannen, Listen zu führen.

»Dann möchtest du also keine weiteren Fachartikel veröffentlichen?«

Langsam schüttelte sie den Kopf. »Es ist jetzt nicht die Zeit dafür, Zer. Wenn ich das tue, wird eine Todesliste gedruckt. Und ich werde keine unschuldigen Frauen in Gefahr bringen.«

»Also gibst du alles auf?« Er wandte sich von dem Anblick der Zerstörung ab und kam auf sie zu; noch blieb unklar, worauf er hinauswollte.

»Ich gebe nicht alles auf«, stellte sie richtig. »Es wird andere Jobs für mich geben. Andere Möglichkeiten, den Code zu knacken. Und außerdem« – sie lächelte verführerisch – »schuldest du mir, glaube ich, noch einen Gefallen.«

Sie schrie kurz auf und versuchte, sich aus seinen Armen zu winden, als er sie hochhob.

»Flieg mit mir.« Seine tiefe Stimme ging ihr durch und durch. Nach zwei schnellen Schritten war er durch den kaputten Fensterrahmen gestürmt und warf sich mit ihr in die Lüfte.

Zer brachte sie beide hoch in den Nachthimmel. Was von unten wie ein hübscher dunkler, mit Sternen gesprenkelter Teppich ausgesehen hatte, kam ihr nun wie ein kalter, feuchter, *endloser* Weltraumtunnel vor.

»Das ist unfair!«, rief sie und war peinlich berührt über ihr dünnes Stimmchen. Der Campus verlor sich unter ihnen. Wie konnte er das nur regelmäßig machen? Sie gehörte eindeutig zu der Sorte Mädchen, die Flugzeuge bevorzugten. Wenn man ihr Wände und einen Sitz gab, war sie schon zufrieden.

»Vertrau mir«, murmelte er ihr ins Ohr und legte die Arme enger um sie. »Glaubst du, ich würde dich fallen lassen?«

»Du hast mich niedergestochen. Wie soll ich dir da noch vertrauen?« Nie würde sie seine kalte, gefühllose Miene vergessen, als er sie mit seiner Klinge durchbohrt hatte. Schnell und gnadenlos, ohne das geringste Zögern. »Du hast mich *getötet*.«

Er nahm sie fester in die Arme. »Seelenverwandte können nicht sterben, nicht solange der andere noch am Leben ist. Es gab keine andere Möglichkeit, an Cuthah heranzukommen.« Sein leidenschaftlicher Blick ruhte auf ihr. Zer wartete offensichtlich darauf, dass sie entschied, wie es weitergehen sollte. Und Nessa verstand. Er hatte sein ganzes Leben lang gekämpft und gelitten. Er wusste also *ganz genau*, wie sich dieser Stoß angefühlt haben musste. »Aber dass ich es weiß, ist keine Entschuldigung. Ich habe dir wehgetan, und glaub mir, das wollte ich nicht, Baby. Dir doch nicht.«

Sein Flügelschlagen geriet nicht ein Mal ins Stocken, in einem gleich bleibenden Rhythmus bewegte er sich mit ihr durch den Nachthimmel. Auf einmal ließ er eine seiner großen Hände zu ihrer Brust wandern und fuhr mit den Fingern über die Stelle, wo er ihr Herz durchstochen hatte. Sie war sich sicher, wenn er den Schmerz und die Kränkung, die sie erlitten hatte, ungeschehen machen könnte, dann täte er es auch, und zwar unversehens. Sie selbst hatte Stunden damit zugebracht, auf das blasse weiße Mal zu starren. Die Narbe verblasste schnell. Schon in einem Monat würde sie wohl andere Gedächtnisstützen brauchen, um sich an das Geschehene zu erinnern. Das erklärte aber alles immer noch nicht, warum ihre Haut so empfindlich war oder sich dieses schöne Gefühl in ihrer Brust ausbreitete, genau dort, wo er sie sanft mit den Fingern berührte.

Es gab einige Dinge, die gesagt werden mussten. Sie wollte diese kompromisslose Nähe, die sie beide in ihrem Büro verbunden hatte, nicht aufgeben. »Trotzdem hast du es getan.«

Er hielt inne. Seine Finger lagen über ihrem hämmernden Herzen. »Ich habe getan, was ich tun musste. Der einzige Weg, an Cuthah heranzukommen, war durch dich. Es« – er zögerte – »Gott, es tut mir leid. Es hätte eine Entscheidung geben sollen. Und zwar von dir.«

Rein rational gesehen, war ihr das bereits klar gewesen, doch sie hatte es einfach noch einmal von ihm hören müssen.

»Das lässt du mich jetzt bestimmt ein Leben lang wiedergutmachen«, fuhr er fort.

»Was du nicht sagst.« Sie war nicht nachsichtig gestimmt. Vielmehr fühlte sie etwas anderes: heißes Verlangen. Eine erotische Neugier, der sie eigentlich nicht nachgeben sollte. »Ich bin gestorben, Zer! Das übertrifft diese ganze Ich-eile-dir-zu-Hilfe-Nummer. Ich schulde dir nichts. *Du schuldest mir was*.«

»Abgemacht«, murmelte er und senkte den Kopf, um ihr einen flüchtigen Kuss aufzudrücken.

Eine kurze, heftige Windböe erfasste sie. Zer glitt auf ihr dahin und brachte sie beide hinunter in die Stadt, die sich unter ihnen erstreckte. Der rasche Sinkflug presste Nessa die Luft aus den Lungen, und sie krallte sich an seinen Schultern fest.

»Glaub mir«, brummte er ihr ins Ohr und hielt sie ganz fest. »Mit dem Fallen bin ich ein für alle Mal fertig.«

Sie schmiegte sich an seinen wohlig warmen Körper und konzentrierte sich darauf, dem Schlagen seiner Flügel zu lauschen, mit denen er durch die Luft schnitt. Es sah nicht so aus, als würde ihn das Fliegen irgendwie anstrengen – oder als wäre es ungewohnt. Vielleicht war er schon mit seinen früheren Freundinnen herumgeflogen.

Er schüttelte den Kopf. »Möchtest du, dass ich dich fallen lasse, nur um es zu beweisen?«

Gut, vielleicht doch nicht.

»Sieh dir die Sterne an, Baby.« Mitten in der Luft machte er eine Wende und sie schossen unglaublich hoch hinauf in den dunklen Nachthimmel. Die Sterne … Sie hatte sie viel zu lange nicht gesehen, weil sie zu beschäftigt gewesen war, um hochzuschauen. Wo nur hatte er in den letzten drei Tagen gesteckt?

»Mir gefällt dein Rock.« Bei seinem sexy Brummeln lief ihr ein Schauer den Rücken herunter und ging noch tiefer. Gott, er sagte die unmöglichsten Dinge. »Hast du eine Ahnung, was dieser Rock bei mir auslöst, Baby?«

Oh ja! So eng an einen über einen Meter achtzig großen Gefallenen geschmiegt, hatte sie mehr als nur eine Ahnung. Dort, wo ihr Körper gegen seinen gepresst war, wurde *er* hart und groß. Na ja, vielleicht hatte sie ja gewusst, dass ihm dieser Rock gefallen würde. Der dicke, praktische Wollstoff schmiegte sich an ihre Kurven und erfüllte damit gleich zwei Zwecke. Er war warm *und* sexy zugleich.

»Bist du darunter nackt, Baby?« Er strich den Stoff glatt und hinterließ dabei einen heißen, prickelnden Pfad auf ihrer Haut. »Wart's nur ab.«

Sie hätte mit der Erregung, die sie erfasste, rechnen müssen. Zer war grob, aber sinnlich. Er hielt sich nie zurück, warum sollte er sich geändert haben, nur weil er jetzt ein Paar Flügel besaß? Engel oder Teufel, sie wollte ihn. Also ließ sie es zu, dass er ihre Beine um seine Hüften legte, und genoss das Gefühl, wie sich dieser feste Körper gegen ihren drückte.

Durch die Bewegung rutschte ihr Rock hoch und entblößte ihren Spitzentanga. Sie hatte das winzigste Stückchen Seide angezogen, das sie besaß, ein hübsches rosafarbenes Teil. Nur für den Fall der Fälle. Okay, das Höschen war eine ziemlich unpraktische Wahl gewesen. Den ganzen Tag über hatte sie bei jedem Schritt gespürt, wie der Stoff über ihre empfindliche Haut rieb und jeden Zentimeter berührte, den *er* angefasst hatte.

»Hübsch«, flüsterte er ihr zu. »Wirklich hübsch, Nessie.«

Mit einem seiner langen Finger erkundete er ihr heißes Inneres.

»Oh Gott«, stöhnte sie ihm ins Ohr. »Ich habe dich vermisst, Zer.«

»Dann zeig es mir.« Der vieldeutige, wollüstige Befehl trieb ihre Erregung in ungeahnte Dimensionen. »Schieb dein Höschen für mich beiseite.«

Sie war feucht vor Verlangen nach ihm, doch sie befanden sich wer weiß wie viele Meter hoch in der Luft. Selbst das kraftvolle Flügelschlagen, mit dem er sie irgendwo hinbrachte, war kein Schutz vor dem Fallen.

»Vertrau mir«, wiederholte er noch einmal, und sie war verloren.

Sie wollte ihn unbedingt fragen, ob er sie vermisst hatte, ließ stattdessen aber eine Hand zwischen ihre beiden Körper gleiten. Groß und steif drückte sein Schwanz gegen das abgetragene Leder und lag herrlich warm in ihrer Handfläche. »Du hast mich vermisst«, erriet sie und presste sich gegen ihn.

Als er mit seinem Finger erneut ihren nassen Schoß erkundete, sog sie scharf die Luft ein. Heiß, feucht und voller Verlangen – das alles traf auf sie zu. Sie konnte es kaum erwarten, von ihm ausgefüllt zu werden, dass er die leeren Stellen in ihr einnahm.

»Ich warte.« Seine Stimme klang tief, ernst und bestimmt und machte sie total an. Sie stand auf das Spiel, das sie gerade trieben. »Schieb dein Höschen für mich beiseite, Nessa.«

Zitternd vor Erregung schob sie den Stoff fort. »Braves Mädchen«, flüsterte er, doch sein großer Körper erbebte. Er wollte sie auch. Genauso sehr, wie sie ihn, weshalb alles wieder in Ordnung war. »Jetzt werde ich dir geben, was du brauchst.«

Sie wollte ihn. Wollte das hier, diese unglaubliche, auf den Höhepunkt zutreibende Lust, die sie empfand, als er mit seinen sündigen Fingern ihre geschwollenen Schamlippen teilte und sie reizte, indem er kreisend ihren Kitzler rieb.

»Zer«, stöhnte sie, und der Wind trug seinen Namen fort.

Bei jedem kräftigen Flügelschlag beschrieb er mit den Fingern und befriedigendem Druck einen Kreis auf ihrer pulsierenden Klitoris. Wie würde es sich da erst anfühlen, ihn in dieser Stellung in sich zu haben?

»Ich werde dich so nehmen, Baby«, warnte er sie. »Hart und schnell. Jetzt und hier, wo es nur dich und mich gibt. Du musst mir vertrauen.« Mit einer Hand fuhr er durch ihr offenes Haar und hielt ihren Kopf fest, um ihr einen innigen Kuss zu geben. Mit der anderen Hand brachte er sie in die richtige Position und hielt sie fest, während er tief und kraftvoll in sie eindrang. Jedes Mal, wenn er seine mächtigen Flügel nach unten schlug, folgte ein harter und schneller Stoß.

Genauso, wie er es versprochen hatte.

Ihr Orgasmus war ein intensiver, heftiger Ausbruch der Lust. Sie erlebte eine Gefühlsexplosion sondergleichen, bei der sie sich an ihn klammerte. Doch er hielt sie sicher fest, während sie komplett losließ und in seinen Armen zum Höhepunkt kam.

Als er sie sanft auf dem Boden absetzte, war sie sich nicht sicher, ob sie sich auf den Beinen halten können würde. Er klappte die Flügel ein, die geschmeidig in seiner goldenen Haut versanken, bis nur noch ein tintenschwarzer Umriss zu sehen war.

Gott wusste, dass er es ihr im Flug besorgt hatte – und zwar ordentlich.

»Warum sind wir hier?« Das schien jetzt die unverfänglichste Frage zu sein. Auch wenn sie eigentlich jede Menge Einzelheiten erfahren wollte. Wo hatte er gesteckt? Warum war er zurückgekommen? Und – am allerwichtigsten – würde er bleiben oder war dies nur ein kleines Abschiedsnümmerchen gewesen? Denn ehrlich gesagt wusste sie nicht, wie sie in ihrem Leben ohne ihn weitermachen sollte.

Als er sie ansah, konnte sie nicht sagen, wie sie seinen Blick zu verstehen hatte. Durch ihre Verbindung spürte sie männliche Befriedigung, Hitze und noch etwas anderes. Leider besaß sie praktisch keinerlei Erfahrung im Gedankenlesen. Dazu würde es einige Übung brauchen. Jahrhundertelange Übung. »Wir sind außerhalb von M City«, sagte er schließlich. »Vielleicht so hundertsechzig Kilometer. Dieser Ort war mal ein Kloster.« Er klang nicht so, als würde die Entfernung ihm etwas ausmachen. Und vielleicht tat sie das auch nicht, immerhin verfügte er ja auch über ein Paar Flügel. Für sie würde es dagegen einen höllischen Marsch zurück bedeuten.

»Du hast mich zu einem Kloster gebracht?« Vielleicht war das so etwas wie grässliche Ironie.

»Nicht zu irgendeinem Kloster.« Mit einer Hand stieß er eine alte Holztür auf, die laut in den Angeln quietschte. »Das hier ist ein geheimer Rückzugsort der Zaren.«

Den er eindeutig auch selbst als Versteck benutzt hatte. Schon klar.

In dem baufälligen Gemäuer aus Sandstein war es still, als sie sich von ihm in eine halb versteckte Höhle führen ließ. Ein buntes Durcheinander aus seidigen Kissen und fast heruntergebrannten Kerzen befand sich darin. Sie hatte Romantik gewollt, also bekam sie sie auch von ihm. »Es ist wunderschön.«

»Genauso wie du.« Er legte ihr eine Hand ins Kreuz und schob sie auf das Bett zu, das er in der Mitte der Höhle für sie beide hergerichtet hatte.

»Wo warst du?« Er musste es ihr einfach sagen. Seine Miene wirkte sofort verschlossen, sodass sie einen Moment lang zweifelte, ob er es ihr verraten würde. Doch wenn es für sie beide irgendeine Zukunft geben sollte, wäre es unumgänglich, sich ihr zu öffnen. Als Einbahnstraße funktionierte es nicht. Sie waren beide an diese Beziehung gebunden. Oder nicht?

»Ich habe Verpflichtungen«, sagte er schlussendlich.

»Musst Armeen anführen«, meinte sie leichthin, wusste aber, dass es sich nicht um einen Scherz handelte. Zer war ein Krieger – und würde es immer bleiben.

»Ja.« Er betrachtete ihr Gesicht. »Das gehört auch dazu. Ich kämpfe.«

»Genau.« Das hatte sie verstanden. Und damit, so wurde ihr klar, konnte sie auch leben. Schwieriger war es jedoch, herauszufinden, welche Rolle ihr in dieser Welt zukommen würde. Irgendetwas musste sie tun, denn sie sah sich selbst nicht als Heimchen am Herd. Wenn er sie irgendwo sitzen lassen wollte, bis er ein wenig Gesellschaft brauchte, dann war das nicht das Leben, das sie sich vorgestellt hatte. Genau darum ging es bei diesem Gespräch. Es musste klipp und klar gesagt werden. Doch sie fragte sich, ob sie die Bitterkeit in ihrer Stimme zurückhalten würde können. »Und ich finde weitere Seelenverwandte für dich.«

Er drückte sie sanft in das Nest aus Kissen, und die verhaltene Zärtlichkeit, die sich dabei auf seinem Gesicht widerspiegelte, brachte sie fast um den Verstand. Vielleicht gab es hier doch einen Platz für sie. Sie schmiegte die Wange an seine Hand und wartete ab.

»Die Seelenverwandten sind wichtig.« Eine Untertreibung. »Aber«, sagte er heiser, »wenn du sie nicht für uns suchen möchtest, ist das auch in Ordnung.« Sein dunkler Blick ruhte auf ihr. »Das ist deine Entscheidung. Du triffst sie.«

»Traust du mir das zu?«

Er nahm ihre Hände und küsste ihre Fingerknöchel. »Es ist dein gutes Recht. Aber du musst für ihre Sicherheit sorgen. Du weißt, wer sie sind. Wenn du also beschließt, es uns nicht zu verraten, musst du sicherstellen, dass ihnen nichts geschieht.«

»Was erwartest du noch von mir?«

»Liebe mich.« Er hatte einen rauen Befehlston angeschlagen, der ihr die träge Sinnlichkeit ihres Bündnisses wieder ins Bewusstsein rief. Mit den Fingern fuhr er die Male nach, die sich über ihre Unterarme zogen. »Du musst mich lieben.« Die Verletzlichkeit in seiner Stimme traf sie mitten ins Herz.

Sie umfasste seine Arme und strich über seine warme Haut. »Ist das alles?« Verdammt, so hatte sie es nicht sagen wollen. »Ich meine, wenn wir Seelenverwandte sind, gibt es dann nicht noch etwas?«

»Du meinst so etwas wie ein besonderes Ritual?« Der Ausdruck männlicher Begierde auf seinem Gesicht ließ sie vorsichtig werden. Seine Zögerlichkeit war verflogen. »Den Teil haben wir bereits hinter uns.« Er schob die Hände in ihr Haar und zog sie an sich. Die herrliche Wärme und sein Duft brachten sie dazu, einfach zu sagen, was sie dachte. Gott, er war gefährlich. »Und ich habe dir deinen Gefallen bereits erfüllt, Baby. Ich gehöre dir.«

»Für immer.«

»Für immer, Baby. Voll und ganz. Erweist du mir diesen Gefallen auch?«

Erneut schwang Verletzlichkeit in seiner Stimme mit. Er war nicht sicher, was sie wollte, und dieses ungetrübte Gefühl löste etwas in ihr aus.

»Ich möchte dich voll und ganz«, sagte er und wieder klang er heiser. Bei seinen Worten machte ihr Herz einen Sprung, sie schmolz innerlich dahin.

Sie zog seinen dunklen Kopf zu sich herunter und schloss die Augen, denn das alles war fast – aber nur fast – schon zu viel. Sie hatte nicht nach Liebe gesucht, doch mit Zer genau die gefunden.

»Das hast du. Ich gehöre dir. Ich liebe dich«, flüsterte sie und spürte daraufhin sein breites Lächeln mehr, als sie es sah. Als die Kerzen erloschen, hüllte die verruchte Dunkelheit sie beide ein, und ihre Welt bestand nur noch aus ihm.

Er lehnte sich gegen sie. »Fallen oder fliegen«, versprach er und ergriff von ihrem Mund – und ihrem Herzen – Besitz, als er ihr einen heißen Kuss gab, »wir werden es gemeinsam tun.«

Danksagung

Für Zoe, Ethan und Lucy. Zoe und Ethan – kein Buch wird ohne eure Hilfe geschrieben. Ich schätze alles, was ihr tut. Ein dickes Danke für euren Hinweis, dass Chicken-Nuggets aus der Mikrowelle in den meisten Familien nicht zu den gesunden Grundnahrungsmitteln gehören.

Für Lucy – willkommen auf dieser Welt! Seit Beginn des Brainstormings für dieses Buch, als du tief und fest auf meinem Schoß geschlafen hast und ich nirgendwo hingehen konnte (weil eine gute Tante niemals das schlafende Baby aufweckt), schulde ich dir etwas. Zudem hast du einen ziemlich brummeligen Eindruck gemacht. Eines Tages werden wir beide uns für einen Bärengestaltwandler-Roman zusammentun.

Und natürlich für Louis. Wie immer.

Leseprobe

LISA MARIE RICE
Midnight Angel
Dunkle Bedrohung

Portland, Oregon
Samstag, 15. Januar
Psychiatrische Klinik und Justizvollzugsanstalt Spring Harbor

Irgendwo im Gebäude spielten sie dieses Lied, *ihr* Lied. Ausgerechnet. Corey Sanderson konnte es nicht ausstehen.

In dem Sommer, als wir uns liebten …

Es war so abgedroschen, so altmodisch, keine Backbeats, nur Melodie. Dann diese trällernde Stimme, wie aus dem neunzehnten Jahrhundert.

Totaler Scheiß.

Kein Wunder, dass die sich nicht verkaufte. Warum hatte sie damals nicht auf ihn gehört? Er hätte sie ganz groß rausbringen können. Alles war arrangiert gewesen – zuerst ein Auftritt in der *Today Show*, dann die Story in *Vanity Fair* mit künstlerischen Nacktfotos, und zwar von keinem Geringeren als Richard North, dem Starfotografen. Das war ein echter Coup gewesen. Er hatte Wochen gebraucht, um das einzufädeln. Und als er ihr das eröffnete, lehnte sie glatt ab, die kleine Fotze. Erteilte *ihm* eine Abfuhr. Niemand sagte Nein zu Corey Sanderson, niemand.

Völlig ruhig hatte sie seinen Plan zurückgewiesen und dann

das Konzert in San Diego abgesagt. Dabei hatte er dafür eigens diese Hip-Hop-Band engagiert. Er hatte eine Menge in das Miststück investiert, viele Leute um einen Gefallen gebeten, was auch nicht einfach gewesen war, weil es, na ja, eine Weile her gewesen war, seit er zur Spitze seiner Branche gehört hatte. Dabei war gar nichts Ernstes vorgefallen, nur ein paar kleine Misserfolge. Aber die Musikbranche entwickelte sich schnell und verzieh nichts. Die Leute sprachen damals schon in der Vergangenheit von ihm. Unerträglich. Corey Sanderson war der Beste. Immer gewesen. Und kein Irenflittchen würde daran etwas ändern.

Er hatte sie als Comeback-Vehikel benutzen wollen, und anstatt ihm dankbar zu sein, hatte sie Nein gesagt. Es verblüffte ihn immer wieder aufs Neue. Er sah sie noch vor sich, an dem Abend in seinem Penthouse. Die schwindelerregende Hypothek, die darauf lag, hätte von ihrer katastrophalen Tournee abgelöst werden sollen. Als sie ihn um einen Termin bat, war er sicher, dass sie sich entschuldigen und einlenken wollte. Ihm versprechen wollte, dass es nicht wieder vorkäme. Ihm zur Wiedergutmachung einen blasen würde. Er hätte das alles akzeptiert. Sie war ein hübsches Ding, und er hatte schon ein Jahr lang versucht, sie ins Bett zu kriegen. Darum war er voll darauf eingestellt gewesen, ihr zu verzeihen und sie zu bumsen. Stattdessen war sie mit ihrem Vater – ihrem Vater! – bei ihm aufgekreuzt, um den Vertrag zu lösen.

War es da ein Wunder, dass er die Beherrschung verloren hatte?

Sie hatte bekommen, was sie verdiente, das Flittchen: einen gebrochenen Kiefer, und blind war sie jetzt auch. Aber das war die Strafe, zumal er kürzlich das Penthouse hatte verkaufen müssen, um seinen Anwalt zu bezahlen.

Das Penthouse, die Wohnung in Aspen und den Mercedes.

Aber es hatte sich gelohnt. Edwin Gossett hatte ihm das Gefängnis erspart. Zwei volle Wochen war Sanderson im Knast gewesen, bevor Gossett den Richter und die Geschworenen überzeugen konnte, dass sein Mandant in die Psychiatrie gehörte. Sanderson schauderte. Nie wieder würde er in den Knast gehen. Schon bei dem Gedanken grauste es ihm.

Nein, die nächsten paar Jahre würde er es hier aushalten. Er war Dr. Childers' Lieblingspatient und durfte seine Musik hören, bekam seine Bücher und sein spezielles Essen. Serena war die Leiterin der Psychiatrie und halb in ihn verliebt. Hier würde er bleiben – sofern das irische Miststück nicht das Gedächtnis wiedererlangte. Dann wäre er in den Arsch gekniffen.

In dem Sommer …

Er bekam Kopfschmerzen, wenn er nur diese Stimme hörte. Allegra Ennis, die er zur berühmtesten Sängerin Amerikas machen wollte und die ihm eine Abfuhr erteilt hatte. Und an seinem beruflichen Absturz schuld war.

Die Musik kam aus der Eingangshalle. Vielleicht hatte einer der Wachposten das Radio angemacht, auf einen dieser beknackten Lokalsender geschaltet, die zwischen Hundefutterwerbespots alte Singles abnudelten. Welcher richtige Sender würde schon Allegra Ennis bringen?

In dem Sommer damals, vor so langer Zeit …

Zitternd vor Wut blickte Sanderson sich nach etwas um, das Krach machen würde. Schließlich hob er seine Latschen auf und warf sie gegen die Tür. Sie schlugen mit einem dumpfen Geräusch auf.

Der Winter war noch so fern …

Bücher! Zwei dicke Paperbacks und ein gebundenes. Sanderson schleuderte sie an die Tür. Das war schon befriedigender. Bei dem gebundenen brach der Rücken, und es fiel zu Boden wie ein verletzter Vogel.

Wer sollte ahnen, dass es nie mehr Sommer wird …

Diese Schlampe! Zwitscherte vor sich hin wie eine irische Bordsteinschwalbe. Er hatte getan, was er konnte, damit ihre Stimme modern klänge, aber nichts hatte gefruchtet. Sie war eine harte Nuss gewesen, hatte sich ständig widersetzt. Die kleine Fotze wusste einfach nie, was gut für sie war.

Die Tür ging auf, und Alvin schaute herein.

»Mr Sanderson? Brauchen Sie etwas?« Alvins Ton und sein Auftreten waren respektvoll.

Und so sollte es gefälligst auch sein. Schließlich wusste Alvin, wer Sanderson war und was er für ihn tun konnte.

Alvin war zu groß und zu rothaarig, ein schlaksiger, naiver Typ ohne Stimme, vollkommen unmusikalisch. Aber er wollte ein Star werden, und Sanderson hatte ihm versprochen, den Wunsch wahr werden zu lassen.

Als Gegenleistung sollte Alvin die Ennis beseitigen.

»Alvin, bring mir ein Tonbandgerät.« Sanderson lächelte zu ihm hoch. Lächerlich, dieses lange Gestell, und das dumme, sommersprossige Gesicht fand er abstoßend. »Morgen geht es los. Wenn es erledigt ist, rufe ich ein paar Leute in Kalifornien an. Wir machen dann erst mal ein Demotape mit dir.«

Alvins hässliches Gesicht hellte sich auf, als er loslief, um das Tonbandgerät zu holen. Sanderson wusste genau, was jetzt in Alvins Kopf vorging. Er dachte an schicke Autos und schicke Frauen, die sich darum schlugen, mit ihm ins Bett zu hüpfen, er sah schon sein Foto in der Regenbogenpresse und sich selbst am Pool seiner Villa.

Atemlos kam er zurück und drückte Sanderson einen Rekorder in die Hand. Es war ein billiges Ding, konnte aber bestimmt eine Stimme naturgetreu aufnehmen. Das reichte.

»Gut, Alvin, du kannst jetzt gehen. In einer halben Stunde

bringst du Dr. Childers hierher. Und wunder dich nicht über das, was du dann sehen wirst.«

»Ja, Sir.« Alvin entfernte sich. Er würde Serena holen, und dann ginge es los. Alvin hatte nichts weiter zu tun, als Allegra Ennis in den Wahnsinn zu treiben und sie dann so umzubringen, dass es wie Selbstmord aussah. Und Sanderson würde man nie etwas nachweisen können.

Allegra war eine tote Frau.

Kowalski war größer als alle anderen und konnte über die vielen Köpfe hinwegsehen.

Auf der Bühne saß eine rothaarige Frau, eine Schönheit im hauchdünnen grünen Abendkleid, und spielte Harfe. Sie hatte eine Stimme wie ein Engel.

So etwas hatte er noch nicht gehört. Sie klang genauso lieblich wie die Harfe. Das Lied kannte er nicht, Melodie und Rhythmus waren aber so eingängig, dass es ihm sofort vertraut erschien. Als gäbe es einen Platz in seinem Kopf, der nur auf dieses Lied gewartet hatte.

Es ging um irgendeinen Sommer. Ein Lied über einen verlorenen Sommer und eine verlorene Liebe. Die Melodie löste ein Kribbeln aus und ging unter die Haut. Sein Inneres vibrierte geradezu mit den Tönen mit. Etwas so Schönes hatte er noch nie gehört, obwohl er schon sein Leben lang mit Genuss Musik hörte.

Auch die Sängerin war schön. Nicht auf dieselbe Art wie Suzanne oder Claire Parks, sondern auf andere Weise, auf eine bessere Weise. Ihre Haut schimmerte, als wäre sie nicht ganz von dieser Welt. Sie leuchtete von innen heraus, wie eine Perle unter Wasser.

Wenn ihm jemand erzählen würde, sie sei ein echter Engel, würde er es sofort glauben. Es wäre keinerlei Überzeugungsarbeit nötig. Doch sie war eine Frau aus Fleisch und Blut. Die langen, rotbraunen Haare fielen in glänzenden Wellen über ihren Rücken und bewegten sich ab und zu, während die Finger anmutig die Saiten zupften. Mit geschlossenen Augen sang sie die letzte Zeile und lehnte sich gegen die Harfe wie an einen Geliebten. Ihre Stimme verklang leise, ein letztes helles Glissando stieg von der Harfe auf. Einen Moment lang legte sie die Stirn an den Rahmen des Instruments, dann hob sie den Kopf und öffnete die Augen, als der Applaus einsetzte.

Aber sie blickte ihr Publikum gar nicht an. Es schien, als spielte sie nur für sich selbst, als sie sanft lächelnd und gedankenverloren das nächste Lied begann. Nach einem langen instrumentalen Vorspiel fing sie an zu singen, und wieder kamen Kowalski die Töne wie eine altbekannte Melodie vor, die er lange vergessen hatte.

»Cruel Sun«, eine schöne Ballade mit leicht verjazzter keltischer Musik. Es ging darum, dass die Sonne auch nach dem Tod des Geliebten weiter vom Himmel herabscheint. Sehnsucht, Schmerz, unstillbarer Kummer, all das drückte sich in dem Song aus, der in der ironischen Feststellung endete, dass es die Sonne nicht kümmert, was geschieht, sie scheint einfach grausam weiter.

Kowalski hörte mit halbem Ohr einen aufgebrachten Mann mit Claire streiten. Er erkannte die Stimme, es war Johns Freund Bud. Kowalski hätte die beiden am liebsten angeraunzt, sie sollten gefälligst still sein, doch dazu hätte er sich umdrehen müssen, und er wollte keinen Ton von dieser außergewöhnlichen Frau verpassen.

Sie sang noch mehrere Lieder, und er konnte nicht glauben, dass er keines davon kannte und von der Sängerin noch nie gehört hatte. Er hatte nicht die leiseste Ahnung, wer sie war, doch dass sie ein Weltklassetalent war, wusste er genau. Er hatte Pavarotti live erlebt, und das war genauso unglaublich gewesen. Wie die Berührung mit einem göttlichen Wesen.

Verärgert über die Leute ringsherum, rückte Kowalski näher zur Bühne. Sollten sie doch rausgehen mit ihren schicken Klamotten und draußen quatschen, anstatt die Sängerin zu übertönen. Sie hatten tatsächlich ihr dummes Geschwätz wieder aufgenommen, als würde da vorne nur Begleitmusik zum Berieseln gespielt. Kaufhausmusik für die Schmuckauslage. Ihnen wurde reine Magie geboten, und sie waren zu dumm, um das zu merken.

Der Sängerin war das egal. Sie schien es gar nicht wahrzunehmen. Sie sang für sich und schaute kein einziges Mal ins Publikum, nahm mit niemandem Blickkontakt auf. Ihre Augen waren sowieso die halbe Zeit geschlossen. Sie sang konzentriert mit klarer Stimme, während ihre Finger über die Saiten flogen.

Kowalski war das Publikum zuwider. Er wünschte sich, sie würden alle abhauen, damit er in Ruhe die Musik genießen konnte. Er stieß gegen den Rand der Bühne, näher konnte er nun wirklich nicht mehr ran.

Mann, war sie schön. Es war nicht nur die Stimme, obwohl schon die allein erlesen war und es selbst dann gewesen wäre, wenn die Frau sieben Kinne mit Haaren drauf gehabt hätte.

Aber sie besaß keine sieben Kinne, sondern nur das eine, und ein sehr hübsches noch dazu, ganz ohne Haare. Alles an ihr war reine Magie, makellos fein. Sie hatte die Haut einer Rothaarigen, nur ohne Sommersprossen. Das smaragdgrüne, bodenlange Kleid war elegant und schlicht. Die Haut, die es frei ließ, war sahnig weiß, das makellose Gesicht wurde von den braunen Augenbrauen betont. Sie trug fast kein Make-up. Obwohl sie saß, konnte er sehen, dass sie nicht sehr groß war, dafür aber langgliedrig. Und sie hatte einen langen, schlanken

Hals. Als sie den Kopf zu ihm drehte, blieb ihm fast die Luft weg. Ihre Augen waren dunkelgrün, eine verblüffende Farbe. Kowalski konnte überhaupt nicht mehr wegsehen.

Nach sieben Liedern lehnte sie sich auf dem vergoldeten Stuhl zurück und legte die Hände in den Schoß. Die Gäste applaudierten höflich und wandten sich sofort wieder ab, um ans Buffet zu gehen, das während der Vorstellung im Hintergrund des Saales aufgebaut worden war. Plaudernd strömten die Leute in Dreier- und Vierergruppen dorthin.

Arschlöcher, dachte Kowalski. Da sang ein musikalisches Genie für sie, und die dachten nur an ihr kostenloses Futter.

Jetzt erst fiel Kowalski auf, dass Suzanne und John neben ihm an der Bühne standen. Suzanne stieg die vier Stufen hinauf, rauschte auf die Sängerin zu und legte ihr eine Hand auf die Schulter, und die Sängerin nahm sie lächelnd.

Einen Moment lang hielt Kowalski den Atem an.

Er sah zum ersten Mal ihr Lächeln. Es war genauso bezaubernd wie ihre Musik und hellte ihr Gesicht auf. Suzanne schob ihr einen Arm um die Taille und ging mit ihr zur Treppe. Sie flüsterte ihr etwas ins Ohr, worauf die Sängerin nickte. Gemeinsam stiegen sie die Stufen hinunter und kamen auf Kowalski und John zu. Suzanne sagte etwas, und die Sängerin lachte. Es klang leicht und anmutig wie ein Nachhall ihrer Lieder. Oh Mann, das ging noch viel mehr unter die Haut. Diese Frau war in jeder Hinsicht magisch.

Nun stand sie mit Suzanne vor ihm. Suzanne war eine Schönheit, ohne Zweifel, aber Kowalski hatte keinen Blick für sie. Er konnte die Augen nicht von der Sängerin lassen. Es waren nicht nur die regelmäßigen Züge, die gute Haut und das glänzende Haar, die ihre Schönheit ausmachten. Sie hatte etwas Strahlendes, fast wie ein Heiligenschein. Wie ein Engel.

Kowalski schnaubte beinahe angesichts dieser Gedanken.

Er sollte sich dringend flachlegen lassen. Von einer normalen Frau, nicht von so einer SM-Besessenen.

Heiligenschein, Engel – vielleicht brachte ihn das Zivilleben an den Rand des Wahnsinns.

Doch zumindest das Talent der Sängerin war unbestreitbar. Kowalski liebte Musik. Jede Art von Musik: Rock, Jazz, Klassik, Oper. Er hörte alles. Es würde ihm ein Vergnügen sein, dieser Frau zu ihrer Stimme und ihrem Harfenspiel ein Kompliment zu machen.

Suzanne zögerte ein wenig, sie ihm vorzustellen. Aber sie konnte Kowalski nicht einfach übergehen.

»Allegra, darf ich dich mit Johns neuem Partner bekannt machen, Senior Chief Douglas Kowalski. Douglas, das ist meine Freundin Allegra, Allegra Ennis.«

»Senior Chief Kowalski«, sagte die Sängerin leise und streckte die Hand aus.

Verfluchter Mist! Schlagartig hatte er ein hohles Gefühl in der Brust; die erhebende Freude von eben war futsch. Allegra Ennis blickte ihm auf die Krawatte. Sie kam nicht mal so weit wie Claire Parks, schaffte nicht mal den kleinsten Blickkontakt, sondern tat sofort so, als hätte er kein Gesicht.

Ach, zum Teufel damit!

In dem Moment fragte er sich, ob er sich überhaupt noch in der bürgerlichen Welt würde einleben können. Aber zurück konnte er nicht. Er war aus dem Dienst ausgeschieden. Bei den Streitkräften hatte niemand ein Problem damit gehabt, ihm ins Gesicht zu sehen. Klar, er war kein hübscher Kerl, aber ein verdammt guter Soldat, und das war alles, was zählte.

Er war sein Leben lang in der Navy gewesen und jetzt nicht mehr. War es das, was ihn nun erwartete? Sollte er den Rest seiner Tage mit Leuten verbringen, die auf höfliche Art vermieden, ihn anzusehen? Scheiße.

Seine tiefe Freude über Allegra Ennis' Musik hatte sich verflüchtigt, sobald er ihren höflichen, leeren Gesichtsausdruck sah. *Na schön,* dachte er, *mach ihr ein Kompliment und dann nichts wie raus hier.* Vielleicht sollte er sich heute Abend die ganze Flasche Jim Beam hinter die Binde gießen.

»Ms Ennis«, brummte er, als er ihre Hand nahm. Die von Claire Parks hatte er vier Sekunden lang gehalten, bei Allegra Ennis würde er auf drei runtergehen. »Sie haben eine wunderschöne Stimme, und die Lieder waren beeindruckend. Wirklich erlesen. Mein Kompliment.«

Darauf tat Allegra Ennis etwas Ungewöhnliches. Sie warf den Kopf zurück und versuchte, die Augen auf sein Gesicht zu richten. An ihrem Blick war irgendetwas seltsam …

Dann traf es ihn wie ein Schlag.

Allegra Ennis war blind.